# 编委会

学术顾问：丁　帆　陈思和　陈晓明
总 主 编：蒋述卓　陈剑晖　贺仲明
编　　委：（按姓氏笔画排序）
　　　　　丁　帆　丁晓原　王　尧　王　宇
　　　　　王兆胜　王春林　叶立文　朱国华
　　　　　刘　勇　刘　艳　李建军　李继凯
　　　　　李遇春　吴义勤　吴周文　宋剑华
　　　　　张志忠　张福贵　陈汉萍　陈思和
　　　　　陈剑晖　陈晓明　林　岗　於可训
　　　　　咸立强　钟凌翊　贺仲明　高　玉
　　　　　黄红丽　阎浩岗　蒋述卓　程光炜
　　　　　傅修海　谭桂林

☆ 当代文学经典研究丛书

丛书总主编
蒋述卓
陈剑晖
贺仲明

# 文学经典与
# 文学的大众化

叶立文 吕兴 王崟 著

广东高等教育出版社
Guangdong Higher Education Press
·广州·

图书在版编目（CIP）数据

文学经典与文学的大众化/叶立文，吕兴，王崚著.—广州：广东高等教育出版社，2020.12

（当代文学经典研究丛书/蒋述卓，陈剑晖，贺仲明总主编）
ISBN 978-7-5361-6945-6

Ⅰ. ①文… Ⅱ. ①叶… ②吕… ③王… Ⅲ. ①中国文学－当代文学－文学研究 Ⅳ. ①I206.7

中国版本图书馆 CIP 数据核字（2021）第 010431 号

| 书　　名 | 文学经典与文学的大众化 |
|---|---|
| | WENXUE JINGDIAN YU WENXUE DE DAZHONGHUA |
| 出版发行 | 广东高等教育出版社 |
| | 地址：广州市天河区林和西横路　电话：(020) 87554153 |
| | http://www.gdgjs.com.cn |
| 印　　刷 | 佛山市浩文彩色印刷有限公司 |
| 开　　本 | 787 毫米×1 092 毫米　1/16 |
| 印　　张 | 18.5 |
| 字　　数 | 256 千 |
| 版　　次 | 2020 年 12 月第 1 版　2020 年 12 月第 1 次印刷 |
| 定　　价 | 48.00 元 |

如发现印装质量问题，请直接与印刷厂联系调换。

# 总　序

中华人民共和国成立已经70多年，也就是说，我们通常所说的"当代文学"已经存在了将近四分之三个世纪的时间。对于当代文学的成就，文学界和学术界都存在着较大的争议。有学者认为中国当代文学的创作水准已经处于世界文学前列，并因此有人提出当代文学也应该有自己的"鲁郭茅巴老曹"。当然，也有对当代文学评价不高的看法。

我们以为，仁者见仁、智者见智，对当代文学成就存有不同看法很正常，只是这并不妨碍我们对其中的优秀作品展开深入系统的研究工作。我们主编这套书的目的就在于此。这套丛书被命名为"经典研究"，是因为我们不是试图全面系统地展开对当代文学创作的研究，而是重点研究其中的代表性作家作品，在一个较高的高度上展示中国当代文学的价值和方向。因为文学经典是一个时期文学中的最优秀部分，无论从文学史角度还是从文化建设角度，它都有特别重要的价值。它是确定文学史的排列秩序、思想艺术水准和学术品格的重要保证，并因此对该时期的文学发展产生深刻影响，而且，对于文学学术研究的深入推进，对于提升整个民族的文化素质，文学经典也有重要的意义。

也许有人不赞同使用"当代文学经典"这个词，这是因为我们很多人习惯于在接受了漫长文学史检验的前提下来理解"经典"这个概念。

但其实，在现代文化背景下，对"经典"的理解可以持更开放的认识态度。正如马克思在《共产党宣言》中对现代社会的概括："一切坚固的东西都烟消云散了，一切神圣的东西都被亵渎了。"在现代社会中，很多习见正在改变，很多传统正在遭遇挑战。包括许多文学经典，在各种解构主义思潮的冲击下，其身上原有的神圣光环已经逐渐滑落。与此同时，一些新的作品改变了以往的卑微地位，获得了新的评价，成为新的经典。

这一点，西方文学是如此，中国文学也是如此，对于刚刚度过一个世纪诞辰的中国新文学来说自然更是如此。中国现代文学30年中，曾经高不可攀、令人仰视的经典作家"鲁郭茅巴老曹"，在近年来就遭遇到了学术界的巨大挑战。而沈从文、张爱玲、金庸、钱锺书等曾经被贬斥的作家，在近年来获得的赞誉已经绝不少于那些传统经典作家。当然，我们这里无意于探讨这些作家的经典地位，我们只是想说明"文学经典"并不是一个完全稳定不变的概念，而是始终处在发展和流动之中。

所以，尽管当代文学还只有四分之三个世纪的生命，但并不妨碍我们使用"经典"来指代其中的优秀作品。事实上，我们也不是从绝对的、永恒意义上确认当代文学的文学经典，而是在特定的语境中，从动态的进行时中确认相对的，甚至是有局限性的当代文学经典。换句话说，我们对这些作品的研究，本身就是文学经典化过程中的重要一部分，是在以自己的方式甄选、推举真正的经典作品，帮助文学史进行优胜劣汰，让那些经典之作汇入文学史的河流之中。而且，当代文学经典具有当代文学的独特性，它是中国古代的"大传统"和五四以来的现代文学"新传统"双重滋养的产物，具有传统文化与现代精神相融合的独特个性，也与中华人民共和国的独特政治、文化有着非常密切的关系。在今天，凝练、确认与阐释当代文学经典的过程，其实也是传承、转化和创新中华民族优秀传统文化的过程，也是阐释中华人民共和国文化精神的过程。另外，在某种意义上，当代文学经典具有更特别的独特审美和文化价值。它在当代文化背景下产生，与现实关系更近，更容易拨动当代读者的心弦，引发他们精神上、审美上的共振与心理上的共鸣。

　　一套有原创性、有自己特色和价值取向的丛书，必须有相对统一的体例和标准。尽管当代文学经典不是绝对的，而是处在经典化的过程当中，需要我们在不断的建构过程中去挖掘和展示经典的意义，但本丛书还是具有自己非常明确的文学经典标准。其一，思想价值的高度和普遍性；其二，艺术形式的完美性；其三，社会影响度和长效性。在这一思想前提下，我们所指的"经典"主要是那些在同时代文学思想艺术水准较为突出，并被广大读者喜爱的那些作品。具体点说，本丛书中的"经典"主要从两个角度来选择和确立。一类是"时代的经典"，即出版于特定时代的优秀作品，比如，中华人民共和国成立后"十七年文学"中的《红日》《红旗谱》《红岩》《创业史》《青春之歌》等，这一类作品的思想和艺术上都存在着时代的局限，但它们确实在特定的时代中影响、教育了一代人，因此作为一种"时代经典"，应承认其存在的合理性和价值，在写作文学史时应有它们的地位。另一类可称为"永恒经典"，如《诗经》《史记》《红楼梦》《阿Q正传》等，这一类作品不受时代和空间的局限，它们以思想上的原创性与超越性、艺术上的独创性、时间的永久性一代代传承下去，这是对"永恒经典"的高端要求。

　　总之，本丛书主张以理性高度客观地对待当代文学经典作品，既充分认可它们的成就和价值，又不将它们完美化，甚至不讳言其缺陷。我们希望这套"当代文学经典研究丛书"能够达到这样两个效果：一是帮助人们更深入地了解当代文学优秀作品产生的时代背景，以及其思想文化特征和艺术个性，从而更好地进行鉴赏和评判；二是给未来人们进行经典化甄选时提供坚实的基础，让我们能够成为未来文学史建设中的一部分。如果这两个目的达到了，我们这套丛书的初衷也就实现了。

**蒋述卓、陈剑晖、贺仲明谨识**
2020年5月18日

# 目 录

## 第一章 武侠小说：封"神"之后的落寞 /1

### 第一节 娱乐无罪精神之下的大众诸神：20世纪80年代武侠小说阅读热潮 /2
一、新武侠小说"三大家" /2
二、对阅读新奇感的追寻 /23

### 第二节 从"江湖之远"到"庙堂之高"：金庸的封"神"之路 /31
一、文本之魅：世情小说传统与西方文艺思想的结合 /32
二、学界之势：被经典化的金庸 /46
三、自我缔造：金庸的"野心" /61

### 第三节 后金庸时代：经典难再出 /80
难以突破的"后金庸武侠" /81

### 第四节 玄幻小说：进阶的武技与退化的侠士 /105
一、武技的进阶：玄幻小说对武侠小说的传承和创新 /107
二、玄幻小说的缺陷：退化的侠士 /112

## 第二章 网络文学：后现代的众声喧哗 /116

### 第一节 网络文学：不容忽视的庞然大物 /116
一、初发生：网络文学新质 /117
二、再认识：大众与大众化 /123
三、终遴选：网络经典仍在 /130

### 第二节 文学奇遇：网络时代下的"封神"之路 /131
一、被改编的"影视文学" /132

二、被消费的"浪漫情怀" /146
　　三、被满足的"期待视野" /150
第三节　网络文学：经典文本何以可能 /163
　　一、东方传奇的复兴——以《鬼吹灯》为例 /163
　　二、现实之镜——以《欢乐颂》为例 /180

## 第三章　科幻小说：繁荣背后艰难的经典化之路 /198

第一节　科幻小说发展史：从儿童文学到小众读物 /199
　　一、中国科幻初兴：是科幻小说还是儿童文学 /199
　　二、突遇挫折的中国科幻小说：是"伪科学"还是"真文艺" /205
　　三、再度崛起的中国科幻：更加适合大众阅读小众文类 /210
第二节　刘慈欣：游走于多元文化场域之间的科幻奇迹 /215
　　一、影响颇深的西方理念与植根心灵的文化传统 /216
　　二、不曾避讳的通俗文学理念与不能回避的精英意识 /222
　　三、"三体"距离经典还有多远 /229
第三节　中国科幻电影：催生经典或碰瓷热点 /232
　　一、《流浪地球》真的开启"中国科幻电影元年" /233
　　二、《上海堡垒》：软科幻文本与硬科幻电影 /238

## 第四章　大数据时代传统经典的大众化 /243

第一节　可视化：传统经典的当代重塑 /245
　　一、回望20世纪70年代：集体的创伤和逝去的青春 /246
　　二、致敬20世纪五六十年代：以红色经典《智取威虎山》为例 /256
　　三、借用传统IP资源：再现美轮美奂的古典世界 /265
第二节　IP化：泛娱乐时代文学繁荣的隐忧 /272
　　一、商业化：文学IP与全产业链开发 /273
　　二、类型化：IP内部知识体系的重建 /276
　　三、同质化：虚空的文化产业内动力 /281

# 第一章 武侠小说：封"神"之后的落寞

20世纪80年代，读者之间兴起了一股武侠小说阅读热，梁羽生、金庸等人作为新武侠小说家的代表为大众所喜爱，而旧派武侠小说也再度进入了读者们的视野。但是武侠小说尤其是港台武侠小说，作为通俗小说的一种，却受到了文化精英们的无视，甚至与其他流行文化作品一道被称为"毒草"，虽然没有被明令禁止，却始终是被管制、被批评的对象之一。到了90年代，由于大众文化的兴起，文学市场化程度加深，武侠小说开始由市井走入了学者的书斋，金庸作品从众多新武侠小说之中脱颖而出，不仅进入了文学史，更是能够与纯文学作家一比高低，从此改变了武侠小说甚至通俗文类在文学史中的排序，颠覆了旧有的文学史的秩序。

但是自金庸之后，武侠小说却逐渐式微。新的武侠小说家们难以对原有的写作模式再度进行突破，而玄幻小说这一新兴的网络小说文类则使武侠小说的生存空间受到进一步挤占。"封神"之后，武侠小说何去何从？

## 第一节　娱乐无罪精神之下的大众诸神：
## 20世纪80年代武侠小说阅读热潮

1976年粉碎"四人帮"，历时10年的"文化大革命"最终宣告结束。曾经加诸中国文学创作上的政治压力逐渐消失，中国文学的发展进入了新时期。在这段转折时期，不同的思潮、理念在文学界不断进行碰撞，各异的文学流派、文学形态络绎不绝地出现。曾经一度被压抑和取缔的通俗文学也得到了迅猛的发展，而其中又以武侠小说的受众最广，甚至引发了现象级的武侠阅读热。但是与普通读者对武侠小说的喜爱相比，学术界和纯文学作者们却始终对武侠小说持一种怀疑和否定的态度，以至于在整个20世纪80年代对于武侠小说的评价始终处于暧昧状态，梁羽生、金庸等新武侠大家的小说虽是大众读者心目中奉为"神"级的作品，但是在学者和严肃文学作家眼中不过是难登大雅之堂的"成人的童话"。在对武侠小说两极分化的评论之下，展现的正是精英文坛与普罗大众之间的巨大裂隙。

### 一、新武侠小说"三大家"

武侠小说作为中国通俗文学中的重要门类，有着悠久的传统，从唐代传奇与清代侠义小说之中脱胎而来。1923年平江不肖生的《江湖奇侠传》出版，标志着新武侠小说的诞生，自此之后，武侠小说成为市场上销量最大的文学作品类别之一。但是到了中华人民共和国成立之后，通俗文学的写作与出版都遭到了挤压与打击，武侠小说自然也不例外，及至到了"文革"时期，武侠小说被彻底贬黜。直至20世纪80年代，销声匿迹达几十年之久的武侠小说才重新回到了大众的视野中，再度引发了大众对武侠小说

## 第一章 武侠小说：封"神"之后的落寞

的热烈追捧。

尽管冯育楠、晨曲等内地本土武侠小说家在20世纪80年代早期创作出了一些优秀的作品，但真正引发武侠小说阅读热的却是从港台而来的梁羽生、金庸等人的武侠作品。

当时由于政治原因造成了一种相对封闭的状态，直到1980年读者才得以通过正规出版渠道阅读到港台新武侠小说。根据资料记载，1980年，广州《武林》杂志开始连载《射雕英雄传》①，自此以后，通过连载、改写、翻印等方式，港台武侠小说精品悉数进入了中国内地。

其实早在20世纪70年代后期，港台武侠小说就已经通过一些特殊的渠道流入了中国内地。但是港台小说大量在内地流传却是在1985年前后，甚至一度出现了人手一卷、废寝忘食的社会景观。② 我们可以从当年的一些出版数据上看出武侠小说的热度。

1980—1990年10年间，港台武侠小说的出版就已达到了139种（台湾作家82种，香港作家57种），总印数达1 310.55万册。印数排第一的是金庸，总印数累计达478.8万册，而梁羽生和古龙的作品紧随其后，分别是270万册和62万册。③ 据1985年时任国家出版局局长告诉金庸的数字是："1985年中国总共销售了4 000多万册，这还只是正式出版的数字。"④ 1985年卖出4 000多万册的数字是否有所夸张，但是这也从另一个侧面证明了武侠小说在读者中的热度。港台新武侠小说甚至带动了传统武侠小说的销量，如王度庐所写的《卧虎藏龙》经过聂云岚改编之后再度翻红。

在炙手可热的港台武侠市场，梁羽生、金庸和古龙三人被视为港台武

---

① 李云：《迈向"经典"的途径——"金庸小说热"在大陆：1976—1999》，《海南师范大学学报（社会科学版）》2008年第3期。
② 戴锦华：《书写文化英雄——世纪之交的文化研究》，江苏人民出版社，2000，第132页。
③ 于青：《港台文艺类图书出版综述》，《中国出版》1992年第8期。
④ 孙宜学：《千古文坛侠圣梦——金庸传》，团结出版社，2001，第177页。

侠小说作家的"无冕之王"。他们三人的写作风格、理念都不尽相同，但是却都受到了国内受众的追捧。

（一）梁羽生：新武侠小说之父

梁羽生（1924—2009），原名陈文统，生于广西蒙山县。他出身于书香世家，自幼接受良好的中国传统文化教育，能够填词作赋。他少年时期经逢乱世，却不曾想因为家乡地处偏僻并没有被战火所波及，而一些文化人却因为躲避战火而进入了他的家乡，使得他有机会接触到新式文化。这批文化人中有著名学者简又文教授，还有著名学者饶宗颐。年幼的梁羽生抓住了这个机会，正式拜简又文为师。简教授亲自教其文史，而其夫人又教给梁羽生英文。所以梁羽生同时汲取着中国传统文化与西方现代文明两种养分。1949 年，他搬到香港定居，在《大公报》当记者。1952 年，由于机缘巧合，他开始进行武侠小说的写作。直至 1984 年封笔（与家人移居加拿大，开始进行历史小说的创作），32 年间，他创作武侠小说 35 部，合 160 册，千万字之多。①《白发魔女传》《七剑下天山》《萍踪侠影录》《云海玉弓缘》等脍炙人口的武侠小说名作都出自他之手。他也因此被称之为新武侠小说的开山鼻祖，受到众多读者的喜爱。

对于武侠小说，梁羽生的态度和观念颇为复杂，一方面，身为武侠小说的创作者，他对于武侠小说所存在的局限了然于心，认为"由于武侠小说的形式束缚了它本身的发展，因而自有武侠小说以来，直到今天，它还是不能达到别的文艺作品所能达到的高度"②。兼其受到传统文学观念的影响，在他看来严肃文学和通俗文学这两种文类泾渭分明，武侠小说作为通俗文学中的门类，梁羽生"对它的艺术性不抱过高的期望"③。另一方面，

---

① 陈墨：《新武侠二十家》，文化艺术出版社，1992，第 137 页。
②③ 陈夫龙：《侠坛巨擘——金庸与新武侠小说研究史料辑》，人民出版社，2015，第 76~77 页。

## 第一章 武侠小说：封"神"之后的落寞

作为新武侠小说的开山鼻祖，梁羽生又不甘于武侠小说在文学史上所处的处境，认为"文学形式本身并无高下之分，所谓高级与低级。只取决于作者本人的见识、才力和艺术手腕"①。所以他始终不断地在为武侠小说争取地位，改造武侠小说的粗陋之处，提升武侠小说的格调和品位。为了达到这个目的，梁羽生从纯文学之中借鉴了多种方法，使新派武侠小说不管在写作主题和语言上都有了一些纯文学作品的特点，旧派武侠小说因而焕发了新的生机。甚至有学者称梁羽生为武侠小说注入了新的血液，使之"易筋"又"洗髓"②。

首先，梁羽生常常将民族矛盾与个人恩仇结合起来，他不再仅仅是关注个体的恩怨情仇和精彩的打斗场面，而是把对战争的憎恶和对历史的思考都灌注到了作品中，因此武侠小说的主题内涵得到深化，其主题的严肃性与纯文学相比也是毫不逊色的，因此其也具有了一般武侠小说所没有的教育意义。而侠客的形象也有所改变，侠客由一腔孤勇的武士变为了为民族献身的家国英雄。小说的背景因之也更为广阔，意境更为辽远，从个人愿景到民族恩怨，从武林兴衰到国家兴亡，梁羽生的武侠小说竟有了一些史诗色彩。

在梁羽生之前，立功名、报恩仇、平不平是武侠小说的三大主题③，推动了武侠故事的发展和走向，尽管也有书写民族大义与侠客命运的武侠小说，但是在数量上并不算多，而到了梁羽生的手中，救国难这一主题才算真正发扬光大。唐、宋、元、明、清以及近代等不同时期的忠奸争斗与民族矛盾都悉数进入了他的作品中，为江湖儿女们的传奇故事提供了一个真实的历史背景。在《七剑下天山》中，汉满两族的民族矛盾贯穿了整个故事；《白发魔女传》中，中原武林内遭奸臣荼毒，外遇他族入侵；《萍踪侠

---

① 梁羽生在中国作协第四次代表大会的发言。
② 陈墨：《新武侠二十家》，文化艺术出版社，1992，第145页。
③ 陈平原：《千古文人侠客梦》，北京大学出版社，2018，第109页。

影录》中，汉族与蒙古族之间的矛盾则是愈演愈烈……在这种乱象环生、矛盾对立异常突出的背景下，侠客们的人生选择不再只和自己有关，而是和家国大事联系了起来。《萍踪侠影录》中，张丹枫本是明王朝朱氏家族的对头张士诚的后代，但是为了民族大义，却不再纠结于上一辈之间的恩仇，不仅把家族的财物尽数献给明王朝，还在明皇帝身陷囹圄时出手营救。本和张丹枫一家有着深仇大恨的云家也在了解到他忠义爱国的行为之后一笑泯恩仇，云蕾与张丹枫两人终成眷属。《七剑下天山》中，"天山七剑"每个人的武学造诣、身世家族和性格禀赋都各有不同，但是却都因对国家和民族的忠义和对奸臣的痛恨而凝聚在一起共同抗敌。在民族大义面前，个人恩怨都能够被消弭，侠义也因此增添了新的内容。侠客不仅要武功高强、知恩图报、扶助弱小，还要忠诚爱国。在梁羽生眼中，这甚至成为最为重要的准则之一。《七剑下天山》中楚昭南虽然武艺高强，在朝廷之中身居高位，却难有侠名。而辛龙子作为卓一航的徒弟本是亦正亦邪的人物，最后却也能够共同抗敌，被易兰珠、冒浣莲等人引为同道中人。在民族大义的感召下，梁羽生笔下的侠客形象更为正面，连他们的杀戮都变得具有正义性。

但是，模式化的情节和过分单薄的人物形象在一定程度上损害了梁羽生小说的艺术魅力。他着力于刻画一批爱国志士的群像，却没有注意到个体的差异；他过于关注对民族矛盾和国家对抗之间的书写，却忽略了人与人之间的恩仇。以至于他笔下的侠客显得过于概念化，一定程度上削弱了打动人心的力量。《萍踪侠影录》曾被梁羽生称为最喜爱和最成功的作品，但是作品中的主角张丹枫显然不够生动。他作为一个被逐出家乡的枭雄之后，一个在蒙古长大的汉人，一个与爱人之间横亘着世仇的多情种子，在面对汉蒙争端时，他的身上没有任何挣扎和纠结之感。为国为民成为其唯一信奉的行为准则，所有家国、复仇和情爱上的难题都可以因他的信念迎刃而解。他自幼生长在瓦剌，且自己的父亲极度仇恨明朝，可是面对自己

## 第一章 武侠小说：封"神"之后的落寞

的"仇人"朱祁镇，他却能够马上放弃自己的仇恨和不甘，甚至不顾父亲的禁令用自己的钱财襄助明朝。民族大义完全湮灭掉了个体的光辉，张丹枫近似于一个爱国的符号，而不像是一个有血有肉、有性格的真正的侠士。除此之外还有《七剑下天山》之中的傅青主、韩志邦等人，他们也有着一片丹心却不具有清晰的面貌。这真是梁羽生不擅长塑造人物吗？他笔下却着实出现过很多令人印象深刻的人物，如处于忠义和爱情、亲情两难全境地之下的纳兰王妃，性格火辣、敢爱敢恨的"狼女"练霓裳，亦正亦邪、任性高傲的空空儿。之所以在人物创作上出现"硬伤"，与梁羽生对侠义的认知有着极重要的关系。对于梁羽生来说，"宁可无武，不可无侠"，显然侠义才是他小说描述的重点，在他看来，"侠就是正义的行为。什么叫做正义的行为呢？这也有很多很多的看法，我认为对大多数人有利的就是正义的行为。"① 既然侠义的行为需要是对大多数人有利，这就意味着在梁羽生眼里侠客绝对不再只是独善其身的武功高强的方外人士。为了表现侠义精神，梁羽生笔下的侠客们往往都投身于救国救民的事业之中，成为"正义、智慧、力量的化身"，于作者而言对人物其他个性特点的刻画都不如侠义精神的彰显来得重要了。对侠义精神的突出也与梁羽生希望提升武侠小说格调的想法有关。在梁羽生看来"用正统的文艺标准来衡量，这些冗长的武技描写，实在很难找出什么艺术价值"②，空有一身技艺的侠客们不啻武功机器，不具有特别的艺术价值和思想价值。通过凸显侠客身上的侠义精神，使他们的打斗具有了正当的理由，显然可以使小说之中的武斗场面更具有意义。

其次，梁羽生在语言上也始终在向纯文学的标准靠拢。武侠小说作为通俗文类的一种，有着与纯文学完全不同的创作和出版机制。港台武侠小

---

① 梁羽生：《从文艺观点看武侠小说》，《文学日报》1977 年第 9 期。
② 陈夫龙：《侠坛巨擘——金庸与新武侠小说研究史料辑》，人民出版社，2015，第 65 页。

说因为依赖报纸的传播，每日都需要刊登，对于写作者来说有着极大的写作压力，以至于不少武侠创作者只能一味追求情节的奇崛，鲜少考虑语言和修辞上的问题，这也导致了武侠小说因文字粗陋而遭人诟病。尽管梁羽生自认无法突破创作体制对于武侠小说造成的局限，但是在语言上梁羽生确实是力求典雅和优美。这一方面体现在他对古典诗词的化用和创作上，另一方面则表现在他对武打场面和情境的描写上。

由于其有着较为扎实的中国传统文学功底，所以在梁羽生的作品中随处可见他自己填写的诗词和他对古典诗词的灵活化用。如他往往以诗词作为小说的开篇，这些诗词既隐含了人物的命运，又在一开头烘托了气氛。在《七剑下天山》中，开篇便是一首调寄《八声甘州》：

笑江湖浪迹十年游，空负少年头。对铜驼巷陌，吟情渺渺，心事悠悠！酒冷诗残梦断，南国正清秋。把剑凄然望，无处招归舟。

明日天涯路远，问谁留楚珮，弄影中洲？数英雄儿女，俯仰古今愁。难消受灯昏罗帐，怅昙花一现恨难休！飘零惯，金戈铁马，拼葬荒丘！

这首词虽然有着凄清之感，却又蕴含壮士征战的豪情，这是对天山七子命运的预测，也在小说的开头渲染了一股悲壮的气氛。在故事叙述之中也时常有诗词出现，《白发魔女传》中，卓一航奔赴天山遍寻练霓裳而不得的时候，他亦是用词曲表明心志：

秋叶静，独自对残灯，啼笑非非谁识我，坐行梦梦尽缘君，何所慰消沉。

风卷雨，雨复卷侬心，心似欲随风雨去，茫茫大海任浮沉，无爱亦无憎。

第一章　武侠小说：封"神"之后的落寞

　　这首词曲展现了卓一航痛失练霓裳之后悲观绝望的心情，联想起两人的相遇、分离最终失散的爱情故事，不禁使人唏嘘。其实不独文章之中出现的诗词具有审美意义，他的小说章回目录就极具匠心。与金庸、古龙等人不同，梁羽生吸取了旧武侠小说某些形式的特点，仍然坚持进行回目编排，使用章回体裁，其章回名目很能见其文采。如小说《七剑下天山》之中的一些章回名目："生死茫茫，侠骨柔情埋瀚海；恩仇了了，英雄儿女隐天山""牧野流星，碧血金戈千古恨；冰河洗剑，青鸾铁马一生愁"……已能看到梁羽生在写作过程中对语言的着意锤炼。

　　在对情景和武打场面进行描写时，梁羽生仍然对语言进行了悉心的雕琢。与本就有武功基础的武侠小说家不同，梁羽生"只学过三个月的太极拳，对古代兵器的知识更是等于零。'武'这方面的知识，实在是不够应付"①。但是武功上的欠缺却并没有阻碍梁羽生把武打场面写得格外精彩，这需要归功到梁羽生极佳的语言功底上。以《白发魔女传》中红花鬼母和玉罗刹两人的打斗场面为例。两人棋逢对手，玉罗刹"把独门剑法使得凌厉无前，剑势展开，夭矫如神龙飞舞，击刺撩抹，乍进乍退，倏上倏下，时实时虚，无一招不是暗藏几个变化，无一招不是妙到毫巅"。而红花鬼母则是"拐掌兼施，打得越发凶猛，那枝龙头拐杖，劈扫盘打，恰如骇电惊霆，无一招不是奔向玉罗刹要害，左掌更用排山掌力，荡气成风，震歪玉罗刹的剑点"。梁羽生通过精准的动词，把武斗中两人的动态图景描绘得栩栩如生，并且利用比喻、夸张的手法，赋予了功夫打斗更多想象的空间。这样精彩的打斗场面在梁羽生的作品中还有很多，以至于形成了相应的套路和模式，虽然多读会使人觉得缺乏变动，太过于程式化，但是其语言的瑰丽在一定程度上弥补了这种不足。除了对功夫进行描写之外，梁羽生还用了不少笔墨去描写外部的景物和环境，武侠小说中自不缺少对江湖景观

---

① 梁羽生：《我与武侠小说的不解之缘》，载梁羽生《笔花六照》，广西师范大学出版社，2008，第8页。

的描写，悬崖、沙漠、荒原甚至成了武侠小说之中具有重要作用的特殊意象。但是这些景观的描述大都是为故事的讲述埋下伏笔，换句话说，情节与故事才是武侠小说的重点，读者往往贪看的是刺激而精彩的情节，而景物则常常沦为故事之中的配角。梁羽生却描写了不少游离于情节之外的景物。在《七剑下天山》中，冒浣莲与纳兰容若在花园中相遇，作者详细描写了花园之中的景观，展现了其语言上的魅力。两人在花园之中游逛，"忽见迎面突出插天的大玲珑山石来，上面异草纷垂，把旁边房屋皆遮住。那些异草有牵藤的，有引蔓的，或垂山岭，或穿石脚，甚至垂岩挂柱，索砌盘阶，或如翠带飘摇，或如金绳蟠屈，幽香阵阵，扑入鼻翼"。纳兰容若府邸的豪华与清幽可见一斑，作为其主人的纳兰容若的清雅也可以从中窥得。而梁羽生的才情和对词章修辞的推敲也能由此看出。他甚至在词句中运用了一些骈文的色彩，使其作品读来更觉古意盎然。这种看似与情节无碍的景物描写完全与武侠小说以刺激情节吸引读者的原则背道而驰，梁羽生为何会在这上面下功夫？其才情的自然流露可能是一个重要的原因，他自小能够填词作赋，以瑰丽的言辞对外部环境进行描写自然难不住他。但是对于作品审美意义上的追求，向严肃文学的文艺标准靠拢可能是更为重要的原因。

其实梁羽生不管是对主题的深化还是对于语言艺术性的追求，都可以看作是他为提升武侠小说艺术品位而做出的努力，都能够看出他向严肃文学学习和靠拢的痕迹。而梁羽生之所以做出这样的努力，与当时武侠小说的地位是分不开的。

港台武侠小说虽然受到大众的喜爱，其在文艺界和精英文化圈里的地位却始终不高。不谈中国内地直到20世纪80年代初期才对其解禁，就算是在港台武侠小说的兴起之地——香港，武侠小说在50年代初也"不大被人瞧得起"①。梁羽生甚至不得不做出《从文艺观点看武侠小说》这样的文章来为武侠小说进行辩护。他在参加第四次作协代表大会时也努力为武侠小说争取一席之地。而向纯文学的文艺标准靠拢显然是提升武侠小说水准，获得精英文坛接纳的一种重要方式。他始终尝试以严肃文学的评价标准去看待通俗文学的写作，努力使自己的武侠作品符合严肃文学的审美标准。尽管这在一定意义上具有积极的作用，使他的武侠作品不管是在情节、语言和主题上都优于同类作品。但是这种认知，又在一定程度上阻碍了他继续探索武侠小说发展的可能。对严肃文学文艺标准和创作理念、手法的简单搬用很容易折损梁羽生的武侠小说本该有的魅力，梁羽生作品中出现的对侠义的概念化演绎、词语的堆砌都可以看作是这种做法的后遗症。

除此之外，梁羽生对武侠小说的认知最终阻碍了他在武侠小说上更上层楼，他的作品尽管有着极多的优点，但是却也有着硬伤，除了概念化、词句堆砌等问题，他的作品也缺乏对人性、道德的探究。通过他最后转而去写历史小说可以看出，在他的心目中，武侠小说作为一种类型小说始终还是比别的文艺作品低了一筹，无法使他真正大展拳脚。作为新武侠小说第一人，梁羽生自然希望武侠小说的地位能够得到提升，他曾写过的大量为武侠小说"鸣不平"的文章就可以证明这一点，但是由于看到武侠小说创作中所存在的地位和受其本身的文学观念的影响，他对于武侠小说能够达到的艺术水准并不自信，他仍旧局限在武侠小说原有的框架之中，不能或者是不想对武侠小说可以表现和探讨的主题进行更深一步的研究。

(二) 古龙：既"破"又"立"的武侠"浪子"

古龙（1938—1985），原名熊耀华，与金庸和梁羽生相比，他的身世要困苦得多。他早年生活在香港，后随父母去了台湾，18岁时父母离婚，随后又与父亲决裂，他的生活陷入了困苦之中，一直靠打短工和朋友接济过

---

① 梁羽生：《与武侠小说的不解缘》，载梁羽生《笔花六照》，广西师范大学出版社，2008，第13页。

日子。起初他把精力投注到对纯文学作品的写作上面，到1956年发表了第一篇纯文学中篇小说，但是其后却很难再有作品见报，到1960年受到朋友们的影响也是迫于经济压力，他转而开始进行武侠小说的创作，没想到从此之后一发不可收拾，从他开始创作到他生命的终止的20年间，写了将近80多部作品，总字数达到2 000万余字，比梁羽生和金庸两人所写作品加起来还多。可是他的作品中有不少是生活所迫而写下的急就章，所以作品的质量时好时坏，精品反而不如金、梁数量多。

古龙比梁羽生和金庸迟步入武侠世界，当他开始写作时，金庸和梁羽生已经"红"遍了整个华人世界，他不需要再如梁羽生一般去思虑武侠小说的地位问题，但是却迫切需要走出前辈们的成功所带来的阴影，因此求新、求变是古龙进行武侠创作的主要理念。他意识到"现在无疑又已到了应该变的时候"，而"要求变，就得求新，就得突破那些陈旧的固定形式，尝试去吸收"①。为了达到这个目的，他兼容并包，什么都敢拿过来，甚至不惜因此破坏武侠小说的传统。在他看来，"武侠小说和别的小说一样，要能吸引人，能振奋人心，激起人心的共鸣。这就是成功的！"② 如果说在梁羽生看来雅俗文学泾渭分明，不可以随便逾越两者之间的界限，那么古龙在创作武侠小说时可以说是百无禁忌，随意挥洒。他一方面肆无忌惮地打破武侠小说原有的规则，拓宽武侠小说在主题意蕴上的边界，他的武侠小说不再只局限于对"武"的场景表述，或是对"侠"的深层含义的表现，而变成了探秘人性幽微，描摹世情百态。另一方面却在不断地对武侠小说的样式进行创新，把侦探小说、冒险小说、言情小说和间谍小说等文学样式引入到了武侠小说的创作之中。同时他还把多种写作技巧"拿过来"用在了武侠小说的创作上。在求新求变的过程中，古龙既"破"又"立"，确实为武侠小说带来了新的生机，只是受限于他的性格和经历，这种探索没

---

① 王淑芝：《台港澳及海外华人文学》，东北师范大学出版社，2015，第216页。
② 古龙：《多情剑客无情剑·序》，海天出版社，1991，第2页。

## 第一章 武侠小说：封"神"之后的落寞

有带领武侠小说走入更高的境界。

一方面，古龙打破了大众固有的对武侠小说的认知，不管是在武打场面的描述上，还是对"侠义"的定义上，他都力图独辟蹊径，开创武侠写作的新局面。在打斗场面的描写上，他不关注具体的招式，亦不拘泥于对打斗场面的描写，而是关注比拼之间的意境和氛围。在这种对武术描写的创新背后是古龙对武与侠二者关系的别样解读和认知，是其对武侠和人生的思考。

梁羽生曾分析说："一般读者爱看武侠小说，原因之一，恐怕就是为了追求刺激，作者笔下打得越紧张，读者就读得越过瘾。"[1] 学者陈平原亦称："武侠小说还是不能不花大篇幅描写技击打斗的过程，因那是广大读者的兴趣所在，也是武侠小说作为一种小说类型最重要的特征之一。"[2] 精彩纷呈的武打场面是武侠小说吸引读者的利器。翩若蛟龙的侠客身姿、寒光闪烁的各色兵器、出神入化的武林绝技都构成了武侠小说的魅力。梁羽生和金庸都非常擅长写打斗场面，在他们笔下武林高手或静或动，或阳刚或阴柔，或残暴或仁慈，在刀光剑影中尽显豪侠本色。但是古龙却偏偏反其道而行之，他鲜少写出高手之间"互拆几十招"的打斗场面，把武打的场面缩略到了极点，高手往往能在一刀、一剑之间解决敌人的性命。小李飞刀李寻欢一刀便夺走人的性命，他的好友阿飞作为武林异类也是以快剑出名。而金庸与梁羽生小说中能够引发读者无限遐想的"神功"也难以在他的书中找到，《绝代双骄》中花无缺只凭借一招"移花接木"就打败了众多高手，而楚留香也只仰仗一门轻功闯荡江湖。"武"似乎不再是古龙小说的重点，或者换句话说古龙放弃了对"武之形"的书写，所追求的是对"武之境"的描绘，这主要体现在对武斗氛围的描写上。

古龙擅长营造武斗的氛围。在《多情剑客无情剑》中天机老人迎战上

---

[1] 陈夫龙：《侠坛巨擘——金庸与新武侠小说研究史料辑》，人民出版社，2015，第65页。
[2] 陈平原：《千古文人侠客梦》，北京大学出版社，2018，第89页。

官金虹一战，两人一正一邪，都是江湖上赫赫有名的高手。他们的对决不仅关系个人的生死存亡，更关系武林的命运走向，但是狭路相逢之后，却并没有兵刃相见，而是在亭子间通过一支烟完成了两者的比拼。从老人等待这个武功高强的敌人时所抽的"亮的好像一盏灯一样"的旱烟，到上官金虹出现之后"奇怪的点烟招数"，再到吐出"一条很细很长的烟柱"。寥寥数语之间一场生死对决就已经全部结束了。尽管没有酣畅淋漓的打斗，没有血肉模糊的伤口，没有动人心魄的生死决斗，但是古龙却在一步步地营造大战在即的紧张感。他从李寻欢与天机老人的孙女孙小红的视角出发，以局外人的角度来描摹这场大战的惊险与刺激。长亭里突然灭掉的火光，被黑暗吞没的老者身影，孙小红被冷汗浸湿的掌心，无法点燃的烟丝和千钧一发时的那缕烟柱，都在说明这两位武林高手之间正在进行着关乎生死的巅峰对决。这样的场景还有很多，《多情剑客无情剑》中小李飞刀和上官金虹的比拼直接在密室之中完成，谁也无法窥到其中场面；《绝代双骄》中小鱼儿与花无缺二人的对决也在匆匆几招之后草草收场；更有楚留香几乎不与人正面交锋，以一身轻功逃出生天。对具体技击之术的忽略，和对场景氛围的关注都在表明古龙渴望脱离以往武侠写作的范式。不正面描写打斗场景，而是刻意雕琢比武的意境和氛围，古龙缘何要抛弃源自现实的技击之术的描写，而着眼于虚无缥缈的武术境界的书写呢？其中原因自然有很多。古龙本来就毫无武术根基，避而不写可能为文本带来硬伤的技击招式，能够让他在武侠小说的写作中扬长避短，从写作角度来看这显然是一个明智的选择。而且已有金庸和梁羽生对武术描写的珠玉在前，古龙自然很难进行进一步的超越，出于求新求变的目的古龙也需要独辟蹊径。

不过古龙独树一帜的武学理念和对武与侠关系的认知可能是促使其重视武术氛围和境界描写的最为重要的原因，而反过来他重意境轻武技的写法也证明了他的武学理念。武与侠的关系是武侠小说家们进行创作的核心问题，梁羽生坚持武是为侠进行服务的，武艺高强只是为了方便侠客们行

第一章　武侠小说：封"神"之后的落寞

侠仗义。通过对梁羽生的作品进行解读可以发现，侠客要想武功达到臻境必定要舍弃小我，关心家国。所以他对武侠场景的描写尽管精彩，但是却缺少个性和辨识度，容易出现程式化的问题。而金庸对武与侠的关系并非如梁羽生一般的刻板，他显然不认为武技只是侠义的附属品，而是把武功与个体性格结合了起来，武技成为侠客们性格和精神的外延。所以聪明的黄蓉无法学会两手互搏之术，也只有萧峰这种顶天立地的男子汉才能把阳刚的降龙十八掌使得炉火纯青。他逐渐剥离了武与侠之间对应的关系，武术虽然能够帮助侠士荡平天下，但是亦能够使奸佞之人危害人间。但是他也没有完全逃脱梁羽生所划定的"武侠相依存"的公式，代表正义的豪侠总是能够在机缘巧合之下习得名门正派之功，如郭靖、段誉等人；穷凶极恶之人则往往陷入阴毒的武功套路之中走火入魔，如欧阳锋、鸠摩智。对古龙来说，武功的高超与人性、人情有着莫大的关系。古龙认为武功的至高境界是"妙参造化，无环无我，无迹可寻，无坚不摧"，而人只有"有感情，才有生命，有生命，才有灵气，才有变化"，才能达到这种武术的至高境界。情感不是物质条件决定了武技的进步，古龙分明是以属于精神层面的情感和信念来构建起自己的武术体系，来自于外界的招数只能对古龙想要表达的武术境界造成干扰，自然遭到了古龙的摒弃。值得注意的是，当武学失去了现实的基础只能从情感之中找到精进武学的奥义，自然会看起来显得颇为失真。无法依托于动作、形态等实体，而只能反反复复纠结于"杀气""煞气"等氛围的书写中，古龙比之梁羽生更容易出现模式化的问题。

　　他在对武的认知上摆脱了以往的窠臼，在对侠义精神的表达上和侠客形象的塑造上也别具一格。尽管侠客并非完人，但是作为"成人童话故事"里的主人公，作者们是愿意把很多美好的品质赋予他们的。所以在诸多武侠作品中，侠客不仅具有匡扶正义、惩强除恶等品质，往往还品性高洁、刚正不阿，不为金钱和美色所迷惑。虽然在港台新武侠作品中出现了不少亦正亦邪极具特点的侠客，但是他们作为人间正义使者的形象是很难变更的。因此不管是在梁羽生还是在金庸眼中，侠义精神都意味着要做正确的事情，对大多数人有利的事情。这在无形中为侠客套上了一层家国英雄的外衣，若是无法达到世人心目中近乎完美的道德标准，是很难被称之为侠的。可是古龙却让侠从道德的神坛上走了下来，既可以以浪子之态游历人间，又可以与盗贼为伍，甚至可以偷奸耍诈，侠客并不需要成为道德上的楷模。如楚留香虽为侠其实是盗，他的偷盗并非为了劫富济贫，而是兴之所至，随意为之；《绝代双骄》中的小鱼儿是从恶人谷出来的，狠毒刻薄其实不亚于"十大恶人"；萧十一郎则背负了"大盗"的恶名，为江湖正派人士所不齿……好酒、好色甚至成为古龙笔下侠士的通病。他们显然不能与义薄云天的正派大侠萧峰、张丹枫等人在品德上相媲美，但是他们却因为具有了普通人身上的弱点，显得更加真实和可爱。古龙放荡不羁、我行我素的生活态度几乎都复制到了这批侠士的身上，换句话说，他们是古龙生活态度在其作品中的体现。毫无疑问，古龙是"破"了武侠小说中"武"与"侠"的传统，致力于求新求变不肯走前人的老路，那么他又将如何创新？如何把已经被他破坏的武侠世界填补起来？

既然古龙不愿意向传统学习，不肯接受中国传统侠义小说中既定的理念，那么就只能向西方学习，把目光投注到现代文明上了。由于他早期接触过西方的理论和文学作品，他大胆地把西方纯文学中的主题和精神都纳入自己的小说之中，拓宽了武侠小说的主题意蕴，把现代意识赋予他笔下的人物形象；另一方面则是把多种文体样式和写作技巧都融入了自己的小说之中，尝试在武侠小说的写法上进行创新。

西方经典对人性幽微之处的探寻，对生命本质的追问和对人间情爱的剖析都触动了古龙的内心，使其希望能够从中汲取养料拓宽武侠小说的广度和挖掘其表现的深度。古龙曾经说过："《战争与和平》写一个大时代中的动乱和人情中的善与恶的冲突，《人鼠之间》写的却是人性的骄傲和卑

## 第一章　武侠小说：封"神"之后的落寞

贱,《国际机场》写的是一个人如何在极度危险中重新认清自我,《小妇人》写的是青春与欢乐,《老人与海》写的是勇气的价值和生命的可贵。这些伟大的作家们,用他们敏锐的观察力、丰富的想象力和一种悲天悯人的同情心,有力地刻画出人性,表达出他们的主题,使读者在悲欢感动之余,还能对着世上的人与事,看得更深、更远些。

"这样的故事,这样的写法,武侠小说同样也可以用,为什么偏偏没有人用过呢?"[①] 显然,在古龙眼中通俗和严肃文学之间没有绝对的界限,通行于纯文学领域内的写作法则同样适用于通俗文学的写作,尤其是武侠小说。不管古龙的想法是否正确,他确实为武侠小说打开了一片新的天地。他的武侠小说主题超越了"武"与"侠"而不断得到延伸。在《大人物》中,通过少女田思思的寻爱之旅,以近乎戏谑的手法揭示了事物表象与本质之间巨大的差异。田思思与所有身处深闺的怀春少女一样,渴望嫁给一个武林中的"大人物"。但是当她与自己的丫环田心进入江湖世界之中开始与这些"大人物"朝夕相处之后,她才发现原来身披光环的"大人物"并非如江湖上的传言。名动江湖的少年英雄秦歌实际上是一个酒鬼和赌鬼,他被"大人物"的盛名所累,只能以牺牲自我个性的方式去伪装自己,迎合大众的喜好。智勇双全的豪侠义士柳风骨则是一个阴险奸诈的小人,他既虚伪胆小又心狠手辣,成为田思思永远的噩梦。而有着"大头"和"大肚子"的少侠杨凡却因自己的善良、直率成为田思思心目中的"大人物"。发现这些"大人物"的过程,就是少女田思思甚至是读者不断地去除偏见、发现人心本质的过程。古龙强调的不仅仅是"人不可貌相"这一道理,更多的是要透过现象去看事物的本质,不要被肤浅的外物所蛊惑。《多情剑客无情剑》则是以李寻欢与林诗音的爱情悲剧揭示了人在道德和本性之间的痛苦挣扎,《绝代双骄》中小鱼儿和花无缺两兄弟之间的不得不进行相互残

---

[①] 陈墨:《新武侠二十家》,文化艺术出版社,1992,第222页。

杀则又向读者展示着命运的无常，《楚留香传奇》中楚留香不肯杀人的准则则引发读者对于暴力屠杀的思考。除此之外，他还往往在情节之间加入对个人成长、自我解放和爱情欲望的思考，所以古龙的书中往往"金句"频出，给予读者不少启发。

古龙对外国典籍的借鉴不止在主题意蕴这一方面，他还把西方不同文学形式都融入了武侠小说之中，如言情小说、侦探小说、间谍小说等，其中他借鉴最多的便是西方的侦探小说。楚留香不仅是一个盗侠还是一个合格的侦探。在《楚留香外传·蝙蝠岛》中，楚留香等人登上一艘大船，而船上凶杀案频发，各种线索把他们一行人引向了一个海外孤岛——蝙蝠岛，而岛主蝙蝠公子在岛上作威作福，通过买卖秘密操控江湖。最终，楚留香等人通过蛛丝马迹探出了蝙蝠公子的真面目并予以揭露，且用计谋永远清除掉了这个神秘、诡异的孤岛。《多情剑客无情剑》中，江湖第一美人林仙儿也是蒙蔽众人设计了"梅花盗"这一江湖第一大案，却不曾想被李寻欢看出了端倪，以致真相大白。《陆小凤传奇》《绝代双骄》中都有很多侦探小说的因素。侦探小说情节上的环环相扣与紧张刺激显然弥补了古龙对武打招式描述上的缺陷，使他的小说别具魅力。除此之外，古龙在语言上也向西方作家学习，他如海明威一般爱用短句，短句的出现改变了武侠小说的叙事速度，使叙述节奏变得更加明快，也使时空的跳跃和转换更加自然。可以从他的代表作《多情剑客无情剑》中随意摘取一段来看：

> 这变化实在太出人意料之外，这一剑也实在很快！
> 幸好阿飞手上还握着剑，他的剑更快，快得简直不可思议，那人的剑虽已刺出，阿飞的剑后发却先至。
> 只听"呛"的一声，阿飞的剑尖竟点在对方的剑脊上！
> 这人骤然觉得手腕一裂，掌中的剑已被敲落。
> 但这人也是少见的高手，临危不乱！身子一翻，已滚出丈外，

## 第一章  武侠小说：封"神"之后的落寞

> 这时才露出脸来，居然是游龙生去而复返。
> 
> 阿飞不认得他，也没有看他一眼，一剑出手，身子已往后退，他退得虽快，怎奈却已迟。
> 
> 门外已有一条翅棍，一柄金刀封住了退路。

这些短句与多个"！"的出现，使场面变得格外的惊心动魄，短句与分行使读者有了一种跳跃的感觉，特别适合表现这千钧一发的武斗场景。短句的使用除了影响叙述节奏之外，更改变了武侠小说的意境和叙事的顺序。武侠小说的通俗性决定了其很难在写作手法上进行创新，为了照顾读者的阅读体验，减轻他们的阅读负担，武侠小说家们一般都会依照时间顺序从头到尾地对事件进行完整的叙述，因果联系往往非常明晰。但是古龙却不爱如此平铺直叙，他擅长用短句描述一个个片段，以至于他的小说并不是太过完整的故事，而成了片段之间的连接，这样既人为地模糊了时间和空间界限，又在画面的转换之中带来了极大的冲击性。如李寻欢的仆人虬髯大汉在菜市场遇到伏击，古龙并非一开始就写出复仇的来龙去脉，而是通过描绘繁华的菜市场景象入手。

> 这里有抱着孩子的妇人，带着拐杖的老妪，满身油腻的厨子，满头桂花油香气的俏丫头……
> 
> 各式各样不同的人，都提着菜篮在他身旁挤来挤去，和卖菜的村妇、卖肉的屠夫为了一文钱争得面红耳赤。
> 
> 空气里充满了鱼肉的腥气、炸油条的油气、大白菜的泥土气，还有鸡鸭身上发出的那种说不出的骚臭气。

同样是使用短句介绍了菜市场上的各色事物，营造出了一种远离江湖的温馨家常的气氛。但是倏忽之间，场景却突然转换，充满生命力的菜市场瞬间变成了充满血腥的修罗场：

>肉案上摆着的既非黄牛，也非口羊，那是个人！
>活生生的人！
>这人身上的衣服已被剥光，露出了一身苍白得可怜的皮肤，一条条肋骨，不停地发着抖，用两条枯瘦的手臂抱着头，缩着头伏在肉案上，除了皮包着骨头之外，简直连一两肉都没有。
>独眼妇人左手扼住了他的脖子，右手高举着剔骨刀，独眼里凶光闪闪，充满了怨毒之意，也充满了杀机。

带给读者极其强烈的视觉冲击力的同时，又使读者不由自主地被这场景背后的故事所吸引，这形成了古龙独特的文体标志。使用对话推动情节的发展，以对话展现人物性格是古龙另一种文体上的特点，很多学者都对此有过专门的论述，在这里就不再展开了。可以看出古龙不管是在主题意蕴的挖掘上还是在写作方法的运用上都吸取了西方作品中的精髓，形成了别样的风格，确实达到了求新求变的目的。

不过令人遗憾的是，古龙仍然没有突破瓶颈达到真正的艺术高峰，他的求新求变一方面使他挣脱了前人的阴影，得以独成一派；另一方面却使他陷入了刻意剑走偏锋后带来的绝境和桎梏，使他终难突破瓶颈。如他对短句和对话不加节制的使用，导致了行文支离破碎，啰哩啰唆。那些偏离了主线的对话往往使他的长篇小说结构混乱，枝节横生。而且他的生活状态和写作状态也是他无法登顶艺术高峰的另一重原因。通过他多位朋友的回忆录可以看出，古龙有着好酒贪杯、沉溺享受的特点，往往巨额稿费刚到手他就挥霍一空。他的朋友燕清在回忆古龙的文章中写道："四万元台币，折合港币是五千元，这不算是小数目，如果在台中、台南的乡村地方，也可以买到一间很像样的小屋。古龙却有本领，在一天之内，把这笔钱花光,而且,不是花在有意义的用途上。"① 所以古龙经常面临着经济上的窘境,以至于不得不多写文章来换取稿费,这严重影响到了古龙作品的水准。他自己曾提及:"在那时候的写作环境中,也根本没有让我润饰修改、删减枝芜的机会。因为一个破口袋里通常是连一文钱都不会留下来的,为了要吃饭、喝酒、坐车、交女友、看电影、住房子,只要能写出一点东西来,就要马不停蹄的拿去换钱;要预支稿费,谈也不谈。"② 在这种情境之下,古龙犹如一部写作机器,根本无法进行成熟的思考,以至于很多他自己所提出来的艺术主张都无法实现。所以他的作品数量虽然很多,但是精品的数量确实不多。

(三) 金庸:武侠小说的集大成者

金庸(1924—2018),原名查良镛,出生于浙江的书香门第、簪缨世家查家,著名的诗人徐志摩是他的表兄。他自小就受到良好的家庭氛围的影响,喜爱读书。不管是中国古代传统小说还是新文学作品,他都曾涉猎过。但是由于 20 世纪的中国正陷于战火之中,他的少年和青年时期饱受颠沛流离之苦。他性格刚正不阿,曾写文章讽刺学校不合理的规章制度,以致两次被勒令退学。1945 年,退学后无以为生的金庸进入了杭州《东南日报》当记者,随后又进入了《大公报》。1948 年,为了躲避战火,他随《大公报》迁往了香港。1955 年受到好友梁羽生的鼓励,他开始创作武侠小说。他的第一部武侠小说《书剑恩仇录》便一炮而红,在《新晚报》上连载了一年。1955—1972 年间,他总共写了 15 部武侠小说,其中长篇有 12 部,分别是《书剑恩仇录》《碧血剑》《射雕英雄传》《神雕侠侣》《雪山飞狐》《飞狐外传》《倚天屠龙记》《连城诀》《天龙八部》《侠客行》《笑傲江湖》《鹿鼎记》。还有《鸳鸯刀》《白马啸西风》《越女剑》3 部中短篇。其作品(除最后一个短篇《越女剑》外)书名的第一个字连起来可以编成一副对

---

① 陈墨:《新武侠二十家》,文化艺术出版社,1992,第 224 页。
② 陈墨:《新武侠二十家》,文化艺术出版社,1992,第 218 页。

联：飞雪连天射白鹿，笑书神侠倚碧鸳。

尽管在20世纪80年代，金庸与梁羽生、古龙三人在武侠世界之中可以说是平分秋色，但是金庸显然走了一条和另外两人都决然不同的道路。当梁羽生无法摆脱对武侠小说的偏见，转而写作历史小说时；当古龙还在为武侠小说求新求变之路上苦苦思索，为了稿费而创造大量并不精美的作品时，金庸却在1972年写完《鹿鼎记》后宣布封笔，并开始进行长达10年的修改。这种打磨作品的自觉其实已经昭示着金庸对于自己的作品有着别样的期待。因此他的作品早已经超越了武侠小说这一范畴，成为雅俗文学集大成者。并且在90年代经历过一系列经典化行为，被众多学者奉为真正的文学经典。在群星璀璨的武侠世界之中为何只有金庸的作品被经典化？为何只有他的作品超越了雅俗文学的界限，在收获大批读者的同时也能够为学院派和纯文学界所接纳？仅仅只探讨金庸小说文本的内容是无法得出准确答案的，笔者将在第一章第二节中对金庸作品的经典化道路进行更为详尽的分析。

在20世纪80年代，除了梁羽生、金庸、古龙三人之外，其实还有不少港台武侠小说家为读者带来了精彩的作品。

如颇有些古龙神韵的温瑞安（1954—  ）。他原名温凉玉，幼时曾经居住在新加坡，年幼时就富有才名。17岁时就组织了"天狼星诗社"，大学毕业之后才开始涉猎新武侠小说。他的创作范围极其广阔，除了在新武侠小说的写作和诗歌创作上所取得的成就，他还写过大量的杂文、传记、剧本等。他既是真正的"练家子"——自中学起就爱好武术，创办过武术社团，又是一个武侠小说研究的专家，曾经写过多篇关于金庸小说的研究文章，是个不折不扣的"金学"研究者。尽管他曾经花费了时间和精力研究了金庸的作品，但是他的写作风格却与古龙极为类似。他的代表作有"四大名捕系列""神州奇侠系列"等，其中最出名的应该是"四大名捕系列"，被改编成了多部电视连续剧和电影。

除此之外还有卧龙生、诸葛青云等人,但是与梁羽生、金庸等人相比,他们或是延续了传统武侠小说的老路,没有为新武侠小说带来真正的创新;或是无法超越梁、金、古三人的影响,只能被一小部分读者所熟知。

可以看出,20世纪80年代的武侠小说界可以说是百花齐放,各种不同类型、不同风格的武侠小说都有其拥趸,这从侧面证明读者审美趣味和阅读心态的多样性。对古龙笔下孤独的浪子爱得如痴如醉的读者其实很难与梁羽生笔下的翩翩公子版的儒侠产生共情,而喜欢奇崛吊诡文风的人估计也不会把金庸的作品奉为经典。对不同作者的偏爱凸显了读者不同的阅读品味,值得深究的是为何读者会对武侠小说如此喜爱。

## 二、对阅读新奇感的追寻

梁羽生、金庸和古龙在通俗文学的创作和阅读史上都留下了浓墨重彩的一笔,当再度回顾20世纪80年代中国内地出现的港台武侠阅读的热潮时,对于这种文化现象背后的原因探寻显然具有重要的意义。就这一现象,许多研究者给出过不同的答案,或从武侠小说的内容进行分析,认为金庸等人开创了武侠小说的新气象;或是从传播方式入手,认为电视、电影、广播等大众媒介的出现对于新武侠小说的流行具有重大的意义;或是从受众的心理特征进行分析,认为"现代社会的读者,对'一次性文化消费'大感兴味"[1],追求轻松愉快的阅读体验;或从武侠小说的历史传统入手,认为中国长期以来的武侠传统使得武侠小说深入人心……这些研究结果都不无道理。但是若仅仅关注于武侠小说的内容,强调其作为通俗小说所具有的娱乐大众、放松心情的作用,那么对80年代武侠阅读热这种文化现象只能做粗浅化的理解。

---

[1] 陈墨:《新武侠二十家》,文化艺术出版社,1992,第5页。

大众对港台武侠小说的偏爱一方面是由于当时时代环境使然，另一方面则是源于港台武侠小说所具有的"禁书"的特殊魅力。这种在大陆读者中间涌动的"阅读热"展现出了20世纪80年代大众阅读者对于规则的挑战和繁华大千世界的向往。

首先，20世纪80年代特殊的历史环境使港台武侠小说的阅读神话成为可能。一方面，是十余年的文化禁锢使读者渴望阅读书籍，而通俗小说作为普通大众读者的重要读物更是稀缺，且具有较高水平的港台武侠小说甫一出现自然能够引起读者们的热情；另一方面则是由于市民人数的增长，城市的发展，港台武侠小说具有了受众群体。

20世纪70年代末80年代初，随着政治经济生活领域的拨乱反正，人们的文化生活也逐渐步入了正轨，高考的恢复、高级知识分子们被大批平反等事件都在刺激着人们重新看待知识。在电视媒体刚刚流行，而其他电子媒介手段还未兴起之前，书籍是人们获取知识的最佳手段，人们对图书的需求极为巨大，但是由于图书出版结构单一、供应不足，图书成为紧缺商品，因而形成了一个"自发畅销书"的时代。"只要是书都好卖"，这是当时我国图书出版市场特征的最好的注脚[1]，在80年代甚至出现了人们在书店前通宵排队购书的场景。就像独立撰稿人傅国涌所说："从1978年到1988年10年间，在那个渴望了解世界的年代里，人们如饥似渴地饱览着每一部能得到的书，也不论是否感兴趣或者是否看得懂。"[2] 而通俗作品与其他种类的文学作品相比则更为缺乏。但是读者对于通俗小说的阅读偏好并没有随着好作品减少而湮灭，《林海雪原》《新儿女英雄传》《烈火金刚》等带有通俗小说特征的英雄传奇故事在一定程度上取代了通俗小说，开始广泛流行，但是这些英雄传奇与真正的通俗小说还是有着较大的差距，无

---

[1] 刘蒙之、谢妍妍、严丽雯：《百年中国畅销书史》，世界图书出版公司，2015，第170页。

[2] 程美华：《新时期（1978—2008）出版史概论》，学林出版社，2012，第60页。

## 第一章 武侠小说：封"神"之后的落寞

法真正满足读者对通俗小说的阅读需求。80年代港台武侠小说的涌入正好解了内地读者的通俗文本匮乏之渴，港台武侠小说之中生动的场面描写、跌宕起伏的故事情节、至情至性的英雄豪侠都远远超出了内地（大陆）的同类作品，吸引了一大批读者的阅读兴趣。而且由于内地（大陆）对港台武侠小说的引入具有滞后性，所以读者反而"因祸得福"，能够看到港台武侠小说中经过修改的精品。如梁羽生在内地公开出版的第一本书就是《萍踪侠影》①，而不是他早期的作品《龙虎斗京华》，相较于后者来说，《萍踪侠影》不管是在语言上、情节的设置上还是人物的塑造上都更为成功。这也使中国读者对于港台武侠小说更具有了好感，进一步激发了读者的阅读兴趣。

其次，城市的发展也是20世纪80年代港台武侠小说繁荣的原因之一。通俗小说的发展与城市的发展息息相关，城市的发展越是迅猛，通俗小说的创作就越是繁荣，其根本的原因就是市民阶层的迅速扩大。② 市民是通俗小说的主要读者群体，对工作紧张、学识有限的市民群体来说，颇具趣味却轻松简单的通俗读物显然是最合适他们的。学者陈平原曾经做过如下分析："武侠小说作为一种通俗艺术，主要是满足城市公众消遣和娱乐的需要，这就难怪其创作中心依次是上海、天津、香港、台北等商品经济比较发达的大都市。"③ 80年代中国正好迎来了城市人口发展的一次增长，60年代后期和70年代中国的市镇增长率基本处于徘徊停滞的状态。其主要原因在于严格的户籍管理制度和"文革"期间社会、经济政策的失误。1978年改革开放以后，中国市场型人口城市化比重增大，1987—1999年，人口城市化水平年均递增0.4个百分点。④ 1953年城市人口占总人口的13%，

---

① 王先霈、於可训：《80年代中国通俗文学》，湖北教育出版社，1995，第285页。
② 汤哲声：《论中国当代通俗小说的语境和批评标准》，载吴秀明主编《中国当代文学史料丛书》，浙江大学出版社，2017，第330页。
③ 陈平原：《千古文人侠客梦》，北京大学出版社，2018，第68页。
④ 王胜今、景跃军：《人口、资源、环境与发展》，吉林人民出版社，2006，第135页。

1982年上升到20.6%。① 作为通俗文学的主要读者和受众，城市人口的增加在客观上有利于通俗文学的发展，有利于港台武侠小说的繁荣。当人们从农村进入城市之后，身份与心态都发生着巨大的变化，随之而来的则是阅读品味和审美需求产生了剧变。从田地到工厂，人们经历的不仅是地域上的变化，更是生活习性与生活理念的全面的"换血"。尽管城市工作的劳动强度可能并不比农村更大，但是城市极快的生活节奏、纷繁复杂的各色事件却更容易使人感受到心灵的空虚和疲惫，人们需要轻松愉快的读物来放松心情。港台武侠小说则完全能够满足市民阶层的需要，精彩纷呈的打斗、引人入胜的情节、简单易懂的语言都是人们能够瞬息感受的港台武侠小说的魅力所在。所以学者陈墨曾经下了这样的结论："'经典文化时代'已经成为过去的历史。——文学的认知功能、教育功能，乃至其审美功能都被推到次要的地位，而其娱乐、消遣的功能，则被大大地强化，成为时尚读书的首要目的。因而也就成了'消费文化'的首要特征，成了消费文化和通俗文学的创作的首要原则、指标。"② 这个结论在一定程度上揭示了20世纪80年代城市人口增长与港台武侠小说兴盛之间的关系，城市的发展与城市人口的增长为港台武侠小说的兴盛提供了条件，市民阶层的阅读品味与阅读偏好在一定意义上催生了武侠小说的阅读热。

再次，存疑的合法性、私密的流通渠道又使港台武侠小说具有了别种魅力，读者对武侠小说的追捧和痴迷的背后不仅仅是对娱乐的追求，而更多地表达了对不同以往的生存状态的好奇和渴望。

在整个20世纪80年代，港台武侠小说的开始进入内地（大陆）为读者带来了极为新奇的阅读体验，使内地（大陆）的读者第一次接触到了不同于以往的通俗文学读本。1979年邓小平在《中国文学艺术工作者第四次代表大会上的祝辞》中就说道："我国历史悠久，地域辽阔，人口众多，不同民族、

---

① 费正清：《剑桥中华人民共和国史（下卷）》，中国社会科学出版社，1992，第734页。
② 陈墨：《新武侠二十家》，文化艺术出版社，1992，第5页。

## 第一章 武侠小说：封"神"之后的落寞

不同职业、不同年龄、不同经历和不同教育程度的人们，只要能够使人们得到教育和启发，得到娱乐和美的享受，都应当在我们的园地里占有自己的位置。英雄人物的业绩和普通人的劳动，斗争和悲欢离合，现代人的生活和古代人的生活，都应当在文艺中得到反映。我国古代的和外国的文艺作品，表演艺术中一切进步的和优秀的东西。都应当借鉴和学习。"这段讲话反映了当时逐渐松动的文化策略，在一定程度上肯定了港台武侠小说合法地位。而在各个领域具有极高声望的名人们对武侠小说的喜爱，则是更进一步地证明了港台武侠小说"无害性"。华罗庚、冯其庸等人可以算是港台武侠小说的第一批内地（大陆）读者。而红学大家冯其庸也描述过自己阅读金庸时的"迷态"，"我每读金庸小说，只要一开卷，就无法释手，经常是上午上完了课，下午就开始读金庸的小说，往往到晚饭时，匆匆吃完，仍继续读，通宵达旦，直到第二天早晨吃早饭，才不得已暂停。如早饭后无事，则稍稍闭目僵卧一回，又继续读下去，直至终卷而止。记得第一部读的是《碧血剑》，我读了一个通宵，第二天白天，稍稍处理了一些事情、就将此书读完。以后每部书的开读大抵都是如此。虽然书的卷数有多有少，读的时间也不完全相同，但通宵不寐地读金庸的小说，成了我的最大的乐趣。"① 威力巨大的武功招式、缠绵悱恻的爱情故事、敢爱敢恨的侠士义人在构造出一个神奇的武林世界。这个世界本就对普通读者有着巨大的吸引力，而又因为它来自香港与台湾则更罩上了一层神秘的色彩，更多的读者在对港台武侠进行阅读的过程中，更是在对中国大陆之外的世界进行着想象，试图从这些作品中寻找到一些关于光怪陆离的花花世界的蛛丝马迹。

而港台武侠小说的传播方式更是增加了其禁忌色彩。从最初的通过各种渠道"走私"进入内地（大陆），到盗版横行占领读者市场，港台武侠小说传入与在内地的生产流通始终处于法律与政策的灰色地带，以至对于武

---

① 冯其庸：《读金庸》，载冯其庸《文心集》，青岛出版社，2014，第390页。

侠小说爱好者来说，阅读港台武侠小说就算不是明确的违法行为，也可以被看作是"逾矩"之举了。港台武侠小说作品在内地（大陆）的传播主要是通过以下几种方式：①通过海关关口带入的港台原版书。这在20世纪70年代后期就已经开始了，但其流传范围是极其狭小的。不过，这些原版书有不少后来成为内地（大陆）公开印行的"母书"。②非公开出版物。如古龙在大陆印行的第一部作品，就是中山大学1980年内部印行的《港台文学研究资料》中的《陆小凤》，该书中还收有东瑞等人的社会问题小说，在当时的文科大学生中流传较广。③公开出版物。这当然是传播的主要途径，1985年前后公开出版的港台通俗文学作品的种类和数量之多已经无法统计，这也是高潮期的一个基本标志。④以牟利为目的的非法出版物。这类作品自1983年以后大量涌入市场，且屡禁不止。① 若仔细分析以上传播方式便可发现港台武侠小说的传播始终是在"地下"进行。

　　早在20世纪70年代，一些经典的港台武侠作品就已经通过各种渠道流入了国内，当时只有少数人通过特殊的渠道，将梁羽生、金庸等人的作品"走私"带入国内。金庸的秘书曾经提及："七十年代已有金庸小说流入内地，拥之者视如珍宝，非好友不借，情况和台湾早期差不多。"② 而在丁华《浅谈金庸小说》这本著作中，作者也谈及"1976年春末夏初，……一位在远洋轮上工作的海员有一套不全的《笑傲江湖》旧版本……将书借给我时，要求第二天必须归还，他们要出海"③。逃过海关的层层排查、只能在私人之间传阅、极为有限的作品数量……早期港台武侠小说的种种传播特点都强调了港台武侠的"海外身份"，自然而然地勾起了读者的好奇心。

　　而到了20世纪80年代中后期，随着大量公开出版物的发行和盗版的流传，曾经加诸港台武侠小说上的禁忌似乎都消失了。但是实际情况却并非

---

　　① 王先霈、於可训：《80年代中国通俗文学》，湖北教育出版社，1995，第282页。
　　②③ 李云：《迈向"经典"的途径——"金庸小说热"在大陆：1976—1999》，《海南师范大学学报（社会科学版）》2008年第3期。

第一章 武侠小说：封"神"之后的落寞

如此，盗版书籍的性质决定了港台武侠小说必定在国内遭到管控，其"禁书"的性质并没有完全改变。虽然在 80 年代国内不少大中型出版社已经把港台武侠小说的经典作品悉数引进并出版，但是这些作品其实并不能算作"公开出版物"，由于当时知识产权法律方面的欠缺，有些出版社在并没有拿到作家授权的情况下还是对其作品进行了公开出版。而非出版社发行的各种粗糙的盗版更是数量巨大。面对如此无序的港台武侠小说出版市场，政府自然会出面进行干预。在 1985 年 4 月 3 日至 12 日在北京举行了全国出版局（社）长会议，会议上专门强调了不要滥出新武侠小说。而随后文化部又发文重申从严控制新武侠小说，并规定未经批准的图书，一律"停排、停印、停装"，未发行的一律封存，违规者实行经济制裁，措施之严厉，前所未有。① 尽管这种严厉的管制针对的是新武侠小说"出得太多太滥。品种多，印数大，参与出版社广，出书时间集中，出书单位庞杂"② 等实际存在的问题，但是对于无法纵观全局的读者看来这就是对港台武侠小说出版的压制，使读者认为港台武侠小说未曾得到认可，仍然属于"禁书"之列。其实盗版横行这一问题本身就已经在显示着港台武侠小说并没有进入内地（大陆）公开出版的正规序列中，它的合法性地位和性质仍然是值得商榷的。这也就决定了港台武侠小说的传播形态，它是没有办法通过公共图书馆、国营书店来实行大面积传播和流通的，而更多的还是需要借助于租书摊、私人租借等方式来规避政策与法律上的约束。对于港台武侠小说的第二级传播方面，各类出租书屋发挥了相当重要的作用，可以说，港台武侠小说和言情作品最广大的读者群基本就是围绕它们产生的。③ 尽管租书摊的出现与兴盛是被看作"解决青少年和儿童阅读图书问题的一种必要的补充渠道"④，但是实际上租书摊上书籍的出租与公共图书馆内图书借阅有着根

---

①② 康凌：《国家政策、学术出版与市场策略——1980 年代武侠小说的出版状况》，《文化研究》，2018 年 12 月。

③ 王先霈、於可训：《80 年代中国通俗文学》，湖北教育出版社，1995，第 282 页。

④ 中共湖南省委宣传办公室：《农村政策问答》1982 年，第 221 页。

本的不同。而租书摊的特点又使其成为严密监管的对象，时常有被取缔、处理的风险，"港澳出版的坏书充塞书摊"① 又时常成为其最重大的"罪状"。相对自由的书籍选择和极不稳定的经营状态，租书摊可以说在一定程度上更激发了读者对于武侠小说的兴趣。

除此之外，港台武侠电影上的观看禁令则使普通民众更难窥到武侠的全貌。在20世纪80年代，港台武侠电影是不能公开放映的，但是在北京的许多机关内部电影院里已经开始放映外国影片和港台的武侠动作片。②这种内部放映的方式为港台武侠动作片罩上了一片神秘的"面纱"，更勾起了观影者的兴趣。小录像厅的出现似乎弥补了港台武侠电影无法公开放映的缺憾。这种录像厅放映的大多是香港影片，影片观赏性和娱乐性强。③而香港武侠电影自然也在被放映之列。但是这些录像厅也有着和租书摊相似的属性，鱼龙混杂的观众、幽暗诡秘的环境、良莠不齐的影片都展示着这是一片灰色地带。港台武侠电影也因为这幽秘的放映环境而多了几分神秘的色彩。而作为港台武侠电影改编依据的港台武侠小说因之获得了更多的关注。

由于有着特殊的传播手段和传播渠道，对于受众来说，阅读港台武侠小说和观看港台武侠电影本身就已经是一种传奇和冒险经历。不少读者对港台武侠小说的阅读记忆都是与自身"叛逆"的体验结合在一起的。港台武侠小说不仅在内容上能让读者顿生豪气，更是在传播方式上使读者感受到了脱离现实的"爽劲"。阅读港台武侠小说这一行为本身就是一种大众读者的宣言，宣告着娱乐无罪，宣告着对未来世界的好奇。相较于还沉溺在"伤痕"和"反思"文学中反复进行"文革"记忆书写的学者和作家们来说，普通大众似乎在迅速忘记以前的伤痛，投入到了新的文化语境中。金

---

① 湘图通讯：《警惕精神污染》1982年5月1日。
② 章柏青、贾磊磊：《中国当代电影发展史（上册）》，文化艺术出版社，2006，第467页。
③ 《广东省志》编纂委员会：《广东省志1979—2000（文化卷）》，方志出版社，2014，第263页。

庸、古龙等人连同他们的作品就成为大众眼中极富有象征意义的反叛符号。

但是这些大众阅读热的武侠小说作品却并没有得到主流文学界的青睐，不管是研究者还是传统文学的写作者都采取了漠视或者是批评的态度。孙犁就曾辛辣地讽刺道："过去，通俗小说有所谓'话本'和'拟话本'。话本产自艺人，多有现实性，而拟话本产自文人，则多虚诞之作，随生随灭，不能永传。现在的一些武侠小说，充其量不过是'拟'而已矣，还不能独立成章"。① 姚雪垠甚至认为："近几年，这一股庸俗的港风刮得很猛，严重地影响了我国社会主义文学艺术的健康道路，已经引起有识之士的注意和愤慨。"② 这种态度既是由于武侠小说作为通俗小说的创作缺陷所引起的，也是因为自五四以来，文人、学者对武侠小说的排斥，更有可能是因为时代的政治氛围"逼着"主流文学界对武侠小说采取漠视和批评的态度。尽管在20世纪80年代初，梁羽生、古龙等人已经被大众封"王"了，但是他们的作品显然还达不到经典的标准，武侠小说作为通俗文学的一种想要进入主流文学经典的序列还需要更优秀的作品，而金庸的出现则使这一切变得有可能。

## 第二节　从"江湖之远"到"庙堂之高"：金庸的封"神"之路

2018年10月30日，金庸先生在香港逝世。消息甫一传出就受到了各界的关注，不管是政要、学者、娱乐明星还是普通人都纷纷在社交媒体上发文悼念，成为轰动华人世界的热点新闻，且热度久久不散，甚至引发了

---

① 孙犁：《致贾平凹——再谈通俗文学》，载吴秀明主编《中国当代文学史料丛书》，浙江大学出版社2017，第263页。

② 载吴秀明《中国当代文学史料丛书 通俗文学史料卷》，浙江大学出版社，2017，第165页。

金庸的小说与其小说改编的电视剧和电影另一波热潮。由此可以看出，金庸不管在大众读者、媒体，甚至连学界之中都享有极高的地位，可以说金庸早已经由通俗作家的行列迈入了经典作家的队伍之中。必须要看到的是金庸的作品从被视为"大毒草"到被奉为文学经典整整经历了几十年的时间，甚至直到金庸先生去世，关于他作品经典化的进程还在继续。金庸能够从众多通俗文学作家中脱颖而出，并且有了以其姓名命名的研究领域——"金学"，除了他的作品本身所具有的魅力之外，学界、媒体和民间以及金庸本人的自觉都为金庸作品经典化过程贡献了一分力量。而学界在推动金庸作品经典化的行动具有较为重要的意义，但是却又最容易被忽略。因此将在这一节中主要讨论学术研究对于金庸作品经典化进程的影响。

## 一、文本之魅：世情小说传统与西方文艺思想的结合

童庆炳先生在他的著作《文学经典建构的内部要素》中提到文学作品之所以能够成为经典与以下六点要素息息相关：①文学作品的艺术价值；②文学作品的可阐释的空间；③特定时期读者的期待视野；④发现人（又可称为"赞助人"）；⑤意识形态和文化权力的变动；⑥文学理论和批评的观念。其中的第①②是决定作家作品能否成为经典的重要因素。而作为类型小说的通俗武侠小说在内容方面却又有着先天的不足。著名的武侠小说大家梁羽生就曾经亲自"吐槽"过武侠小说在艺术性上的天生劣势："我不反对武侠小说，我也不特别提倡武侠小说。此时此地，看看武侠小说作为消遣应该无可厚非。若有艺术性较高的武侠小说出现，更值得欢迎。但由于武侠小说受到它本身形式的束缚，我对它的艺术性不抱过高的期望。"[①]而在武侠小说研究上颇有造诣的陈平原教授也曾指出过武侠小说的本质：

---

① 陈夫龙：《侠坛巨擘——金庸与新武侠小说研究史料辑》，人民出版社，2015，第77页。

## 第一章 武侠小说：封"神"之后的落寞

"直到今天，我仍然认为现有的武侠小说是一种娱乐色彩很浓的通俗小说，没必要故作惊人之论，把它说得比高雅小说还高雅。"① 甚至提出："武侠小说作为一种通俗艺术，本就有程式化的倾向，集中阅读，更可能令人厌烦。"② 因此金庸小说的内容是否具有艺术价值，是否具有可阐释的空间成了金庸作品能否被奉为经典的先决条件。

毫无疑问，金庸的作品经历过了普通读者和学者们的双重考验，其在大众读者之间引发的经久不衰的阅读热潮和研究者们所写的大量的"金学"研究文章便是金庸小说独具魅力的明证。那么金庸的作品到底有什么特点足可以俘获不同阶层、不同职业、不同文化水平的读者的喜爱呢？

香港著名作家倪匡曾经如此定义武侠小说：武侠小说是中国特有的一种小说形式，是"武+侠+小说"而组成的。③ 可惜的是由于出版、创作机制的特殊性，武侠小说家们往往把"武"和"侠"放在了武侠小说写作的首要位置，而武侠小说之中的"小说"因素反而被连篇累牍的武斗场面所湮灭了。通俗小说的性质决定了武侠小说作家们在写作过程之中不得不投读者们所好，多写他们爱看的刺激的武打场面，其中的情节走向、主题意蕴和写作技法却遭到了忽略。虽然金庸的武侠小说之中仍然存在着情节重复、格调不高等问题，但是他确实是在一定程度上突破了武侠小说文体的限制，在其文本中融会了雅俗文学两种魅力。

之所以能做到这点是源于金庸能够把中国世情小说传统与西方文艺思想相结合。金庸一方面把世情小说的叙事传统引入自己的作品中，使其作品不仅仅是关注于武斗场面和豪侠故事，而且善于通过"颠倒黑白"，对名门正派的君子之风和魔教中人的残忍嗜血形象都进行了颠覆，以此来揭示复杂人性和冷暖人情；他亦擅长于描写惊世骇俗的爱情，在虐恋之中参透

---

① 陈平原：《千古文人侠客梦》，北京大学出版社，2018，第5页。
② 陈平原：《千古文人侠客梦》，北京大学出版社，2018，第7页。
③ 倪匡：《再看金庸小说》，重庆大学出版社，2013，第3页。

情欲与爱欲之谜。另一方面他则是借鉴西方文艺中的技巧，着意对人物性格的塑造，同时又从西方悲剧之中汲取养料，在创作过程中展现出一种极为深刻的悲剧意识。因此金庸的小说展现的早已不是一出武侠童话，而成了一部描摹世间百态的浮世绘，其超越意义由此而来。

何谓世情小说？鲁迅在其文章中提及："当神魔小说盛行时，记人事者亦突起，其取材犹宋市人小说之'银子儿'，大率为离合悲欢及发迹变态之事，间杂因果报应，而不甚言灵怪，又缘描摹世态，见其炎凉，故或亦谓之'世情书'也。诸'世情书'中，《金瓶梅》最有名。"① 显然世情小说应该是指那些以描写普通男女的生活琐事、饮食大欲、恋爱婚姻、家庭人伦关系、家庭或家族兴衰历史、社会各阶层众生相等为主，来反映社会现实（所谓"世相"）的小说。② 而作为有成人童话之称的，以天马行空的想象而著称的武侠小说，显然很难从世情小说的叙事传统之中寻到有用的经验。只因后者强调的是立足现实，需要的是"极摹人情世态之歧，备写悲欢离合之致"；而前者则是发于想象，追求的是写出快意恩仇、激荡江湖的"爽"劲。但是，金庸却大胆地引用世情小说的叙事传统，创作出了别具一格的武侠"世情书"。

首先，金庸偏爱抹杀名门正派与魔道邪教之间的区别，在他笔下所谓的公正之所亦上演嗜血闹剧，而"人间炼狱"亦有几分真情；儒雅俊秀的名门之后可能是背信弃义的奸佞小人，举止粗鲁的魔道怪人却常守诺重义；满口仁义道德的武林至尊会为一己私利草菅人命，而被社会所不容的怪盗杀手却时常会心存善念。但是，金庸并非把笔墨集中在了丑化正派的之上，而是以这种身份与行为的倒置显示出人性的复杂。

以金庸的《天龙八部》中的慕容一家为例。慕容一家以"以彼之道，

---

① 鲁迅：《中国小说的历史的变迁》，《鲁迅全集（第九卷）》，人民文学出版社，2005，第236页。

② 向楷：《世情小说史》，浙江古籍出版社，1998，第105页。

# 第一章 武侠小说：封"神"之后的落寞

还之彼身"，武林秘学广受武林赞誉，但是却受困于复国的痴梦屡屡做出违背江湖道义之事。慕容复自不必说，他与当世大侠乔峰被并称为"南慕容北乔峰"，但是在人品上却难以望乔大侠之项背。为了满足自己的复国宏愿，他竟想逼死一直倾心于自己的表妹王语嫣，以便迎娶西夏公主；为了得到复国助力，他不惜杀死对其忠心耿耿的家仆包不同；平日里他虽自诩目下无尘，为了达成自己的目的甚至连道德败坏之人也敢结交。而慕容家上一代的家主慕容博同样为了虚无缥缈的复国之梦不惜假传消息，导致乔峰家破人亡。毫无疑问，他们虽然享有盛名却毫无侠义之心，为一己私利而不顾他人死活。若金庸只一味渲染慕容父子的可恨可恶，强调所谓江湖世家的龌龊不堪，那么金庸的小说还不能称之为"世情书"。在对假仁假义"正人君子"的描写上，古龙小说所写的可比金庸作品中的人物要尖刻。《绝代双骄》中的江别鹤父子、《多情剑客无情剑》中的龙啸云父子比起金庸小说之中的慕容父子来说都着实可恨得多。金庸不止于要挖掘他们作为皇族光环后的品德上的污点，更要挖掘这污点背后所隐藏的人性的弱点，要发现他们可恨之处外的可怜和可叹之处。慕容父子作为燕国的后裔，被祖训和昔日荣光所捆绑，生命中只有单一的目标，根本无法如正常人一样去享受儿女之情、天伦之乐。他们以自己的人生与青春献祭了一个虚无的梦想，他们近乎扭曲的性格和人生观背后亦有着无法为外人道的伤痛，他们是逆潮流而行的理想主义者，亦是江湖之中的做梦人，当梦醒之后留给他们只能是无尽的虚无。所以慕容复最终只能疯掉，在一群孩童之中享受那做皇帝的荣光。慕容博、慕容复父子两人的性格变得极为丰富和有层次感，人性之中的贪欲、残忍和自私在他们身上表现得淋漓尽致，而他们对信仰的坚定和作为理想主义者的幼稚则是既可敬又可笑。而萧峰父子作为慕容父子的反面仿佛是要以其光辉和高大的形象衬托出慕容父子的猥琐和可悲。但是若深入考察会发现萧峰父子也陷入了和慕容父子相似的进退两难的境地，他们与慕容父子相比也有着性格上的弱点。如果说牵绊住慕容父子的是复国旧梦，那么拉扯住萧峰父子的就是报仇家恨。萧峰的父亲萧远山也算是一条铁骨铮铮的好汉，他虽为辽国效力却力主宋辽和平，不愿大宋百姓和大辽子民受战争的荼毒。在遭遇了灭门之恨之后他却顿失仁心，疯狂地展开了报复，甚至不惜屠杀有情有义的江湖义士以致把自己的儿子逼入绝境。虎毒尚且不食子，江湖侠士更应知恩图报，但是萧远山斩杀萧峰的养父母与师父的时候显然把一切都抛到了脑后。他的偏执与残忍与慕容博又有何区别？萧峰一身浩然正气受到了江湖上各位高手的钦佩，但是若不是弱女子阿朱以自己的生命为代价换得了他从仇恨之中觉醒，他是否会做出和其父亲一样残忍而不义的事情来其实是很难说的。所以可以看出金庸所要做的不仅仅是颠覆对正、邪两派的认知，而是要探秘人性中的灰色地带，表现人性的复杂。还有任盈盈、殷素素等所谓的邪教妖女，她们在面对爱情时忠贞、坚定，且都有勇有谋，但是她们在江湖闯荡时也并非是良善之辈。任盈盈作为黑木崖圣姑，能逼得那些江湖大汉刺瞎双眼；殷素素则作为天鹰教教主之女，刀起刀落之间就杀了龙门镖局之中的百余口人。而小师妹岳灵珊、峨嵋掌门周芷若虽然自小成长于名门正派之中，未曾刀口染血、屠戮忠良过，却也并非是完全心地良善的傻白甜，岳灵珊移情别恋后对令狐冲的冷漠与怀疑、周芷若为了练成神功而不惜残害珠儿陷害赵敏，比起所谓的邪教"妖女"们，她们的狠毒阴险也全不在其之下。金庸根本已经不再是颠倒黑白了，而是在抹杀黑白的界限。这样的做法曾经引来不少人的诟病，甚至连梁羽生都曾说金庸"正邪不分，是非混淆"[1]，认为贯穿其中的不过是"一条'人不为己，天诛地灭'的思想线索"[2]。梁羽生先生对金庸的这种批评不可谓不诚恳，但是却对其达到的效果和背后内涵的探索未必准确。金庸并非一味包庇罪恶，更不是只揭露正派一方之恶，对于邪教中人的恶毒、阴狠也是未曾回避的。他并未文过饰非，例如

---

[1][2] 梁羽生：《金庸梁羽生合论》，载韦清《梁羽生及其武侠小说》，香港伟青书店，1980，第243页。

## 第一章 武侠小说：封"神"之后的落寞

叶二娘虽痛失幼子但是以盗取婴儿止痛的行为仍旧让她坐上了"四大恶人"第二把交椅。显然金庸对正邪、是非是有着明确的判断标准的，只是他不以派系和表象来论正邪。以"人不为己，天诛地灭"来总结金庸的思想也并不太准确。毫不讳言，有些恶人确实是为了一己私利而犯下恶行，但是有些人的罪行却是出自内心深处的信仰，是因造化弄人，是因命运无常。以峨嵋掌门灭绝师太来说，她心胸狭隘，对邪教恨之入骨，但是很难找出她是为了一己私利的证据，只是因为长期的偏见和她本人过于极端的性格才使她对魔教教徒毫不留情，痛下杀手。"正中有邪，邪中有正"① 的背后是金庸对人性幽微之处的探索，是对各异人性的承认，是对世相人心的描摹。

其次，金庸还擅长以情爱叙事来窥探人类心底隐秘的欲望和世态人情。中国古代的世情小说主要有三种题材或叙事类型：一是情爱小说，二是公案小说，三是神鬼小说。② 而金庸则擅长把情爱小说与武侠小说结合起来，使武中有情，情亦蕴武，情与武都显得尤其动人。但是金庸笔下的爱情并非都是爱情童话，而是在这些爱情故事之中显示出人性独有的自私和功利，亦是在爱情的悲剧之中展示出世态炎凉。

把儿女私情写入武侠小说之中，是新派武侠小说较之旧派武侠小说的不同之处，也因此为武侠小说注入了别种生机。血雨腥风的江湖也因豪侠与侠女的相恋而多了几抹温馨的色彩，情的注入也进一步丰富了侠客们的形象，使武功盖世的侠客们走下了神坛，平添了几分人性。武中有情并非是金庸的独创，但是以武中之情写尽凉薄世态和人性荒唐却可以说是金庸的"独门秘籍"。金庸笔下曾出现过不少使读者印象深刻的武侠伉俪，既有

---

① 陈墨：《金庸小说之谜》，百花洲文艺出版社，1992，第201页。
② 李遇春：《"新世情小说"的艺术探寻——乔叶与传统》，《当代作家评论》2018年第5期。

黄蓉、郭靖夫妇同生共死誓守襄阳城，也有小龙女和杨过分别十六载寒潭再见，更有令狐冲与任盈盈相遇于江湖的惺惺相惜。但是金庸笔下的"情"却并非是"金风玉露一相逢，便胜却人间无数"的纯情故事，而是掺入了许多对现实利益的计较，不同境遇、不同命运的人围绕"情"所做出的种种形态已然成就了一部"世情书"。在《射雕英雄传》中，黄蓉对郭靖一见倾心，怎奈郭靖与华筝公主自小定下婚约，黄蓉与郭靖两人的情路十分多舛，当黄蓉得知郭靖必定要娶华筝公主后，曾与父亲黄老邪有一段惊世骇俗的描述："黄蓉向郭靖望了一眼，见他凝视着自己，目光爱怜横溢，深情无限，回头向父亲道：'爹，他要娶别人，那我也嫁别人。他心中只有我一个，那我心中也只有他一个。'黄药师道：'哈，桃花岛的女儿不能吃亏，那倒也不错。要是你嫁的人不许你跟他好呢？'黄蓉道：'哼，谁敢拦我？我是你的女儿啊。'"深陷情海的少女黄蓉全然不顾及世俗的眼光一心要成全自己的爱情。但是到了《神雕侠侣》中，已成为人母的黄蓉却着意要拆散杨过和小龙女两人，既以"妹子，世间有很多事情你是不懂的。要是你与过儿结成夫妻，别人要一辈子瞧你不起"这种大道理来达到劝解的目的，又在小龙女心中种下疑问，以至于后来小龙女出走，杨过与她差点命丧绝情谷。为何黄蓉在面对自己的爱情和小龙女的爱情时态度差别如此之大呢？难道是金庸糊涂以至于人物性格前后不符？若黄蓉是一个配角，出现这样的纰漏倒很是可以理解，但是作为金庸小说中占有极大篇幅的女性角色，金庸尚不至于犯如此大错吧。黄蓉面对爱情的前后矛盾更多的是现实使然。当黄蓉为二八少女时，与父亲东邪偏居于桃花岛这海上的世外桃源，自然不被世俗陈见所影响，一切皆是随心随性，而且她母亲已死，父亲武功又十分高强，偌大的江湖更无人敢对她说三道四，所以面对自己所倾心的郭靖，她便敢冒天下之大不韪而说出嫁人之后还要与郭靖在一起的话来。但是当她人到中年与郭靖在江湖之中享有极高的地位时，黄蓉对爱情的态度便掺入了对利益的计较。首先，她早已经站上了武林道德和秩序的维护者的位置，早已经不是当年毫无挂碍的少女，她自然需要尽力摒除这类"伤风败俗"之事情，以维护现行的武林制度和道德体系；其次，她与郭靖本就有意把女儿许配给杨过，而小龙女的出现则使这桩亲事化为泡影，她对小龙女与杨过爱情的干涉里便有了一丝母亲的私心；最后，她前后矛盾态度更来源于一个中年人的世故和精明，在江湖上闯荡几十年的黄蓉当然明白，你侬我侬的爱情终究不过只占成年男女生活中极小的比例，她的劝阻亦有好意在其中。金庸分明在借黄蓉破除爱情的神话，纵使当年曾经情根深种，当年岁渐长时也是不复过去的情愫的。黄蓉的矛盾之处恰好是金庸的妙笔之一，展示的是金庸对幽暗人心的洞悉。金庸笔下的"虐恋"更是展现了世态炎凉与人性的复杂。《天龙八部》中叶二娘与僧侣玄慈相恋，但是两人一为僧院清规所缚二为俗世道义所不容，终究不能与对方相守。叶二娘因不能与情人相守而儿子又被盗堕入了魔道，终日盗杀他人的孩子以慰藉自己内心的伤痛；而玄慈作为得道高僧虽享受着无上荣光，但是内心却始终备受谴责。最终两人都自刎于众英豪之前。在脱离于现实世界的武林之中，爱情依然逃不过现实的重击，叶二娘与玄慈的爱情悲剧分明是金庸发出的俗规道德的质问。爱欲本是人性之中最基本的欲望，当爱欲不可调和于对忠义、道德的追求时，人类该如何进行选择？金庸分明把人推入了人与欲、欲与德之间两难的境地之中。学者严家炎认为"金庸不但是写武侠的圣手，也是写爱情的高手"，可惜的是他只看见了金庸小说中所"交织着许多迷人的纯情故事"①，而不曾讨论在这些故事背后金庸的写作目的和金庸所期望达到的艺术效果。金庸游走于正邪之间，以情爱叙事探究世相人心分明是对世情小说叙事传统的借鉴，使武侠小说不再只局限在武林世界，而是反映了真实的人性人情和世情世态。

除了有对中国叙事传统的回归之外，金庸更是借助西方的文艺思想使

---

① 严家炎：《金庸小说论稿（增订版）》，北京大学出版社，2007，第40页。

自己的作品更上层楼。金庸一方面注重对人物的塑造和性格的刻画,使人物形象变得更加立体和生动;另一方面则是金庸小说中展现出极强的悲剧意识,特别是有意探索和表现人物的性格悲剧和人性悲剧,由此进行对人类命运的思考,自有一种人文关怀在其中。

从情节出发还是从性格出发,最后落脚到情节还是落脚到性格上,这是一条分界线,区别着通俗文学和高雅文学。① 这自然与通俗文学的创作状况有着极大的关系,曾经有位武侠小说作家对自己的写作状况进行了讲述:"只图急于出货,连看第二遍的工夫也没有。一面写,一面断句,写完了一回或数页稿纸,即匆匆忙忙拿去换钱……承各位主顾特约撰述之长篇小说,同时竟有五六种之多。这一种做一回两回交去应用,又搁下来做那一种,也不过一两回,甚至三五千字就得送去,既经送去,非待印行之后,不能见面,家中又无底稿。每一部长篇小说中的人名、地名,多至数百,少也数十,全凭记忆,数千万字之后,每苦容易含糊。"② 既要"出货快"又要"出货多",同时还需要关注市场的反应,通俗武侠小说家们自然不可能如严肃小说作者一般去仔细雕琢人物性格,甚至可能发生同时写几部作品而弄混淆人物的事情。而金庸却极力规避了这种问题,力求创造出具有鲜明个性的人物。他自己曾说:"我个人写武侠小说的理想是塑造人物……我构思的时候亦是以主角为中心,先想几个主要人物的个性如何,情节也是配合主角的个性,这个人有怎样的性格,才会发生什么样的事情。"③ 金庸在人物性格的塑造上也极具特点,他主要通过"武"来写人,所练武功的特点便是侠客们性格的延伸和外向体现;同时他致力于展示人物性格之中的多面性,既有使人印象深刻的主要性格特色,又被赋予了很多其他的个性特点,以至于人物形象更为立体,个性更为复杂。

---

① 严家炎:《金庸小说论稿(增订版)》,北京大学出版社,2007,第118页。
② 陈平原:《千古文人侠客梦》,北京大学出版社,2018,第71页。
③ 王力行:《新辟文学一户牖》,陈志明、赵全丽主编:《金庸访谈录》,内蒙古人民出版社,2002,第200页。

## 第一章　武侠小说：封"神"之后的落寞

20世纪武侠小说艺术之所以有了极大的进展，都是因为武侠小说家集中精力关注人物的命运和感情，注意人物的心理表现及人物性格的刻画[①]。而金庸在对人物性格的刻画上则是独辟蹊径，以武来写人，以武功的特性来衬托人物的性格，而人物的性格又决定了他们能习得什么武功，使武与人融为一体。其中最为典型的便是郭靖，他生性老实憨笨，难以一心二用，所以于江南七怪的诸多武功都不能领会妙处，反而是越练习越糟糕，甚至连几招简单的越女剑都完成不了，气得七怪之一的韩小莹"眼泪夺眶而出，把长剑往地上一掷，掩面而走"。及至遇到了道士马钰传其内功心法，帮他删繁就简、巩固根本，郭靖才算入了武学之门。而降龙十八掌"招式简明而劲力精深"，所以郭靖在"两个时辰之后，已得大要"，武技得以上了一个新的台阶；周伯通的左右互搏之术更是符合郭靖心思专一的天性，使他的功夫得以进入化境。可以说郭靖习武的过程犹如发现他自身性格特点的过程，郭靖质朴、单纯的天性使降龙十八掌这种简明、大气的武功发挥出了最大的威力，而这类武功又巩固了郭靖的天性。武与人的性格相得益彰，大侠们所使用的兵器和技法自然强调了人物的性格，而人物的性格也赋予了武功和武器以灵性。如《天龙八部》中一身正气的乔峰得以把"降龙十八掌"使得出神入化，而《神雕侠侣》中亦只有心思纯净、不染凡尘的小龙女得以学会飘然出尘的玉女剑法，更有《笑傲江湖》中生性潇洒不羁、侠气十足的令狐冲才能领悟得了"独孤九剑"的精妙之处……武功成了各路豪侠最为鲜明的标志，使人物性格越发的鲜明，种类繁多的武功也因为有了人物性格的注入而变得更具特点。可以说金庸笔下的人物性格和武术功夫相辅相成，互相成就。以武衬人、以人写武这种写法也体现了金庸的武侠观念。武与侠显然是相互成就的，侠只有选择了适合自己的武艺和武器才能大放异彩，而武技只有能够为脾性相和的人物所操练才能够发挥出

---

[①] 陈平原：《千古文人侠客梦》，北京大学出版社，2018，第86页。

巨大的威力。武之特性与人之性格合二为一才能达到效果最大化。而在这其中更展示了调和、和谐是金庸武侠观中的核心思想。

除了以武写人，金庸更是擅长以人物服饰、语言等诸多细节展现出人物性格的多个侧面，不仅仅拘泥于人物的明显特征，以至于他笔下的人物往往正中有邪、邪中含正，甚至连一些不甚起眼的配角都能够使读者印象深刻。

以《笑傲江湖》之中的令狐冲为例，毫无疑问他是一个侠肝义胆、锄强扶弱的侠士，但是他却又机灵古怪，往往不受规则的限制，不按常理出牌。他从田伯光手里救下即将受辱的恒山派尼姑仪琳，可谓之重义；他使用怪招斗败武功远胜于自己的田伯光，可谓之有智；他不肯与左冷禅等人同流合污，可谓之惜节；他不顾正邪之分，与旁门左道之人同饮于五霸岗上，可谓之不羁；他对小师妹一往情深，甚至在其移情后也不变心，可谓之重情。重情重义、富有正义感显然是令狐冲主要的性格特点，但是他却并不是一味沉溺于拯救苍生的、毫无人性弱点的"高大全"英雄，他的优点和弱点同样明显。他以一招"平沙屁股落雁式"挫败青城派门徒的锐气，尽显调皮的少年心性；他好酒贪杯，在美酒面前无法自持，也当得上"胡闹任性，轻浮好酒"的声名了；他带领恒山派的女弟子们到处"化缘"，更可看出他不受道德条例的约束；而他虽已窥破岳不群为人，却依然顾念旧情，无法痛下杀手，也展现出了他的些许优柔寡断。相比于梁羽生笔下宛若天人、料事如神的张丹枫等侠客而言，令狐冲不管是在品德与武艺上都颇有瑕疵，但是其优点却又与其缺点紧密相连，不仅不让读者新生厌恶，反而更增加了其形象的趣味性。而《神雕侠侣》中的杨过虽天资甚高、风流倜傥，可是仍旧有着敏感、任性的毛病；《天龙八部》中段誉心地善良、怜恤妇孺，可也有着风流成性、不通世务的缺点……而且金庸作品中出现的配角都性格鲜明，具有多面性，不至于泯于江湖众生之中无法区分。《天龙八部》中的包不同虽每每爱与人争嘴抬杠，但是却有一颗慈父心肠，爱女极深。他对慕容复忠心耿耿,但也刚正不阿,当慕容复企图改名忘本之时,他首先出言斥责,不曾因对主之忠而违背江湖道义。《笑傲江湖》之中的桃谷六仙等人虽然杀人手法残忍(以分尸之法杀人),常常好心办坏事,读者也常烦躁他们的聒噪与愚顽,但又为其单纯无知莞尔。金庸之所以能够创造出如此复杂而多面的人物性格,一方面自然源于他受到了西方文艺思想的影响,另一方面还是可以归因于他对中国世情叙事传统的引入。在人物多面的性格之中,他拒绝把人物标签化,正如他笔下的女子无法用"妖女"或者"圣母"来进行分类。这是金庸对世情百态的描摹和对复杂人性的探讨。他更似一个中立的观察家而并非是一个批判者,他不曾评判每一种性格的好坏,而是对人物性格中的每一个侧面都进行了描述和挖掘,所以他笔下既有赤诚忠义的乔峰,又有虚伪小人岳不群,既可以说张无忌是善良敦厚,又可以说其优柔寡断。金庸对人类性格上弱点与优点的洞悉为其进行悲剧的创造打下了基础。

金庸的15部小说多以喜剧结尾,梁羽生也曾提出金庸的小说多是以团圆结局,"只有第一部《书剑恩仇录》是悲剧收场的,但也只能算是半个悲剧"①。但是实际上金庸的小说都只是徒具光明的"尾巴",故事中却蕴含着极其强烈的悲剧意识,金学研究者陈墨更是提出:"金庸的小说,可谓无书不悲,无人不悲,无事不悲,无处不悲。"② 他尤其擅长写作人物性格和命运上的悲剧。

西方的悲剧意识源于人的有限和有限性的观念,中国的悲剧意识则源于理想道德秩序与现实生活之间不可调和的矛盾。③ 所以西方悲剧多性格悲剧、命运悲剧,而中国悲剧则更多的是社会悲剧。金庸显然更多地受到了西方文艺思想的影响。

---

① 梁羽生:《金庸梁羽生合论》,载韦清《梁羽生及其武侠小说》,香港伟青书店,1980,第243页。
② 陈墨:《金庸小说艺术论》,百花洲文艺出版社,1999,第558页。
③ 王卫东:《现代艺术哲学引论》,中国文联出版社,2001,第189页。

他的武侠作品《天龙八部》中的马夫人的命运可以说是一出典型的性格悲剧，她貌美多智，虽幼时家境贫寒，但是嫁给马大元成为副帮主夫人后应该是衣食无忧的。可因为乔峰未曾被其美貌所迷惑，在大会上没有看她一眼，她便施行歹计，不仅杀了自己的丈夫，更使乔峰陷入了万劫不复的深渊，更企图杀掉她曾经的情郎段正淳。她狭隘的性格以及其强烈的占有欲使其成为阿朱和乔峰爱情悲剧的始作俑者，她最终被阿紫所害，惨遭毁容之后被折磨而死。马夫人的悲剧毫无疑问是由于其性格上的缺陷和极端之处引起的。乔峰的故事既是一部性格悲剧又是一部命运的悲剧。他刚毅有余，韧性却不足，在面对仇恨和不公的时候更是无法忍耐，且本来就有着极重的杀戮之心与复仇之心。他在小的时候便手刃了使其蒙受不白之冤的医生，成年后当他遭受到武林中人们无端指责之后更是在聚贤庄大开杀戒。尽管他的杀戮具有一定的正义性，但是却改变不了死亡背后鲜血淋淋的本质，游坦之悲惨的命运和乔峰有着一定的关系，他性格上的特点都为其后他与阿朱的爱情悲剧埋下了伏笔。阿朱作为乔峰的红颜知己，自然明白若他无法报仇雪恨是无法在世上自处的。她只能以自己的生命来洗涤乔峰心目中无法轻易抹去的仇恨。可以说正是由于乔峰太过于刚硬的性格，才使他和阿朱天人永隔。这是乔峰的性格所造成的他与阿朱之间爱情的悲剧。而乔峰的身份则成为他的原罪，也成为他痛苦的根源。他身为辽人，身上流淌着辽国的血统，却自小在大宋长大，从小就对辽国充满了恨意。当他知道真相之后他所面临的不仅是身败名裂的困境，更是自我认知的坍塌，是对他精神和家国认知的再造。因为身份的问题他与中原武林产生了无法消融的隔阂。但是当他与父亲重逢并成为辽国的高级官员以后，他亦无法从血脉亲情中找到认同感。中原武林世界视其为辽国走狗，而辽国皇帝却认为他背叛国家。他既无法获得中原武林的接纳，亦不愿去攻打宋国，伤害大宋子民。他最终选择跳下了悬崖。在这场悲剧之中乔峰不曾做错任何事情，只是因为命运的阴差阳错，他便陷入无法逃脱的身份与情感认知

## 第一章 武侠小说：封"神"之后的落寞

的怪圈，陷入情义与忠心无法两全的困境之中。乔峰的故事分明是性格悲剧和命运悲剧的融合，他身上的悲剧性决不能为《天龙八部》看似大团圆的结局所冲淡。金庸往往在喜剧之中掺入悲剧元素的做法，是可以看出他为沟通雅俗文学而做出的努力。大众在阅读武侠小说时的娱乐心态已经决定了他们对悲剧的天然反感，为了迎合这部分的读者，金庸必须为大部分作品安排一个大团圆的结局。可若是一味迎合大众的胃口，以喜剧抹平所有人间世界的创伤，那么金庸的作品肯定会显得过于媚俗，但是悲剧特别是无可逃避的命运悲剧的出现却改变了金庸作品的基调，使其在给予读者阅读快感的同时也感受到了命运的沉重，这早已经超出了一般武侠小说的境界。

综上所述，金庸的作品具有成为经典文本的可能性，可以从多个角度进行多方面的阐释，能够经受理论强光的照射。但是这并非说金庸的作品已经无懈可击，他的叙事方式是保守的，他所传递的观念依然是中规中矩的，金庸的小说可以被视为武侠小说甚至是通俗小说的重大突破，但是与真正的正统经典作品相比却缺乏深度和创新性。他也许为通俗小说创作贡献了巨大的力量，但是却并未为小说写作带来新的东西。尽管最后他对自己的作品进行了几番删改，实际上仍然去除不掉其作品中为了迎合读者而留下来的媚俗和庸俗的成分。回溯传统和学习西方也并不是他的独特之处，梁羽生在前者上做得比他更为出色，而古龙在后者上所达到的成就也无人能及。那么，为什么只有金庸的作品引领了一场"静悄悄的革命"，为什么只有金庸横扫通俗文学界和严肃文学界的大师？需要看到金庸作品的成功不仅仅是源于其作品的魅力，金庸作品的经典化过程是一场特殊时代下大众、学者、媒体和金庸自己的合谋。

## 二、学界之势：被经典化的金庸

20世纪90年代，武侠小说热可以说已经被金庸热所取代。随着梁羽生、古龙等人日渐淡出读者的视野，他们所燃起的武侠小说热似乎也趋于平淡。但是金庸却成为港台武侠小说作家中的异数，走上了一条完全不同的道路。他封笔的时间要早于梁羽生和古龙，但是其所掀起的热潮却迟迟不肯退却。金庸之所以能够牢牢吸引读者的注意力，除了与其作品所具有的巨大魅力之外，更重要的是学术界和大众媒体都投入到了"经典金庸"的制造之中。90年代之后，金庸的作品之所以能够从众多武侠作品中脱颖而出成为经典，除了其作品本身的魅力之外，更有了诸多非文学的因素掺入其中。学术界通过对金庸作品的多层阐释和解读，把金庸和金庸小说都纳入学术体系内等做法推动着"金学"这门学科的建立和金庸作品的经典化进程。大众传播媒介特别是电视亦为金庸作品的经典化立下汗马功劳，而后网络媒体的介入更是催生了更多关于金庸作品的意义的讨论。在这里笔者将在此详细论述学术界在制造"经典金庸"中所提到的作品和使用的策略，并分析这一现象背后的原因。

（一）文化金庸

事实上，经典化——命名经典、为经典排序的过程始终是学院体制的建构的内部机制之一；经典在世界范围内，都是伴随着学院制度而出现的、只有一两百年历史的文学现象。[①] 而金庸作品在中国内地的经典化进程也似乎是由中国的现当代文学的学者们率先开启。1994年可以称之为"金庸元年"，在这一年，金庸被授为北京大学的荣誉教授，同时他也被排入了"20世纪文学大师之列"。这些事件都标志着金庸已经开始向经典化迈进，也意

---

① 戴锦华：《书写文化英雄——世纪之交的文化研究》，江苏人民出版社，2000，第141页。

## 第一章　武侠小说：封"神"之后的落寞

味着金庸开始被学院派所接纳。但是这一切只是一个开端，学界关于金庸作品的争论从来没有停止过。

经典化的实现有多条路径，经典的入史、入教材、进课堂，经典的翻译与走出国门，经典评选、评奖制度的建立，各类经典选本、读本的层出不穷，文学经典排行榜的设立等都是经典化的实现路径。① 所以不管是各所高校向金庸伸出橄榄枝，聘请其担任教职，还是谢冕、钱理群等人把金庸的小说《射雕英雄传》收入《中国百年文学经典》，抑或者是学者王小川对金庸在文学史上的地位进行重新排位，这都是帮助金庸小说进入文化主流的重要举措。值得注意的是，由于金庸小说的通俗文学属性，金庸小说从内容层面来说有无成为经典文本的可能成了"拥金派"和"反金派"之间的最大争端之一。因此在金庸小说经典化的过程中，对金庸小说文本的阐释和文本意义的构建从来不曾停止过。在20世纪90年代初期，学者们一反80年代初期对金庸小说印象式研究的模式，通过分析金庸小说的人物形象、叙事模式和语言特点来展现其作品中所蕴含的文化内涵、现代意识和民族精神，证明了金庸小说在文学史上的颠覆性意义。尽管对金庸小说的深度解读有利于推动金庸研究的深入发展，但是也存在着对金庸小说的刻意拔高和有意误读。

首先，学者们对金庸小说中所包含的丰富的传统文化的挖掘。他们企图证明金庸的小说是对传统文化的回归，它们的意义早已经超越了通俗小说，是承载和传扬中国文化传统的重要载体，可以被看作是超越了通俗作品文类的文化小说。

严家炎就曾经力证金庸小说无可替代的对传统文化传播的意义，他说："金庸武侠小说包含着迷人的文化气息、丰厚的历史知识和深刻的民族精神。作者以写'义'为核心，寓文化于技击，借武技较量写出中华文化的

---

① 张丽军、田振华：《新世纪中国当代文学经典化：现状、问题及实现路径》，《山东社会科学》2018年第3期。

内在精神，又借传统文化学理来阐释武功修养乃至人生哲理，做到互为启发，相得益彰。这里涉及儒、释、道、墨、诸子百家，涉及千百年来中华民族众多的文史科技典籍，涉及传统文学艺术的各个门类如诗、词、曲、赋、绘画、音乐、雕塑、书法、棋艺等，我们还从来不曾看到过有哪种通俗文学能像金庸小说那样蕴藏着如此丰富的传统文化内容，具有如此高超的文化学术品位。"① 而卢敦基在文章《金庸新武侠小说的文化与反文化》之中也提出金庸作品中所蕴含的文化意蕴才使他能够"睥睨群雄、笑傲江湖"②。而另一位金学研究者陈墨则是专门写了《文化金庸》一书，详细论述了金庸小说中出现的史、地、易等文化知识和传奇、侠盗、功利、人神等文化精神。他还认为在某种意义上，金庸、梁羽生的武侠小说堪称中国传统文化的"小百科全书"③。而王一川则指出，金庸的作品具有一种"跨越上述雅、俗、古等单一立场而更具通串性和包容性的文化现代性意义"④，因为"金庸对中国古代文化资源如史、地、易、儒、佛、道、兵、武、医、农、琴、棋、书、画、诗、酒、食、俗等的描绘，以及对中国文化精神如侠义、忠孝、名教、夏夷、穷达等的刻画，都并不简单地等同于中国古典文化本身，而只是它的现代性形式，即体现出浓烈的现代后古典性特征"⑤。强调金庸小说中的文化不仅是对中国古代文化资源的利用，更是为现代中国人民的生存困境提出了自己的答案，勾勒出了现代中国人民的心理状态。毫无疑问，金庸小说中丰富的文化意蕴使其超越普通的武侠小说，在满足普通大众的阅读趣味后兼具了传播文化和教化民众的意义。

其次，学者注重对金庸小说中现代意识和精神的发掘。如果说对金庸小说中所蕴含文化要素的发掘还只能证明其文化品位要明显高于同类作品，

---

① 严家炎：《在查良镛获北京大学荣誉教授仪式上的贺辞》，《明报月刊》1994年12月号。
② 卢敦基：《金庸新武侠小说的文化与反文化》，《浙江学刊》1991年第1期。
③ 陈墨：《文化金庸》，东方出版社，2008，第3页。
④⑤ 王一川：《文化虚根时段的想象性认同——金庸的现代性意义》，《天津社会科学》2001年第9期。

那么对金庸小说中现代性元素的挖掘,则直接宣告了金庸小说已经脱离了通俗小说的范畴,并且其已经和五四新文学传统接轨。

严家炎教授在文章《论金庸小说的现代精神》中详细论述了现代性意识在金庸小说中的体现:"这种现代精神主要表现在以下五个方面:一是根本批判与否定'快意恩仇'、人性杀戮的观念;二是承认并写出了中国少数民族及其领袖的地位和作用,用平等开放的态度对待民族间的关系;三是借人物之口表达了他对正邪、善恶的鉴别应以符合大多数群众利益为准的原则;四是在个人与个人、个人与社会的总体关系上,应尊重个人性情与服从总体利益的原则;五是融现实感受于作品中的批判精神。"① 并由此得出结论:"金庸小说的现代性,从根本上说,还在于将侠义精神自单纯的哥儿们义气提高到为国为民、侠之大者的高度,从而突破旧武侠小说思想内容上的种种局限,做到了与'五四'以来新文学一脉相承,异曲同工,成为现代中国文化的一个组成部分。"② 学者冷成金则指出:"金庸小说以传奇表现传统,从'大传统'与'小传统'的结合部切入,在充沛的现代意识的融透中对传统文化进行了苦心孤诣的梳理和显扬。"③ 而学者邓集田则对学界关于金庸小说中的现代性问题的阐述做了详尽的总结,他认为学术界对金庸小说之现代品格的研究,主要在两个向度中展开,即文化内涵的现代性和文学品格的现代性。其中,已被阐述得比较充分或者说基本上形成共识的,主要有以下几点:一是金庸小说从根本上否定了传统武侠小说中的"快意恩仇"模式,尽量消解了"武"这一小说元素的暴力性和血腥味;二是金庸小说摆脱了传统武侠小说中的狭隘民族意识,即"尊夏贬夷"的汉族中心主义思想,而以开放、平等的观念处理各民族间的关系;三是金庸小说中渗透了作者对个性解放和人格独立的追求,继承了五四新文化运动以来的精神文化传统;四是金庸小说中表现了现代人的生存体验和生命

---

①② 严家炎:《论金庸小说的现代精神》,《文学评论》1996年第3期。
③ 冷成金、包树望:《金庸小说中的悲剧意识》,《中华文化论坛》2013年第4期。

意识，如现代人的生存困惑、现代性焦虑、孤独意识等；五是金庸小说体现了作者对现实的强烈批判精神和独立批判人格；六是金庸小说对儒、道、佛为主的中国传统文化的现代性反思，体现了作者对重构中国文化本体的深入思考，及其对中国现代文化建构所做出的巨大贡献。在文学性层面则主要集中于金庸小说对新文学传统的自觉继承与发扬光大，丰富了新文学的文学经验体系等问题的探讨。① 可以说一大批学者对金庸小说中的现代性问题进行了详尽的解读，在这个领域内已经有着极为丰富的研究成果。金庸小说中现代性意识的表现展现出金庸与五四新文学传统和西方现代文艺的渊源，更表明了金庸足以与20世纪新文学作家们一决高下。

最后，是对金庸小说中民族意识和家国意识的强调。经典的诞生往往离不开国家机构的参与，经典的命名、编纂，又始终是与民族国家想象相伴生的文化事实。② 金庸作品需要进入的不仅是主流文学的序列，更要被国家主流文化所接纳。可以说，一个权威的文学经典序列，同时一定是在国别文学或民族国家文化的层面上被取舍并结构的。③ 学者们对金庸小说中民族精神的挖掘很有几分对主流意识形态的迎合的味道。

学者韩云波从金庸作品中的武侠意识形态和武侠形式结构入手，认为"金庸小说正是在'前金庸'基础上，以现代性高度对武侠小说进行经典制造，在武侠意识形态上建构了'为国为民，侠之大者'的国家/人民主流意识形态制高点，在武侠形式建构上通过对结构、人物、环境三要素的整体圆融形成了多重互涉的宏大叙事体制，最终实现了武侠小说的经典化"④。并认为这有利于"将武侠小说由'流行经典'提高到'历史经典'的高度，使武侠小说成为20世纪中国文学中最具魅力的文学类型之一，也使金庸本

---

① 邓集田：《异元批评和过度阐释——金庸小说研究与批评中的两种常见现象》，《淮南师范学院学报》2005年第6期。

②③ 戴锦华：《书写文化英雄——世纪之交的文化研究》，江苏人民出版社，2000，第141页。

④ 韩云波：《从"前金庸"看金庸小说的历史地位》，《浙江学刊》2017年第3期。

人得以跻身 20 世纪中国文学大师之列"。① 周宁则关注到了金庸小说中对血缘、身世问题的重视，由金庸小说中的侠客们身世之谜联想到中华民族的文化命运。从而得出"金庸小说的意义与模式与现代华人的内在精神是一致的，其小说以幻想形式中感悟到的问题，恰好也是我们文化终极关怀之所在，即怎样才能摆脱旧的血缘秩序造成的文化困境，使中华民族走向自新自强"②。而在由李赣、熊家良、蒋淑娴编写的《中国当代文学史》中，则对金庸的小说做出了如下的评价："金庸的武侠小说讲的是中国人的故事，中国人的道德，中国人的观念，忠于国家，讲义气，肝胆相照，抵御外辱，讲对父母的孝道，有很强的民族性。"③ 学者们显然认为不管是金庸对民族英雄形象的塑造，还是其以真实历史为背景所搭建出的宏大的历史架构，都彰显了金庸小说中的历史意识和民族意识，进一步提高了侠义精神的境界，甚至改良了"侠客"的形象，侠客不再是"快意恩仇"的个人英雄，而是成为以保卫民族和国家为己任的民族英雄，他们身上所具有的个人英雄主义情节转变成了民族大义与家国情怀。

(二) 被误读的金庸

毫无疑问，学者们选择从文化意蕴、现代意识和民族意识等方面重新阐释金庸的小说是具有特殊的意义的，这帮助摆脱了 20 世纪 80 年代末期的金庸研究中曾经出现过的感性的内容评论为主的研究方式，深化了对金庸小说的研究，奠定了"金学"的基础，更使金庸获得了进入主流文化的入场券。但无可否认的是，在被阐释的过程之中，金庸的作品却遭遇了一定的误读。当学者们企图进一步发现金庸作品的价值之时，却导致金庸作品的某些方面被过分地拔高，甚至因而模糊和改变了金庸作品本来的品质和属性，反而使金庸作品无法得到客观的评价，不利于在中国当代文学史上

---

① 韩云波：《从"前金庸"看金庸小说的历史地位》，《浙江学刊》2017 年第 3 期。
② 周宁：《从金庸作品看文化语境中的武侠小说》，《当代作家评论》1995 年第 6 期。
③ 李赣、熊家良、蒋淑娴：《中国当代文学史》，科学出版社，2004，第 228 页。

找准金庸真正的位置。那从何可以看出当代学者对金庸小说的论述有拔高之嫌呢？可从当代学者对金庸小说内容论述的不平衡和其论述方式上看出一些端倪来。

首先，通过对多篇学者的论文对比可以发现，学者们过分强调了金庸小说中的文化性、现代性和民族意识，却对金庸小说作为通俗作品的娱乐性、商业性特点谈得较少。

在对金庸作品的研究之中，关于金庸作品文化方面的内涵、现代性和民族意识等占了大多数。不管是从论文数量还是质量来说，对金庸小说中这些话题的强调完全超过了对作品中其他属性的挖掘。先从相关研究的数量来看，关于金庸的论著到现在为止虽不能说浩如烟海，但是其数量已经非常可观了，单以中国知网收录的相关论文来看，直接以金庸作品为主题的论文便已经达到了 1 000 余篇，而其中包含对金庸小说文化内涵、现代意识进行分析的论文就已经达到了 600 余篇，占了整个论文成果的 60% 左右，而对金庸小说通俗性的研究不到 200 篇，只占了整个研究成果的五分之一。不同论题之间研究文章的数量悬殊。而通过对金庸研究的相关综述来看，对金庸作品中的文化意蕴、思想内涵和现代意识等方面的研究都始终是金学研究中常热、常新的主题。以对金庸小说之中的文化内涵研究为例，自 1986 年冯其庸先生发表《读金庸》对金庸小说中的"深厚东方文化内涵"[①]中进行肯定之后，关于金庸小说中的文化意蕴研究就未曾断绝，只是随着对金庸研究的深入，论述和研究手法产生了极大的变化。从 1992 年陈墨出版点评金庸系列丛书，专门在《文化金庸》[②]中对金庸小说中所涉及的文化景观进行讲解和说明，到 2001 年王一川在《文化虚根时段的想象性认同——金庸的现代性意义》中，对金庸小说中古典文化的现代性表现这一问题进行了阐述，及至到 2018 年苏州大学教授汤哲声在其文章《梵音：金

---

① 冯其庸：《读金庸》，《中国》1986 年第 8 期。
② 陈墨：《文化金庸》，东方出版社，2008，第 27 页。

第一章 武侠小说：封"神"之后的落寞

庸小说〈天龙八部〉的佛学叙事解码与史学地位》中，以《天龙八部》为研究对象厘清与说明金庸作品中包含的佛学思想，并强调"金庸小说是中国著名的文化武侠小说"①。可以发现对金庸小说文化内涵的研究呈现出逐步深化，逐步规范化的特点。如果说陈墨当年对金庸小说文化内涵的解读还只是以对金庸作品的赏析为主，那么近些年研究者们已经尝试从民族心理、思想史的角度对金庸小说之中所表现的文化内涵进行更为深入的阐述。通过对金庸小说的文化内涵这一研究议题就可以发现，对金庸的研究已经越来越偏向于学理化。但是在金庸研究领域所取得的成就并不能掩盖其所存在的研究议题不平衡的问题。为何会出现这种现象？毫无疑问，金庸小说的文化底蕴、现代意识构成了金庸小说的独特之处，研究者对金庸小说这些方面的关注自然源于其具有极大的学术价值。但不可否认的是，学者对这些学术议题的关注也是出于推动金庸作品经典化的需要，他们在努力把金庸小说纳入主流文学的评价体系，或者说严肃文学的评价体系，以业已经形成的雅文学的评价标准来对金庸小说进行评判。他们企图把金庸小说的文本意义上升到文化、民族与国家的高度，实际上却造成了对小说文本本质的遮蔽，有着过分拔高金庸小说的嫌疑。金庸曾经一再解释过自己创作武侠小说的初衷和对武侠小说的理解。在他看来："我自幼便爱读武侠小说，写这种小说，自己当作一种娱乐，自娱之余，复以娱人（当然也有金钱上的报酬）……武侠小说毕竟没有多大艺术价值，如果一定要提得高一点来说，那是求表达一种感情，刻画一种个性，描写人的生活或是生命，和政治思想、宗教意识、科学上的正误、道德上的是非等，不必求统一或关联。"②"武侠小说本身在传统上都一直是娱乐性的，到现在为止好像也没

---

① 汤哲声：《梵音：金庸小说〈天龙八部〉的佛学叙事解码与史学地位》，《江苏科技大学学报（社会科学版）》2018年第2期。

② 金庸：《一个"讲故事人"的自白》，《海光文艺》1966年第4期。

有什么价值重大的作品出现"①。但是研究者们显然没有认真对待金庸对自己的评价，反而认为是他的一种谦辞，继续从民族、政治等更高和更宏大的层面对金庸的作品进行解读。

其次，则是在一些学者的论述之中，其论据无法完全支撑论点，以至于对金庸评价和金庸作品实际上所展现的特质是不相符的。

以学者们对金庸小说之中的现代意识的研究为例，中国学者所讨论的现代性概念更类似于资本主义现代性，它延续了启蒙运动的传统。人文主义、自由理想、实用主义都是它的别称。② 凭借着对现代性理念的理解，学者们从金庸小说之中体现的法治意识，对人类命运的怜悯等各个方面去证明金庸思想与现代性之间的联系。毫无疑问金庸的小说之中是蕴含着现代意识的，作为从自由之地香港成长起来的一名报人，可以说一些带有现代意识的写作理念是深入到了金庸的骨髓里的，自然会流露于其作品之中，他笔下复杂多变的人物性格就可以视作是向现代文艺思想靠拢的证据。但是可以说金庸作品中现代意识的表达并不突出，这甚至可以算是金庸小说的薄弱环节。由于现代性的概念既包含对过去的激烈批评，也包含对变化和未来价值的无限推崇，③ 这已然意味着现代性的精神内涵和通俗文学类作家的创作理念的不符。由于需要考虑到市场，通俗作家在文本中所宣言和展现的主题意蕴，既不能过于老土也不能过于超前，只能以一种中庸的态势吸引大众的阅读兴趣，这也就意味着其与现代性的精神内核是相背离的，更多的时候通俗作品只是徒具了现代哲学思想之形，而不具其内核，正如学者陈平原所指出的，很多研究者都"过高估计了武侠小说家的哲学兴趣，

---

① 林以亮：《金庸访问记》，载江堤、杨晖《中国历史大势》湖南大学出版社，2001，第116页。

② 马泰·卡林内斯库：《现代性的五副面孔》，顾爱彬、李瑞华译，译林出版社，2002，第2页。

③ 马泰·卡林内斯库：《现代性的五副面孔》，顾爱彬、李瑞华译，译林出版社，2002，第101页。

## 第一章 武侠小说：封"神"之后的落寞

也不了解武侠小说作为一种通俗文学类型，追求新思潮而又不求甚解"，以至于研究者"说深了必然显得勉强"①。金庸小说同样也无法逃脱通俗小说的魔咒，因此研究者们在对金庸小说之中的现代意识进行叙述的时候经常会有用力过猛无法自证之嫌。严家炎先生在《论金庸小说的现代精神》之中，把金庸抛弃武侠小说原有的"快意恩仇"、任性杀戮作为其具有现代精神的证据之一，认为"金庸小说有关复仇的一系列笔墨，都证明了作者的思想和鲁迅等新文学家相当一致，而和传统武侠小说大相径庭"②。先不论金庸先生抛弃"快意恩仇"的模式之后是否就与鲁迅等新文学作家在复仇思想达成一致，金庸是否抛弃了"快意恩仇"这件事本身就需要打上一个问号。乔峰虽然最终未曾亲手杀掉仇人，但是复仇的信念他始终未曾丢下过，若不是阴差阳错之际阿朱被他打死，他的复仇之路恐怕并不会停。而为了顾念人物形象的塑造，很多时候侠士并不参与恩仇轮回之中，但是往往却有人能够替天行道，为侠士们斩落仇人，如马夫人虽然逃过了丐帮和乔峰的制裁，最终却毁容惨死在阿紫的手中；而导致张无忌一家家破人亡的灭绝师太等人最后也遭到凌辱，算是替张无忌报了仇。虽然这些事件之中也包含着天道轮回、善恶终有报的传统文化思想，可还是能够发现作家最终帮助书中的侠客达到了"快意恩仇"的目的，金庸出于对大众阅读心理的迎合，并未从根本上抛弃"快意恩仇"的模式。陈墨先生在论及金庸小说的孤独意识的时候，亦没有办法进行深入地分析，只能以一种含混的语言来对金庸小说中的人物行为进行解读。

在研究者们费尽心力阐述金庸小说中表现出来的现代意识和民族精神时，金庸作品所具有的娱乐意义却鲜少被提及，甚至在严家炎教授的文章之中，这种娱乐性也是带有思想性的，而绝对不能把金庸的小说视为单纯的娱乐读物。这实际上已经是对金庸小说通俗文学本质的一种抹杀，但是

---

① 陈平原：《千古文人侠客梦》，北京大学出版社，2018，第156页。
② 严家炎：《金庸小说论稿（增订版）》，北京大学出版社，2007，第50页。

却并没有引起更多学者的注意。

（三）作为文化符号的金庸

尽管对金庸作品的研究仍然存在一定的问题，金庸作品能否被称作经典仍然是在学界之中存在争议的论题，但是金庸及其作品确实已经进入了学者们的研究视野，成为研究对象。从20世纪80年代学界对武侠小说的集体失语到90年代初金庸成为学术界的热门话题，研究者为何对金庸小说或者说是以金庸小说为代表的武侠小说的态度产生了巨大的转变呢？而又是什么学者促使要推动金庸作品的经典化进程，把金庸作品纳入学术规范之内？对金庸的接受和命名都是一个非常复杂的文化过程，但是更为复杂的是这个文化过程背后的动因。

造成金庸作品经典化的原因众说纷纭，很多学者都曾经撰文分析相关原因。他们或认为这是20世纪80年代"重写文学史"运动的延续，或认为这是知识分子们在人文精神失落时代的"曲线救国"之计，或认为这是精英文化与大众文化对话后的结果……除此之外，处于90年代特殊文化环境和知识分子们面对文化剧变的心境同样也对他们推动金庸作品经典化有着一定的影响。

中国社会的转型使中国知识分子陷入了一种尴尬、彷徨的心境中，在大众文化异军突起的20世纪90年代里，曾经享有绝对话语权的知识分子们有了"失语"的危险。贯穿整个80年代的启蒙话语却在以充斥消费主义与大众文化的90年代失去了效力。或是因为文化环境的改变不得不开始正视大众文化，或是由于学者自身心理状态而向大众文化元素靠拢，学者们都在尝试着把目光投注到别样的研究对象上，而金庸小说作为大众文化的象征符号就在此时闯入了学者们的视野。

随着改革开放的进行，市场机制被引入，中国社会面临着剧烈的转型，20世纪80年代就已经出现的精英文化与大众文化之间的裂隙到90年代已经扩展为一道鸿沟，撕裂了精英话语独霸一方的局面。大众文化迅速崛起

第一章 武侠小说：封"神"之后的落寞

与来势汹汹，迫使当代知识分子从启蒙语境和精英文化之中探出头来，开始正视大众文化的成果，并把其纳入研究范围之内。金庸小说能够进入学者们的研究视野便是因为其已经在大众之中造成了阅读的奇迹，已经变成一种不可忽视的大众文化成果。

严家炎曾经详细叙述过开始研究金庸的心路历程，他起初是怀着"既然有那么多年轻人都喜欢读，做老师的完全不了解似乎说不过去"的心情去接触金庸小说的，甚至当他1991年在旧金山时仍然有青年要求其讲解金庸的小说。所以严家炎教授之所以开始进行金庸研究，"可以说都在青年朋友的推动、督促之下，后来竟至渐渐觉得不为他们做点事就欠了感情的债，就会有重压之感，觉得不开设'金庸小说研究'课程，既有愧于文学史研究者的责任，也辜负了年轻朋友的期待"[1]。显然严家炎教授接触金庸文化是一个自下而上的过程，青年学子们已经化身为一种压力或者说是动力，帮助或者说要求老一辈的学人们正视大众文化对当代文化生活产生的影响。而钱理群教授接触金庸作品也有着与严家炎教授相同的经历。他曾说道："说起来我对金庸的'阅读'是相当被动的，可以说是学生影响的结果。那时我正在给1981届北京大学中文系的学生讲'中国现代文学史'。有一天一个和我经常往来的学生跑来问我：'老师，有一个作家叫金庸，你知道吗？'我确实是第一次听说这个名字。于是这位学生半开玩笑、半挑战性地对我说：'你不读金庸的作品，你就不能说完全了解现代文学。'……这是第一次有人（而且是我的学生）向我提出金庸这样一个像我这样的专业研究者都不知道的作家的文学史地位问题……"[2] 不管是严家炎教授还是钱理群教授的经历，这在当代高校之中稀松平常的经历，学生作为时代的亲历者，他们对于当代的文化事件有着更为敏锐的感知，通过课堂和平时的交

---

[1] 严家炎：《金庸小说论稿（增订版）》，北京大学出版社，2007，第2页。
[2] 钱理群：《金庸现象引起的文学史思考——在杭州大学"金庸学术讨论会"上的发言》，《杭州大学学报》1997年第4期。

流把时代的律动传达到了自己师长的意识之中。但是若是细细考究当年那批学子成长的文化背景便可以发现，这一自下而上的传播过程之中有着别样的文化内涵。这批成长于20世纪八九十年代的青年学子虽然也感受到了启蒙话语的余韵，依稀还记得当年知识分子们所享有的荣光，可大众文化（特别是港台文化）已经成为他们成长的精神养料之一。正如戴锦华教授所说："当我们关注20世纪最后30年激变中的当代中国，关注文化主舞台上的众声喧哗的剧目更迭时，我们间或完全忽视了此间港台文化——金庸、古龙、梁羽生、琼瑶、三毛、邓丽君、徐克、吴宇森等，已作为历史文化断层处的填充物，悄然喂养出人数众多的中国大陆青少年读者群……"① 作为中国最高等学府的学子，也作为中国学界的新生力量，他们对金庸的喜爱已然暗示了在新的代际中精英文化和大众文化的界限已经逐渐消弭。而他们对老一代学人的影响更是可以看作大众文化对精英文化的逆袭，而金庸经典化过程的推进便是这次逆袭和转换的结果。当然不能因此就得出结论认为大众文化已经完全压倒了精英文化，是精英文化的全面投降，更不能视学者们对金庸的研究是他们不堪时代压力的媚俗行为，而只能看作在多种话语形态并存、交融的情境之下，已经不占优势和主导地位的知识分子们在寻求更多对话和沟通的可能。金庸的小说一方面受到大众读者的喜爱，是颇具代表性的大众读物；另一方面则又蕴含着人文精神启蒙，其艺术价值能够达到精英文化所要求的水准。所以可以说在某种意义上它成为沟通精英文化和大众文化的媒介。金庸作品之所以得以进入学术研究的范畴，是由90年代特殊的文化环境所决定的。学者们推动金庸作品经典化是可以看作随着时代变迁而做出的转型。面对中国社会、文化的剧变，人文学者们正在扩展自己的研究视野，并且在进一步反思原有的理论立场和现实立场，只是以何种态度对待这种转型以及转型之后该去向何方，没有人能给

---

① 戴锦华：《书写文化英雄——世纪之交的文化研究》，江苏人民出版社，2000，第135页。

## 第一章 武侠小说：封"神"之后的落寞

出清晰的答案。正如戴锦华教授所指出的，如果说，站立于经典文化的"孤岛"上，将芜杂且蓬勃的"大众"文化指斥为"垃圾"并概谈当代文化的"荒原"和"废都"，是一种于事无补的姿态，那么，热情洋溢地拥抱"大众"文化，或以大理石的基座、黑丝绒的衬底将其映衬为当代文化的"瑰宝"，则同样无益且可疑。① 而在本书稍前所论及的金庸研究所存在的过度拔高和误读的问题便有可能是学者们在转型之后无所适从的心态所引起的。

如果说，一些学者是基于大的文化环境的改变而被动地关注以金庸小说为代表的大众文化，那么有些学者则是因为自身的情感心理变化而自发领略到大众文化的魅力。一些格调相对高雅的大众文化产品在一定程度上也起到了满足学者们的心理需要的目的，使研究者们自觉地对其产生了研究的兴趣，最终推动这些大众文化的产物进入学界的视野之中。而金庸作品的经典化进程的开启也符合这一过程。

20世纪90年代初期，仿佛是突然而至的重商主义、消费文化使中国知识分子在一夕之间感受到了自我贬值的酸楚和落寞。改革开放所带来的不仅是中国经济的快速腾飞，更是带来了拜金主义对原有的文化体系的冲击。人文精神在物质至上的消费文化面前陡然失色，理想主义遭遇到了市场经济最无情的质询。面对这样的文化现实，中国知识分子无可避免地产生了自我认同的危机。陈平原教授曾详细叙述过当年知识分子的心境："对他们来说，或许从来没有像今天这样感觉到金钱的巨大压力，也从来没有像今天这样意识到自身的无足轻重。此前那种先知先觉的……悲壮情怀，在商品流通中变得一钱不值。于是，现代中国的堂吉诃德们，最可悲的结局很可能不只是因其离经叛道而遭受政治权威的处罚，而且因其'道德''理想''激情'而被市场所遗弃。"② 而1993年开始的"人文精神"大讨论其实是可以视作知识分子们针对令人失望的文化现实所做出的还击，或是他

---

① 戴锦华：《隐形书写——90年代中国文化研究》，江苏人民出版社，1999，第3页。
② 陈平原：《近百年中国精英文化的失落》，《二十世纪》1993年第6期。

们面对现实精神危机而进行的艰难的自救。只是这场历时两年的大讨论并没有达到预期的效果，仍然留下很多无解的问题。知识分子们在90年代郁闷、彷徨的心境并不能得到纾解。

而武侠小说所特有的娱乐性以及其所营造的"世外桃源"却与当代知识分子产生了共鸣。钱理群虽然是在学生的感染下开始接触金庸，但是也是因金庸作品确实触及了其心弦才愿意把其纳入文学史的范畴。他起初怀疑"这或许只是年轻人的青春阅读兴趣，是夸大其辞的"，"但后来有一个时刻我陷入了极度的精神苦闷之中，几乎什么都不能做、也不想做，一般的书也读不进去；这时候，我想起了学生的热情推荐，开始读金庸小说，没料到拿起来就放不下，一口气读完了他的主要代表作"。① 而另一位金庸研究者严家炎教授也是在试读后发现了金庸小说的趣味，"我试读了《射雕英雄传》，一读之后，竟然放不下来"②。也许在精英知识分子意气风发的时代里，金庸小说的娱乐性只不过是一种浅薄的消遣，但是在他们经历精神苦闷的时刻，这种完全不同于严肃文学的轻松与乐趣，却对于他们来说难能可贵。若只是因为金庸小说所具有的娱乐性，精英知识分子们并不会对其表现出特殊兴趣，毕竟在大众文化大行其道的时代里，太容易找到其替代物。更难能可贵的是金庸小说自有一份对人情世态的思考和对世界的消极的对抗性，以至于自感时乖命蹇的精英知识分子们在阅读过后能够与小说之中的人物和故事产生共情。钱理群被《倚天屠龙记》中"生亦何欢，死亦何欢，怜我世人，忧患实多"击中，从而真正改变了对金庸小说的态度，发出"对这样震撼心灵的作品，文学史研究，现代文学史研究，能够视而不见，摒弃在外吗？"的质问③，奠定了当代武侠小说研究基础的陈平原教授亦承认"开始对武侠小说感兴趣，确实有生活刺激的因素"④，也是因为"多了点人世间的阅历"，

---

①②③ 钱理群：《金庸现象引起的文学史思考——在杭州大学"金庸学术讨论会"上的发言》，《杭州大学学报》1997年第4期。

④陈平原：《千古文人侠客梦》，北京大学出版社，2018，第4页。

陈平原教授才能"明知这不过是夏日里的一场春梦，我还是欣赏其斑斓的色彩与光圈"①。只有屡经坎坷备尝世味者，才会深感人间侠士的可贵②，而当精英知识分子们在经过理想的幻灭之后，才得以正视以金庸作品为代表的武侠小说的意义。毫无疑问，20世纪90年代突变的社会文化环境和知识分子们的独特的心境为金庸进入主流文化提供了一个契机。

综上所述，与其说金庸小说是由于其独特的文本魅力因而走入文学史内，不如说金庸成为一个被学者借以抒发心中块垒的符号。在面对20世纪90年代纷繁复杂的文化环境时，带有彷徨、失落心境的精英知识分子们或借助金庸小说反思过去的文化立场重新发声，或借助金庸作品整理心境"重建学术自信"③。

## 三、自我缔造：金庸的"野心"

除了金庸小说文本的魅力和学术界对金庸作品的正视，金庸自己在其小说经典化的过程之中也扮演了极为重要的角色。与其他武侠小说家相比，他显然有着成为经典作家的"野心"，并且有着自我经典化的意向。④ 他对自己作品三番五次的修改便是其这种意象的最直观的体现。到底是什么促成了他的"野心"？也许除了名、利之外，他对学术界的向往才是让他如此认真地去争取文学史上一席之地的原因。

（一）迎合读者的"流行金庸"

作家对自己的作品进行修改是极为平常的事情，或为了达到更高的艺术水准，或因为当时的政治、文化环境，或是自身认知的改变，在中国现

---

① 陈平原：《千古文人侠客梦》，北京大学出版社，2018，第4页。
② 陈平原：《千古文人侠客梦》，北京大学出版社，2018，第125页。
③ 陈平原：《当代中国人文学者的命运及其选择》，《东方》1993年创刊号。
④ 汤哲声：《删改还需费思量——金庸小说是否需要再次修改》，《西南大学学报（社会科学版）》2008年第1期。

当代作家之中这种情况都不鲜见。但为何对于金庸来说修改对其自身定位和作品性质具有更为重大的意义呢？这是由于武侠小说的性质决定的。武侠小说的商品性质决定了其写作者无法在创作过程中对其进行精雕细琢，而由于其作为通俗文学的特性也决定了作者往往难以对作品做第二次修改。而金庸历经10年对自己的15部作品进行全面的删改的行为已经展示了他与其他武侠作家的不同之处，昭示了他有着纯文学作家一般的对自己作品精益求精的精神。而经过修改后的金庸作品不再只是通俗文学而是具有了"流行经典"的某些特性。通过研究各个版本之间的变迁，不仅可以勾勒出金庸小说文本性质变迁的清晰的脉络，更可以清楚地了解金庸创作理念的变化和自我经典化意识的形成过程。

经过梳理可以发现金庸的创作和修改历史可以分成三个重要的阶段，首先是1955—1972年，这17年间金庸总共在报纸上连载和发表了15部小说，这些版本后来被林保淳称之为"刊本"，也是金庸小说的最初始版本。其次则是1970—1980年10年间，金庸对所有作品都进行了修改，修订版在香港、台湾、内地不同时间段出版，在内地发行的这个版本便是极为知名的发行于1994年的"三联版"，这一版本奠定了金庸的经典地位。最后是在1999—2006年之间金庸再次对作品进行修订，并在2008年由广州出版社和花城出版社联合出版，被称为"新修版金庸作品集"。

第二次修改，即从初刊本到"三联版"之间的变化极大，所花费的时间也是最长的。在这次修改过程中金庸不仅修改了初刊本中的错漏和粗糙之处，还对小说的结构进行了修改，而最重要的是对人物性格进行了更为合理的补缀，使人物的个性特点越发鲜明、突出。虽然这次修改使金庸作品具备了经典作品的特质，但是通过对金庸修改内容的考察和那段时期他自身经历的回顾，金庸显然还没有对自己的作品抱有更高的期待，也没有想过自己能够在内地文学史上获得极高的地位与评价。

其一，在第二次修改的过程中，金庸对自己原刊本中的错漏之处进行

第一章　武侠小说：封"神"之后的落寞

了修改，使文本之中不至于存留硬伤。

金庸的作品往往是随每日日报而发，写稿压力极大。在他创立《明报》初期，为了拉动报纸销量，他开始在报上连载《神雕侠侣》，每天需要写1 600字，而"当时《雪山飞狐》还在《新晚报》上连载，金庸每天要写两个连载"①。同时报上每日只能发一两千字，连载的时间较长，作者很容易在写到结尾处就忘了开头。和大部分港台武侠小说家一样，金庸也无暇在连载过程中对作品进行审查和修改，所以作品有着极多错漏之处。因此，金庸在1970年开始修改作品之后，首先便对这些错漏之处、逻辑不通之处进行了修改。他在"三联版"《飞狐外传·后记》中提道："《雪山飞狐》于一九五九年在报上发表后，没有出版过作者所认可的单行本。坊间的单行本，据我所见，共有八种，有一册本、两册本、三册本、七册本之分，都是书商擅自翻印的。总算承他们瞧得起，所以一直也未加理会。只是书中错字很多，而翻印者强分章节，自撰回目，未必符合作者原意，有些版本所附的插图，也非作者所喜。现在重行增删改写，先在《明报晚报》发表，出书时又作了几次修改，约略估计，原书十分之六七的句子都已改写过了。原书的脱漏粗疏之处，大致已作了一些改正。"② 而在修订本《神雕侠侣·后记》之中，金庸亦再度强调："《神雕侠侣》修订本的改动并不很大，主要是修补了原作中的一些漏洞。"在这次修订之中，金庸把修改"刊本"中的错误当作了首要的任务。尽管"三联版"中还存在一些疏漏，如《射雕英雄传》中黄蓉与郭靖的年龄问题，但是大部分的错误都已经得到了修正，不仅词语、章句的错误减少，而且因连载所引起的逻辑不通和疏漏之处也被修改了。以《天龙八部》这部作品为例，在其"刊本"中曾经出现过一章节名为"三善四恶"，显然这部小说中应该有与段延庆、叶二娘等四大恶人齐名的三大善人，但是直至小说结束这三大善人都未曾登场。而

---

① 傅国涌：《金庸传（修订版）》，浙江人民出版社，2013，第132页。
② 金庸：《雪山飞狐·后记》，三联出版社，1980，第360页。

在"三联版"中三大善人被完全删除了，不再给读者造成阅读上的困惑。这种修改使金庸的作品更加完善，也更具有可读性，证明金庸已经在试图摆脱连载时期作品粗糙的特点。

其二，金庸在关注对作品结构的修改。他一方面对某些作品的大的框架结构进行变动，改变了章节的内容，使叙事的整体节奏更加紧凑；另一方面则改变了作品的叙述方式和情节设置，砍去了旁逸斜出的枝节，使故事更为清晰明了，重点突出。

在进行修改的过程中，金庸显然在努力克服作品连载时期作品出现的结构上的缺陷。在连载时期，为了顾及读者的需求，往往一章节就必须形成一个故事上的冲突，以吸引读者继续阅读，所以没有办法建立整体的逻辑框架和行文架构，以故事高潮决定了章节的划分。因此某些部分的章节内容显得十分凌乱。如"刊本"《射雕英雄传》中总共有118回，其中杨铁心等人牛家村遭难便占了整整六回，而在"三联版"《射雕英雄传》中由"回"变"章"，全书总共40章，牛家村中发生的是是非非在第一章《风雪惊变》中就交代得清清楚楚。而"三联版"《倚天屠龙记》也由"刊本"的112回变为了40章。章节的缩减是金庸对某些可有可无的内容进行了删除和压缩，使整体的叙述速度更进一步加快，不复以前"刊本"的拖沓。如《射雕英雄传》"刊本"中郭、杨两家指腹为婚便独成了一回，而在"三联版"中这只是牛家村故事之中极小的插曲，是为引出那两柄匕首的由来，为后面的故事埋下伏笔。

除了对整部作品的框架和结构进行修改，加快了整部作品的叙述速度，在作品章节细部金庸也进行了诸多修改。他大刀阔斧地砍掉了作品中很多不必要的人物和打斗场面，使所有的内容都围绕主要故事情节展开。以《射雕英雄传》"刊本"中的"蛙蛤大战"为例，这本是写得极为生动的场景，很为读者所喜欢，但是在"三联版"中却没有丝毫踪迹。尽管有些学者提出是因其太过于玄异，不具"现实色彩"① 所以被删除，笔者却以为这富有灵性的"蛙蛤"实在是太过于夺了神雕的光彩了，不仅对主线剧情的发展造成了困扰，而且对动物灵性的重复描写显然容易使读者缺乏新鲜感。

经过金庸的"删繁就简"，其小说在结构上更为清晰明了，主线突出。这一方面自然有利于提升金庸作品的整体水平，使其能够得到更多的读者的青睐；另一方面则是在消去金庸小说"刊本"中的连载痕迹，在改变金庸小说初始样貌之时，也改变了金庸小说的性质。

其三，金庸在人物性格的塑造上更为下功夫，通过增补或删去一些细节使人物的性格特点更为突出。

金庸在人物性格的塑造上本就胜过了其他武侠作家一筹，他所塑造的人物不仅性格富有层次感，而且避免了流于概念等问题。在第二次修改的过程中，金庸在人物性格的塑造上仍然下了很多功夫。以《天龙八部》中对阿紫性格的塑造为例。在"刊本"中阿紫遗传了其父段正淳的性格，可谓是见一个爱一个，她曾经爱慕过自己的入师兄摘星子，又仰慕过英俊潇洒的慕容复，更是在其眼瞎之后对化名为王星天的游坦之暗生情愫，及至最后才对姐夫乔峰死心塌地。阿紫的四处留情尽管看起来无伤大雅，但是却导致了阿紫的性格缺乏了张力和对比，不那么吸引人。她本就爱四处留情，那么她爱上姐夫乔峰根本不值得大惊小怪。而在"三联版"中金庸删去了阿紫与游坦之暧昧的段落，也不再提及阿紫对慕容复等人的感情，她在一开始便对姐夫乔峰一往情深，甚至最终陪他葬身崖底。阿紫对待乔峰的真情与其平日里的自私、任性、心狠手辣等特点形成了鲜明的对比，反而成就了阿紫可怕、可恨又可怜、可爱的形象。显然金庸在第二次修改之中对人物的形象和性格的塑造有了更为深刻的思考，他们都纷纷呈现出了更为复杂的性格层次。金庸一方面在深化人物性格，达到他自己所提出的

---

① 薛东琛：《〈射雕英雄传〉版本研究》，硕士学位论文，河南大学中国现当代文学系，2010。

"刻画人性"的目的；另一方面则是查漏补缺，改变了人物性格之中前后矛盾之处。在《射雕英雄传》"刊本"中起初提到郭靖"生得筋骨强壮，聪明伶俐"，而后却又在第二十七回《七怪之残》中写道"郭靖天资相当愚钝"。郭靖的性格前后矛盾，以至于引发了读者的困惑，成为人物塑造中的一个明显的硬伤。在"三联版"中对郭靖的描述却变成了"这孩子学话甚慢，有点儿呆头呆脑，直到四岁时才会说话，好在筋骨强壮"，符合其愚钝却忠厚老实的性格特点。

除此之外，金庸还对其作品的版式和装帧等提出了更高的要求，增加了插图、印谱，一改发行初期其小说简陋、粗糙的面貌。毫无疑问这次修改对金庸小说和整个武侠小说的发展都有着极为重要的意义。正如学者林保淳所说："金庸肯以10年精力，潜心修订，且不厌其琐碎，博纳雅言，一改再改，可以说是有史以来第一个严肃认真的通俗作家，这是具有深刻意义的，我们虽不敢就此论断武侠小说从此就步入文学殿堂，足以与典雅文学作品等量齐观，但却不能不承认，金庸以如此严谨的态度面对自己的作品，无疑将一新论者耳目，且有助于其他通俗作者对自我的肯定与要求。"[①] 经过这次修订之后，金庸小说显然已经改掉了通俗文学作品中的某些弊病，使其作品具有了严肃文学的某些特点。不过更值得深究的是金庸10年修改背后的动机。

当然不能否认金庸十年磨一剑背后蕴藏着其在写作上精益求精的追求，但是若因此就得出结论认为金庸已经具有了作为经典作家的自觉也是不恰当的，这次修改更像是金庸再无须为稻粱谋之后对自己的一次交代，渴望为自己的武侠写作生涯画上一个完美的句号，同时也有着一些商业上的考量。何以能够得出这样的结论？首先要从金庸修改的内容上说起。虽然经过这次修改之后金庸的小说在艺术造诣上更进一步，变得"不仅适合于大

---

① 林保淳：《金庸版本学》，载葛涛、金宏达编《金庸评说五十年》，文化艺术出版社，2007，第378页。

众读者阅读，也适合于精英读者阅读"①，但实际上金庸的修改更多的是查漏补缺的工作，而没有刻意去追求作品的思想性和哲理性，换句话说，他所做的工作仍然是把他的作品变得更加好看。不管是在写作手法上，还是情节设置上，修改后的"三联版"并不会比"刊本"有着更多的突破。正如金庸自己所说："很多时候拖拖拉拉的，拖得太长了，不必要的东西太多了，从来没有修饰过。本来，即使是最粗糙的艺术品，完成之后，也要修饰的，我这样每天写一段，从不修饰，这其实很不应该。就是一个工匠，造成一件工艺品，出卖的时候，也要好好修改一番。"② 在这个时期，金庸自身严谨、负责的性格可能才是他进行修改的最主要的动力。其次，也需要从金庸武侠小说与《明报》的关系上进行考量。在对金庸的研究过程中，内地研究者们更多的是强调金庸作为作者的身份，但是实际上金庸是一个报人也是一个商人。他的武侠小说创作经历和其所创办的《明报》之间有着极大的关系。在《明报》创办之初，为了达到站稳脚跟的目的，金庸一再降低《明报》的格调，其"头版头条几乎都是猎奇、猎艳的社会新闻，以凶杀、奸情、女色等内容为主"③。而武侠小说作为吸引读者的至宝，更是每期《明报》都有，并且每期都占据了很多篇幅。《明报》创办初期，报纸上除了正在连载金庸自己所写的《神雕侠侣》之外，"'野马小说'这个版面最多时同时连载 7 部武侠小说"④。可以说在《明报》草创期，金庸的武侠小说创作生涯也达到了巅峰。而到了 1970 年左右，《明报》的发展已经走上了正轨，不需要金庸再以武侠小说吸引读者。更重要的是《明报》早已经在进行着转型，从起初的庸俗小报成为内容严肃能够与《大公报》一战的大报，同时以"文化、学术、思想为主"⑤ 的《明报月刊》也已经

---

① 高玉：《论"修改"对金庸武侠小说经典化的意义》，《东岳论丛》2009 年第 11 期。
② 傅国涌：《金庸传（修订版）》，浙江人民出版社，2013，第 217 页。
③ 傅国涌：《金庸传（修订版）》，浙江人民出版社，2013，第 134 页。
④ 傅国涌：《金庸传（修订版）》，浙江人民出版社，2013，第 135 页。
⑤ 傅国涌：《金庸传（修订版）》，浙江人民出版社，2013，第 195 页。

面世。作为《明报》报业集团的创始人与领导者，金庸也需要配合着自己的报业集团进行"转型"，粗制滥造的武侠小说显然与金庸和其整个报业集团的形象不搭，进行大量的修改是金庸出于对整个报业集团命运着想势在必行之事。最后，除了金庸的性格使然和修改的必要性，当时稳定和良好的物质条件也在客观上促成了金庸的修改大计。武侠小说之所以受到主流文学的歧视和学术圈的诟病，其商品性是其中的重要原因。武侠小说家为生计而不惜成为写作机器，日写千字，他们所写作品的质量自然无法与十年磨一剑的严肃文学作家相比。但是这并不意味着武侠小说作为通俗文学在文学性上就比不上纯文学，只能说其独特的创作机制影响了它们可能达到的艺术成就。当武侠小说创作者一旦摆脱掉了生计的包袱，不再为五斗米所折腰，他们同样也有可能攀登小说艺术的巅峰的。金庸从 1970 年开始对自己所写的武侠小说进行修改，彼时他的《明报》报业集团已经逐步成型，他虽然还需要操持《明报》的运营，但早已不复当初创业初期的艰辛。有了相对闲暇的时间且生计不愁，金庸自然可以对自己的文章从容修改，得以改变当年初写时的诸多问题。一直有着求新求变之思的古龙之所以无法达到与金庸一样的艺术成就，一个重要的原因就在于他始终没能摆脱生存的压力，喜爱挥霍的个性使其无法从容完成作品，更不要提对已经写完的作品进行修改了。

综上所述，经过第二次修改，金庸作品的艺术和思想水准有所提升，从普通的通俗文学作品变成了所谓的流行经典。① 这次修改在一定程度上改变了金庸作品的形貌，使其具有了纯文学的某些特点。不过并不能依据这次修改过后所达到的客观效果就认定金庸此时已经具有了明晰的自我经典化的意识，除了金庸作为一个作家的自我追求之外，他本人的性格特点，金庸武侠与《明报》紧密的关系以及他所处的经济、文化环境都促使其展

---

① 韩云波：《金庸小说第三次修改：从流行经典到历史经典》，《西南大学学报（社会科学版）》2008 年第 1 期。

第一章　武侠小说：封"神"之后的落寞

开了对自己作品长达10年的修改。

（二）向主流文化标准靠拢的"经典金庸"

如果说第二次修改是金庸依据自己的心愿和读者意愿对作品进行的一次完善，那么在1995—2006年间，金庸进行的第三次修改则是他依照学术圈经典的标准对作品进行的一次脱胎换骨的升华。在这一次修改过程中，他一方面努力向现实主义靠拢，为小说中的各种情节提供更为翔实的现实依据；另一方面，他在对人物性格的塑造上继续升入，使其笔下的人物性格反而不再突出，而具有了更多的模糊性。但是与第二次修改的众望所归不同，第三次修改遭到了两极分化的对待，有些专家学者认为第三次修改使金庸小说达到了"'流行经典'到'历史经典'的蜕变"①，但是亦有专家质疑这种修改"是否就是正确的呢"②。对于金庸来说，这次修改到底是迎来了其作品在艺术和思想上的另一重突破，还是因无限趋近主流文化圈的评价标准而失去了作品原本的魅力和特色呢？

在第三次修改的过程中，金庸已经不再仅仅陷于对字词句段篇的修补，而是对情节都进行大刀阔斧的改写，甚至完全颠覆了读者对"三联版"金庸小说的认知。首先，金庸减少了其小说作品中的理想主义因素，更多地开始向现实世界靠拢，使书中的人物不管是在感情上还是言行上都具有了更切实可依的现实根据。

以《天龙八部》中段誉与王语嫣的爱情为例，在"三联版"中，段誉凭借一片痴情最终赢得了王语嫣的真心，二人终成眷属。但是在"新修版"中，段誉和王语嫣尽管有过短暂蜜月期，但是最终两人却分道扬镳，王语嫣宁愿陪着已经疯掉的慕容复日日当那些孩童们的皇帝，也不肯与段誉同

---

① 韩云波：《金庸小说第三次修改：从流行经典到历史经典》，《西南大学学报（社会科学版）》2008年第1期。
② 汤哲声：《删改还需费思量——金庸小说是否需要再次修改》，《西南大学学报（社会科学版）》2008年第1期。

享荣华富贵。段誉也不再强求反而是转向钟灵与木婉清，与她们再续前缘。为何金庸要打破王语嫣与段誉之间的爱情童话？有学者提出这是源于金庸在第三次修改中"对理想主义的解构，对人性弱点和世俗性价值观的宽容……宁可煞风景也不提供童话的创作态度"①。显然，在一些学者们看来金庸正在破除武侠世界的神话，其在修改的过程之中呈现出一种世俗化的倾向，这样的说法当然有其道理，但是若金庸真要破除爱情神话，难道最该改写的不该是《神雕侠侣》中小龙女与杨过的爱情神话吗？小龙女为救杨过宁愿自沉寒渊，而杨过失去了小龙女更不愿独活于世，跳下寒潭殉情，两人最终化险为夷时隔16年后再度相见，堪称现代版的梁山伯与祝英台。通过对比"三联版"中段誉与王语嫣、小龙女和杨过之间的爱情故事，可以发现后者尽管比前者更为离奇和曲折却更具有现实的可能性，换句话说，金庸早已经为他们两人的爱情大团圆埋下了大量的伏笔，有着极强的现实可能性。小龙女和杨过之所以能共同谱写这爱情的神话与他们的性格和经历都是分不开的。小龙女从小就成长在古墓之中，性格清冷，因此能够耐得住寒渊底下的寂寞；而杨过虽然天性喜闹，却也是爱憎分明、重情重义之人，轻易不会屈服于世俗的压力，所以他能够在花花世界之中独等小龙女一人。而他们早前特殊的经历更是造成了两人之间牵扯不断的羁绊。小龙女在杨过最为困顿和脆弱之时收留了他，不仅使其有了难得的归属感，更让他初尝了爱情的甜蜜，而杨过使小龙女从冰冷的"女神"变成了有七情六欲的凡人，使她感受到了世间的千般快乐和万般心酸。他们是具有这极为深厚的感情基础的，所以他们的爱情神话显得极为合理。但是段誉与王语嫣之间却缺乏相爱的基础，在"三联版"中段誉对王语嫣一见钟情，其后就对她不离不弃，尽管王语嫣对他不理不睬还时常为了自己的表哥出言轻侮他，他也不曾改变。他的痴情脱离了现实世界中的人之常情，并不

---

① 马睿：《金庸小说再修改：通俗文学、大众传媒、世俗化社会的互动》，《西南大学学报（社会科学版）》2008年第1期。

## 第一章 武侠小说：封"神"之后的落寞

符合大多数恋爱男女的真实情况。而王语嫣暗恋自己表哥数十年，就算慕容复阴狠毒辣，她也不可能马上就把昔日恋人抛之脑后与段誉产生极为深刻的感情。所以在"新修版"中金庸所做的并非是简单地改写他们的结局，而是为他们两人之间的故事注入更多现实的元素，使不切实际的爱情童话变成了具有现实性的爱情闹剧，他们两个人的分开具有了一层现实合理性。金庸首先为段誉的痴情找到了出处，不过是因为看了无量洞中的玉像而心生爱慕，转而移情到了酷似玉像的王语嫣身上，所以当玉像被砸碎，心魔不再之后，段誉自然冷却了对王语嫣的感情。而王语嫣对段誉更是自始至终没有产生过真正的爱慕之情，只不过在包不同等人的劝说下发现了段誉在金钱和地位上所占有的绝大的优势，走投无路之际开始寻求段誉的庇佑和安慰。正如金庸所说："段誉很爱王语嫣，但她毫无反应，他觉得很不是滋味：我这么努力喜欢你，但你却始终无动于衷，那我们还是做个普普通通的朋友算了。"① 本该是非卿不可的痴恋却变成了世俗男女的计较，对于许多还沉浸在理想主义情怀中的读者来说这样的结果自然不能接受。但是对于金庸来说这种改写自有其合理性。金庸分明是一改以往天马行空的随意想象，而开始关注现实因素对人物行为和情感走向造成的影响，企图在玄异的武侠世界之中反映出现实的影像来。为何金庸要让犹如世外桃源的武林世界"触地"？

最主要的原因还是在于对一直在中国内地占据文学主流和正统地位的现实主义文学的回应。尽管在 20 世纪 90 年代现实主义遭到现代主义的冲击，但是现实主义批评话语始终未曾过时。"现实主义冲击波""新写实小说"等文学现象和文学流派的产生都标志着现实主义文学并未退出学界和大众的视野。现实主义不管是作为一种审美标准还是创作理念都势必影响到经典的遴选和产生。而已经具有较强的自我经典化意识的金庸自然需要

---

① 郦亮：《金庸对作品完成第 3 次修订张无忌变成韦小宝第二》，《青年报（上海）》，2007 年 6 月 18 日。

对现实主义文学传统做出回应,所以在进行第三次修改的过程中他或是使情节更贴近现实,或是为故事的发生提供更多现实依据。

其次,金庸在第三次修改过程中进一步深化了对人物性格的塑造,但是与前一次修改不同,金庸这次并非是突出笔下人物的主要性格特征,而是增加了人物性格中的模糊性,使其笔下的人物形象更为复杂。显然在第三次修改的过程中,金庸已经不仅仅满足于塑造鲜明的人物形象,而是为了加深人物性格之中所蕴含的哲理性,更深地探究人性幽微,使其作品更具有深度。

在很多经典作品中,人物性格除了极为鲜明的优点和缺点之外,还往往具有一种模糊性。巴金曾说:"为了应付新的需要,有人注意到了优点和缺点,于是在正面人物身上加入一些缺点,在动摇人物身上加入一些优点,总之使得每个人甚至反面人物都带有'人情味'。但是作品里面的那些人仍然没有血色,不像真人。为什么呢?我想有一个原因是:除了优点和缺点之外,活人的身上还有别的东西,而那些东西都单靠访问所不能了解的。"[1] 巴金所说的"别的东西"便是人物性格中的模糊性。性格上的模糊性最直观的表现便是性格元素的本质往往被假象包裹,从而显现出表里矛盾、似是而非的情状,使人们感到难以捉摸。[2] 而金庸在第三次修改的过程中则通过增加江湖人物的感情细节来增强了人物性格上的模糊性,使人物形象变得异常丰富。

以《射雕英雄传》中黄药师和梅超风之间的感情戏为例,在"三联版"中黄药师一心痴恋妻子,甚至因为妻子之死迁怒于周伯通,把其囚禁在桃花岛上。但是在"新修版"中黄药师却在娶妻之前已经对自己的女徒儿梅超风暗生情愫,更是因梅超风与陈玄风两人偷书私奔才迁怒于桃花岛上其他弟子,打断了他们的腿,甚至连他娶妻也不过是为了堵住旁人之口。这

---

[1] 巴金:《巴金创作论(理论)》,上海文艺出版社,1983,第490~491页。
[2] 刘再复:《性格组合论》,中国人民大学出版社,2010,第204页。

第一章　武侠小说：封"神"之后的落寞

一改动引来了很多读者的不理解，尽管金庸再三解释：自己在初写之时就已经设定了黄药师对梅超风暗中有意，但这也不能平息读者的不满。在"新修版"中，金庸所加的这出"师生恋"看似加得毫无道理，实际上却拓宽了黄药师和梅超风两者的性格内涵。黄药师又被称为"黄老邪"，因其不拘礼法、不理世俗陈规而得名，他能横眉冷对武林至尊，亦会不顾世俗礼法随意而为。但是他在对待他与梅超风的恋情时却不能也不敢率性而为，他既顾虑自己与梅超风之间巨大的年龄悬殊，时时发出对韶华已逝的感叹；更惧怕周围人的口舌，以至于对明了真相的大徒儿曲灵风痛下狠手。这种种行为与其放荡不羁的"邪"性显然不符，但是却丰富了黄药师这一形象，更重要的是金庸把人物性格的多变和复杂与特定的情境联系了起来。正是在这段感情之中，黄药师展现出了他性格之中的矛盾和模糊之处。他自诩世外高人，却无法真的冲破世俗藩篱向徒弟梅超风倾吐自己的爱意；他本潇洒倜傥、目无下尘，但是却在这段畸恋中小心翼翼，生怕被别人窥去秘密；他一直轻视世俗观念，却仍为礼教道德所束缚……显然无法用好和坏来形容黄药师行为，更因为这种言行上的矛盾无法对黄药师进行"定性"。这种性格中的模糊性使黄药师不再仅仅是超然世外的一代奇侠，更成了具有七情六欲的普通人。这明显丰富了黄药师的人物形象，拓宽了他的性格内涵。与黄药师情感上的巨变相比，《倚天屠龙记》中张无忌渴望娶四个女子为妻反而显得没有那么突兀，这实际上是金庸对张无忌性格中"模糊性"的肯定。在"三联版"中，张无忌的性格就已经非常复杂了，金庸自己曾经总结道："他较少英雄气概，虽然宽厚大度，慷慨仁侠，豪气干云（其实他的侠气最重，由于从小生长于冰火岛，不知人世险恶，不会重视自己利益，因而能奋不顾身地助人），但不免也有缺点，或许，和我们普通人更加相似些。"① 在"三联版"中，生性被动的他能够主动选择赵敏，并不再与

---

① 金庸：《倚天屠龙记·后记》，三联出版社，1980，第1594页。

其他女子纠缠，这与其性格中的优柔寡断不相符合。而在"新修版"中，张无忌自然是深爱赵敏的，但是却仍然记挂着其余三位女子，这一改写一方面是对其优柔寡断性格特点的强化，又从另一方面增强了他性格的模糊性。他虽对四位女子都动了心，却对每个人都抱有不一样的感情。张无忌与赵敏两人跨越阶级、民族和世代仇恨相知相守，毫无疑问他抱有对赵敏深刻的爱恋；而他与周芷若本是青梅竹马却最终对峙擂场，他始终对周芷若有着初恋的情愫；他与小昭相识于危难之时最终被迫离散，他对于小昭自有一份遗憾和愧疚；他与殷离因误会结缘却无法信守幼时之约，他对于殷离是怜惜大过于爱慕。张无忌显然成为万千模糊情感的载体，无法真正弄清在四位性格迥异的女性中他到底爱谁，无法为他的感情和性格做定性分析，但是毫无疑问，这样的张无忌更加令人回味无穷。不管是黄药师和梅超风之间的超越世俗伦理的畸恋，还是张无忌在四位女性之间的摇摆和流连，都可以看出金庸在试图超越以前明白浅显的通俗小说的风格，在努力为自己的作品增加一些深度，在向单纯的阅读快感告别的同时，也为自己的作品增加更多思想、艺术上的谜团。

综上所述，在第三次修改的过程中，金庸显然已经不满足在词语章句上的修修补补，而是在尝试改变作品的风格。他一方面让自己的作品开始向现实趋近，以现实思想的证据堵住昔日想象中的漏洞，在虚构的武林世界中印上现实的影子；另一方面则是努力使自己的笔下人物更为复杂和深刻，使其作品更具有深度。显然学界的标准已经成为金庸第三次修改的依据，修改过后的金庸小说具有了更多学者所重视的品质，因为也具有了更多经典文本的元素。如果说在第二次修改过程中，金庸还未曾明确自己作品未来的走向，仍然是以读者的需求作为主要修改法则；那么在进行第三次修改的过程中，金庸显然已经有了明确的自我经典化意识，开始不断地向学术界所评定的经典标准靠拢。以至于第三次修改中的诸多情节与大众审美相违背，引发了颇多读者对金庸的批评，甚至因此认定金庸第三次修改近乎是一种沽名钓誉的行为,认为这是金庸使时代记住自己的方式。

(三) 金庸经典意识的由来

相比于其他同时代的武侠小说作家来说,金庸的自我经典化意识似乎是非常明确和强烈的,除了前面所提到的金庸对自己作品的三次修改之外,金庸不断向主流文化圈和学术界迈进也被认为是他进行自我经典化的证据,在大众与研究者看来金庸显然在争取从文化边缘走向文化中心。20 世纪 90 年代到 21 世纪,当梁羽生和古龙等与金庸一起在 80 年代掀起武侠热潮的武侠作家纷纷隐退之时,在 1970 年左右便已经封笔的金庸却并未退出大众视野,反而是更加活跃于学术界、影视界和文艺界。不少人对于他这种"退而不休"的状态并不欣赏,认为金庸频频"行走江湖"不过是为了让其"作为一个'成功者'的形象深入人心",因为"我们的时代是以成败来论英雄的时代"[1]。从理性的角度分析,金庸个人的成功显然对于其作品的经典化具有重要的意义。但是真正催生出金庸自我经典意识的显然不止他对于写作艺术和名利的追求,其中更有着他对于未曾完成的学术之梦的追求和对于传统价值观念的应和。

他在追求自我经典化的背后分明有着对进入学术圈本身的极度渴望,有着对学术地位的强烈向往,换句话说渴望进入学术界也是其不断推进其作品经典化的重要原因。以他在学术界经历来考察可以发现他对学术本身和学术领域有着极高的热情。

尽管金庸作为一位重要的文化名人在影视界、政界等多项领域都有所涉猎,但是显然他在学术圈留下了更多的身影。1994 年北京大学授予金庸名誉教授的头衔,这标志着金庸开始参与到内地学术界的活动中。其后浙江大学、杭州大学、南开大学、华东师大、中山大学等高校开始纷纷赠予其名誉教授的头衔。但是金庸显然并不满意这种"虚衔",而想要凭借真正

---

[1] 戴锦华:《书写文化英雄——世纪之交的文化研究》,江苏人民出版社,2000,第 162 页。

的学术成果来获得学术地位。一方面,他开始展开一系列学术活动,他开始承担教学任务,同时他也开始进行一系列的学术讲座,并且开始撰写学术著作。2000年,他获得了浙江大学的导师资格认证,受聘为浙大人文学院博士生导师[1],同年公布了自己独特的收徒标准,并且在2003年左右,招收了4名博士生,正式开启了他"传道授业解惑"的导师生涯。2005年,他更是向记者承认自己在写《中国通史》,并且召开了一系列的学术讲座。例如,在南京大学为学子讲授"南京的历史与政治",在北京大学讲授"中华民族长期不断发展壮大的规律"。另一方面,他开始拒绝武侠小说带给他的学术界中的光环。金庸在进入学界之后完全抛开了使他跻身于学术圈中的武侠小说,而专心研究历史学。他显然想从在他看来更为严肃和专业的学科门类中闯出自己在学术生涯中的一片天地,而不愿意自己只因作品被学术圈所接纳。他甚至连在非学术领域的演讲会上也不愿提及自己的武侠作品,而是着重关注自己的学术研究成果。在为《金庸茶馆》创刊而举办的演讲会上,金庸不顾武侠迷的热情而仍然选择了讲中国的历史。甚至他要为自己的武侠作品增添几分学术的价值,在第三次修改中他增添了许多注释,而这些注释大都是对某地历史和某个历史时间段的详细讲解。金庸这位耄耋老人拿出了极大的精力追求学术上的成功。可惜金庸显然不了解写作与学术研究领域的差异,他小说之中展现出的丰沛的文史哲知识并不能让他在强调知识积累厚度与广度的学界游刃有余,惯于"行走江湖"的金庸显然在学术研究界中面临着水土不服,以至于他的研究成果在专业人士看来缺乏学术价值,他的一系列学术活动并没有获得大众的认可。在2001年他前往南京大学进行演讲,讲座题目却与武侠小说无关,而是"南京的历史与政治",没想到听讲座的学生大都反应冷淡。而在北京大学的讲台上,他所讲的关于"中华民族长期不断发展壮大的规律"[2]也"未能博

---

[1] 傅国涌:《金庸传(修订版)》,浙江人民出版社,2013,第336页。
[2] 傅国涌:《金庸传(修订版)》,浙江人民出版社,2013,第368页。

## 第一章 武侠小说：封"神"之后的落寞

得满堂掌声"。对于其没有能力带博士生和其不懂学术的质疑从来没有消失过，以至于这成为他晚年的一大压力，使他黯然辞去了浙江大学文学院博士生导师和文学院院长之职，选择去剑桥大学再度深造，拿到了一个博士学位。毫无疑问，对于学术界的重视使金庸比别的武侠作家更加希望自己的作品能够走入经典的序列，成为学术史上浓墨重彩的一笔。可是又是什么催生了他对于学术界的向往呢？

这可能与金庸的早期经历有着极大的关系。金庸出身于书香门第，家族中出过不少的学者和文化名人，其中最著名的应该算是他的表哥——著名的新月派代表诗人徐志摩。但是，金庸在求学道路上却十分多舛。战乱频仍、家道中落、亲人失散和政治迫害都使金庸无法接受到连续的、高质量的教育。正如他自己所说："我家庭本来是相当富裕的，但住宅给日军烧光。母亲和我最亲的弟弟都在战争中死亡。我中学时代的正规学习一再因战争中断，所以对中国古典文学以及英文的学习基础没有打得稳固，到了大学时代以及大学毕业后才凭自学补上去。"[①] 1944 年终因他无法忍受国民党的恶行而被勒令退学，离开了才读了一年的中央政治学校。而后他虽然得以再度进入了东吴大学法学院攻读国际法专业，但是生计的压力、紧张的战势都使金庸无法沉下心来钻研学术。此时，他也以兼职记者的身份进入了《大公报》报社，为《大公报》进行电讯翻译的工作已经占据了他大部分时间。他逐渐脱离学术领域进入了传媒报业，尽管他始终对历史学抱着浓厚的兴趣，喜爱阅读西方历史学家汤因比的著作，甚至萌生过要把汤因比的《历史研究》翻译成中文的想法。但是终因其当时的水平和能力不够，且日常工作又占据了他大量时间，所以这个计划作罢。在金庸的青壮年时期，尽管对于学术研究尤其是历史学抱有无限的热爱，但是他最终还是把大部分精力投入了自己报业集团的建立中，而选择了放弃学术。没有

---

[①] 金庸、池田大作：《探求一个灿烂的世纪——金庸与池田大作对话录》，北京大学出版社，1999，第 74 页。

接受过专业和正统的学术训练成为金庸心中最大的遗憾和隐痛,他多次讲到在东吴大学念书时恰逢内战,学校提早放假,他没有拿到毕业证书。① 他甚至反复提及:"我觉得学问不够,也是自己的生活中、人生中的一个缺陷。"② 因此当他得到机会弥补这一缺憾的时候,他自然会不遗余力地尝试在学术领域证明自己。正如《金庸传》的作者傅国涌所说:"这是他一生的缺憾,当他攀到人生的顶峰,越是没有得到过的,他就越想满足,寻求圆满。"③

而在对学术地位孜孜以求的背后分明展示了金庸也无法摆脱的传统价值观念的影响。"万般皆下品,唯有读书高"这一古训显然对金庸产生了极为巨大的影响,出身于书香世家的他对于这一标准显然有着更为深刻的理解。尽管功成名就的金庸已经不需要从书中找到黄金屋和颜如玉,但是学术研究对于他来说是另一座高山,诱惑着他去征服之。相比于轻飘飘的才子之名,金庸显然更想要沉甸甸的学者之称。他在浙江大学担任博士生导师之际就展现了他对于这一头衔异乎寻常的重视。而他所创办的《明报月刊》完全可以看作是他追求学术成功的另一明证。在1966年创办《明报月刊》之初金庸就提出要把这份杂志办成"五四时代的北京大学式"的杂志,并在发刊词中写道:"这是一本以文化、学术、思想为主的刊物,编辑方针严格遵守'独立、自由、宽容'的信条,只要是言之有物、言之成理的好文章,我们都乐于刊登。"这份以刊登学术性文章为主的杂志与当时充斥着市民文化的香港是格格不入的,在办报之初,金庸便已经做好了亏本的准备,且仍然决定"即使贴钱也要办下去"④。金庸对这份杂志的执着和坚持除了是为一圆自己的学术梦之外,显然还有着征服学术领域的野心。可这毕竟是曲线救国之计,《明报月刊》最终成为香港内外学者直抒胸臆、宣讲

---

①② 傅国涌:《金庸传(修订版)》,浙江人民出版社,2013,第373~374页。
③ 傅国涌:《金庸传(修订版)》,浙江人民出版社,2013,第373页。
④ 傅国涌:《金庸传(修订版)》,浙江人民出版社,2013,第195页。

## 第一章 武侠小说：封"神"之后的落寞

理念的平台，但金庸并未真正进入学术领域。而当他一向不甚在意的武侠小说为他提供了进入学术界的机会时，令人奇怪的是他却不肯在武侠小说这一专业领域内进行研究，而是迅速转向了历史学。毫无疑问他的兴趣是他转变专业方向的重要原因，但是其中不尽然也有着一些功利的因素。武侠小说尽管在金庸手中焕发出了别样的生机，可是这并非是一个被学者广泛所接受的研究领域，这一领域还需要接受更多时间的检验和理论强光的照射，在金庸看来它并不是使他攀上学术高峰的领域。所以他第一反应就是甩掉武侠小说所带来的"下里巴人"的文化印记，迅速进入"阳春白雪"之伍。

而需要看到的是，金庸研究者对金庸及其金庸小说的溢美之词也对金庸进入学术界起到了推波助澜的作用。当他的武侠小说中所蕴含的丰富文化底蕴和历史知识被研究者著述细说之时，当他被赞为颠覆了中国文学史之时，当他被授予各种学术头衔之时，金庸显然无法对学术界真正的规则进行全面细致的了解，更无从对自己的学术能力进行清晰的判断。他不能明白对于学术研究领域来说他最大的价值是作为一个写作者，而不是一个未经过正规学术训练的历史学家。这种认知上的"错位"为金庸带来了极大的困惑与痛苦，以至于他对关于他学问上的评价展现出了不一般的敏感，以至于80多岁高龄仍然去剑桥大学攻读博士。

综上所述，金庸的自我经典意识的产生有着极为复杂的动因，他在推动自己作品经典化的过程当中，分明是抱有对学术极大的热情，这是源于对少年失学这一缺憾的弥补，也是源于深深扎根于其心中的传统文化评价标准，更是由于其特殊的个人处境使他无法正确对自己做出清晰的评估。通过金庸的事例可以发现，经济、政治、文化并不是决定当代经典的绝对影响因素，写作者自身独特的心理状况和人生经历同样对于经典的产生有着极为重要的意义。

金庸的"封神"不仅改变了武侠小说在中国文学史上的地位，更是在逐渐填平通俗文学与严肃文学之间的鸿沟，他的作品不管是对通俗文学还是纯文学都造成了极大的影响。他为后来者提供了许多值得借鉴的写作经验，同时也成为后来者们不可逾越的高峰。

## 第三节 后金庸时代：经典难再出

尽管金庸的作品热度始终不减，尽管梁羽生和古龙的作品仍然为众多读者所喜爱，但是随着金庸的封笔，梁羽生退隐和古龙的离世，港台新武侠时代还是迎来了终结。内地新武侠小说的出现宣告了一个新武侠小说时代的来临。从 2000 年开始，以凤歌、小椴、步非烟、沧月等人为首的新武侠小说作者团体异军突起，并借助网络和杂志掀起了武侠小说写作的另一波小高潮。但是，金庸作为新武侠小说的"一代宗师"依然有着不可比拟的影响力，因此这一时代又被称为"后金庸"时代。毫无疑问，金庸为后来的武侠小说写作者们提供了极富价值的养料，但是亦为他们的创作投下了难以挣脱的阴影。如何超越金庸？如何推动武侠小说的进一步发展？这都成为金庸之后的武侠小说作家们需要解决的问题。而不管是破解原有的武侠小说的"套路"，创立一个迥然不同的武侠世界；还是尝试拓宽武侠小说的广度，兼容并包，融合多种文类的特点；还是在情节设置、语词章句上大下功夫，提升武侠小说的可读性与艺术性，这都是大陆武侠小说作者们对金庸模式的一种颠覆。尽管后来者的尝试促进了武侠小说的创新，但是这些尝试并非都是成功的，令读者和研究者都交口称赞的经典之作还需要等待更长的时间。

而读者阅读兴趣的转变和传播途径的改变，这都导致了武侠小说的阅读和写作陷入了僵局，"武侠将死"也并非完全是一个"狼来了"的谎言。

第一章　武侠小说：封"神"之后的落寞

## 难以突破的"后金庸武侠"

"后金庸时代"既是一个时间节点，也是一个逻辑概念。这个时代是金庸等新港台武侠小说大家归于沉寂后新人迭起的时代，也是金庸经典余韵仍存后来者无法脱离其影响的时代。1987年，温瑞安、黄易的出现标志着港台新武侠小说的突变开始，也预示着港台新武侠时代的结束。而到了21世纪，大陆新武侠的出现则明确表示了一个武侠小说新纪元的到来。

如果说报纸是港台新武侠小说的发轫之地，那么网络则可以称之为大陆新武侠小说的孵化器。在2000年前后，便有不少受到金庸、古龙等人影响的武侠小说写手自发地进行武侠故事创作，并把自己的作品粘贴到了BBS网页上供读者阅读、评论。其中一些在写作理念、创作实践上颇为投契的作家甚至结为团队，颇为知名的有集结在清韵社区的"纸醉金迷"版块的"匪帮"①，大陆新武侠小说作家群里的中流砥柱都曾参与过这个小团体的活动，如今何在、凤歌等人。尽管网络为大陆新武侠小说的产生提供了空间和机遇，但是大陆新武侠小说真正发展壮大却还是应该归功于传统纸媒。2001年，《今古传奇（武侠版）》创立；2002年，《武侠故事》随之诞生。这两种刊物各有特点，前者偏重刊发具有时尚气息的青春武侠故事，而后者则注重对传统武侠小说的传承，不可否认的是二者都为新一代的大陆新武侠小说写手们提供了发表作品的阵地，同时也把散于网络各处的优秀的大陆新武侠作品集合了起来，将其带入了大众视野，引发了新一轮的武侠小说阅读和研究热。2001—2009年，"大陆新武侠"这一概念被学者提出并得到学界认可，同时受到了热切的关注。尽管这一概念没有得到明确的界定，但是一般是指从1996年开始，尤其是2001年《今古传奇（武侠版）》

---

① 郑保纯：《大陆新武侠的轨迹》，《苏州教育学院学报》2011年第1期。

创刊以来,以创作者为主体,包括了海外华文武侠小说作家创作的,在大陆发表或出版的体现了新的时代精神和新的艺术追求的武侠小说①,依照此概念网络武侠小说同样应该属于大陆新武侠小说。2005 年,《今古传奇(武侠版)》年发行量达到了 72 万份,《武侠故事》发行量也达到了 50 余万份。因金庸、古龙等人退隐而略显寂寥的武林世界再度沸腾了起来,但是这股针对大陆新武侠小说的热潮却并没有如港台武侠小说所引起的轰动那样持久,到了 2009 年大陆新武侠小说便不复当年的盛况而是进入了"小众"时代。一部分代表作家从纸媒转到了网络,开始从事玄幻、奇幻等其他文类的创作,一些则直接停笔。

尽管大陆新武侠小说的发展进入了相对平淡的时代,但是这并不意味着大陆新武侠小说的创作水准比之港台新武侠小说时期有所下降,这个时期的武侠作者们在武侠故事的发展上同样做出了许多有益的尝试与探索,只是由于写作者阅历的限制、读者品味的变迁等多种原因,他们始终无法完全超越前人,也无力解决武侠小说作为类型小说业已经存在的问题。那么与港台新武侠小说相比,大陆新武侠小说到底有何不同呢?大陆新武侠小说作者针对已有的武侠模式又到底进行了怎样的创新呢?

(一)琐碎复杂的江湖与备受压抑的侠客

江湖与侠客是武侠小说之中不能避开的两个重要元素,江湖是侠客的栖身之所,侠客也为江湖带来了无限生机,不同的江湖图景与性格各异的江湖儿女共同拼凑出了独具特色的江湖图景。尽管每个武侠小说家对于江湖和侠客有着不同的想象,但是出于同一时代的作家却又有着极大的相同点。而在大陆新武侠小说作者群体之中,江湖不再是一个"世外桃源"而成了多种势力展开较量、一片混沌的修罗场,在这里更上演了拯救者(侠客)与被拯救者(平民百姓)的种种纠缠。在这样的江湖之中尽管侠的内

---

① 高河金:《"大陆新武侠"研究》,硕士学位论文,暨南大学中国文学系,2007。

涵未曾改变，行侠的目的依然是"平不平""报恩仇"，但是侠客的形象与行侠的方式却起了极大的变化。豪气冲天、快意恩仇的侠客似乎不再是主流，在与多方势力博弈中艰难拔剑的侠客成为大陆新武侠作品中的常客。可以说琐碎复杂的新江湖使侠客备受压抑，但是也因为行侠之艰更可以窥见侠之大义、侠之大勇与侠之大仁。

江湖早已经不是一个地理概念，而是供侠客们展开冒险、伸张正义的平行世界。尽管有的江湖世界向现实世界的靠拢，借真实的地名、人名营造出一种历史感；而有些江湖世界更倾向于大胆的想象，在架空的国度里彰显侠客英姿，但是毫无疑问武侠小说之中的江湖绝对不是对现实江湖完全忠实的反映，它都是来自于武侠小说作者的一种想象。由于这个江湖世界既需要适合于读者生存又能满足读者的阅读快感①，所以其自然地过滤掉了现实生活中烦琐的因素，如侠客根本不需要考虑钱财的来路，更不需要为自己所杀之人偿命。

同时，为了使侠客的伤人害命的行为具有正义性和合理性，在虚拟的江湖世界之中，奉行的是最为简单朴素的"善恶到头终有报"这一伦理准则，正如陈平原所说："在这个世界里，一切社会矛盾都被简化为善恶正邪之争，解决矛盾的方法则是武功的较量。"② 而另一位学者韩云波也提到："江湖的文化意义，兼具人格心理、历史进程的多重象征，而以伦理价值统领其上，这就在传统中直接造成了'善—恶'及其相互转换的二元结构。"③ 所以前人的江湖尽管也有门派之间的对决比武，也有善恶力量的此消彼长，但是揭开那层波诡云谲的表象，其真实的本质不过是一个可以依靠武力解决纷争的赛场。而大陆新武侠小说作家群，却分明想要创造出一个别样的江湖世界，这个江湖世界显然要比已经出现过的江湖世界复杂上万倍。

---

① 陈平原：《千古文人侠客梦》，北京大学出版社，2010，第127页。
② 陈平原：《千古文人侠客梦》，北京大学出版社，2010，第129页。
③ 韩云波：《论21世纪大陆新武侠》，《西南师范大学学报（人文社会科学版）》2004年第4期。

一方面是因为这个江湖世界充斥着各种各样的势力与元素，每种势力互相较量构成了一个相对较为平衡的江湖，善恶这一伦理标准早已经不起作用了；另一方面则是现实世界之中的一地鸡毛已经被置于江湖之中，世俗的标准与律令都进入了江湖的评价体系之中，与侠义观念产生了激烈的碰撞。

在港台新武侠小说作家笔下，江湖是险恶的，行走其中的侠客都有着殒命的风险，智识过人的黄蓉也曾差点命丧沼泽地中，而乔峰已是一代奇侠却也躲不过江湖暗箭，但是他们的江湖世界本质上是简单明快的，甚至透露出一种乐观的情绪，因为就算有悲剧的结局，但是正义终将战胜邪恶，大侠能以善恶和道义为准绳并从中找到自己的盟友。但是到了大陆新武侠小说作家的笔下，江湖却变得一片混沌，各种势力盘根错节，每个人都有自己不得已的苦衷，每个人都成了江湖之上不受命运眷顾的一枚棋子，善恶根本不是在互相转化，而是紧紧依存，黑白根本不能分明，笼罩在江湖之上的只有暧昧不清的灰色，在这样的江湖之中，侠客的正义之刀最终可以挥向何处？

以小椴的《杯雪》（原名《乱世英雄传》）为例，这个故事发生在南宋初年，此时南朝初建朝政不稳，各种势力齐聚江湖。这其中有以武功高强、为人狠厉的袁辰龙为首的轩辕门，这个门派聚集着诸多武林高手，却是南宋朝廷的鹰犬，出自其门下的兵将做尽了欺辱百姓、搜刮民财之事；还有以足智多谋、不通武功的易杯酒所带领的淮上义军，他们与轩辕门一河之隔，在缺衣少粮的情况下苦苦支撑，只为抵御金军南下；有以诡计多端、狡猾阴险的文翰林为代表的江南势力，他们是朝廷望族实力非凡，却遭到轩辕门打压，只盼能够趁乱出击扳倒轩辕门取而代之；有保守固执的皇族故旧江船九姓，以扶助落难女子为己任的蓬门；更有独自行走江湖无门无派的耿苍怀……毫无疑问，这是一个藏污纳垢的江湖，忠义之人被迫远走他乡，下层百姓民不聊生。而塞外侠客骆寒的到来使整个江湖似乎焕发了新的生机，他击杀朝廷走狗，劫走不义之财，护佑孤寡老小，他的剑锋所

第一章　武侠小说：封"神"之后的落寞

到之处似乎能够破除邪祟，重现江湖清明。但是最后才发现，江湖之间早已经盘根错节，他的到来不仅没有为江湖换来一片安宁而是把整个江湖抛入了更大的灾难之中。他力挫轩辕门势力，却给了官宦世家们兴风作浪的机会；他为义军劫银，却使义军受到朝廷围剿；他企图挽救无辜路人，却最终把这些路人带入了更深重的灾难。再出神入化的武艺仍旧荡涤不了这片江湖的阴霾，再赤诚的侠义之心也理不清是非曲直。平定风波的已经不是绝世武功，也不是武功高强的忠义豪侠，而是各种势力之间的利益交换。一心为民的易杯酒到最后也不得不和双手曾经沾满鲜血的袁辰龙定下合约，共同对付更为强大的敌人；而斩杀轩辕门人无数的骆寒也和轩辕门中的袁老大联手绞杀了文翰林等人。这个江湖早已经没有了中心，也不能以善恶为标准分门别类，这里更没有邪恶终将被战胜的神话，有的只是斡旋、斗争和平衡。空有一腔孤勇的侠客反而不能在这个江湖之中生存下来，在这个江湖生存下来的是政客和谋士。在《杯雪》的最后，骆寒仍旧回到了塞外，而留下袁辰龙和易杯酒共同小心翼翼地去维护江湖的平衡。而在沧月的"鼎剑阁"系列《七夜雪》中，作为名门正教的鼎剑阁依然与南方邪教拜月教之间暗定协约、和平共处，只因看起来泾渭分明的两大阵营之中涌现着无数纠葛在一起的暗流，或因情，或因义，所谓的正邪两方不得不共同维护这片江湖脆弱的平衡。

　　大陆新武侠小说作者们所创造的江湖世界不仅延续了金庸江湖之中的"正邪不分"，更模糊了善恶的界限，邪不胜正的神话在这个江湖之中消失了，在这个江湖之中邪当然亦不能压正，正却也不能胜邪。二元对立的逻辑原则不再通行于这个江湖世界之中，善恶标准被摈弃，整个江湖呈现出多元混沌的状态。显然这与港台新武侠小说时期的江湖世界已经大有不同了，为了区分其与金庸时代江湖世界的差别，有学者提出大陆新武侠小说早已经进入了后江湖时代。① 这个后江湖充斥了对现代社会的隐喻,尽管大陆新武侠小说的作者群体并不太注重事情发生的人文环境的描写②,但是他们笔下的武侠世界却比港台新武侠小说作品中的江湖更为写实,因为这个江湖世界的混沌正好呼应了当代都市生活之中的暧昧的特点,这是中国语境下的当代性在武侠小说之中的反映。这批大陆新武侠小说的作者敏锐地感受到了时代的气息,并把这种时代气息写进了他们的江湖世界中。由此可以看出他们分明是借武侠之杯来浇自己心中的块垒。除了上述特点之外,大陆新武侠小说作者更是把世俗生活和非侠客引入了这个后江湖之中,使这个江湖显得更为烦琐复杂。

陈平原教授曾在其武侠小说研究专著《千古文人侠客梦》中提出:"这个'江湖世界'中不存在金钱匮乏和饿肚子之类形而下的问题,侠客可以一心一意打抱不平替天行道。"③ 这既是为了塑造侠客形象的需要,为金钱和外物所累的侠客如何能够毫无挂碍地行忠义之举?也是从读者的阅读心理出发,读者们想看的是超然物外的侠客而不是同被一地鸡毛所累的凡俗之人。但是大陆新武侠小说的作者却无视这条规则,非要把衣食住行与世俗陈规都放入这个江湖之中,让虚构的江湖世界也透出了现实世界的气息。

在白方羽所写的武侠小说《千门公子》之中,令人惊讶的是,具有天下第一捕快之名的柳公权竟然向叱咤风云的千门公子襄设下了经济圈套,企图抓捕公子襄。他与自己心腹商议:"公子襄富可敌国又十分贪婪,既然他来了金陵,我不信他在这一夜暴富的机会面前会一点不动心。只要他贪心一起,自然会落入咱们圈套,在高价位上接下咱们手中的铺子。""呵呵,我既然有办法让这些商铺身价百倍,自然也有办法令它一落千丈,这也正

---

① 郑保纯:《论大陆新武侠的当代性回应》,《西南大学学报(社会科学版)》2004年第4期。

② 汤哲声:《大陆新武侠呼唤"后金庸时代"》,《西南大学学报(社会科学版)》2009年第5期。

③ 陈平原:《千古文人侠客梦》,北京大学出版社,2010,第129页。

## 第一章　武侠小说：封"神"之后的落寞

是这个圈套的价值所在。"而在江湖上呼风唤雨的千门公子襄竟然是一个完全不懂武功的富豪，他更是以"其人之道还治其人之身"，诱骗柳公权买下其名下的铺子后，使其在这出卖出买进的商战中全盘亏损，挫败了其阴谋。柳公权与公子襄之间的争斗已经超出了武的范围，而是一场商战了。尽管在武侠小说之中比武的方式有千万种，但是以商业为手段的却难以见到，武力的高低才决定了谁才能是狭路相逢中的幸运者，而绝对不是经商的头脑。为何作为天下第一捕快的柳公权不肯与公子襄拔刀一战而非要以这种方式来取敌人性命？背后原因无他竟是为生活所迫，这位清廉一生、正直一生，看似浑身充满侠气的老人却在行将就木之时被物质生活所压垮："碌碌一生，到现在我算是明白了，廉洁有什么用？饿的时候不能当饭果腹，病的时候不能当药救命。人到最艰难困苦的时候才会明白，还是只有银子才靠得住啊！"如果说商战还只是作者在描写传统武侠上所用的某些噱头，那么这段告解完全可以看作是物质生活已进入到江湖世界的有力证据。那些曾经身手矫健的侠客同所有普通人一样既需要食物果腹，也需要衣物蔽体。在武侠小说《雨中行》拥有着绝世刀法的女侠也苦笑着说出："就算是侠客，也是要吃饭穿衣的，若是自己都不能养活，又怎能帮助别人？"在小椴的《杯酒》中飘然出尘的义军首领易杯酒也会为五斗米折腰，或是为债主弹琴抵债，或是为了筹措金钱进行拍卖，尽管还债和筹钱的方法并不世俗，甚至颇有几分诗意，但是这仍然不能改变其作为侠仍然被贫穷所困的现实。

物质条件成为侠客在江湖上行走的重要的条件，而在这个江湖之中不仅有了物质上的压力还有了无救的病痛和相貌上的歧视。传统武侠小说之中常常写到大侠们的伤痛，他们或是因刀剑无眼为箭矢所伤，或是在对战之际伤及肺腑，甚至有遭到奸人所害中毒难愈……但是鲜少有人生病，身体强健本就是成为大侠的第一先决条件，只有身体康健才能救百姓于水火之中。写作者既是为了使故事符合逻辑也是为了凸显出侠客们的天赋异禀，所以昔日的江湖根本容不下真正的疾病。但是到了大陆新武侠作品中，侠客们在江湖之中不仅要经受疾病的考验，更要直面民众的偏见。如李亮在其小说《浴火穷途》中不仅让大侠云舒怀患上了难以治愈的麻风病，更在他经历过烈火炙烤后毁了容貌，其丑陋的容貌让曾经受惠于他的乡民们对他大打出手，最终激发了其狂性让他从一代大侠变成了杀人凶手。在沧月"听雪楼"系列《护花铃》中，作为人中龙凤的听雪楼楼主萧忆情也是身染沉疴。

传统武侠大家们所营造出的不问世事的世外江湖已经濒临崩塌，在大陆新武侠小说作家们的笔下，江湖世界不再是充满冒险和刺激的桃源胜地，而是兼具风险与琐碎的一方天地。这样兼具混沌与琐碎的江湖自然难以孕育出洒脱刚毅如乔峰、郭靖之流，也难以生出潇洒随性如令狐冲和杨过之辈。当侠客既需要权衡各方利弊又需要顾及琐事现实时，自然会在多方冲突之中倍感压抑。因此，大陆新武侠小说之中侠客形象也有了巨大的变化。

尽管每个武侠小说家笔下的侠客各有其特点，如梁羽生擅长描绘文雅的侠士，金庸能创造出亦正亦邪的世外高人，而古龙笔下多是风流多情的浪子侠客，但是在个性之外，这些同一时代出现的侠客又具有某些共性，如他们都具有行侠仗义的豪情，更是具有极为宏大的愿望和目标，或愿意为家国捐躯，或以铲除奸佞为己任。但是侠客的形象却在大陆新武侠小说作品中有所改变，尽管他们仍然重仁义公道匡正扶弱①，但是行侠仗义的方式与动机却有了极大的改变，如果说传统武侠之中的侠客以一种积极的态度去行侠仗义，偏爱路见不平一声吼，那么在大陆新武侠小说之中的侠客的拔刀却总是有着被迫的意味，是在深思熟虑之后的行侠仗义，完全不复前代侠客们的豪情。而他们行侠仗义的缘由也鲜少为了国家、江山与社稷，往往是出于对被营救者的同情，是从自身的情感因素出发决定拔刀相助的。

---

① 陈平原：《千古文人侠客梦》，北京大学出版社，2010，第95页。

## 第一章  武侠小说：封"神"之后的落寞

在江南的小说《春风柳上原》中的绝世高手柳上原与初出茅庐的南宫梦共同围观了一场闹剧，作威作福的天威镖局少东家薛小海在茶楼之中欺侮寡妇月七娘，两者力量悬殊。本该拔刀相助的柳上原却做壁上观一再退让，找出各种理由推脱，或是说："我们并不知道事情的真相到底是怎样的，又怎么知道帮了月七娘就一定是行侠仗义呢？"或是说："如果他们不闹出人命，就算了吧。"在南宫梦声声催促其相助的情况下，只肯搪塞道："有些事情，你长大了就懂了。"甚至在薛小海抓走了月七娘肆意凌辱，他也不愿多管，只是把人救出就草草了事，全没有侠客快意恩仇的豪气。柳上原在16岁之时便只身赴险铲除了武林恶人风无月，成为尚不足4岁的南宫梦的偶像。但是在江湖浮沉10余载后，侠客的热血都冷却了，他既需要考虑到行侠仗义本身的正确性又需要考量为这义举所付出的代价，危机重重的江湖情势、真假难辨的事情真相、财大势强的对手都使他无法站出来承担一个侠客的责任。直到南宫梦也惨死在薛小海等人的手上，对这个善良且单纯的小女孩的感情才唤起了他被现实和理智所封印的侠义之心，这才促使他提起长刀再度不顾生死荡平整个天威镖局。同样是路见女子被欺辱，《笑傲江湖》中令狐冲就算明知自己不敌田伯光也不肯退让，以性命相拼换回了仪琳逃生的机会。与令狐冲不顾后果，拼死相护的行为相比，柳上原的明哲保身、无奈出手显得令人难以接受。但是柳上原绝对不应该受到道德的审判，因为他表现的不过是人的本质，人的本性就是趋利避害的，柳上原是在克服对强大对手的恐惧，克服了本性的自私做到了替天行道，这样的侠义之举反而比令狐冲的举动更为动人和可信，因为前者是在超越了"人"的弱点之后为弱者挺身而出，而后者则是在"神"性的主导之下与恶棍纠缠。在网络作家 Prist 2015 年所写的网络武侠小说《有匪》中也提到了侠客行侠的迫不得已。尚不满18岁的女侠周翡和其表兄妹李晟、李妍等人撞见了北方士兵将要烧死手无寸铁的流民，可是在与敌人力量悬殊面前，这帮小侠客们犹豫了。面对流民的呼救，涌入侠客们心中的不是江湖大义，不是黎民苍生，却是自己的微末小事，周翡想着还等着她找药材去救的恋人，而李晟则想着那自己所担负的48寨的责任。与挽救这些毫无关系的穷困流民相比，更重要的还是自己的命运，自己所牵挂的人的命运。他们的退缩并非真的贪生怕死，只是"谁也不是孑然一身，哪怕真能做到'轻生死'，后面也还跟着一句'重情义'，怎敢逞这等鲁莽无谓的英雄。江湖风雨如晦，未必会让英雄的血脉变成贪生怕死的小人。却也总能教会一个人'不惹麻烦'"①。这样为感情所牵绊，为自身利益斤斤计较的侠客显然不是读者所熟悉的侠客形象。与大战聚贤庄的乔峰、夜探蝙蝠岛的楚留香和深入敌后的张丹枫相比，大陆新武侠小说中的侠客显得格外的懦弱与无用，但与出自金庸、梁羽生等人笔下的从不曾畏惧过和自私过的侠客相比，大陆新武侠小说作品中的侠客显得更为真实和深刻。他们不再是高踞神坛、天赋异禀的奇人异士，他们也不再是无所畏惧、甘愿牺牲的道德楷模，他们只是具有七情六欲的普通人，只是因为机缘巧合拿到了一把剑、一柄刀，习得了一门武艺。他们同样有对死亡的畏惧，有对生命的留恋，有对结果的计较。而他们之所以能够被称之为侠，只是在于他们最终战胜了自己的恐惧，担负起了扶助弱小、斩除邪魔的责任，他们从被逼无奈到主动应战，是在内心经历激烈的斗争，这是由普通人到侠客的一种蜕变过程。如果说传统武侠关注侠的不凡，那么大陆新武侠小说所关注的就是侠客身上的平凡之处。

不管是琐碎复杂的江湖世界也好，还是备受压抑的侠客也好，大陆新武侠小说的作者们似乎一心想要打破昔日的武林童话而要构建一个更贴近现实、更阴郁、更晦暗但是也更深刻的武侠世界。这个武侠世界不仅与金庸等港台武侠宗师所创造的武侠世界大相径庭，也分明与读者们的阅读兴趣相去甚远，甚至有读者认为这样的武侠小说作品文笔还行，但武侠精神

---

① Prist：《有匪·四》，湖南文艺出版社，2017，第35页。

第一章 武侠小说：封"神"之后的落寞

已无。为什么大陆新武侠小说作者群体要执着于建造这样一个武林世界呢？大陆新武侠小说作者群体的成长经历和他们初始的创作目的显然对他们武侠世界的建构有着极大的影响。

首先，大陆新武侠小说作者群体的成长阅历影响了他们武侠观念的形成。大陆新武侠小说作者群体里大多是70后与80后作者，他们未曾经历过太多的波折，他们出生在一个相对稳定的环境中，与金庸、梁羽生等在乱世之中仓皇逃生的作家相比，他们其实少了与外界的碰撞，少了与现实的接触，所以他们的目光更多的是投向了内心而不是外在。他们笔下的江湖也好、侠客也好，都是他们丰富内心世界的投射。他们天然对宏大的家国叙事有一种隔膜，更关注的是新环境下的自我意识、个体自由以及残酷的社会竞争中的人性变异之类。① 他们更多的是借助武侠小说来表达内心的情感与对社会、人性的认知。正如学者汤哲声所说："显然，他们写武侠小说决不是要写'武侠'的小说，而是借武侠小说特有的情境和武侠人物特有的身份，在恩和仇、爱和恨、必然和偶然、规矩和放纵之间直接逼问人的本性和本能，从中搜寻其存在的意义。"所以他们的江湖浸透了现实的影子，而他们的侠客身上也充斥了常人的无奈。

其次，渴望开创武侠小说写作新局面的创作初衷也影响到了大陆新武侠小说作者群体的写作。不管是梁羽生被"逼"进行武侠小说创作也好，还是古龙为了谋生主动开始投身于武侠小说的写作也好，他们创作的最初动力其实都是与利益、金钱相挂钩的，他们进行武侠小说创作的初衷并非是要把武侠小说发扬光大，而是希望吸引更多的读者，得到编辑与出版商的青睐。就连武侠小说大家金庸也不能免俗，在他创作初期武侠小说不过是其吸引读者的重要工具而已。这也就意味着香港新武侠小说作品的诞生是以读者的标准为基准的，所以不管在语言上、情节上，港台新武侠小说

---

① 姚晓雷：《新世纪小说大系（2001—2010）·武侠卷》，上海文艺出版社，2014，第6页。

作品都有颇多瑕疵,这其实对于开创武侠小说写作的新局面并不利,只是港台新武侠小说的作者们本身具有极强的写作能力,同时又占据了一定的时代优势,在一定程度上弥补了他们作品中这方面的不足。尽管大陆新武侠小说作者群体中很多人都是受到了金庸等人的影响从而开始走上了创作之路的,但是他们在创作之初却并没有被利益所捆绑,而是醉心于武侠小说的创新,可以说他们摆脱了对狭隘单一的商业利益角逐的束缚,抱着对艺术的诚挚追求,由网络上的自由发表浮出水面而崭露头角。① 读者的意见不再是他们衡量自身作品的唯一标准,而对武侠小说原有模式的超越被看作是他们的重要目标。而在"武侠小说到了金庸、古龙、温瑞安、黄易,形成武侠高峰"② 的时代背景之下,单从故事情节、叙事模式下手,企图超越前人,这是绝无可能的,因此大陆新武侠小说作者们想要另辟蹊径来对传统武侠小说中的侠义观念、武侠精神等进行进一步的诠释,并尝试走出武侠小说原有的藩篱和桎梏对人性之恶、世道之艰进行更深层次的探讨。

毫无疑问这样的尝试是非常具有价值的,但是这样的创新也带来了极大的问题。一方面导致了一部分读者群体的丧失,尽管在大陆新武侠小说产生的初期读者的地位并不算太重要,但是当大陆新武侠小说走入图书市场后,读者对于其发展和传播实际上具有极为重要的意义。而大陆新武侠小说所塑造的江湖也好侠客也好,显然是与一部分读者的阅读兴趣是相违背的,对于企图从武侠小说这一通俗文学形式中获得阅读快感的读者来说,这样的江湖世界实在是太过压抑。另一方面,这样的创新方式也在一定程度上引起了侠义观念的失落,他们的作品搁置了对家国、民族问题的讨论,太过专注于人性中怯懦、自私等负面的因素,尽管并不是对传统侠义观念的全盘否定,但也是对其的一种质疑。这样的质疑当然是有道理的,时代

---

① 朱玉智:《大陆新武侠小说崛起之我见》,《西南师范大学学报(人文社会科学版)》2006年第1期。

② 周南焱:《后金庸时代,无人笑傲"江湖"》,《北京日报》,2014年3月27日。

在进步和发展,侠义观念自然应该在时代基础上有所创新,但是令人遗憾的是,当旧的价值理念逐渐崩溃的时候,大陆新武侠小说作者群体并没有创造出一种新的价值体系来取而代之,以至于他们笔下的武侠小说失去了基石,也为大陆新武侠小说的整体衰落埋下了伏笔。

(二) 对多种元素的吸纳与融合

除了尝试重新定义江湖与侠客,颠覆原有的武侠小说模式之外,大陆新武侠小说作者群体更注重于对不同文学类型元素的吸收。不管是玄幻、奇幻、言情、侦探元素等,大陆新武侠小说作者们都尝试与武侠小说进行融合,以期迎来武侠小说的进一步突破。特别是大陆新武侠小说作家群体对言情和奇幻两种元素的借用,这在一定程度上打开了大陆新武侠小说的创作新局面。

把言情元素融入武侠小说之中并非大陆新武侠小说作者的原创,早在梁羽生开始写作之时,便已经把侠与情结合了起来,而金庸更是把这种情与侠的融合推向了高峰,在他的作品中不仅有郭靖和黄蓉、杨过和小龙女等人的忠贞不渝的爱情故事使人动容,连李莫愁对陆展元的畸恋,游坦之对阿紫的单恋亦有感人之处。在港台新武侠小说时期,情始终并非是主要动因和主线,儿女情长终究抵不过家国情怀。可是到了大陆新武侠小说时期,情却成了侠客行侠的主要动因,情亦成为搅动江湖的重大理由,不过这并不意味着武侠小说成为言情的附庸,而是作者们尝试在侠和情之间捕捉到那微妙的平衡,他们更是以情为角度更深刻地去探询侠义精神的内涵与由来。

其中做得尤为出色的是大陆新武侠小说作家群体之中的女性作家。她们的出现本就是武侠小说史上的一个进步和奇观。中国武侠小说的写作已经有近千年的历史,但是却始终缺乏女性的声音,这也就意味着武侠小说中的女性形象都是出自男性作家的想象,因此往往成为武侠小说之中的"他者",她们被观看、被谈论,有时候甚至可以被邀请到"会所"里进行游戏，但她们不可能成为主体。① 女性作家的出现不仅意味着武侠小说之中的女性形象将会被重新塑造，也预示着一个不同以往的"女性江湖"会出现。为武侠小说之中注入言情的元素就是大陆新武侠小说中的女性作者对武侠小说进行创新的一种尝试，沧月、步非烟与沈璎璎等人是其中翘楚，当然这并不意味着只有女性作家在这方面进行尝试，有诸多男性作家在武侠与言情融合方面同样做得非常出色。

首先，在言情与武侠交融的过程之中，情感成为行侠仗义的理由和动力，大陆新武侠小说作者群体显然是在对侠义精神的本质和来源进行重新定义和追索。以沈璎璎所写的《揽月妖姬》为例，惊鸿公主颜歌虽然是需要吸食人血的蜇人，但是却做了不少义举，她救下了黄损与梅络烟这两名想要刺探情报的江湖人士，推翻了揽月城主的邪恶统治，并且大义灭亲，以自己的死亡结束了蜇人的罪恶，也结束了中原武林的噩梦。毫无疑问她的身上体现了传统侠客的风范，舍生取义，扶助弱小，但是促使她做出这些行为的却并非是传统的侠义观念，不是对家国的责任，不是对苍生的道义，而是她对崆峒派弟子黄损的爱恋。为了使所爱之人活下去她才从原来蒙昧残忍的状态中苏醒了过来，愤而反抗蜇人的统治。在沧月的小说《七夜雪》中，薛紫夜本是天下第一名医，她隐居于药王谷，不问世事，但是却愿意以身犯险，不顾自己身染剧毒，而冒险去行刺魔教教主，结束了其残暴的统治。她以一人之力改变了整个武林动荡的局面，迎来了一派和平。但是驱动她进行这侠义之举的，也是因为她渴望救出自己的弟弟瞳，她毫不畏惧生死并非是因为心中的信仰，而是为了"情"。在沧月的作品中这样的例子还有很多，《东风破》中的慕湮是因为对爱人的依恋才仗剑力破奸人的阴谋，《乱世》之中的高也是为了他挚爱的姐姐江漱玉才运用自己的才智保百姓安宁，更有《飞天》中的翼族小公主馥雅为了向爱人证明蛰伏在敌

---

① 郑保纯：《网络武侠小说女性叙事声音的诞生：以沧月〈忘川〉为例》，《小说评论》2018年第1期。

第一章　武侠小说：封"神"之后的落寞

人身边十年换来族人平安……情，不管是爱情还是亲情、友情都是这些江湖儿女行侠仗义最直接的因素，情成为侠的动机和目的。在以情动侠的背后，作者的野心并非仅仅局限在想为铁血铮铮的江湖增添几分绮丽，而是在讨论侠义之心的动因，是在对千百年的侠文化进行一种探究。在梁羽生、金庸等武侠小说前辈的作品中不难解读出侠义的内涵，也不难找出侠义的表现。侠义是张丹枫抛弃国仇家恨为万民留下一个太平盛世，侠义是郭靖不顾儿女性命横刀死守襄阳城，侠义是楚留香嬉笑怒骂之间为弱者排忧解困……但是却难有作者去探讨侠义之心由何而来，侠义作为千百年来的传统仿佛就应该植根于大侠们的骨髓，这种精神无疑铸就了侠坚韧的身骨，但是却吞噬、磨灭掉了侠身上的本该有的种种人类的特性。而且大侠身上与生俱来的侠义之心本就有着不合理性，空泛的大道理如何和身边活生生的爱人、亲人相比？若是心智正常之人怎肯用亲人、爱人的鲜血向一个永远不可能达到的道德标准献祭？这是传统武侠未曾回答甚至可以说未曾思考过的问题，而大陆新武侠小说作者们显然尝试在对这些问题进行解答，情就成了他们笔下解密侠义的一把秘匙。在以情促侠的背后展示的是大陆新武侠小说作者群体别具一格的侠义观念，在他们看来情就是成就侠义的重要基石，侠义不过是爱情、亲情与友情的扩大化，正是因为侠把对周遭所爱之人的痛惜、守护之情推及他人，才能够超越自我不问得失去护卫弱小之人。侠义精神并非无根之木，它的精神来源也并非只能追溯到千百年前侠义传统。其最直接的来源应该是情与爱，是对亲人、友人和爱人的爱才直接催生了侠客们的大义。大陆新武侠小说作家群体显然是在从个人私情这一角度去回答侠义精神的由来。

其次，大陆新武侠小说作品中的言情元素还体现在情感与武侠的地位发生了变化。在传统武侠小说之中大侠能够为所爱的人手刃仇人，亦能为他们遭受折磨，但是却不能为他们放弃对侠义的坚持，所以才会有襄阳城外郭襄被绑于城门之上几乎身死敌军之手的场景，才会有刘正风在金盆洗手宴上看全家人尽数被左冷禅诛杀的一幕。但是在大陆新武侠小说作品中，尽管情的地位并不能说完全超过了武与侠，但是至少与后两者处于相同的地位，甚至在某些特殊的情况下个人感情的得失成为影响江湖走向的重要原因。① 正如在沈璎璎的小说《琉璃变》中，拜火教七代单传的教主小奕始终有着复兴教门的愿望与责任，而琉璃塔的铸造则关乎整个教派的复兴，小奕的数代前辈都因此付出了惨痛的代价，或是自损肢体或是遭受折磨，但是都惨遭失败。经过前辈们的摸索发现，只有把江南女子的灵体投入火焰之中才能最终铸成琉璃塔。小奕与他的忠仆赤峰以娶亲为名，把江南女子菁儿带到了琉璃堡里，准备以她的性命为代价来完成琉璃塔的铸造，来成就拜火教的复兴。但是小奕与菁儿二人之间却有了感情，在最后一刻小奕改变了主意，把菁儿从火海之中救出。本该象征着武林又一门派崛起的琉璃塔却变成了装点房屋的琉璃瓦，世间情爱最终打败了武侠传奇，门派复兴和武林绝学都抵不过人与人之间的脉脉温情。在今何在的作品《明将军外传之一·破浪锥》中，一等剑客楚天涯自幼被师父天湖老人养大，他生存的唯一目标就是刺杀魏公子，可是当他看到魏公子的护卫冰美人封冰时却深深被其吸引，尽管前者是其复仇之路上最为碍眼的棋子，他仍然不肯伤害她，甚至保护她逃过了暗杀者。感情甚至使侠客泯灭了恩仇。尽管在港台新武侠小说之中也曾有侠客相逢一笑泯恩仇的故事，但是恩仇消弭的原因或是因为家国或是因为民族，梁羽生《萍踪侠影录》中张丹枫与云蕾之所以能跨过世代仇恨是因为他们两人之间都一心护国，而《神雕侠侣》中杨过愿意放弃向郭靖黄蓉夫妻俩复仇的机会也是因为被郭靖的大仁大义所感动。大陆新武侠小说的作者群体却往往将感情因素作为贯穿情节的主线，用浓墨重彩加以刻画，无论是牺牲、仇恨，还是阴谋诡计皆因情而

---

① 田龙：《论大陆新武侠小说中的新取向》，硕士学位论文，浙江师范大学中国文学系，2012。

## 第一章 武侠小说：封"神"之后的落寞

生。① 而情重于武的设定凸显了大陆新武侠小说对个体生命的重视，显示了其突破了以往宏大的武侠小说结构，把个人和自由放在了主体位置。挥刀快意恩仇，成就绝世强者，赢得一世侠名，这样的江湖生活自然有其豪迈可取之处，但是若能够在艰险的世事之中卫护所爱之人与所爱之物是否也别具意义？侠客不应该只能为他人斩妖除魔，而应该也能为自己做出选择，他们也不该被侠义精神所绑架。侠客有拔剑和不拔剑的权利，更有为谁拔剑的权利。大陆新武侠小说作者群体们把情摆在了更为突出的位置显然是在为侠客进行解绑，让其按照自己本性做出决定而并非去满足世间对侠的期待。毫无疑问这是对侠的形象和气质的进一步丰满，但是脱离了侠义精神的侠还能算是侠吗？若只因情而动的侠还算是真正的侠吗？在这种言情武侠或武侠言情中，侠义精神也遭到了解构和质疑。

武侠小说之中言情元素的融入显然为武侠小说带来了新的生机，一种以情为标准的新的价值体系注入到了传统的侠义观念中，侠客不再只是杀人不眨眼的莽夫，而是重视个体情感的普通人，侠客进一步从神坛落入了凡间。大陆新武侠小说作者着重所刻画的是充满真实情感的人，而不是刀枪不入的英雄大侠。正如沧月所说："我不喜欢口号。我觉得'侠'就是坚守做人做事的准则。我写的武侠倾向于一般人心中的武侠，其实小人物的坚守，更不容易。我就写他们的选择和挣扎，我写我思考到，悟到的，不懂我就不写。可能是我不知道大英雄的心态吧。"② 这在一定意义上也中和了以往武侠小说中所有的暴力和血腥的元素。对于侠义精神的探讨也因此有了新的角度和方式，侠客们所具有的侠义精神并非是由虚空的道德伦理演化而来，而是由俗世情感滋养得来。但是不可否认的是言情元素也会对武侠小说之中的武侠元素形成解构和冲击，侠之大义被悬置而儿女私情

---

① 田龙：《论大陆新武侠小说中的新取向》，硕士学位论文，浙江师范大学中国文学系，2012。

② 《在得到的时候也失去很多：沧月访谈》，南派三叔：《流行阅·幻世》，新世界出版社，2008，第105页。

被不断地强化,只见情潮涌动的江湖在格局上不免小了很多,而只通过情特别是爱情来对人性进行剖析和阐释也显得过于肤浅,无怪乎很多阅读者和研究者提出沧月等人所写的不过是披着武侠外衣的言情小说。尽管言情元素的加入在一定程度上改变了武侠小说的面貌,但是遗憾的是仍然难以挣脱业已形成的"金庸模式",为武侠小说创新提供更多有用的经验。

而奇幻元素的加入曾一度为武侠小说注入了新的养分。武侠奇幻化甚至成为武侠小说变革的一种趋势,2005年被称之为"奇幻元年",因为在这一年《今古传奇·奇幻版》《飞·奇幻世界》《九州幻想》这三大奇幻杂志都相继问世并形成了三足鼎立之势,而且不少奇幻图书出版。① 只是奇幻武侠小说的发展并不尽如人意,最终还是未能力挽狂澜,使大陆新武侠小说再度进入读者的视野。其中受到极大关注的是"九州"系列,总共有55册,前后由17名作家共同完成②,江南、今何在等大陆新武侠小说作者群体之中的翘楚都曾经参加过"九州"的构建。除了"九州"系列之外,沧月、沈璎璎和丽端三人则共同营造了"云荒"世界,"云荒"的概念最早是沧月找沈璎璎提出的,时间在2003年5月,形成了以空桑、海国和沧流帝国三足鼎立的初步构思。③ 除此之外,步非烟、燕垒生等武侠小说作家也开始涉足奇幻世界。

奇幻元素的加入使大陆新武侠小说之中的武侠世界显得更为奇妙,而打斗场景亦更为炫目。奇幻本就是指故事多半发生在另一个架空世界中(或者是经过巧妙改变的现实世界),许多超自然的事情依据该世界的规范是可能发生的,甚至被视作理所当然的。④ 所以在融入了奇幻元素的武侠小说作品中,侠客不仅能够飞檐走壁,甚至能够御剑飞行,其进行战斗的方式和现实世界中的武术已经大有不同了。各种超自然的生物和武器也进入

---

① 韩云波:《"后金庸"武侠》,西南师范大学出版社,2013,第3页。
②③ 夏烈:《网络武侠小说十八年》,《浙江学刊》2017年第6期。
④ 陈晓明、彭超:《想象的变异与解放——奇幻、玄幻与魔幻之辨》,《探索与争鸣》2017年第3期。

## 第一章　武侠小说：封"神"之后的落寞

到了武林世界之中，使人的江湖变得越加的精彩纷呈。以"九州"系列为例，17位作者共同构建除了一个九州世界，这个世界由澜州、瀚州、越州等九大州组成，这个世界之中不仅生活着人，还有羽、河洛、夸父、鲛、魅等其他五个种族，每个种族都有自己的天赋，而在今何在所写的《九州·海上牧云记》中，端朝的六皇子牧云笙就是人类帝王与魅灵的产物，由于受到预言的影响，他不能习武拿刀，但是却因其母亲所赋予的天赋而学会了使用幻术，他能够调动世间的颜色使出障眼法，亦能够在危急之时造出千军万马的假象。他看似羸弱毫无武功，却能够凭借自己的幻术自保。而端朝穆如将军的幼子穆如寒江则是在家族突遭大难之际站出，从懵懂的顽童变为了统领千军的将领。他所驯服的踏火驹则使他成为传奇击败了体型巨大的夸父族人。生长于草原的王子硕风和叶本是被穆如家所追杀的猎物，但是却因救了驰狼首领一命而实力大增。这三位九州的年轻一代各展雄风，共同在乱世之中厮杀，或为敌或成友。他们的武器不再只是刀或剑，而是具有神奇能力的动物，是由其他种族所制造的精妙绝伦的武器，是以精神力驱动的幻术。这些奇幻元素的渗入为武侠小说作品中的打斗场景增添新的趣味，武侠从刀光剑影中来到了另一奇妙幻境。在燕垒生所写的《天行健》中百夫长楚休红英勇善战，但是却在剿灭叛军之后被迫与蛇人对战，蛇人似人似蛇，臂力惊人，生性残忍，竟然使整个帝国的人类面临种族灭绝的危机。在奇幻新武侠小说之中，不管是打斗场面还是技击之术都新意迭出，大陆新武侠小说作者群体借助奇幻元素在"武"这一方面进行了极大的创新。

但是值得注意的是，在奇幻武侠小说作品中同样有着奇幻元素压制武侠元素这一现象的存在。不管是温柔婉约的"云荒"世界，还是苍茫大气的"九州"世界中，都很难觅得侠的踪影。一个独立于现实世界的奇幻世界的建立需要极多的规则，单靠游侠与江湖显然难以撑起这样一个世界，需要统治阶级、被统治者等多方势力的介入才可能使奇幻世界得以建立，而为了使新世界成立，对武侠的描述自然得有所减少和牺牲。正如江南在《九州·缥缈录》中笔触多放在了君王们的成长之路上，其中自然不乏侠气的人物，但是他们绝对不是传统意义上的侠。

大陆新武侠小说作者群体显然希望通过在武侠小说中加入其他元素来对原有的武侠模式进行突破和创新，但遗憾的是一加一并不一定等于二，武侠与其他元素的叠加并不能如作者们所预想的一样呈现出绝佳的效果，反而因为各种元素过于庞杂而失去了武侠小说本有的特色。正如中国青年出版社编审庄庸所言："武侠小说想要生存，必须融入其他元素，比如玄幻、穿越、言情、科幻等，结果反而被这些元素吞掉，不再是武侠小说。"① 当然并不能因此就抹杀大陆新武侠小说作者为武侠创新所做出的努力，只能说他们需要更多的时间对武侠小说的内涵进行更深入的思考，对武侠小说中的侠而非武进行更深刻的创新。

（三）高超的叙述技巧与优美的语言

除了运用其他元素对武侠小说进行创新之外，大陆新武侠小说作者群体还自觉地在写作技巧和语言上进行创新。尽管港台新武侠小说曾经引起过极大的轰动，但是由于其独特的创作机制，其缺点也是十分明显的。长时间的连载使不少长篇港台新武侠小说作品之中都有逻辑上的疏漏和硬伤，对读者品味的一味迎合导致武打场面多且滥，而对作品数量的强调更是导致作品的语言不够精致和优美，甚至连已成为经典的金庸作品也在这些方面具有瑕疵。大陆新武侠小说作者群体却在创作初期就有了打造武侠经典的意识，他们在甫一开始就醉心于对创作技巧的提高与语言的锤炼，以至于他们的作品具有极高的艺术价值。

首先，大陆新武侠小说作家群体在情节的安排和武打场景的描述上下了很大的功夫，最重要的就是他们善于把控叙述节奏，尽量消减作品中过

---

① 周南焱：《后金庸时代，无人笑傲"江湖"》，《北京日报》，2014年3月27日。

## 第一章 武侠小说：封"神"之后的落寞

于拖沓的环节，使其武侠作品主线突出、线索明晰、情节勾连紧密，具有逻辑性。

港台新武侠小说作家群体每天都有发文的压力，而且报纸每天连载，又需要考虑到读者的阅读兴趣，所以在谋篇布局和情节设置上港台新武侠作家群体明显偏弱，他们往往善于用对武打场景的描写来替代情节的走向，以至于诸多武打场景虽然精彩但是却偏离了主线情节，使整部作品显得庞杂冗繁。但是到了大陆新武侠小说时期，武侠小说作者们却尽量减少了不必要的闲笔，围绕主线来进行叙述，同时又善于营造悬念，为戏剧冲突造势，在叙述技巧方面大陆新武侠小说作者群体显然要比金庸时期的武侠小说作家们技高一筹。

在这方面表现突出的有大陆新武侠小说作家群体中的小椴，他在代表作《杯雪》中就展现出了极强的谋篇布局的能力。尽管这是一部长篇武侠小说，但是却可以被分为几个中篇小说，每个部分都有着不同的主角，如第一部《雨打金荷》着重描述了沈放与三娘夫妇、侠客耿苍怀和其义子六儿等一批具有侠义之心却未曾裹入任何势力的中下层人民。在第三部《停云·宗室双歧》中赵氏皇族的遗老轮番登场，每部分自成主体却又互相勾连，塞外侠客骆寒成为串联整个故事的线索。尽管小椴在书中塑造了几十个人物，描绘了多场武斗但是由于始终以骆寒的生命历程作为主线所以并不曾显得过于庞杂和纷乱。而且每部分出现过的人物又将会肩负别种任务出现在其他章节之中，更显得整部作品思路严谨，未曾在小细节上存在漏洞，以在第一部中出现的卖唱的爷孙俩为例，他们被骆寒救下，冒险渡河，最终为义军所用，利用走街串巷的卖唱者身份成为信息的传递者，这样的安排设置显然十分符合情理。而步非烟作为一位女性武侠作者在结构安排和情节设置上也显得颇具匠心，在她的作品《华音流韶——海之妖》中，她把侦探元素融入作品的结构中，让所有故事都在一艘大船上展开，随着船上的人一个个死亡，事实的真相也逐渐揭露在众人面前，诡异的曼陀罗花阵、被剥去皮肉的侍女、可怕的远古传说等都使众人所乘坐的游船蒙上了一层死亡的阴影。不管是武功高强的华音阁主卓王孙还是武林盟主杨逸之似乎都不能阻挡死神的脚步，灵异之力与技击之威展开了较量。谜底揭开后才发现所谓神的惩罚不过是人的报复，在血淋淋的惨案背后是一个女子爱而不得的苦痛。步非烟绝对不是第一个把侦探小说元素运用到武侠小说中来的作者，古龙曾经就多次把侠客与探案联系起来，行侠的过程便是辨明真相的过程。以他的《楚留香外传·蝙蝠岛》为例，同样也是多人乘坐一艘船，命案在船上发生。只不过在这部作品中楚留香与好友的对话实在是太多，拖慢了故事的叙述节奏，也影响了叙述的意境和氛围，故事的结构反而不甚清晰，显得拖泥带水，其叙述效果反而不如步非烟这位侠坛新人。

其次，大陆新武侠作家群体较为注重写作语言上的艺术性，一方面他们在词句的使用上更为讲究，着意语言的美感；另一方面他们有意识地在对新的语言风格进行探索，企图形成更具有个人风格的叙述语言，使作品更加具有辨识度。

大陆新武侠作者群体在用词上普遍更为华丽和优美，特别是在对武侠场面的描写上他们不再满足于用平铺直叙的语言来对武斗场面进行描述，而更期望用唯美的文字营造出武术的意境。他们所追求的不再是语言的精准性，而是语言的诗化特质。

雨楼清歌在2015年写下的武侠作品《一瓣河川》可以说是把武侠小说的语言的诗化特质表现到了极致。作者以散文化的笔调写出了一个笼罩于江南雨丝中的南方江湖。以侠客陆青渊和云陌游之间的比武为例，他们两人都是世间绝顶的剑客，但是他们的比试却不是用剑，而是一人抚琴一人作画，只见身着青衣的陆青渊"抚琴的十指拨捻加急，琴音反而低了下去，清旷苍寥，相隔三丈却如在千里外的云水间遥遥传来。身侧梨树枝叶随着琴曲簌簌颤动，一朵梨花飘离枝头，花瓣散在风里，轻扬缓旋"。身着白衣

## 第一章　武侠小说：封"神"之后的落寞

的云陌游则"将笔掷在地上，转身朝着青衫文士走去——随着他第一步落下，背后画纸上的那团墨汁流动起来，在粗枝上淌成了一道细流，浑似生出了一节短桠"。随着云陌游向陆青渊的靠近，纸上的墨汁竟然洇出了一朵梨花，及至他走到对手陆青渊面前，"纸上梨花已结出四片花瓣，有的是全瓣，有的则半掩在别瓣后"，此时胜负早已经分明，陆青渊败退。本该是刀刀见血的比武却变成了风雅的弹琴与作画，琴音与画迹中自然蕴含着二人的修为和剑意。本该是充满血腥和暴力的武斗现场，竟然不见凶险只见诗意。显然作者关注的不再是具体的武术招式，而关注的是武学背后所蕴含的美学，以打斗之美衬托武学之美。在这方面同样做得很出色的还有步非烟、沈璎璎和沧月等女性作家，她们的语言虽各具特色，但是也具有很多的相同点，如她们的文风都偏向华丽和阴柔，善于捕捉和表现各种各样绚烂的色彩。以步非烟作品《海之妖》中异族女子兰葩的死亡场景为例，作者在色调的变换和交替中把死神的残忍和女子的凄美表现得淋漓尽致，展现出一幅阴森却又堂皇的画卷。"房门里边是一片枯朽的灰噩色。石灰铺天盖地地布满了房间的每一个角落，构成一个狰狞的曼荼罗。兰葩的尸首就俯卧在无数灰白的烈焰中间，双臂努力地往前伸着，姿势有些怪诞，仿佛是一只鸟"，"细小的血流彼此纠缠着顺着她的身体向石灰地上汇聚，最后在雪白的石灰上伸出了一只暗红的巨掌"。作者让暗红的血和白色的石灰地形成了鲜明的对比，在对比之中展现出一种妖冶之美。

除了对叙述语言进行锤炼之外，大陆新武侠作者还在寻找独属于自己的语言风格，以与他人区别开来。如小椴就尝试以一种古朴、典雅的语言来讲述自己的武侠故事。在他的作品《长安古意》中，御史之妻裴红棂在河畔思念在另一个世界之中的丈夫。

　　她打亮了一个火折子，点燃了一根短短的蜡烛，她适才已折好了一只纸船，把那短短的烛放在了单薄的纸船上，置入水中，那盏小小的船灯就载着不确定的愿望顺水流下。

　　那折成船的纸上却有她的字句，翻来覆去只是两句：思君令人老，努力加餐饭……思君令人老，努力加餐饭……

　　上一句无非自况，下一句确实自勉——纵你我已人鬼殊途，为了你的嘱托，为了你未了之愿，我就是对着这酒共食，尝着似土和泥，觉得那土和泥，也有着土滋味、泥气息——但也还要为君努力，勉加餐饭，以求他日无愧于长卧君侧，同腐尘泥。

　　小椴以一种隐忍克制的笔法写出了裴红棪的丧夫之痛，他把古诗词进行了极为恰当的组合，并自然地嵌入了自己的作品之中，既不会显得过于直白又没有掉书袋的嫌疑，文白夹杂的语言极富有韵律感。一些大陆新武侠小说家则是尝试把现代口语融会到作品中去，使其作品显得更为俏皮和年轻化，以萧拂的《随侯珠》为例，沐大侠以一己之力救出被关押的小偷的故事被作者以一种戏谑和口语的方式讲述了出来："当然，他是大侠。所以他去见吴王，说什么王法条条，要求放了这些偷儿。王法条条，干他屁事？"吴王显然也是这么想的，不同意放人。但是姓沐的逼得很紧。吴王恼了，最后说："成！都说你剑法通神，本王倒要见识见识！只要你赢了我座下高手，赢一个，我放一个！"

　　吴王的意思，本想是吓唬吓唬他。200多个小偷呢，他就算功夫再高，又能救下几个？然而王爷这下可失算了。想这姓沐的有个啰哩啰唆的绰号，叫什么一剑通神地老天荒，这么大的谱，谁打得过他？竟一口气连败200多人。那吴王傻了眼，只好放了那些小偷。谁叫他是王爷呢？

　　作者以极为口语化的语言描述出了沐侠士的义行，这种略带轻佻和不屑的语气与后面的残酷的战斗场景形成了鲜明的对比，起到了先抑后扬的结果。这种符合现代人话语习惯的叙述风格又在一定程度上拉近了作品与读者的距离，达到了亦庄亦谐的效果。

第一章 武侠小说：封"神"之后的落寞

不管是对新江湖和新侠客形象的塑造，还是对其他元素的融合，或是在叙述技巧和叙述语言上的精益求精，都在一定程度上对武侠小说的创新起到了积极的作用。他们的武侠作品在思考的深度、涉及的广度和艺术的高度上都有所提升，雅俗文学的判定标准早已经不适合大陆新武侠作家所写出的作品了。他们在努力改掉武侠小说作为一种通俗文学所具有的缺点，但必须看到的是他们也在抹杀武侠小说的一些特点。他们破除了武侠小说的传统，把侠从"侠之大者，为国为民"这种较为单一的价值体系之中解救了出来，但是却没有办法提出和形成一种能够得到认同的更为完整和宏大的侠义观念，所以所有的创新都犹如凌空蹈虚、沙中筑堡，只是徒具形式，而无法真正超脱前人的经典。正如学者夏烈所说："在旧有的层级讨论武侠的进与退、武和侠的关系、网络性和文学性，都不能解决当下武侠小说生命力问题，真正的解决方式在于首先以新的哲学视野观照历史、现实和未来，在此间布置人物、剧情及其新的价值立场的舞台。比如'后人类'理解下的存在，比如'命运共同体'。"① 如果不能解决新的武侠观念构筑的问题，武侠小说只能不可阻止地衰落下去。

## 第四节 玄幻小说：进阶的武技与退化的侠士

当武侠奇幻化时代宣告结束，大陆新武侠创作逐渐步入瓶颈期时，玄幻小说借助新的网络小说运营模式横空出世，它承袭并改写武侠小说，带领着网络文学走向幻想时代。②

玄幻小说作为网络文学的典型，旗下又分出众多的子类型，如修真、

---

① 夏烈：《网络武侠小说十八年》，《浙江学刊》2017 年第 6 期。
② 陈晓明、彭超：《想象的变异与解放——奇幻、玄幻与魔幻之辨》，《探索与争鸣》2017 年第 3 期。

仙侠、练级等。但是玄幻小说本身的概念却并不清晰,它融合了武侠、科幻和奇幻等多种元素极难被定性,并常常容易与奇幻小说的概念发生混淆。尽管两者都常把故事背景放置在一个架空世界中,但是在本质上仍然有着不同,奇幻小说往往严格遵循架空世界的设定,讲究内部逻辑的自洽[①],但是玄幻小说却可以任意改变情节和规则的设定,可以把一切奇思妙想都塞进玄幻世界之中。如果按照这种标准进行严格区分,很多大陆新武侠中的奇幻类作品其实都可以划归进玄幻小说的范畴。由于两者的概念有重合的部分,所以不管是在学术界还是读者圈中都没有对奇幻和玄幻这两种类型进行严格的区分。

与传统武侠小说相比,玄幻小说在"武"方面更为精彩,跳脱了现实世界对人的限制,不管是出现在小说之中的武技还是武器,甚至是修炼方法都更为奇异绚丽,因此作品中的武打场景也更有吸引力,这在一定程度上突破原有武斗场景的套路。同时,因为玄幻小说的网络化和游戏化倾向,它的娱乐性比之武侠小说更胜一筹,甚至产生了"爽文"这一说法,得到了更多读者的喜爱。但是在精彩纷呈的武斗场景和跌宕起伏的刺激情节背后却是一种对权力的绝对崇拜、对弱肉强食逻辑的认同和一种对个体权力近乎偏执的强调,从这样的作品里体会不到深切的人文关怀,也难以看到对现代社会的反思,从中窥见的只有玄幻作家群体对读者和资本的一味迎合。如果说玄幻小说对于武侠小说中的"武"极为重视,那么对于其中"侠"的因素则是完全抛之物外,所以玄幻小说真的能够犹如金庸作品一样再度突破雅俗文学的标准迎来新的经典吗?这是很令人怀疑的。

---

[①] 陈晓明、彭超:《想象的变异与解放——奇幻、玄幻与魔幻之辨》,《探索与争鸣》2017年第3期。

第一章 武侠小说：封"神"之后的落寞

## 一、武技的进阶：玄幻小说对武侠小说的传承和创新

玄幻小说的概念最早是针对武侠小说家黄易提出的，他的作品《月魔》被看作玄幻小说诞生的标志，这部作品的出版意味着"一个集玄学、科学和文学于一身的崭新品种宣告诞生了，这个小说品种我们称之为玄幻小说"①。但是玄幻文学的"大热"却与网络的兴起有莫大的关系。2002年起点中文网站成立，2003年起点网迅速走向了商业化，推出了针对读者的"电子版付费阅读"和针对网络写手的"原创文学作品网络版权签约制度"，这意味着网文作者的收入开始直接和读者的阅读量挂钩，读者的重要性得到了进一步凸显。获得读者的喜爱、增加点击率成为网文作者们最为重要的任务。因此脱胎于武侠小说的玄幻小说从一开始就把武艺、武技作为吸引读者的重要手段，玄幻小说写手们凭借天马行空的想象力创造出各种不凡的技击之术与颇具神力的武器，但是在奇异的想象背后展现的仍然是对传统武侠的中"武"的传承，这也从侧面证明了可读性以及娱乐性是武侠小说和玄幻小说功能共有的特征。玄幻小说不仅对武侠小说之中的"武"元素有所继承，更是通过对武侠小说一些结构和元素的借鉴和学习，增添了读者的阅读快感，把其娱乐性发挥到了极致，在娱乐性方面完成了对武侠小说的一种超越。

尽管学者陶东风认为"玄幻文学中所谓武林高手之间的交手其实根本不是各家武功的较量，而是各家宝贝的比试"，并且认为其与传统武侠小说相比只不过是"邪门歪道""装神弄鬼"。② 但是实际上玄幻小说与武侠小说仍然有着斩不断的联系。这种联系一方面体现在玄幻小说对武侠小说中

---

① 叶永烈：《奇幻热、玄幻热与科幻文学》，《中华读书报》，2005年7月27日。
② 陶东风：《中国文学已经进入装神弄鬼时代？——由"玄幻小说"引发的一点联想》，《当代文坛》2006年第5期。

情节和模式的借用；另一方面玄幻小说对传统武侠小说中江湖世界内在"尚武"逻辑的一种继承。

　　首先，玄幻小说沿袭和继承了武侠小说之中经常出现的"成长模式"，同时，也对武侠小说之中的武功和武器进行了"借用"，尽管玄幻小说中奇人异物众多，但是仍旧能够从传统武侠小说之中找到原型。以猫腻的《择天记》为例，这个故事发生在一个完全不同于现实世界的地方，这个世界里力量的来源也是与普通世界全然不同的。在这片大陆之中，修行的人需要获得力量就必须要观星，从星辰之中获得力量，同时还需要洗髓，然后达到不同的境界，更是需要通过观天书来参透修行之谜。这种所谓的修行方式是完全不同于武侠小说之中的武功，甚至连习得的过程也是不同的，但是其中习武与修行的道理却何其相似。在《择天记》中，不管是何人都需要一步步慢慢来进行修行积累，不可以越过任何一个阶段，任何后天的习得其实都与先天的积累有着重要的关系。正如主角陈长生虽然有着传奇的身世，受到诸多大人物的照顾，却也依然需要从零开始，他后期获得成功看似是因为他拥有主角光环，但是实际上却仍然是由于他前期能够熟读三千道藏而打下的良好基础。就算获得力量的方式超出了自然的认知，但是进行学习背后的规律是未曾变化的。当然《择天记》中的徐有容拥有所谓的真凤血脉，力量异常强大，可是她也是通过后天修炼进一步发挥了血脉中的力量，而并非是天上掉馅饼，直接就成了天下第一。在猫腻的一部作品《将夜》之中男主人公宁缺也同样是在不断的磨砺中获得了高强的武力，从而走上了武技的巅峰。也就是说虽然玄幻小说中的主人公们都自带了天生神力，可以呼风唤雨，做出许多常人力所不及的事情来，但是他们的技艺或者说掌握技艺的方式仍然需要进行后天习得。这其实是和武侠小说中各种功夫的习得方式是一样的。如在金庸的小说中郭靖、杨过等大侠武功惊人，虽然他们天赋异禀，但仍然需要一步步地从基础练起，从而成为一代大师。

## 第一章 武侠小说:封"神"之后的落寞

玄幻小说之中各种令人惊异的能力虽然令读者目眩神迷,但实际上却是和传统武侠小说之中的武功有着同样的习得套路,这不得不说是玄幻小说对传统武侠小说中描写武功传统的继承,玄幻小说之中看似颇为玄妙武功与武器仍然与传统武侠有着割舍不掉的联系。还是以《择天记》为例,陈长生等人虽然要通过定星、洗髓等步骤收获灵力,但是所用招式却仍然与武侠小说之中的招式有相似之处,陈长生、徐有容、落落、唐家三十六等诸多角色所擅长的武艺各有不同,但是每个人的招式却又能从传统武功之中找到出处。落落与陈长生第一次相遇,便遭到了刺客袭击,在这场打斗之中各种超越了人们常识的利器纷纷登场,既有可以使人瞬间移动的千里钮,也有使人力大无穷的大帝的獠牙,甚至有威力无穷的落雨鞭,但是落落所依照和使用的还是一套名为"钟山风雨剑"的剑法,在充斥着想象力的各种法器背后还是以"武"为基础。在《择天记》重要的情节大朝试中,各位高手之间的比拼虽然有着些许玄幻的色彩,但是实际上仍然是比"武"。陈长生与另一位少年高手庄换羽进行比拼的时候,作者着重写的仍然是他们的身法和招数。如"陈长生算到了他的意图——庄换羽想用这种剑法抹掉他在身法速度上的优势,最终进入纯粹招式和真元的较量——他毫不犹豫做出了决定,身法骤变,速度快到不可思议,向右侧连踏三步,却最终出现在庄换羽的另一面。庄换羽翻腕斜刺,一记妙不可言的道剑,直接荡开他手里的短剑,然后趁势刺向他的咽喉",这种写法和传统武侠小说中高手们的对决几乎看不出差别。

其次,玄幻小说则是对武侠小说中江湖世界的"擂台本质"进行了模仿。武侠小说中的江湖世界其实就是一个"大擂台"。人世间的一切纷争,都化为"大擂台"上的打斗比武。① 而玄幻世界同样也是一个简化一切道德律例的擂台,一切问题的解决都是打斗,正邪对立、党派纷争、利益纠葛

---

① 陈平原:《千古文人侠客梦》,北京大学出版社,2010,第130页。

全部都是通过比武来完成的。在天蚕土豆的作品《斗破苍穹》中，萧氏家族与城内的加列家族发生冲突，两个家族之间并非通过和平对话来解决，而是直接在大庭广众之下就拔刀相向，以至于加列家族的人伤残才肯罢休。在猫腻的《将夜》中宁缺作为梳碧湖边的砍柴人更是把打斗作为解决问题的重要方式，一切的争端都在比武中进行解决。如皇上的暗探朝小树与异己的争端便是通过一场残酷而血腥的巷战来解决的。只有在比武中活下来的人，才是真正的胜者。

可以发现，玄幻小说不管是在思想内核上和情节模式上都与传统武侠小说极为相似，而这种新文体之所以能够被更多的读者所青睐，除了与其传播方式、创作模式有关以外，更重要的是它比传统的武侠小说带给读者更多的阅读快感。这主要是表现在玄幻小说以模式化的故事，最大地去迎合读者的价值观念。玄幻小说一方面采取了基本的模式套路来安排作品情节，另一方面则是无限地迎合读者的价值取向。

首先，玄幻小说作为一种较为成熟的商业小说，早已经依据读者的品味总结出了大量的玄幻文学套路，以期能在第一时间吸引读者的注意力。如升级打怪、不断进阶的行文模式，这实则是从电子游戏的套路中挪用到了小说中①，主人公会不断遇到危险，或是危险的飞禽走兽，或是敌人的恶意扰乱，只有冲破层层关隘，其能力才能慢慢从低级进入高级。尽管每部玄幻小说中能力的层级和体系不一样，但是打怪才能升级的模式是不会变的。在猫腻的玄幻巨著《择天记》中，作者设定共有凝神境、定星境、洗髓境、坐照境、通幽境等十几种境界，境界之中还会细分，如在通幽境中还分为初入、中境、上境、巅峰境、半步聚星五重境界，在不同的境界便有不同的能力。陈长生本是一个身染重疾，渴望逆天改命的小道士，他先是进入了国教学院进行修行，一路磨砺，经历了多重险阻，终于成为一代

---

① 龙旋风：《那些"大家用了都说好"的玄幻文套路》，《网络文学评论》2019 年第 1 期。

## 第一章　武侠小说：封"神"之后的落寞

教宗，成为五大陆的最强者之一。而在我吃西红柿的《星辰变》中，等级的划分显然更加复杂，凡人界需要从后天境界开始修炼，经历过先天、金丹期直到飞升仙魔妖界，而仙魔妖界已有不同的境界，需要从天仙一路修炼直至飞升神界。"金手指"也是玄幻中经常出现的套路，往往是主角拥有了与常人不一样的能力，或是得到了奇特的法宝。在天蚕土豆的《斗破苍穹》中，主角萧炎就拥有了母亲的一枚戒指，这枚戒指中正好居住着一位法力高强的药师，他不仅拥有极强的能力，还拥有诸多法宝，萧炎正是在他的帮助下境界才一路突飞猛进，成为修炼天才。在萧鼎的《诛仙》里，男主角张小凡则因为奇遇而得到了"烧火棍"，在无形之中武力值大增。玄幻小说之中的种种"套路"不一而足，它们都是从成功的玄幻小说中总结而来，契合了读者的兴趣点，因而也成为一部成功的玄幻小说的必备要素。

其次，玄幻小说之所以能够被大众喜爱，最重要的原因还是在于其契合了大众的价值理念，在小说之中实现了读者的理想与愿望。在价值观上，玄幻小说用幻想的呈现模式，主动承载了当代的、中国的、互联网的大众思维模式和价值观。典型的比如草根奋斗改变人生等主流精神，是读者对于玄幻的最大认同来源。[①] 玄幻小说极其偏爱让主角在逆境中艰难生存最终成为人上人的故事设定。在《斗破苍穹》中，萧炎是萧氏族长的孩子，但是由于特殊的原因，他11岁开始修炼等级不进还退，由一个本来备受关注的修行天才最后竟然沦为了修行"废柴"，他屡屡被族人鄙视和欺负，甚至他的未婚妻纳兰嫣然还当众羞辱他，要求退婚。但是最终他不仅冲破了修行的窘境，更是再度夺回了"修行奇才"的名号，不仅报复了曾经侮辱他、伤害他的人，更获得了书中几乎每个女性角色的喜爱。而在《星辰变》中，秦羽起初也是缺乏修炼的必要天赋，不管是学问上还是武功上都不能与两个哥哥比肩，体质还十分羸弱，但是他也通过自己的努力最终突破自己的

---

① 冯琦：《网络玄幻小说的特征、发展及其价值》，《网络文学评论》2019年第2期。

瓶颈成为外功高手，开创了奇迹。抛开玄幻世界中修炼、灵力，这些故事本质上有些类似于都市之中屌丝逆袭的传说：天生的弱者在经过自我的奋斗和金手指的加持之后最终走向了人生的巅峰。对于阅读玄幻小说的读者来说生活之中逆风翻盘的机会也许并不多，更有很多现实的压力、障碍阻碍他们去实现他们人生的理想，玄幻小说中看似大同小异的逆袭故事却使他们能够弥补自己想做而不能做或做不到的遗憾。正如一些读者所说喜爱玄幻爽文的原因正是因为："想升职加薪，机会有限、实力有限，努力了但看不到希望。喜欢看玄幻'爽文'，看着主角从一个小人物，一路打怪升级，付出就有回报，特别有代入感。"[1] 强烈的代入感与求偿心理使玄幻小说拥有了一大批读者。

尽管玄幻小说与武侠小说之间有着极大的联系，传承了武侠小说之中的武的要素，但是它之所以能够获得如此多的读者并非是在武斗场景上和情节设置上推陈出新，而是因为它契合了当代读者的阅读习惯和阅读心境。一方面使读者在阅读过程中更加轻松，能够完全沉迷与情节之中，忘却现实的烦恼；另一方面则是在玄幻的世界中上演了一出出弱者逆袭的神话，代偿了读者在现实生活中的一些遗憾。但是这种模式化的写作和对读者心理的一味迎合很有可能带来更多的问题。

## 二、玄幻小说的缺陷：退化的侠士

玄幻小说与武侠小说之间的联系更多地表现在了对"武"元素的传承，而不是对"侠"文化进行更深的思考。因此与武侠小说相比，玄幻小说的艺术价值和思想深度明显低了很多。武侠小说之中有武有侠两种元素，甚至梁羽生等武侠小说家认为侠的意义是远重于武的，因为侠义是武技的灵

---

[1] 许民彤：《"爽文"为什么会流行?》，《内蒙古日报·文艺评论版》，2018 年 10 月 12 日。

## 第一章 武侠小说：封"神"之后的落寞

魂，不以行侠仗义为目的的武术，说到底不过是一种野蛮的斗殴。对侠客行为和侠义本质的思考也完全可以上升到对人类命运和自身价值等更具有深度的议题上。但是玄幻小说却几乎放弃了对侠义的表达。这种放弃表现在玄幻小说作者缺乏对侠义精神的表现和探讨，也表现在对武力即真理这种单一价值观的认同。

首先，玄幻小说之中的习武者所奉行的是"人不为己天诛地灭"这种精神，很少再具有"路见不平拔刀相助"的侠客品性。在传统武侠小说之中，侠客始终有着救国救民之心，尽管到了新大陆武侠小说时代，身负民族与国家之责的大侠已经不太常见，但是以扶助弱小为己任的侠客并不少见。可是在玄幻小说之中，武士却难见有侠义之心。以《将夜》中的宁缺为例，尽管他确实救过了孤女桑桑，也出手相助墨池苑的少女们，甚至保护了公主与朝小树，但是这只能说其在本质上也并不坏，但并不表示他是一个侠客，他所有的行为都是为了自身考虑，他所做的一切都是为了活下来，这与"侠之大者为国为民"这一基本的侠义标准是完全相反的。世道多艰，生存不易这是毋庸置疑的，但是否因此就需要抛弃掉侠义精神呢？可以把宁缺的行为与传统武侠小说中的侠士行为进行比较，就会发现尽管宁缺多次救人，但是他的本质上仍然是一个"伪侠"。同样只注重自身利益，而对行侠仗义缺乏兴趣的还有《斗破苍穹》中的萧炎，尽管他也是从弱者一步步走过来的，但是却对帮助弱者显得兴趣缺乏。小说里面反复提到的人美心善的武功高强的萧薰儿也只是对萧炎一个人格外好，对他人的处境十分冷漠。缺乏侠义之心，并非是指玄幻小说之中的主人公见死不救或背信弃义，而是指他们从根本上就缺乏对弱者的同情和关心，他们都拥有这极为强大的力量，但是他们并没有因为像郭靖、杨过等人一样因力量强大而想承担更多的责任，他们可以被称为自私的强者。所以传统武侠小说中的重要主题"平不平"在玄幻小说之中几乎看不见。

其次，玄幻小说中的评价体系和标准非常单一，武力成为评价一切事物的基本标准，因此在这种价值理念之下人与人缺乏基本的人文关怀和宽容。在武侠小说之中，武功的高低是评价侠客的重要标准但不是唯一的标准，就如古龙小说中的楚留香，他并非是武功最高的，但是却拥有了最多的朋友，在江湖上最被人尊重。除了武功之外，人的道德品格同样重要。但是在玄幻小说之中，武力即强权，武力的高低和人类是否有用决定了人的地位和他人对你的态度。所以《择天记》中陈长生不顾一切也要变强，只为得到徐家的尊重；《星辰变》中秦羽费尽心机也要修习外功，只是希望得到父亲的青睐；《诛仙》中张小凡也在踏实修炼，只为了能为村人报仇雪恨。毫无疑问，这些玄幻小说中主人公展现出来努力改变命运的精神是值得肯定的，但是这并不意味着这种价值观就是值得肯定的。对能力的绝对尊重就意味着在一定程度上对道德摒弃，就意味着承认武功高强的人可以欺凌弱小的人。在《斗破苍穹》中萧炎的表姐萧玉一直因各种原因对他横加打击，当萧炎获得强大能力之后竟然威胁她"少爷今天要把你强奸了"，而更令人不敢相信的是萧玉却因为萧炎展示出的强大能力而为之倾倒，甚至对他有几分心动。姑且不论这个威胁所展示出对女性的亵渎，更关键的这暗示着拥有强大力量的人是可以对弱者为所欲为的，甚至弱者会钦慕你所展现出的绝对能力。因为对力量的推崇，玄幻小说也默认了人是可以为了获得力量而做出一切事情的，为了获得力量人可以不要悲悯、不要宽厚，不要一切美好的品质，只有你赢了道德就站在了胜者这边。在《将夜》中宁缺也把变强作为了人生中唯一的信条，他掷地有声地提出："如果我们够强，我们就不会恐惧，不会被人欺负。"尽管他需要变强的背后有着保护家人、朋友这看似温暖的理由，但是也不意味着他所信奉的弱肉强食就一定是对的。他与隆庆太子打赌，谁先迈入新的境界就赢得了比赛，另一个人就要退出修炼界。当他真的获得胜利的时候，暗中偷袭，一箭就毁掉了与他有龃龉的隆庆太子的修为，让这个天之骄子失去了所有骄傲的资本，以至于跳崖自杀。而他面对一个鲜活生命的陨落，他的内心竟然毫无波澜。

## 第一章　武侠小说：封"神"之后的落寞

如果说武侠小说把纷乱的人间百态简化成了一个"大擂台"，那么玄幻小说则是把江湖变成了斗兽场。前者仍然坚守着以侠义为主的"比赛规则"，而后者则完全只强调弱肉强食、适者生存的社会丛林理念。因此玄幻小说尽管读起来让读者十分解气和"爽"，但是却缺乏对人类自身境遇的反省，也缺乏基本的人文关怀。这一切都阻碍着玄幻小说向经典文本迈进。

由于玄幻小说作者对读者阅读兴趣的精准把握和对当今出版、写作环境的适应，他们的作品受到了读者和市场的青睐，但是值得注意的是当他们与读者和市场靠得太近的时候，他们显然已经放弃了自己的立场和更高的写作追求。单一的价值观和略显浅薄的主题只是玄幻小说中的问题之一，粗糙的文字、混乱的结构等都使玄幻小说很难得到主流文学界的认可，它的经典之路将比武侠小说走得更为艰难。

从"毒草"到经典，武侠小说在中国文学史上的地位经历了翻天覆地的变化，它不仅是一种特殊的通俗文化类型，更是一种特别的文化符号，它的地位变迁展示的不仅仅是其自身的发展，而是折射出了中国近几十年来思想和文化氛围的变化。武侠小说曾经所掀起的阅读热潮，并非仅仅是因为它精彩纷呈的内容，而是源于它所具有的象征意义，它现在的衰落，也并非意味着其审美意义与价值的消失，只是武侠小说暂时还没有找到与时代精神、当代文化的契合点。当武侠小说最终在当今文化生活之中找到自己的位置，那么新的武侠经典问世之日也将不远了。

# 第二章　网络文学：后现代的众声喧哗

## 第一节　网络文学：不容忽视的庞然大物

当千禧年的网络高速公路建成通车，文学便开始在这条无形的轨道上留下它逐渐清晰的车辙。随着网络覆盖范围的逐渐扩大，网络新媒体技术的日臻成熟，人工智能科技的巨大发展，2018年迎来了信息化水平的大幅度提升，网络文学行业的发展也进入了全新的阶段。根据中国互联网信息中心 CNNIC 在 2019 年 2 月发布的第 43 次《中国互联网络发展状况统计报告》，"截至 2018 年 12 月，网络文学用户规模达 4.32 亿，较 2017 年底增加 5 427 万，占网民总体的 52.1%。手机网络文学用户规模达 4.10 亿，较 2017 年底增加 6 666 万，占手机网民的 50.2%"①，同年，阅文集团于 6 月正式发布的《2018 年网络文学发展报告》显示："截至 2018 年 6 月，网络文学用户规模超 4 亿，占网民总量 50% 以上。阅文集团以平均月活跃用户量超 2 亿的成绩，继续领跑行业发展。"② 自 1997 年文学网站"榕树下"建立至今，网络文学经历了从萌芽到成熟的成长阶段，精确而巨大的量化数

---

① 中国互联网络信息中心：《中国互联网络发展状况统计报告》，中国网信网，2019 年 2 月 28 日。
② 阅文集团：《2018 年网络文学发展报告》，《腾讯科技》2019 年 2 月 18 日。

字正掷地有声地宣告着网络时代文学新形态的到来。那么,网络大门的开启,迎来了怎样的文学世界,又给既有的文学生态带来了怎样的异动与冲击?在文学作品步入经典序列的过程中,网络文学究竟扮演了何种角色?为了解答上述疑虑,直面网络并认识网络文学,便成为必不可少的先决条件。

## 一、初发生:网络文学新质

网络文学发展至今,已逾20年。根据有关数据显示:"截至2018年12月,网络文学用户规模达4.32亿,较2017年底增加5427万,占网民总体的52.1%。手机网络文学用户规模达4.10亿,较2017年底增加6666万,占手机网民的50.2%。"①(见图2-1)愈来愈多的网络文学用户和如此惊人的数据,凸显了这样一个事实:网络文学正在以急速扩散的方式,被更多的群体所接受。

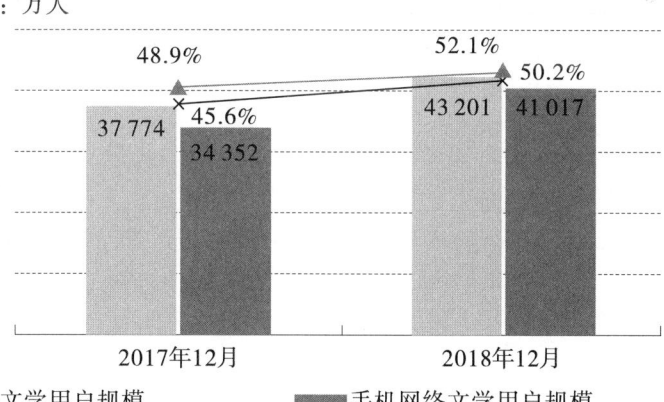

图2-1 2017年12月至2018年12月网络文学/手机网络文学用户规模及使用率

---

① 中国互联网络信息中心:《中国互联网络发展状况统计报告》,《中国网信网》2019年2月28日。

为更深入地了解网络文学创作与接收情况，本文将以艾瑞网发布的相关报告为基础。作为中国最优秀的专业市场调研公司，艾瑞集团分别于2016年和2018年发布了《2016年中国网络文学行业研究报告》[①]和《2018年中国网络文学作者报告》[②]，其采用iUserTracker研究系统，对中国将近数亿台网络设备进行监控观察，建立多个用户行为指标，在海量数据和多元类型的基础之上进行统计整理，因而其提供的网络文学发展数据具有一定的精确性、专业性和客观性，为了解目前网络文学发展现状提供了较为详尽和可资参考的数据资料。

报告显示："2015年12月，网络文学PC端月度覆盖人数为1.41亿，移动端为1.48亿，双端基本持平；日均覆盖人数上，移动端是PC端的近3倍，达3 297.5万人；月度浏览时间上，移动端高达8.03亿小时，远超PC端的1.62亿小时。"[③]（见图2-2）

来源：iUserTracker.家庭办公版2016.2，基于对40万名家庭及办公（不含公共上网地点）样本网络行为的长期监测数据获得。mUserTracker，2016.2.基于对100万名iOS和Android系统的智能终端用户使用行为长期监测获得（mUserTracker大样本数据）。

图2-2　PC端与移动端使用数据比较

---

[①③]　艾瑞咨询：《2016年中国网络文学行业研究报告》，《文学网站》2016年3月6日。
[②]　艾瑞咨询：《2018年中国网络文学作者报告》，艾瑞网，2018年5月9日。

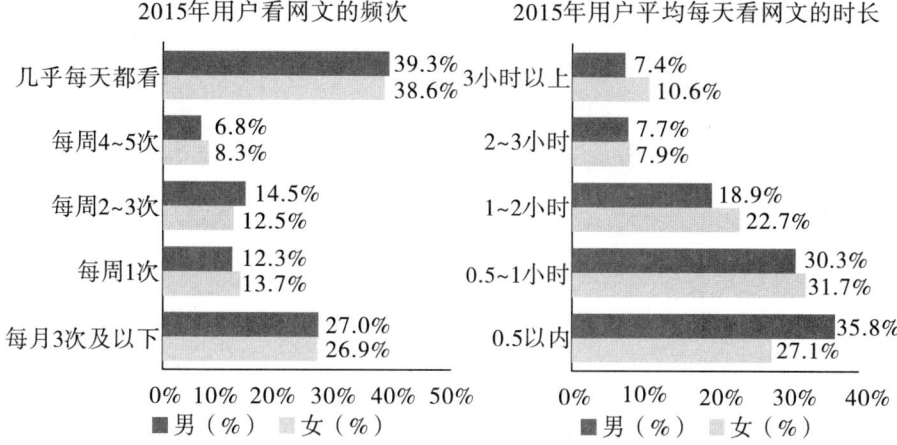

样本：N=1 711；于2016年1月通过艾瑞iClick社区联机调研获得。

**图2-3 2015年男女用户看网文的频次与时长数据比较**

除却每年都有大量读者利用网络设备和移动终端加入网络文学阅读的行列，并且保持高频率的阅览模式，更多的文学爱好者和写作者也逐渐步入了网络文学的创作群体，为网络文学行业源源不断的内容产出提供了坚实的人员基础。（见图2-4）

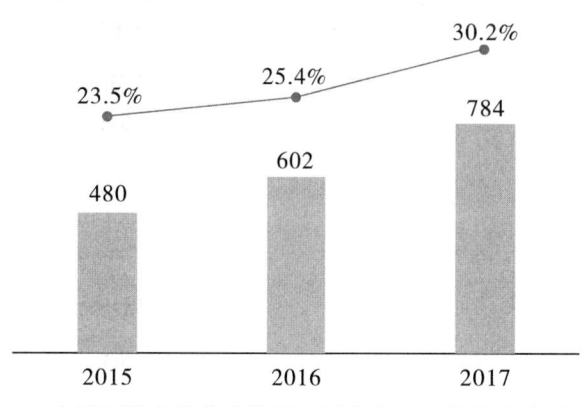

来源：艾瑞咨询研究院自主研究并绘制。

**图2-4 2015—2017年中国网络文学作者数量及增长率**

举凡种种数据,无不诉说着网络文学正在依凭网络媒介技术性的革命,对文学创作团队和文学接受群体产生双向的影响,从而对文学进行着潜在的改写与创新。比特单位和赛博空间的出现,为以原子为基础单位的,物质空间里的文学载体,增添了另一种文学存在的可能。文学除了依靠成熟的印刷技术,以旧有的报纸、杂志、书籍等纸质形式流通于大街小巷,也可以安心栖息于新型的网络温床之下。有别于背负厚重的纸张的重量,抽离了物质载体的网络文学,能够轻飘飘地游荡在任何一片虚拟之境。无线网络的全面覆盖,AI电子设备的更新换代均使得文学的接受与传播更为迅猛和便捷,读者大可不必时时怀抱一堆体量巨大的书本,在指尖轻触智能屏幕点开阅读APP的一瞬间,文学世界的大门便徐徐打开。阅读这项事宜,开始变得尤其简单,不需要一方寂静的书斋,去预先铺陈纸笔,便携式的阅读远非一件费时耗力的仪式,这极大地增强了读者接触文字和选择文学的意愿。与此同时,网络赋予了个体平等的言说权利和表达自由,文学写作不再需要经过严苛的审核制度,以得到专业编辑的认可,文学不再是神秘的、令人望而却步的高端艺术形式,而向更为广泛的群体伸出了橄榄枝。一定程度上而言,网络的出现,一方面降低了文学创作的门槛,另一方面也提升了读者阅读的兴趣,网络文学的网络虚拟特质使得作者与读者之间的互动更为及时,省去了审核、出版、流通、消费等烦琐的步骤,即时发表、即时阅览成为网络时代下司空见惯之事。因此,网络文学展现出了一定的网络性、开放性与即时性。欧阳友权在《网络文学:挑战传统与更新观念》一文中,更为详尽地阐释了网络文学的几大特征,总结为"作家身份的网民化""创作方式的交互化""文字载体的数字化""流通方式的网络化""欣赏方式机读化"。[①] 在了解了网络文学行业发展近况与网络文学的新质以后,为了更为透彻地理解网络文学本体和由此生发而出的文化现

---

① 欧阳友权:《网络文学:挑战传统与更新观念》,《湘潭大学社会科学学报》2001年第1期。

## 第二章 网络文学：后现代的众声喧哗

象，梳理何为网络文学则显得很有必要。

目前学界对网络文学的界定基本达成了如下共识："广义的网络文学是指经电子化处理后所有上网的文学作品，即凡在互联网上传播的文学都是网络文学，这种网络文学同传统文学仅仅只有媒介和传播方式的区别；从中观层面上看，网络文学是指发布于互联网上的原创文学，即用电脑创作、在互联网上首发的文学作品，这个层面的网络文学不仅有媒介载体的不同，还有了创作方式、作者身份和文学体制上的诸多改变；从狭义上说，最能体现网络文学本性的网络超文本链接和多媒体制作的作品，这类作品具有网络的依赖性、延伸性和网民互动性等特征，不能下载出版做媒介转换，一旦离开了网络它就不能生存。这样的作品与传统印刷文学完全区分开来了，因而是真正意义上的网络文学。"① 长达百字的文字界定里，传达着网络文学自身的多样性与包容性，这般无法以言简意赅的文字一言以蔽之的术语，也同时暗示了这样一个事实：作为一种依托新兴网络媒介生产和传播的文学样式，于20世纪末贸然出场的网络文学，令长久稳定的文学形态感到了些许无所适从。这种悄然而至的无措感，首先表现为网络文学命名的焦虑。早在21世纪初，不少研究者就对"网络环境下是否能够产生文学""哪些作品可以视为网络文学"发出了质疑②，研究者长期含混模糊的概念界定预示着网络文学的难以表述和难以归置，在现有的文学场域里，网络文学因为无法寻找到恰切的所属空间而游离于文学史书写之外。而当下对于网络文学采取了如此广泛而详尽的界定，却仿佛携带了极尽调和的意味。概念的多义性，正是由于无法弥合观念上的差异，只好以包罗万象的方式一力网罗进来，也不失为避免矛盾和争论的权宜之计。

尽管在网络文学诞生之初，学界对于网络文学的学术概念、基本特征、评价标准、价值局限等诸多问题聚讼不休，但是网络文学的存在有别于传

---

①② 欧阳友权：《新世纪以来网络文学研究综述》，《当代文坛》2007年第1期。

统文学这一事实确是不容置疑。较早关注网络文学的网络文学研究基地首席专家欧阳友权在《网络文学的体制谱系学反思》① 一文中指出：

> 网络文学对中国文论发展最为深刻的影响，在于让千百年来积淀起来的文学体制谱系出现技术改写或悄然置换。突出表现为：从主体身份看，网络文学生产用普罗"草根"僭越了知识精英的文学话语权，创作范式上用自由写作颠覆既有的文学秩序，文学格局上以恒河沙数般作品存量遮蔽文学经典，价值认同上用传媒市场的商业导向对抗文学高度，而在观念传承上，则以"技术至要"搁置了传统文学的逻辑原点。由此引发的传统文论规制与传媒技术宰制的博弈，从体制谱系的学理本体上，把文艺理论转向与转型的时代命题推到了当今文论建设前沿。

网络文学从主体身份、创作范式、创作数量、文学格局、价值认同等方面对传统的文学体制提出了挑战，对既有的文学秩序形成了颠覆，以电子技术代替审美艺术的方式对文学学科的逻辑原点发出了质疑。学界这般对于网络文学的界定，确实有利于深入理解网络文学和纸媒文学的差异，以形成简洁而清晰的文学类型印象。对于习惯了中国百年文学范式的作家和评论者而言，这种基于差异辨析以了解新物的方式，不失为一种快速且有效的习得途径。但是，这种将网络文学发生之前的文学定义为传统文学，并将其视为认识网络文学的参照系的研究方法本身，在一定程度上却存在诸多不可靠性。它先验地预设了网络文学展示出来的新质，必定以传统文学的他者身份存在，在进入时间检验之前过早地将网络文学与传统写作对立起来，从而渐渐形成了低俗与高雅、肤浅与深刻、娱乐与严肃、商业与

---

① 欧阳婷、欧阳友权：《网络文学的体制谱系学反思》，《文艺理论研究》2014年第1期。

审美等多组对照关系，长久地横亘在网络文学与传统文学之间。

文学属性的参差对照不仅仅言明着文学呈现方式的异同，同时还预示着文学创作与接受主体的差异。尽管传统的文学创作者们始终秉承着"为人民"的文学初心和创作理念，但是在文学的实际生产、传播消费的过程中，文学创作的高门槛、严审核制度却对创作群体进行了知识层面的过滤，具备一定的文化水平和知识眼界成为创作高质量文本的必要前提。同时，不少作家深受20世纪80年代赓续五四时期启蒙主义的影响，坚守着"天命教导员"的文学身份，文学创作的主体、内容和对象都逐渐偏离了大部分的人民群众。这便不难理解缘何欧阳友权谈及"网络文学生产用普罗'草根'僭越了知识精英的文学话语权"，在此，大众与精英这组语汇不断出现在传统文学与网络文学的范畴之内。那么，何为大众、大众与精英这组对照关系在网络文学的视域之下，是否天然成立呢？

## 二、再认识：大众与大众化

作为一个耳熟能详的中文语汇，"大众"似乎是一个不言自明的概念。然而暗自揣度，却难以用明晰的字句阐释"大众"一词真正的能指与所指，认识"大众"，继而再认"大众化"成为理解"文学大众化"之前亟待解决的重要问题。正如约翰·费斯克在《理解大众文化》中所认为的："'大众'并不是一个固定的社会学范畴；它无法成为经验研究的对象，因为它并不以客观实体的形式存在。大众（the people）、大众的（popular）、大众力量（the popular forces）是一组变动的效忠从属关系，它们跨越了所有的社会范畴；而形形色色的个人在不同的时间内，可以属于不同的大众层理，并时常在各层理间频繁流动。于是我用'大众'这一概念，来指称这一组变动的社会效忠从属关系。"[①] 由于"大众"所指对象常常由于历史环境的嬗变而变动不居，因此对于"大众"一词的理解，并不局限于从词源学的

---

[①] 费斯克：《理解大众文化》，王晓珏、宋伟杰译，中央编译出版社，2006，第29页。

角度进行溯源，而会延伸至"大众文化"和其产生的社会背景，历史形态等方面进行综合性的考察，以厘清"大众"一词在当下的含义。

由于"大众"的出现与西方资本主义社会的出现，工业革命的发生以及消费社会的兴盛等有着莫大的联系，因此在梳理"大众"一词的过程中，需要从外来文化和中国本土两个视角对"大众"进行词语的辨析，方可避免意义的混乱不清。

（一）西方对于"大众"的解读

"大众"一词，最早源于英文词语"mass"，在英文的语汇里，即为the masses，该词在19世纪中叶以前常有"用来表达政治上公开的鄙视或恐惧"[1]的含义。法国著名社会学家、人类学家古斯塔夫·勒庞在其著作《乌合之众：大众心理研究》[2] 一书中明确指出了"大众"具有冲动性、动态性、狂暴性、轻信性、易感性等性格特征，"大众"被视为丧失了理性思辨能力，而极易被主观情绪所蛊惑的庸众形象。随着20世纪西方工业生产的发展，消费社会逐渐形成，mass开始形容"一大群的事物与人"[3]，而成为一个裹挟了众多数量，代表着流行趋势，混杂着通俗品味的意义含混的语词。

在西方前资本主义时代，"大众"自身带着天然的"无知的、愚昧的"含义，这种情绪分野显然来源于"精英"与"大众"的对照阐释，雷蒙·威廉斯《关键词：文化与社会的词汇》一书里，对"精英"一词的追踪仍然可见该词含义的不断流变与演进。18世纪中叶以前，elite包含了从"被挑选、被选举出来"引申而来的"优秀的、卓越的人"的含义，及至19世纪初期，elite一词开始表示阶级间的社会性差异，及至20世纪，精英则开始成为某种权威与统治阶级的主力，因而携带着某种阶级性的色彩。但是

---

[1] 威廉斯：《关键词：文化与社会的词汇》，刘建基译，生活·读书·新知三联书店，2005，第282页。
[2] 古斯塔夫·勒庞：《乌合之众：大众心理研究》，马晓佳译，民主与建设出版社，2018。
[3] 威廉斯：《关键词：文化与社会的词汇》，刘建基译，生活·读书·新知三联书店，2005，第287页。

到了1945年，这种带着凌驾其上的优越姿态的阐释开始遭到了质疑。

(二) 中国对于"大众"的理解

尽管早在五四时期，周作人等曾积极提出了"平民文学"的概念，用"平民"来指称这世间普通的男女，但"大众"一词并未得到推广和定义，直到20世纪40年代，毛泽东《在延安文艺座谈会上的讲话》中才明确了"人民大众"的概念："最广大的人民，占全人口百分之九十以上的人民，是工人、农民、兵士和城市小资产阶级。所以我们的文艺，第一是为工人的，这是领导革命的阶级。第二是为农民的，他们是革命中最广大最坚决的同盟军。第三是为武装起来了的工人农民即八路军、新四军和其他人民武装队伍的，这是革命战争的主力。第四是为城市小资产阶级劳动群众和知识分子的，他们也是革命的同盟者，他们是能够长期地和我们合作的。这四种人，就是中华民族的最大部分，就是最广大的人民大众。"① 毛泽东在20世纪40年代对于"大众"的定义，显然与当时特殊的中国国情有着莫大的联系，而让"大众"带上了较为鲜明的革命的政治性的色彩，阶级成为表明大众身份的重要标志。

随着中国历史变迁，"大众"一词的阶级色彩逐渐淡退，研究者对于"大众"的理解开始摒弃政治、经济等方面的社会差异，而从文化层面上对"大众"进行了全新的定义与解释。胡潇在《文化现象学》中就谈道："大众，这比较好理解，即是在文化生活中处于社会下层的广大平民百姓。……而且，只从文化生活的意义上来讲大众和俗民，而有别于政治生活、经济生活的社会分层。道理如前，政治地位较高，经济条件较好的人，不一定是文化的精英层，他们的文化品格也可能属于俗民阶层。就像历史上的土财主、市井豪富有钱有势，但不是文化精英，也不拥有精英文化一样。……文化生活中的大众和俗民，总的说来，一般多是从事直接物质生

---

① 毛泽东：《在延安文艺座谈会上的讲话》，中共中央文献研究室编《延安时期党的重要领导人著作选编》，中央文献出版社，2014，第206页。

产，社会地位不高，缺少足够的文化修养，不具备从事精粹文化创造的主观条件和客观条件的人们。"① 胡潇在此对于"大众"的理解俨然从纯粹的"文化含量"角度对社会群体进行了鲜明的分割，预示着"大众"天然的文化缺陷，以及与高学养的"精英"分庭抗礼的文化格局。

更有学者认为"大众"并不仅仅意味着与"精英"相对的文化他者想象，它同时暗示着社会从古典状态进入了现代形态，"大众"是市民社会初步形成的衍生物，同时形成了与口头传播的市民文化截然不同的，以媒介传播为主要方式的"大众文化"。② 在这个意义上，"大众"可以被视为具有了现代性意义的现代市民阶层。

综上所述，当前中国对于"大众"的理解在不同的历史语境下有着不同的阐释，并且吸收了部分西方关于"大众文化"的理论，使得"精英"与"大众"成为一组对立关系，"大众"在现代化的道路上也与旧有的"民间团体"渐行渐远。在此，将本文论述的"大众"定义为现代社会中，剔除社会阶级、资本经济、文化层次、性别年龄等差异的全体国民。"大众化"则是经由现代大众自主遴选，被大众群体自发接受和传播的普遍化的行为过程。它通常凭借现代传统媒介，面向现代经济市场，以新颖时尚的表现形式博得大众群体的青睐，继而收获更为丰盈的利益，为更为广泛的群体所接纳和传播。对于文学场域而言，网络时代的到来则为文学的"大众化"提供了更为丰富的可能。

其一，从创作主体而言，网络赋予了大众平等的创作权利，文学创作不再是属于知识分子的专利。虽然中国建立的作家协会制度一直致力于繁荣社会主义文学事业，也树立了众多永垂不朽的文学典范，发现与培育了不少文学新生力量，为文学创作团队引入了新鲜的血液，但是作协机构略高的准入门槛却也在一定程度上将不少创作新人拒之千里。而在网络一线

---

① 胡潇：《文化现象学》，湖南出版社，1991，第179~180页。
② 陈刚：《大众文化与当代乌托邦》，作家出版社，1996，第6~18页。

## 第二章 网络文学：后现代的众声喧哗

牵的时代，人人都可以成为作家，无人过问屏幕另一端隐匿的作者背后有着怎样的学识与涵养，忧思或胸襟。创作重新回落到随性而发的巨大自由之中，创作主体也因打破了文化阶层、经济辖制的壁垒而囊括了更为众多的创作人员，吸纳了长期被忽视的来自民间的文学生产力。根据艾瑞集团发布的《2018年中国网络文学作者报告》，可以发现截至2017年12月31日，仅阅文集团平台就已拥有690万名作者，创制出了1 010万部作品，较之2017年新增约430亿字数。庞大的作者数量宣告了网络时代下，创作主体向大众敞开了一扇无尽的大门。

其二，从创作内容而言，网络作家在追求喜闻乐见的文学内容的同时，逐渐摆脱传统文学因袭百年的"启蒙"枷锁。尽管中国现代文学已有百年历史，风格多样，流派迭出，却始终难以摆脱五四以来烙印在作家骨髓中的"启蒙意识"。这或许源于中国源远流长的儒家传统，早在先秦便有"思无邪"和"兴观群怨"的文学载道思想，古代文人始终怀抱着"先天下之忧而忧，后天下之乐而乐"的以一己之身度万民之心的使命意识，五四时期的文人志士更是在勘破这末世黑暗后，声嘶力竭地呐喊，欲以一人之力开启众人的蒙昧之态。及至20世纪80年代，在经历了一场价值混乱的浩劫之后，知识分子重新赓续了启蒙传统，试图回到传统寻找中华文化的根，为中华民族寻找持久永恒的创作源泉。因而，从古至今，中华民族的传统文学里，始终萦绕着深重的苦难和悲悯的哀戚，提醒着世人生存的艰难困苦和人性的险恶难测，观照着不同时代的现实问题。这也是中国传统作家常以"精英"自居，其文学作品里常年萦绕着艰涩的哲理之思，显得过于严肃而深刻的原因之一。然而，随着愈来愈多的网络作家加入创作的行列，文学类型逐渐多元化，文学风格开始生动多变。点开任一网络小说阅读网站，便可发现网络小说已被精细至十几种门类，包括玄幻、奇幻、武侠、仙侠、都市、现实、军事、历史、游戏、体育、科幻、悬疑灵异、二次元等类型，现实显然不再是作家们的不二选择，尽管不少作家仍然孜孜不倦地耕耘着现实创作的土壤，写着现代化大都市里的红男绿女,但是大量作家索性对沉重而老套的现实置之不理,展开想象的羽翼飞升至梦幻而遥远的国度,或者穿越至历史废墟之上,写尽过往的悲欢离合;或者以上神仙人的名义,玩弄美轮美奂又法力无边的仙术,实现一次拯救苍生的英雄梦;或者在自己打造的二次元世界里放肆尖叫和暗自孤独。网络文本里不需要千篇一律的精致,因此我们在大量的文本里看到了活泼灵动、质朴简洁、古典雅致、破碎中二等包罗万象的文学风格。创作内容和行文风格的多样化,使得大众在阅读的过程中拥有了更多的选择,极大地迎合了大众的阅读兴趣和口味。

其三,从创作方式而言,网络创作改变了传统作家"两耳不闻窗外事"的创作模式,创作不再是作家的一己私事,强制地主宰故事情节走向,决定人物命运。网络世界开放的创作环境,每日加更的创作模式,即写即读、即阅即评的阅读制度都令作家在创作的同时不得不考虑部分读者的意见,文本成为作家与读者共同创作的产物。根据《2018年中国网络文学作者报告》,大神作者在创作之时,读者的阅读喜好被很大限度地纳入了自己选择创作题材的范畴之内。大众不再被动地接受故事的情节,开始逐渐拥有了决定喜怒哀乐的资格。

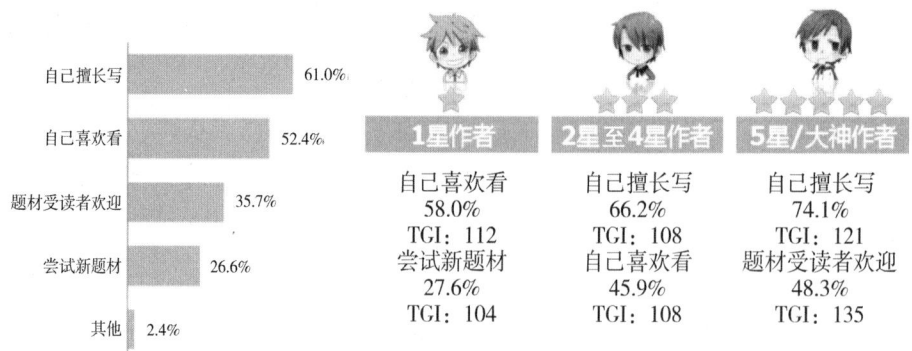

图2-5 2017年中国网文作者选择题材主要考虑因素

## 第二章 网络文学：后现代的众声喧哗

其四，从传播方式而言，网络媒介环境下的文学传播方式更为立体和多样，有别于纸媒文学以物质实体的方式在各大书店、报亭出售，需要经历烦琐的影印、出版、销售、流通等环节，网络文学往往以一个链接的形式便能瞬间获得巨大的转发量，基点扩散的信息传播方式实现了生产即流通。更有甚者，传统文学的传播始终是文本在一元维度的传播，而网络环境下的文学逐渐以影视、游戏、音乐、动漫、真人扮演等各种周边形式同步传播，从而形成了一套无缝连接的产业链，使得网络文学进入更多人的视野，收获广阔的面向。

其五，从文学批评而言，传统学院派批评占据主导的文学批评格局正在打破，除了作家批评正在兴起，网络使得大众同样拥有评论的权利，随着各种自媒体的兴起，微信公众号的建立，手机 APP 的完善，民间批评开始获得一定的力量和拥趸。面对网络文学较为陌生而崭新的文学样式，目前评论界尚未建立稳定而合适的评价标准，各执一词、自圆其说令评论界多出了别样的声音。而海量的文学作品正在并将继续诞生，文学批评远远追不上文学创作的脚步，文学批评面临着文学评论空转和不及物的尴尬处境。如何掌控浩如烟海的文学作品，绝不仅仅关涉阅读时间的问题，也关乎文学批评方法的问题，这也是学界未来不得不慎重思虑的重要问题。欧阳友权在网络文学发展 20 年之际，就提出过对当下网络文学研究的焦虑与期待："网络文学批评已成为引领和规制网络文学健康前行的有生力量。但与'海量'生产的网络文学作品相比，批评对创作的干预度和影响力还很有限。在中国网络文学发展 20 周年之际，网络文学批评正面临网络文学评价体系建设、网络文学批评原则设定、网络文学批评的特征与方式体认、网络作家作品和类型化创作的评论，以及正视网络文学发展中的问题和局限等五个亟待解答的焦点问题。对这些问题的回应与研究，不仅是网络文学批评的学术责任，也将对网络文学的健康与繁荣产生积极影响。"[①]

---

[①] 欧阳友权：《网络文学批评的五个焦点问题》，《社会科学家》2018 年第 10 期。

## 三、终遴选：网络经典仍在

既然厘清了网络文学的特殊属性、网络文学与传统文学的联系与区别，那么网络时代下的文学创作又呈现了何种面貌？网络文学是否还有经典的可能呢？实际上，于网络文学创作讨论经典问题并非耳目一新的话题，北京大学中文系邵燕君教授在《网络文学是否可以谈经论典》[①]一文中就梳理了网络文学的发展脉络，倘若以文学期刊为中心的"当代文学"可以称之为"传统文学"，那么网络文学在其发展的前 20 年，不仅实现了从纸媒时代到网络时代的过渡，而且自身也经历了从以传统文学为借鉴资源的"传统网文"到以"二次元"为创作数据库的"二次元网文"的延伸与裂变。正是在确立了"传统网文"的创作形态之后，方才有了谈论经典问题的逻辑起点和合法性，邵燕君教授认为："在'二次元'转型后的网络写作中，如何讨论经典性的问题，或者是否还该用经典性这个概念来讨论文学性，这本身是一个问题。要回答这个问题，需要更长时间的观察，无疑也需要更全新的视野。"[②]诚然，任何一种新兴事物的诞生都再次验证了"时间是检验真理的唯一标准"的有效性，尽管网络文学的评价体系和鉴定标准仍处于筹建的进行时状态，我们却难以将旧有的标准全然束之高阁，任凭评论处于全面失语的尴尬境地。至少，我们或许能够尝试在现有的网络文学基础之上，以一颗纯粹的审美之心和人文之怀去领略一番网络介质下的文学之景，所幸，我们还未丧失感官的灵敏，尚可一辨美丑，再分爱恨。

鉴于网络文学特有的网络性和商业性，对于网络文本的品鉴绝不能忽视读者粉丝们的偏好，各大网络榜单的排行数据，各类根据网络文本改编而来的影视剧作播放量和收视率，以及动漫游戏以及音频创作等周边文化

---

[①②] 邵燕君：《网络文学是否可以谈经论典》，《中国文化报》2019 年 2 月 27 日。

带来的巨大收益，它们都将被纳入评价文本好坏的标准之内。事实上，目前我们正是有赖于这种经济上的大数据，确认了部分网络作品获得的成功，让我们看到了网络经典未来的希望。然而，这并不意味着文学可以罔顾泥沙俱下的不堪现象，任凭粗制滥造的词汇折损了清雅自然的字句，漏洞百出的情节打碎了严谨缜密的逻辑，自娱自乐的快意削平了人生哲理的深邃，信手拈来的暴力湮没了幸福美好的希望，或者习惯用空洞的编造许诺下一出出不劳而获的誓言。轻而易举的成功，似曾相识的悲欢离合以及千百次的死而复生，都太过低估了文学的审美价值。如若非要面对尚有的文学成品，拣选出一个适宜的经典样本，那么它应当兼顾大众趣味和文学品味，既能创造令人欣慰的商业价值，又能在物质富足的同时慰藉每一颗或空虚或不安的灵魂，锻造出无价的精神财富。目前，已有不少文学作品具有了成为经典的潜质，或者从经济层面而言，已经被网络读者奉为圭臬。下面将以具体作品为例，阐释网络文本如何具有了成为经典的可能，并一步步实现了大众化的历程。

## 第二节 文学奇遇：网络时代下的"封神"之路

当文学遭遇了网络，网络四通八达的媒介触角便开始打通文学的奇经八脉，除却运用天马行空般的想象营造瑰丽无比的虚拟世界，酝酿出生动细腻的人世情感，唤醒被生活重负所隐匿的善意与良知，信手便可挥就一幅人间词话，斑驳了些许古意与几分离索，文学的动人之处开始弥漫至本体外延，仅仅依凭丰沛的情感、庞杂的想象、变化多端的语言、深重的家国情怀、耐人寻味的理性之思，文学再不能轻易脱颖而出，这是网络时代下文学所遭遇的不轻的重创。网络文学VIP付费制度的建立，粉丝打榜、投票、转发、收藏等应援性互动行为，日复一日的定时更新创作模式都使得文学的生产与流通机制发生了一定的变化，文学本质的艺术性、思想性逐渐与外在的商业性、消费性更为深切地融合于一体，文学在传承百年人文精神之时，开始兼顾文学的商业价值与经济收益。在一个被智能技术簇拥的读图时代，文学在步入经典之列的道路上，需要带着艺术之美的镣铐，与影视创作来一场别开生面的共舞；或者一击必中的入心海报广告和精致唯美的图像装帧；偶尔唱一曲青春的挽歌，追忆早已落幕的似水年华，读者便乐得用一股热泪为了那悠然情怀买单；文学魔法般地揣度着大众的欢笑与眼泪，以满足久违的阅读期待……网络时代的文学创作开始打破文学本体为主导的"内容为王、形式至上"的艺术准则，将传播、美术、经济等学科门类——囊括进来，不断挑战着文学艺术的外延，也为网络文学进入大众的视野开辟了更为广阔的路径。

## 一、被改编的"影视文学"

网络文学出生伊始便携带的"网络性""开放性"就注定了网络文学的数量之庞大，每天都有不计其数的网络作品悄然诞生，如何在铺天盖地的网络作品中脱颖而出，则成为新媒体时代下一个难以回避的问题。较之于传统纸媒文化，严格的编辑审查制度可以对无数成品进行专业而审慎的核查，从而根据作品的思想内容、语言风格、创作形式等对数以万计的文本进行反复的筛查和拣选，最后确立一部部具有文学审美价值的作品的出版，依凭网络介质存在的网络文学则先天缺失了遴选的标准和尺度，优质作品的发现权则从出版行业全权交付与大众读者手中。这种类似民主投票的机制，虽然确实有助于在茫茫书海中辨识出最受大众喜爱的文本，却也在一定程度上存在着某种弊端与偏差。如上所言，点开各大网络原创网站，五花八门的文学类型便纷纷跃进读者眼眸，面对成千上万流动着的网文，读者看似拥有了最自由的选择权，却也在随机用鼠标轻轻点开一部文本的同

## 第二章 网络文学：后现代的众声喧哗

时，失去了更多的阅读可能。网络之广袤，即便每一部作品都拥有着独自耀眼的魅力，也不过是苍茫网络星河中一颗闪着微弱光芒的孤星，难以聚集为一束强光，引得大量读者聚集于此，欣赏美轮美奂的风景。

网络媒介下大量的文学作品都面临着这样一种尴尬的命运：机缘巧合般地被任一写手生产出来，却只能依靠着微不足道的点击率缓缓流通，远远来不及被消费，便失去了生命力。如是观之，唯有收获广泛的读者，一部网络作品才能够迎来更为开放的市场，收获更为客观的经济利益。为了实现这一利益诉求，将网络文学进行影视化改编，不失为一种可靠的运行方式。根据网络文学研究数据显示，自 2013 年赵薇银幕处女作《致我们终将逝去的青春》上市，其同名小说因了清新简洁的文字，创设了一段浪漫而伤感的青春故事，生发出了难以磨灭的缅怀过往的情绪，带来了一股"怀旧热"而再次翻红，收获一众拥趸，网络 IP 影视改编的大门便被叩开，伴随着资本哗哗落地的响声，我们看着《古剑奇谭》带火了玄幻仙侠剧和演艺圈秀色可餐的年轻演员们，2015 年伴随着《琅琊榜》《欢乐颂》《花千骨》《何以笙箫默》《无心法师》《旋风少女》《他来了，请闭眼》等影视大剧陆续囊括了"2015 年国剧盛典年度十大影响力电视剧""第 30 届中国电视剧飞天奖优秀电视剧""国家新闻出版广电总局 2015 年中国电视剧选集""第 19 届华鼎奖中国百强电视剧第一名""第 12 届中美电影节金天使奖最佳中国电视剧""2017 电视剧品质盛典年度品质榜样剧作""华鼎奖百强名单前十名""第 23 届上海电视节白玉兰奖最佳中国电视剧""第 31 届电视剧飞天奖现实题材优秀电视剧大奖""第十一届电视制片业电视剧优秀作品奖"等重要级奖项，网络大 IP 的改编愈演愈烈，2016 年到 2018 年《择天记》《三生三世十里桃花》《后宫如懿传》《斗破苍穹》《楚乔传》《沙海》《扶摇》《知否知否应是绿肥红瘦》等剧的热播足以说明网络 IP 成为炙手可热的资源和各大影视公司竭力争取的对象。通过影视剧作改编的作品收获了数以万计的流量和难以言说的狂热粉丝，也在一定程度上，实现了从小众跻身热门的转变,在数据层面进入了"经典"的行列。影视剧作改编成为网络小说进入大众视线一种颇具奇效的手段,但是这也并不意味着改编播出与小说成功永远成正比,近年来的影视剧作中,不乏出现收效甚微的剧作,譬如《我的朋友陈白露小姐》《仙剑云之凡》《盗墓笔记》《明若晓溪》等在豆瓣评分上低于五星评价的作品。那么,这一节试图从文本层面出发,剖析最受大众喜爱的网络文学在影视化的过程中彰显了何种特质,能够引得大众对其乐此不疲?影视化后的文学作品又在何种方面有别于网络原创文本?

鉴于电视剧《都挺好》自开播以来便自带"热搜"体质,常常高悬于微博"热搜"榜单之首,吸引了大量观众对该剧进行持续不断的讨论。原本无人问津的原创同名小说《都挺好》一经改编,便收获了令人瞩目的收视率和网播量,并且成功地将剧中人物苏大强推向了千家万巷,成为家喻户晓的灵魂人物,种种现象无不表明《都挺好》的影视化改编获得了广大观众一定的认可。那么,下面将以《都挺好》为例,阐释影视剧《都挺好》在网络文本的基础上做了何种调整,以至于产生了如此翻天覆地的变化,创造了轰动一时的网络效应?有效的改编无疑暗合了大众的期待视野,本文将通过对影视剧作改编的梳理,分析电子传播媒介与影像技术如何实现文本的二次改写,进而勘察重塑之后潜藏的当代大众心理的集体无意识状态。

(一)影视化的网络文学:从"苏明玉之痛"到"苏大强之歌"

小说《都挺好》甫一开始,便用苏母的猝然离世打碎了平凡小城里苏家的平静,回忆由此开始,叙述随之展开。伴着苏家此后无数鸡飞狗跳的日子,苏家表面多年的宁静与和谐逐渐开始破碎瓦解,露出了一个家庭因积压多年的"男尊女卑"问题而留下的满目疮痍。作为这一历史遗留问题的最大受害者,苏明玉成为小说潜在的叙述主体,她看似游离于苏家之外,冷眼旁观着苏家男女的诸多日常纠纷,却又常被命运捉弄般不得不卷入苏

第二章 网络文学：后现代的众声喧哗

家的是是非非之中，巧妙地在第一人称和第三人称视角中转换，承担了交代过往和讲述当下的叙述功能。同时，随着食荤者石天冬、柳青、蒙总以及众诚集团一众人物的出场，苏明玉的角色愈来愈明晰，她不仅置身于相对封闭的苏家之中，也被网罗在人心难测、波云诡谲的职场之下，成为衔接内部家庭与外部社会的唯一纽带。进一步细读文本，便可发觉埋藏在小说内部的三条叙述路线：其一为苏家之事，讲述苏家凌乱的过往和混乱的当下生活，揭露原生家庭的诸多矛盾，给苏明玉的成长带来巨大影响和难以抹去的伤痛；其二为众诚之争，笔触深入步步维艰、人心叵测的职场生活，侧面烘托出苏明玉精明强悍、杀伐果断的性格和重情重义、聪明圆融的特质；其三为柔弱之情，直抵苏明玉敏感而复杂的内心活动，通过其与柳青、石天冬的感情纠葛，展现了苏明玉鲜为人知的柔情一面，以及其对于爱与恨的思索，原谅与报复的考量，自我与他者关系的反思，等等。如此，不难看出，小说欲以原生家庭给苏明玉带来的情感伤痛为书写基点，凭借惊心动魄的职场故事和烦琐扰人的家庭纷争，展示个体生命性格的生成路径。

那么，影视剧《都挺好》是否沿用了作者最初的叙述结构？通过对比梳理，可以发现剧作在小说情节之上有意增添了以下重要内容，并辅以重要特写剧集：第一，在于苏大强轻信投资，知晓被骗结果气至晕厥入院之情节；第二，明成殴打明玉，兄妹矛盾激化之后，苏大强被迫入院探视明玉，上演了一场情真意切的巅峰对决的场面；第三，增加了苏大强执意与保姆蔡根花结婚，遭受反对之后离家出走，甚至以轻生作为要挟的闹剧；第四，增设了苏大强罹患阿尔茨海默症，一家人终于放下多年怨念、和睦相处的结局。上述诸多剧情显然打破了小说原本的格局，苏家的烦琐之事极大地挤压了众诚集团事务与明玉私人情感的叙述空间，成为该剧浓墨重彩的一笔。尽管剧作并没有删减众诚集团内部明争暗斗的戏份和苏明玉难得放松的柔情戏码，但众诚的存在更像是朱丽停职和明成两次打人事件的推手，以种种必然产生的误会来加速苏家主线事件的叙述。至于明玉的感情线索，则仿佛是在永无宁日的争吵下插入的一段舒缓旋律，与食荤者在一起的日子安然无虞得恍若与世隔绝，在这段时光里，观众也可暂时放下了紧绷的神经，罔顾那令人烦忧的家庭琐事。如是，它们或急或缓地伴随着主线跌宕起伏。在苏家之事的演绎之中，苏大强极尽无理取闹之能事，花样百出地召唤着子女陪伴在侧，反而代替了苏明玉成为凝聚苏家之人的核心，并意外地以作天作地的"作精"属性收获了一组组手绘的Q版人物漫画，并火速晋升为表情包新宠。一首翻唱演绎的诙谐色彩浓厚的"苏大强之歌"在大街小巷流唱，一句句被玩味的苏大强语录"我不吃，我不喝，我要钱""这事儿不能怪我""我要喝手磨咖啡"成为人们心领神会的聊天梗，诸如此类的现象无不宣示着小说《都挺好》为职场女性作传的意图就此夭折，苏大强则一跃成为大众喜闻乐见且毋庸置疑的中心。

无可否认，中心人物从网络文本到影视剧作发生了位移，影视剧又是依凭何种魔力完成了苏明玉与苏大强之间的角色对调，让自私懦弱、毫无气场的苏大强成功地博得了大众的眼球？

（二）影像的权力与文字的式微

苏大强在苏家众多男女中成功地以"C位"出道，夺取了主人公的地位，除了得益于编剧对于情节的重新调配和增添删减，还在于电视媒介自身具备的特性，不仅使得人物获得了更为立体的呈现方式，而且令广大观众具备了前所未有的强大的共情能力。从这一层面而言，对人物形象的二次塑造和中心人物的筛选均为影视剧改编过程不可避免的结果，它象征了影像符号在与文字符号的针锋对垒中，更胜一筹的表意优势。

网络文本与影视剧作最根本的区别莫过于承载介质的不同，前者以抽象的文字符号为基本要素，后者则依赖于一连串的画面的裁剪与拼贴。小说阅读有足够的时间让读者在浏览之余再次地回味、咀嚼、思考、定义，但影像观看绝没有如此充沛的耐心和富余的时间，观众在面对一帧帧转瞬

## 第二章 网络文学：后现代的众声喧哗

即逝的画面之时，便丧失了转圜的余地，被动接受投影画面，并紧跟动态影像的步伐，是观众唯一可做之事。因此以苏明玉为主人公的小说极为适合阅读，让读者暗自揣摩明玉敏感脆弱又极度自尊的一颗内心，默默体味其在谅解与报复之中挣扎的困境，最终在一地鸡毛的无可奈何之中发出最后的哀叹，思考女性生存之艰难与困境。但是意识流般的描写并不适合荧幕上的演绎，抽象而遥不可及的思维难以以具象的画面呈现。影像必须择取可以为观众带来巨大"震惊"效果的对象，单调而平面的人物形象只会让观众觉得乏善可陈，较之于苏明哲的犹豫延宕、盲目自大，苏明成的懒惰无知、恬不知耻，苏明玉的果敢狠辣、冷言少语，苏大强则因为他既贪婪又懦弱、既胆小又自私、既敏感又麻木的多面性格而多出了再创作的巨大空间。

相对于静态的文字符号，需要读者自己凭借想象进行初次转译，来获得创作者意欲表达的情感体验，动态的影像符号则过滤掉了这一烦琐的解码过程，它不容争辩地将一连串图像直接呈现给观众，用生动的肢体语言、微妙的面部神态和恰切的故事环境，酝酿出最适宜的情绪即时地感染一众观看者。譬如，苏大强满心欢喜地等待大儿子苏明哲将其接到美国居住，但苏明哲因为失业原因，难以兑现承诺，不得不向父亲告知困难，一趟期待已久的美国之行就此泡汤。这一情节在小说中以"苏大强一听是明哲的来信，立刻双眼闪光地靠过来，看着明成点开这封信，两人一起阅读。但是，几行看下来，两人的脸都转为沉重"。这几句话便草草交代完毕，但经演员表演出来，则是另一番景象。影视剧中，苏大强一路"小跑"，用激动不已的颤抖的手指着电话，咧着嘴开心地大笑，一手接过电话，一手不住地摩挲自己的心脏，诉说着自己的高兴与憧憬。当听到儿子婉拒的消息，笑容瞬间从脸颊消失，眼眸里的笑意立刻冷却下来，只剩空洞的色彩，僵硬的手臂静止不动，继而眼眶似泛起泪光，画面就此定格，巨大的失落感便从苏大强的周遭四散开来。随着苏大强聒噪的声音瞬间冷清下来，沉默的数秒之间，观众也感同身受了一番老人面临的强烈落差感，希望死水般地幻灭，由影像里一组动态的画面惟妙惟肖地呈现出来，这是图像的独有的魅力，连续性的时间段里，两种迥异的情绪接踵而来，没有丝毫的迟疑与等待，同时冲撞了观众毫无防备的内心，震惊的效果便如期到来。

除此之外，影像更为全面地展现了人物的多重性格，至少在苏明哲一味打肿脸充胖子的行径背后，尚可窥见苏明哲炽热的孝心、难得的担当和心有余而力不足的愿家庭和睦的念想；尽管苏明成的油嘴滑舌让他常常成为纸上谈兵的典范，但苏明成对于妻子朱丽的呵护与关爱，也足见他内心对于爱与被爱的渴望，当他为了妹妹明玉和他人打架之时，他对妹妹的一丝关心开始复苏，亲情的温暖逐渐融化此前种种误会形成的三尺冰冻。小说原本平面化的人物形象逐渐丰满起来，再不是三言两语便可概括的无情符号，而成为立体的、值得深味的人世间的"你我他"。

因此，影像符号的直观性、具象性具有超乎文字之外的丰满化、立体化效果，影像创作擅长调动所有的感官，令观众达到高度的共情，在同一时空中捕捉到"震惊"的效果。如果说苏大强成为影视改编的主要人物是影像符号的特殊属性带来的必然转变，是影视改编的被动选择，那么观众却主动接受苏大强，甚至狂热追捧苏大强的深层原因为何？"苏大强式"父亲存在的意义何在？

（三）苏大强式父亲：神话的坍塌与权力的反转

如上所言，影视化表演让苏大强的父亲形象深入人心，广为流传的专属表情包、朗朗上口的"苏大强之歌"和多次霸占微博讨论的相关话题，都显示着这样一个信号：苏大强成为大众关注的焦点。那么苏大强是谁？世人又为何对他热议不断呢？

苏大强，本应是苏家的一家之主。但是作为父亲，苏大强绝不完美，甚至名不副实，他人微言轻，惧怕强势的妻子和女儿，以弱者的形象和充耳不闻的逃避姿态为处世原则，把一切棘手的难题拒之千里，是苏大强不变的人生哲学。他看似是最无情之人,却深谙人情世态,基于对儿女性格的了如指掌,他巧妙地拿捏着其性格的弱点,利用苏明哲固执的愚孝为自己极大地争取了个人的利益,他清楚地明白明哲对他的孝心等同于不顾一切地千依百顺;他更懂得如何在苏明成和苏明玉之间的矛盾中转嫁自我的过错,让自己显得无比无辜而免于一场被责备;他对儿女的过度依赖近乎一种情感的道德绑架,他遇事总要退避三舍的作风也多少有些不近人情,一事无成的外表下却深藏着一颗虚荣爱面子的炫耀之心,识人不清却一味自负,常常唯恐天下不乱地委罪于人,颠倒是非黑白的说辞更是令苏家整日处于鸡飞狗跳之中……这些都成为苏大强为人之父未尽其责的罪证,也是世人深感凉薄的根源。

但是,面对这样一位父亲,儿子苏明哲却给予了最大限度的包容,甚至可以说是一味地纵容,即使以牺牲自我安逸的生活为代价。一方面,这是苏明哲长久以来的传统伦理思想使然,父慈子孝、兄友弟恭是苏明哲一直以来坚守的信条;另一方面,却也源于他强大的自尊心,苏大强的依赖确证了他作为子女的价值,父亲一而再、再而三的要求不断强化他作为长子的重要性,他是如此地被需要,仿佛不可获取。苏明哲即使自知困难,也要勉力许下无法兑现的承诺,投影出苏明哲微妙的心理活动:在弱小无助的父亲面前,他获得了无与伦比的优越感。实际上,苏明哲的心理并不只是一个特例,而是当下无数子女的心理写照,这也是即使苏大强如此惹是生非,却仍旧受人关注的深层原因,它象征着传统父子关系中权力的颠覆与反转,父辈开始退化,不再高高在上,子辈再也不用唯命是从,新一轮的权力更替开始出现。

历史何其相似,20世纪的中国文学史从来不乏对于"父亲"的书写,"父亲"能够在中国文坛持久地占据显赫地位不仅因为"父亲"是中国传统家庭结构的重要组成部分,维系着以血缘为基础的传统伦常秩序,更是因为传统观念造就的威严"父亲"形象逐渐成为毋庸置疑的权力的象征,进而演变为一种抽象的文化符号。如果说朱自清的《背影》，在回望年迈父亲蹒跚而笨拙的背影而潸然泪下的温情中，尚可瞥见儿子对于父亲的怜惜与悲悯，那么巴金在撰写《家》的战斗檄文时，则扯去了最后的柔情面纱。五四时期倡导的人道主义观念，令父为子纲、父命子从的传统信条开始遭受质疑，子辈们试图不顾一切地从保守而固执的父亲手上夺取个我的自由，父子间的对峙是传统封建纲常与现代文明制度冲突的必然结果，社会价值观念的转变赋予了子辈践踏、损毁甚至"弑父"的胆量与勇气。及至革命的年代，父与子的针锋相对演化为不同阶级的意识形态对垒，热火朝天的革命热情造就了一批积极向上的青年形象和古板保守的父亲印象，一如《创业史》的梁生宝与梁三老汉。在新时期以来的小说之中，父亲伟岸高大的形象更是销声匿迹，取而代之的是猥琐、无能、暴戾、奸诈的父辈形象，比如苏童《罂粟之家》的刘老侠，莫言《檀香刑》中的孙丙、《丰乳肥臀》里的上官福禄……作家试图以这样丑化父辈的方式，宣示子辈在这场没有硝烟的战役中攫取了巨大的胜利：颓败或者倾覆的父亲形象，已然预示了封建制度的作古和旧式阶级的没落，新的时代终究属于朝气蓬勃的年轻之辈。

在这个意义上，影视剧《都挺好》为大众贡献了一个令人耳目一新的父亲形象。父亲"苏大强"的名字几乎就是一个极具讽刺意味的设定，苏大强从未真正的自立自强，有别于传统文学中屡见不鲜的家长做派十足的老者形象，他出场伊始便远离了高大，妻子赵美兰的强势使他长期丧失了家庭话语权，退休在家亦没有自足的经济能力，他惯于精明地算计，依靠伪装虚弱博取同情，不时在儿女面前打小报告，动用各种心思和手段达成自己的心愿。苏大强的种种做派皆反映出一个退化了的父亲形象，精确而言，是一位"稚化"的父亲，他像幼儿一般用绝食抗议儿子带给他的失望，似孩童讨要玩具般提出各种不甚合理的要求。悖论在此滋生，苏母的设定天然阉割了苏大强作为一家之长的权力，但极致的软弱却成为他再度获取

## 第二章 网络文学：后现代的众声喧哗

资源的武器。苏母的离世解开了捆绑苏大强多年的心灵枷锁，同时叩醒了常年昏睡的潜在欲望。苏大强及至晚年，终于感受到了重获自由的快感，面对失而复得的作为父亲的权力，父亲苏大强表现出了本能般的手足无措，永无宁日的家庭战争便是他无力把持权力的结果。

面对新时代语境下"苏大强式"的父亲形象，大众各执一词。相较于传统文学中，基于革命情结而被生产出来的父亲形象，苏大强多出了柴米油盐般的人间烟火气，增加了人世间纠缠不清的七情六欲，他吃得认真、玩得尽兴、悲伤得刻骨、开心得热烈，他成为既遭世人唾骂又受大众怜惜、既让人愤懑难当又令人忍俊不禁、既可恨又可爱的矛盾共同体。

在这里，"父亲"不再是大权在握的文化符号，以公开的、庄重的、坚强的、不容侵犯的超我面貌存在于历史记忆之中，而退回到类似"本我"的本真状态，释放欲望，展示软弱是打破父亲神话的重要环节。实际上，对于父亲"低龄化"的塑造方式，不再是源于启蒙的书写诉求，让"父亲"以丑陋而无力的面貌站在孩子的对立面，充当阻碍社会进步与发展的绊脚石，而恰恰是对当代老年化社会下父辈群体的真实反映。幼儿化，意味着不成熟，喻指着老龄化的父辈与当代社会的价值观念、生活方式、审美形态之间的断层状态。苏大强钟爱的评弹艺术与现今的流行文化大相径庭；他对于现代化技术一窍不通，以至于初入明玉家便对家用人工智能产品叹为观止；他习惯了一日三餐安稳的生活模式，对于快捷便利的外卖文化嗤之以鼻，与现代生活方式的格格不入才是苏大强提出无理要求的前提。世人或许不喜苏大强，源于他太过于自我与任性，无止境地要求下藏着一副太过贪婪的嘴脸，但是更深层次的原因可能在于，这些要求远远超过了子辈的能力范畴，在观看"苏大强"的滑稽表演之时，我们一同窥见的还有自我的无能为力，和那份难以匹配孝道的局促与不安。苏大强时常需要子女耐心安抚的幼儿化心理，正悄然透露出急速老年化社会下的某些危机，老年群体无力追赶快速前进的现代化进程，无法适应瞬息万变的新的生活方式，他们开始需要子女的关怀与照顾，慰藉他们贫瘠而孤独的精神世界。但是，正如无法兑现的承诺会让明哲陷入两难的尴尬境地，如何处理自我与父辈的关系，兼顾以及整合两种截然不同的生存模式，却成为现代社会普罗大众所面临的养老困境。观众看着苏家人纷乱的日常生活哭笑不得，又何尝不是观照着中国千万家庭中，与现实苦苦博弈的"你我他"？从这个层面而言，对"苏大强"的热议衍生于现代人无能为力的深层社会焦虑。

（四）狂欢之后：难以消解的中国式焦虑

影视剧《都挺好》的结局有些意味深长，它一改剧情初始便弥漫在苏家上空的颓废气氛，虽然苏大强因患疾病渐渐失忆，苏家三兄妹却开始冰释前嫌，错位的角色终究回归伦理的轨道，除夕之夜即使三人身在异乡，千里相对，却终究隔着屏幕，完成了一次家族意义的团聚，为"都挺好"的剧名写下了名副其实的注脚。这个结局，可谓是对原著最大的篡改，它回避了小说写下的另一种可能：苏家的问题仍然在延续，作天作地的苏大强还在精打细算着一点点蝇头小利，苏明哲独自返回遥远的美国继续工作，苏明成与家中断了联系杳无音信……苏家一团糟的困窘状态并没有得到丝毫的改变，对苏家避之不及的苏明玉被迫承担起养老的重任，温馨与幸福是苏明玉最后的憧憬。这当然是远比影视剧《都挺好》更为悲观的结局，人们甚至有理由猜测，这是当代观众所无力接纳、无法面对的惨痛。由是，编剧自作主张大刀阔斧地进行了改编，以慰藉大众的期待视野。

但是，我们并不能忽视这场团圆之夜是以"父亲"的遗忘为前提的，阿尔茨海默症刻意的植入，让这部独特的家庭剧落入了一点世俗的圈套。疾病使这个极爱折腾的老人苏大强顿时安静了下来，遗忘令他不再指鹿为马、不再精明世故、不再自私专营、不再无理取闹、不再颠倒是非，他不再是被强势的妻子压抑的一家之主，他的内心因为遗忘而获得了绝对的自由和空前的澄澈，于是，他开始用真心感受女儿的真诚、儿子的两难，用正义审判过往的种种是非，用久违的父爱对这个几乎四分五裂的家庭寄予

## 第二章 网络文学：后现代的众声喧哗

最后的祝福。可是，面对这样美好的画面，疑问开始生成，为何美满的家庭只能以一个父亲的遗忘为代价，难道它暗示着这样一个稍显绝望的事实：如若不是疾病，原生家庭对于家庭成员的创伤将永远无法磨灭？编剧只得以这般强制的外在方式，去谅解一场亲情的缺失，去编织一个令人欣慰的结局，谁人知晓这何尝不会是又一个镜中花、水中月呢？

作为阿耐继《欢乐颂》之后的又一部力作，《都挺好》轻车熟路地知悉了大众关注的社会焦点问题，还未播出之前，就以精致优良的巨幅海报和"一部比《欢乐颂》更好看的话题爆款剧""一个比樊胜美更凄惨的女主"等广告语吸引了广大观众的注意。广告营销团队显然把握住了当代都市人普遍的生存"痛点"，如何面对养老的经济压力，如何摆脱原生家庭重男轻女的观念，成为自立自强的个体，如何妥善解决老龄化社会广大"空巢老人"的生活问题，等等。观众如期跟随着每日播出的精彩剧集，在微博上数落着苏家人的懦弱与伪善、无知与自私、盲目与冷漠、麻木与推脱，感叹于家庭琐事的一地鸡毛、家庭结构的四分五裂和家庭关系的淡漠疏离，却又欣慰于一家人难得的欢笑与和谐、改过与宽容。实际上，与其说我们在观摩着苏家人破碎的日常和永不止境的烦恼，不如说在这场全民的视觉盛宴中，我们共享了一份普遍的生存焦虑，在苏家被撕开的伤疤里，我们看见了负重前行的过往里那些被轻轻掩埋的伤口；在那些刺耳的争论里，是否也有一句直击了个我的心扉，问出了长期困扰于人的疑虑，在血缘与道义，伦常与法律的边缘，社会中人又该如何独善其身？但是，好在还有一部《都挺好》，让繁忙而紧张了一天的大众能在每一个闲适的晚间，在虚拟的屏幕里直面隐匿在个人生活中的黯然，获取精神上片刻的释放：尽管困难仍在，焦虑未解，但是《都挺好》像模板似的宽慰着我们，一切终会都挺好的，不是吗？也许，这也是剧作最后的仁慈，即使大众在狂欢之后，仍会幡然醒悟处于人生的困局，但是不妨先用笑意成全一段虚假的温情，婉转地修饰一份真实的焦虑。

《都挺好》作为 2019 年初一部较受大众关注的文学影视作品，不仅反映出文学的现实主义创作尚未在网络创作的娱乐化中走向泯灭，反而因为对于人世生活的深刻观照而引发了大众深切的共鸣，使得影视文本在内容上拥有了质的保障，也折射出文学的可视化创作不失为文学广为流传的有效途径，令文学销售看见了量的曙光。实际上，网络文学的 IP 改编已经成为日后网络文学发展的重要趋势，根据《2018 年中国网络文学作者报告》，2017 年有 16.9% 的网文作家签订了作品改编授权，而同年约有 40 部网络文学改编的电视剧播出，并收获了巨大的收益。（见图 2-6）

2017年中国网文作者签订作品授权情况　　2017年中国网文作者作品授权分布

**图 2-6　2017 年中国网文作品授权情况与授权分布**

由网络文学为中心的 IP 不仅可以改编成电视剧、电影、动漫、游戏、有声音频，还可以发展至线下组织演出活动，集结粉丝见面会等一系列周边产品，带来放射性的经济效益，从而衍生出一套相互扶持、相互发展的 IP 产业链。网络文学的内容与故事无疑为其他艺术和娱乐形式提供了坚实的、有效的底本，为持续性的收益提供了一定的保证。而影视行业和文学阅读平台为了持续获得较为稳定的收益，也开始投入更多的资金培育和打造更多的文学创作者。例如，阅文集团正逐渐建立完善的作者培养体系，不仅线下组织作者研讨会，为其量身定制合作方案，而且通过电视节目、网络平台、颁奖活动等公众仪式增加作者的曝光率，提升其知名度。无独有偶，咪咕阅读与安徽省、辽宁省、江苏省、广东省、湖南省等地区的网络作家协会共同举办了"咪咕万里行"小说作者寻源计划，并且投入 30 亿

## 第二章 网络文学：后现代的众声喧哗

元重金扶持网络文学发展，大力推动原创网文的创作，欢迎广大作者入驻咪咕，加强了各地网络作家之间的联系与交流，对于不断发掘优秀的网络作家，推进网络文学行业的发展具有极大的促进作用。而咪咕还举办了两届"咪咕杯"网络文学大赛以推出更多极具实力的网络新人，仅第二届网络文学大赛就投入了近 200 万元的奖励金额，足见咪咕为了吸引优质作家群体，培养优秀的作者作品，打造网络文学精品的决心。咪咕阅读作为咪咕数字传媒有限公司旗下的阅读产品，为咪咕音乐、咪咕视讯、咪咕互娱和咪咕动漫等子公司的发展提供了充足的内容和质量保证。阿里文学签约了张小娴、森林鹿、骠骑、房忆雪、刘阿八等知名作者，和了了一生、傲天无痕、庄毕凡、多一半、靡宝等头部作者，建立健全了作者保障体系，为网络文学作者的创作提供了良好的写作环境，为网络作家的既得利益得到了保证，网络作者逐渐向职业化方向发展，拥有了更加稳定的工作与生活环境。免去了生存后顾之忧的作家为高质量的文学创作奠定了一定的基础，阿里文学也因此能够建立更为优质的品牌形象。与此同时，阿里文学还"通过书旗小说、淘宝阅读、UC 书城进行全渠道分发，帮助作品快速打开市场积累粉丝和名气。在 IP 衍生阶段，与阿里影业、优酷、北京电视艺术中心、欢瑞世纪、极光动漫均达成了战略合作关系，形成了全链路衍生模式"[①]。各大文学平台争先恐后地以各种优惠策略发掘和打造优秀作家群体，抢夺优质作品 IP。一方面是市场经济的逐利本性使然，作为 IP 产业链的最重要环节，文学的质量好坏与商业创收俨然息息相关；另一方面文学已经不再关乎文学自身，而逐渐与商业、娱乐、文化等融为一体，文学随着 IP 各类型作品的改编收获了史无前例的接受度，数字媒体化的改编无疑成为文学进入经典，被大众广为接受的重要路径之一。

---

① 艾瑞咨询：《2018 年中国网络文学作者报告》，艾瑞网，2018 年 5 月 9 日。

## 二、被消费的"浪漫情怀"

网络文学的生成与走红,似乎造就了一组极为隐秘的悖论。看似驳杂仿佛繁花似锦、五花八门的类型小说,每天数以万计地爆炸般增长,在赛博空间造就了一个广袤喧嚣的文学集市,周遭萦绕着阳春白雪,也回荡着下里巴人。然琳琅满目的商品却共同挤入了一条狭长的甬道,极大限度地向消费群体谋求着最大的利润,道路尽头是用欢声笑语和哀感顽艳供奉着的情怀。它们柔软易碎,却经久不衰,一代又一代的读者心甘情愿地为其买单,贩卖情怀在不知不觉中成为文学销售过程中长期有效的营销方式,也成为文学更加贴近大众的手段之一。

世间情怀大抵可归为两类,一为"我自横刀向天笑,去留肝胆两昆仑"的浩然之气,一为"花自飘零水自流,一种相思,两处闲愁"的婉约之风,成就了草木皆兵、剑拔弩张的肃杀气氛和清风明月、曲径通幽的柔情蜜意。网络文学放弃了语重心长劝导教育的写作理路,不约而同地选择以惟妙惟肖的故事成就一抹心头的情怀。《琅琊榜》用百万梅岭战士的血肉,宗主削皮挫骨的蚀骨之痛换来了一次辉煌的涅槃重生,用迟来的正义对罪恶与欺瞒进行了深深的审判。当《悟空传》里极具后现代风格的师徒四人,带着满怀的桀骜不驯与玩世不恭,发出"我要这天,再遮不住我眼,要这地,再埋不了我心,要这众生,都明白我意,要那诸佛,都烟消云散!"来自灵魂深处的呐喊时,《择天记》里不甘听从天命的陈长生,也日日钻营,苦苦修炼,执着于逆命而行。他们如同《斗破苍穹》里不甘服输、誓死抗争的萧炎,都在以渺小的个我之躯积极抵抗着无处不在的庞大的宇宙和命运,重新演绎了先秦一代的坦荡孤勇和义薄云天的气势。《三生三世十里桃花》用清丽典雅的画笔造了一片柔美梦幻、悠然自得的桃花林,谱写了一番三世轮回、缠绵悱恻的爱情,仿若回到了芳草鲜美、落英缤纷的世外桃源。

## 第二章　网络文学：后现代的众声喧哗

《知否知否应是绿肥红瘦》在映射古代严苛的封建等级制度和门第观念之时，再现了封建门户之内的日常风俗和闺中之乐，截然不同的女儿命运，素日精心描画的吃食与服饰，隐隐窥见了红楼情影。

　　情怀一词，初闻太过虚无，似乎难以用具象为其塑形，它更多地以某种生活象征物和它背后的意绪所呈现出来。譬如，有人偏爱收藏沾染岁月尘埃的古董，或一张张泛黄的老邮票等一切打上悠长时光的烙印之物，仿佛对这些古旧之物的占有，便是对过往岁月的定格，达到了长时间的拥有；有人钟爱自然光影间的错落、雕花镂窗的剪影、木质桌椅上一盏泡开的绿茶、摊开的牛皮书页和散落的纸笔……于是，一部价值昂贵的单反相机在精确记录这些静物的同时，便轻轻按下了文艺情怀的快门键；有人乐得在炎炎夏日相约几个好友，食着最具本地特色的小菜，饮上几瓶爽口的冷饮，便留下人生得意须尽欢般的豪情壮志；更有甚者，欣然于荒芜田间，一口小灶，几柄锄头，即便炊烟拂了平日素净面容，亦觉舒心畅然。情怀难言，在于难以寻找到合适的度量衡，去丈量它的尺寸，判断它的好坏，评定它的价值。情怀使得一切物的属性和价值暂时失效，廉价或昂贵从来与情怀绝缘。鲍德里亚在其著作《消费社会》中认为："在消费社会中，我们消费的并不是物的有用性，而是通过消费体现着自己的社会地位与身份，因此消费是符号意义体系结构，是现代资本主义社会合法性的根据。"消费社会下的主体，逐渐从对物的使用价值的渴求，转为了对物的象征价值的膜拜。对于大部分人而言，购买 Tiffany 咖啡、Rolex 手表、CHANEL 服饰的意义绝不仅仅在于满足生理上吃饱喝足的需求，或者出于保暖和美饰的目的。奢侈品的存在意义，远远大于奢侈品本身的使用功能。每一个别出心裁的 Logo 背后都饱含了做工的精雕细琢、选材的精挑细选，品牌的出现使得消费领域的层级渐次浮现。因此，对于奢侈品等的追逐，则预示着消费主体对于价值、财富、地位、等级等的向往，消费主体在买卖的交易活动中逐渐明晰了自我在社会中所处的地位与价值，消费的逻辑逐渐将社会的一切全部物化，包括个体生命。

　　文学对于情怀的消费，说明了无形的消费之手已经将等价交换的原则扩展到了精神领域。所幸的是，情怀作为精神世界的最后一道防线，对高度物化的消费世界做出了最后的一丝抵抗。最好的例证便是影院，一个集体释放情怀的公共场所。自然，我们常常以情怀的名义去等一部期待好久的电影，当影院里所有的亮光熄灭，唯有巨型的黑色屏幕中播撒出适宜的柔光，众人跟随着影片的律动欢笑，在同样的节奏里哭泣，在终极战斗的热血中昂扬鼓舞，在破旧不堪的难民区感受生活的艰辛和来自他人的歧视，在他人圆满或残缺的爱恋里自省着爱情的分寸和尺度……情怀面前，等级阶层已然消失，无论在日常生活中如何高高在上，拥有着何以尊崇的地位、无上的权力，在被情怀晕染之地，不过皆泯然众人矣。当然，不仅仅是影院，话剧场、音乐厅、图书馆等任何一种承载公共艺术的场所和载体，都是情怀所能抵达之地。那么，情怀为何拥有如此大的消费市场？公众为何如此容易被情怀所支使，从而产生大量的消费行为？

　　情怀有效，首先因其以一种回望的姿态，复写着众人心底最柔软的情诗。文学里的情怀，仿若一艘时光机，载着众人回到过往，引领我们观看或者弥补着各色各样的缺憾与不完美。流年岁月里来不及做的事，还未道出的言语，年少青春承不住的心事，而立之年未实现的理想，种种的似曾相识里裹挟着深埋的记忆和不愿提及的过往。网络文学作品常常以这种委婉的方式叩开人们紧闭的心扉，它们写着夏日蝉鸣的午后操场、树影斑驳下的小小面容、大雨滂沱里无畏的奔跑，以纪念青涩美好却躁动张扬的青春；在刀光剑影、烟雨朦胧的江湖致敬英雄岁月里弥足珍贵的侠肝义胆；于高深莫测、至纯至幻的无上之地修炼仙术，尝一回神通广大的乐趣，拈花微笑间顿悟一次菩提人生；珠光宝气的楼宇里无时无刻不在上演的霸道总裁与灰姑娘的故事，重新演绎了一遍儿时的格林童话，让无数的灰姑娘们再次坚信着丑小鸭变成白天鹅的奇遇和无上的真爱；它们当然也不会放过老旧古宅里的隐秘之事,古老传奇仍旧是现代中人心头放不下的秘密;用文字捕捉每一帧街头巷尾里生存的狼狈世相,也不失为对一地鸡毛的人生最大的尊重与敬畏……诚然,不管是哪一种门类的小说,即便面对久未愈合的伤痛,也永远都拥有着面不改色直面的勇气。情怀,携带着温暖的色调,给予了过度疲劳的现代人一剂精神的良药。

其次,情怀构成了当下全新的情感体验。这是一个"丧文化"横行、"佛系青年"当道的年代。"丧"作为一种混杂了失落、沮丧、惆怅、无奈、困惑、迷茫等多种意绪的情绪,毫不费力地统摄了青年们正在遭遇的种种挫折、各种窘境。无论是考试失利,还是就业无果,不管是恋情告终,还是家庭纷争,来自于学业、工作、情感、生活等方面的压力,在"丧"的语境下,都是一种不言自明的存在。情怀的存在,则使得这份"丧"并不那么彻底,它并非全然俱是无尽之夜般的黑色,会偶尔闪烁着启明星遥远的亮光,驱动着现代生命在近乎绝望之时,再去相信一次希望的存在。就像苟且之外,还有诗和远方。纵观玄幻修仙类小说,大抵都是在一次次历练升级中,葆有着对生命的珍视和对未来的向往。早年盛极一时的《武林外传》里,若以有权多金的成功标准来衡量,几乎每一个人都是丧无可丧的失败者。如花似玉的寡妇佟湘玉,早早便要孤身养活自己和小姑子莫小贝;怀才不遇的吕秀才寒窗苦读数十年,也只能屈居在小小的客栈;渴望行侠仗义、一走江湖的千金小姐郭芙蓉,因缘巧合地在同福客栈干起了数十年的苦杂役;妄自盗圣之名的白展堂拥有一身绝技却胆小如鼠,在客栈做起了一名小跑堂……同福客栈里的所有人都与金榜题名、功成身就无缘,但是观众却在这个微不足道的方寸之地里看见了真爱与情谊,明白了仁爱与孝道,感动于对知识的坚信、对生活的热爱、对希望的追逐。《武林外传》的成功,当然离不开它层出不穷的无厘头笑料、惟妙惟肖的地道方言、人物的戏仿和极为夸大的美学效果,但是情怀的存在,却是它时隔数十年仍能在读者心中泛起涟漪的重要原因。

情怀之有效，使得当下网络文学的创作无不积极营造一种唯美的美学氛围，以吸引广大读者的注意，期待引来一番消费冲动。但是，过度的情怀消费却也常常适得其反。没有内容的情怀，注定只能是写满矫情的空洞躯壳。譬如早年一套名为"民国大师经典书系"（套装共9册）的图书，为鲁迅、胡适、沈从文、郁达夫、汪曾祺等民国大师精品之作分别起名《风弹琵琶，凋零了半城烟沙》《此去经年，谁许我一纸繁华》《一指流沙，我们都握不住的那段年华》《倾城春色，终只是繁华过往》《一定要，爱点什么》，除了读出一股矫饰的、浮夸的沧桑之感，便只是将百年前思想的深邃、灵魂的挣扎、绝望里的抗争、抗争里的坚强涤荡得所剩无几。正如黄仲山所言："假大空的情怀营销难以持久，它不是文化消费的强心剂，而是一剂毒药，不仅欺骗消费者感情，恶化消费市场氛围，而且影响社会文化的健康发展。"① 因此，网络文学的创作也需要"杜绝夸张虚假的情怀炒作，倡导一种风清气正的消费风尚和消费文化，让情怀变得尽可能纯粹，真正回归文化本身，成为现代人咀嚼有味的精神食粮"②。

## 三、被满足的"期待视野"

文学在生产的过程中，势必会考虑到文学消费的需求，以形成有效的文学接受。文本的产生，只有经过读者的自觉接受，才能形成完整的审美对象，并经由流通而实现作品的价值。文学接受的发生，首先应满足读者的期待视野。期待视野，即"在文学阅读之先及阅读过程中，作为接受主体的读者，基于个人与社会的复杂原因，心理上往往会有既成的思维指向与观念结构。读者这种据以阅读文本的既定心理图式，叫作阅读经验期待视野，简称期待视野（expectation horizon）"③。实际上，文学创作对于读者

---

①② 黄仲山：《防止过度消费"文化情怀"》，《中国社会科学报》，2016年3月3日。
③ 童庆炳：《文学理论教程》，高等教育出版社，2008，第324页。

## 第二章 网络文学：后现代的众声喧哗

喜好的应和古已有之，鲁迅先生在《中国小说史略》中谈及晋人笔记时曾言："不免追随俗尚，或供揣摩，然要为远实用而近娱乐矣。"① 从六朝志怪到唐代传奇，及至宋元话本和明清小说，再到民初鸳鸯蝴蝶派和此后的海派文学，中国小说在漫长的发展过程中，始终以民间的方式完成了对于市民群体文学趣味的满足，形成了中国文学类别里通俗文学之流派。只不过，与传统文学不同时代的主流声音相比，通俗文学始终囿于一方自我的领域暗自轻唱。随着社会转型的进程加快，商品经济的浪潮席卷全国，科学技术以前所未有的态势更新换代，网络媒介以平权的姿态向社会公众敞开了话语的大门，网络仿佛一支巨大的麦克风，将民间的声音扩散到了艺术领域的每一个角落。不管是音乐领域风行一时的草根选秀节目，还是影视行业如雨后春笋般的网络自制剧作，或者类似抖音、快手等自媒体 APP 的盛极一时，都预示了大众力量的逐渐强大。在文学领域，这种大众通俗文学的审美意趣，便直接构成了网络文学"爽文"模式的诞生和风靡。

"爽"特指读者在阅读网络小说时获得的爽快感和满足感。"爽文"就是在这种读者本位的模式下创作的网络小说，而小说中最好看、最有趣的高潮部分或为实现高潮而固定下来的套路被称为"爽点"。"爽"也是网络小说的一个基本特征，因此也有人将网络小说统称为"爽文"。② 下面将从爽文的创作类型、创作模式、读者的心理期待等角度阐释爽文的发生以及其所反映的大众文化心理，爽文如何在满足大众阅读期待的同时，完成自我的大众化之路。

（一）创作类型

1. 升级类。升级类主要指主人公的能力、地位、权力、等级等随着时间的演变，逐渐晋升的创作类型。包括升级流、凡人流、种田流、宫斗流、

---

① 鲁迅：《中国小说史略》，上海古籍出版社，2004，第 37 页。
② 邵燕君：《破壁书：网络文化关键词》，生活・读书・新知三联书店，生活书店出版有限公司，2018，第 227 页。

废柴流等小说题材。

升级流小说的常见设定即主人公在不断的修行与演练中，获取更高的力量等级。因为"升级流"常常带有玄幻色彩的发生背景，因此升级流小说也常被称为"玄幻升级"或"玄幻练级"小说。升级流的代表之作当属天蚕土豆的《斗破苍穹》。小说不仅设定了严格而完善的"斗之气、斗者、斗师、大斗师、斗灵、斗王、斗皇、斗宗、斗尊、斗圣、斗帝"的修炼系统，而且还建构了庞大纷杂的部落家族、国别制度、门类宗派，每一个族群内部又旗帜鲜明地创设了首领人物和力量排行榜单，对于力量和等级的追逐是"升级流"小说的核心要素，读者跟随主人公的脚步一步步感受到获取能量和等级升跃的快感。

如果说升级流小说常常以天马行空的想象力建构极度抽象而庞大的等级制度，伴随着虚无之境的扩展和玄妙无比的神仙法术而难以把控，那么凡人流小说则尽可能地贴近了生活现实，以平凡无华的小人物作为故事主角，在成长的过程中会遭遇各种挫折，以朴实而残酷的"弱肉强食、适者生存"的丛林法则为基点，描写主人公如何从一介草民演变为"龙傲天"式的英雄人物，代表作当属因忘语的《凡人修仙传》。

种田流小说，主要是指主角凭借多方努力从一方寸土到称霸天下的网络小说。"种田"二字常常令人望文生义，但是恰恰是"种田"二字道出了主人公辛勤耕耘、开疆扩土的内在实质，将治国理政、争霸天下转换为"耕种田园，收获果实"的戏谑风格。譬如猛子的《大汉帝国风云录》讲述了东汉末年风起云涌的乱世之下，一名小小奴隶舍身救国，终成骁勇之将的故事。而随着词义的误读与演变，"种田流"确实发展出了一批以描写古代封建家族中家长里短、男耕女织的日常琐事为主的小说。这类小说又往往与宅斗模式勾结在一起，代表作有关心则乱的《知否知否应是绿肥红瘦》、吱吱的《庶女攻略》等。读者时而在日出而作、日落而归的生活模式和闲言碎语中感受到生存的闲适与真实，时而在《大宅门》别出心裁的钩心斗角里看破人心难测,继而在主人公凭借高智商与高情商碾压众人、拆穿阴谋时,获得胜利的快感。

宫斗流小说:宫斗题材小说的主人公多为女性,描写主人公如何凭借聪明才智,运筹帷幄、步步为营,在阴森险恶的后宫环境下生存下来,并一步步获得君王的无上宠爱或者拥有至高权力。宫斗小说,在揭露深宫的幽暗、人心的薄凉、阴谋的算计同时,常常赋予主人公各种优秀的品质和讨喜的个性,使其取得决定性的胜利。代表作有桐华《步步惊心》、流潋紫的《后宫·甄嬛传》、蓝幽若的《帝女难驯》、朵朵舞的《红颜乱》。

废柴流小说"是由天蚕土豆的《斗破苍穹》开创的一个目前网络小说中相当常见的主角类型。废柴流兼具凡人流和龙傲天的部分特点,以'屌丝逆袭'为最大爽点。《斗破苍穹》中用一句'三十年河东,三十年河西,莫欺少年穷'道出了废柴流的精神底色"[①]。此类小说常常与升级流模式相生相伴,交错融合,在能力一步步提升的同时,实现了从被人轻贱和忽视的小角色到万人之上的能者的突围。

2. 发糖类。概指小说中人物感情甜蜜、生活幸福,为读者带来心情愉悦的作品。因为一些情节过于舒适,仿佛吃了糖果般甜蜜,因而也可以称之为"甜宠文"。这一类小说创作包含有"总裁文""校园文""耽美文"等题材。

总裁文的主人公一般设定为英俊帅气、富有多金、沉默寡言、腹黑冷峻的总裁或高管。女主人公常常是柔弱善良、清纯可爱、贫困却不拜金、美丽却不矫情的女性,一见钟情或者契约式婚姻是男女主人公故事发生交集的开始。总裁往往性格较为强势而独断,这与他们所处的地位有着莫大的关系,总裁身份之高,常以某知名企业或集团 CEO 创始人的身份出场,他们在生意场上的运筹帷幄、杀伐果断体现在男女之间的相处模式里便是

---

[①] 邵燕君:《破壁书:网络文化关键词》,生活·读书·新知三联书店,生活书店出版有限公司,2018,第292页。

不容置疑的话语权,蛮横的爱情表达,命令式的关心,虽然这种爱情模式是以女性权力的丧失为前提,总裁男主一人直接主导了女性的选择权,但是女性读者却也在这般专情而霸道的宠爱里收获了被爱和被关心的温暖。较为著名的总裁文有顾漫的《杉杉来吃》、丁墨的《你和我的倾城时光》、安知晓的《亿万老婆买一送一》、红了容颜的《冷面罂粟情人》等。

校园文将描写的对象集中在豆蔻年华、情窦初开的少男少女们,或者是刚刚成年对爱情充满无限向往的大学生群体。中学时懵懂青涩的爱恋,在学习压力空前巨大、老师家长均严阵以待的情势下,并不能光明正大地出场。这些不见天日的情愫常常在学霸与学霸的惺惺相惜里催生,或者以同学间互帮互助、共同提高学习的名义传递着难以言说的喜欢,幼时的好感常常被冠之以"早恋"的称号,而令学生们望而生畏,退避三舍。即使是互相欣赏,也不敢表达。而网络小说的青春校园文则大胆描写青春生涯里各色各类的爱恋,或者是互相欢喜却不言破的真心,或者是小心翼翼、谨小慎微的暗恋,一举手一投足引来的小雀跃,一句漫不经心的言语和一个不经意的微笑便可以让青春期的男生女生们揣摩一个辗转反侧的夜晚。青少年读者在青春校园文里读到了似曾相识的紧张不安、无从表达的暗恋和瞻前顾后、犹豫不前里的诚挚与真心。这一类发生在中学校园里的爱情故事无疑吸引着大量青少年的追捧。比如八月长安的《最好的我们》《你好,旧时光》、赵乾乾的《致我们单纯的小美好》之流。如果说中学时代的小欢喜永远都裹挟在朦胧的友情里,多了几分犹疑,也多了几分慎重,那么描写大学生活的校园文,则极尽万般能事,不遗余力地描写浪漫至上的爱情。诸如顾漫的《微微一笑很倾城》、赵乾乾的《致我们暖暖的小时光》,作品里的男主长相出众、青春阳光、干净自律,女主也设定成美丽温柔或者活泼可爱、善良大方的形象,虽然男主女主因为自身出色的条件,而成为校园里的风云人物,收获了无数的追求者,但是双方都把一颗专一真诚的真心给了对方,这种用情至深、此志不渝的设定虽然古已有之,可堪媲美琼瑶笔下"山无棱,天地合,才敢与君绝"的爱情写照,但是仍然收获了广大学生的喜爱和支持。读者在每一个温柔体贴的细节里获得了异常的满足感和喝了蜂蜜般的甜蜜感,达到了幸福的"爽点"。

按照《破壁书:网络文化关键词》里对于"耽美"一词的解释,即:"耽美/BL/Slash 三个词分别指代中文、日语和英语中相似的文学和文化现象。这三个词都代表女性作者写作的、以女性读者预设接受群体的、以女性欲望为导向的、主要关于男性同性之间的爱情或情色故事,一般在流行文化领域内流通。……'耽美'一词在中文中所指涉的内容,即女性向的男性同性爱情故事。"① 耽美文,虽然书写对象不同,但是仍然致力于描绘男性之间的日常琐事,亲密关系的建立。文本习惯采取双男主的设置,将英俊潇洒、高冷傲娇、温柔善良、阳光清新、聪明智慧、自信温暖等美好的性格一并赋予主人公,读者在性格互补又极具落差的两个主人公身上,寻找到了生活中的乐趣和感情中的甜蜜。比如柴鸡蛋的《逆袭》、Priest 的《镇魂》、公子欢喜的《艳鬼》,极力描绘主人公前世今生纠缠的爱恋和坚如磐石、至死不渝的守候。

3. 灵异惊悚类。这一类别的小说主要涉及"古墓探险""悬疑推理"两种题材。

古墓探险小说,主要集中于盗墓主题,围绕古墓秘密展开叙事,以古墓里的奇闻轶事、千奇百怪的神秘生命、惊险万状的生命体验串联起整个文本,拉开神秘莫测的千年古墓的序幕。这一类小说的代表有名盛一时的南派三叔《盗墓笔记》系列、天下霸唱的《鬼吹灯》系列,以及打眼的《黄金瞳》等作品。

悬疑推理小说则以骇人听闻的灵异事件为线索,主人公在一路殚精竭虑解开离奇谜团的过程中,也见证了人世生活的辛苦与人性的幽微,譬如

---

① 邵燕君:《破壁书:网络文化关键词》,生活·读书·新知三联书店,生活书店出版有限公司,2018,第173页。

求无欲的《诡案组》、咬狗的《梦境缉凶》，小说环环相扣的情节，脑洞大开的案件，都令读者产生无穷的好奇，欲罢不能。概而言之，这一类型的小说，常常将读者带入一个非同寻常的异质空间，奇怪灵异之地可以嗅到罪恶的因子，在作者草蛇灰线的叙述和跌宕起伏的悬念里，读者逐渐寻找到谜题的钥匙，并拼凑出完整的逻辑框架，还原出故事最后的真相，读者的好奇心与求胜心，便在小说落幕时得到了极大的满足。而较为优秀的灵异小说和探险故事，更会让读者在掩卷之时，感受到余音绕梁、回味无穷的力量，窥视到这个世界的凶险与人心人性的纷杂与微妙，感叹于大千世界的变化莫测和世事难料。

(二) 创作模式

在梳理了"爽文"的创作题材和类型之后，不难发现网络小说常常采取"先抑后扬"的叙述笔调，尤其是在"升级类"小说题材中，作家常常采用这种方式展现一个平凡小人物终究不平凡的人生，实现了人物逆袭的华丽转身。"先抑后扬"式的书写，具体说来，即以一名普通的小人物为文本的主人公，或者是一名身份卑微的店铺小伙计，或者是一位能力平平、不具天资的习武少年，他们一出生就与尊荣显赫的地位、至高无上的权力、富可敌国的家财、势不可挡的力量相绝缘，只是万千芸芸众生中平凡而微不足道的一个小市民。作品前期的人物通常会遭遇到来自各个层面的打击与挫折，读者在阅读之初能够深切体会到主人公内心的失落、怅惘，但是他们不会陷入永无止境的阴霾里，这类文本里主人公们都具有坚忍不拔、积极乐观的心性，即使在屡战屡败中尝尽了苦楚，也仍然不会跌进失败的泥潭不能自拔。他们会将每一次的挫败视为前进的动力，催促着自己向着更为强大的方向努力。在主人公成长的过程中，作者会带领读者进入一场神秘的奇幻之旅。在各种因缘际会中，主人公或许偶遇贵人，或许巧遇至宝，总会在生活经历中掌握某个神秘的机巧，从而获得能力或者实力的重大提升。表现在不同类型的文本中，就是地位的逐渐攀升、权力的日益扩

## 第二章 网络文学：后现代的众声喧哗

大、实力的与日俱增、财富的长期积累、法术的逐年精通等。长此以往，直至文本末尾，主人公将成为一个泰山北斗般的存在，能与之匹敌的人屈指可数，读者真正见证了小人物的养成历史。此前备受奴役和欺压的过往，都会在作者精心设置的场合，悉数奉还给那些奸邪无为之辈，读者在故事的高潮总能收获到扬眉吐气的快感，一扫往日的颓败与阴霾。

当然，小说不会让主人公在晋升的道路上一往无前，因为所向披靡的结局只可享受一次，且放在结尾才能达到最佳的效果，所以，主人公在追逐理想、蜕变强大的过程中往往会反复遭受到来自外界的压力，造成文本接二连三的"小高潮""小落潮"的产生，从而形成"压抑—高涨—压抑—高涨"螺旋式循环往复的叙述模式。这样的叙事模式，一方面能够使得连载体的文本无限拉长，更符合当前网络创作的日更模式，吸引读者长期阅读，在VIP收费制度下获得更大的利润；另一方面，也暗合了当代现实社会中人的存在状态，在竞争如此激烈的现代社会下，无人能够在奔赴理想的道路上一帆风顺，屡屡的挫败与失落是现代人常见的生活写照，成长的道路上当然会遭受惊涛骇浪，即使是涓涓细流也难免遇到阻塞的石头，小说不断挫败的情节设定，使得人们尚能察觉到文本折射出的现实的影子。

但是，网络"爽文"并不会视"写实"为行文的标准和圭臬，他们在创作"爽点"的过程中不拘一格，时刻不忘"爽"的终极目的。他们深谙社会生存"弱肉强食"的法则，也深刻感受过一个平凡之人在成为强者的道路上需要付出的代价和努力，成功与付出的不成正比，意味着阶级的跃升之途中，并非仅仅有一个顽强的决心和不顾一切的努力，便可以获得成功的通行证。于是，作者在作品中加入了大量的金手指般的情节，像个大型的外挂机，从外界给予了主人公变强的力量，预示着机遇与成功隐秘的内在关联。金手指，"本来是电子游戏的作弊程序，有时也称'外挂'（在游戏里，'金手指'主要用于单机游戏，'外挂'主要用于网络游戏，但用来评论网络小说时，二者并无区别）。后来在网络小说中，主角总是能利用

'正常规则之外的特殊规则'来获得成功的情节被读者成为'开外挂（外挂）'或'开金手指'"。① 金手指的存在使得主人公找到了通往胜利的捷径，他的成功也看似更为合理，能力和层级的迅速提升，让读者感受到了胜人一筹的优越感。但是，"金手指"所代表的机缘在成功过程中所占比例之大，恰恰片面揭示了在现实社会中，个人试图凭借一己之力谋得更多资源的艰难和辛酸。

然而，网络小说尽可能多地为现代人提供心灵上的慰藉便已然足够，除了在主角通往成功的路途中设下"金手指"般的意外，作者也乐于在一开始隐藏主人公的实力，以"扮猪吃老虎"的套路迎来主人公人生的美妙反转。读者十分乐意见到这样出奇制胜的结局。主人公前期的忍气吞声和养精蓄锐，终于在最后一刻得到了爆发，他们用不容置疑的实力宣示了自己的主权，打压了小人得志的嚣张气焰，让敌对势力的幸灾乐祸半途而废。不论作者采取了何种套路，都为"先抑后扬"的写作模式做了充分而完备的铺垫，读者在最后的主角光环下看到了幸福的光晕。"在先抑后扬与升级中，读者之所以产生阅读快感，是因为他/她'预知'主角一定会'逆袭'，在扮猪吃虎中，主角对实力的伪装成为他/她与读者共知的秘密，如同一个早已布下的陷阱，等着不知死活的配角们前来挑衅。"② 为小人物变成大英雄的欢欣鼓舞，实际上影射出读者对于自我认同的幻想，读者一路跟随人物的成长轨迹，阅读他们成长中的每一次经历，强烈的代入感使得读者仿佛亲临了自己的人生，最后的成功不仅是主人公千辛万苦之后的结晶，也是读者自我价值的象征，反映出读者群体对被认同的极大渴望。他们渴望有朝一日，可以不再受人指使，以己之身主宰社会和世界的运行。正如小说中英雄的身份，让主人公常常行使着保家卫国的使命，肩负着替天行道

---

① 邵燕君：《破壁书：网络文化关键词》，生活·读书·新知三联书店，生活书店出版有限公司，2018，第256页。

② 黎杨全、李璐：《网络小说的快感生产："爽点""代入感"与文学的新变》，《海南大学学报（人文社会科学版）》2016年第3期。

的责任，这种自我价值的实现恰恰是读者在现实生活中所稀缺的，他们在小说阅读中以幻想和代入的方式，取得了自我确证的途径。

(三) 阅读心理

读者阅读喜好，对于大部分网络作家而言，都是一件值得重视的考量因素。根据艾瑞集团发布的《2018年中国网络文学作者报告》数据显示，五星或者大神级别的作家更愿意将读者偏爱作为选材的标准之一，书写读者喜欢阅读的题材和类别。

作家的选材标准在一定程度上受到了文学商业化的利益驱使。在此，有必要简单介绍一下网络文学的生产和存在机制。网络文学在发展之初，基本处于野蛮生长的自由发展状态，作家创作并没有固定的时间和字数限制，全然凭借作家的创作自觉和个人喜好而定。直到2003年起点中文网开始建立并运行 VIP 在线付费阅读模式，网络文学的作者才渐渐形成了写作更文的规范。一般而言，VIP 付费制度下的网络文学，前 20 万字可供读者免费阅读，此后更新的章节则要在付费的基础上才可以继续阅读，形成了"更新—付费—追更"的互动模式。作者在利益的驱使下会创作更加精彩的小说情节，以吸引读者的阅读兴趣。而读者若为小说深深打动，可以参与小说情节的后续发展，通过点击、收藏、点赞、订阅、转发、投票、打赏等支持方式扩大小说的传播，为小说带来更大的阅读和消费群体。此外，读者群体还可以线上即时评论，表达自己的喜欢或者不满，提出自己的参考意见，让作者聆听到读者最新鲜的心声，网罗到多元的参考意见。与传统纸媒小说相比，读者在网络小说创作中的参与度远远高于从前，读者逐渐跃升为小说创作的引导主体，因此，读者偏好成为作家创作过程中不得不考虑的重大因素。此外，读者与作家的关系也在网络媒介下发生了重要的变化，此前的封闭式写作，作家的意志绝对主宰了小说的走向，读者在阅读的过程中，只能不断揣测文本的潜在思想，对既有的文字进行深度解码，以期与作家达到思想上的共鸣。读者无权对文本的发展做出修改，从而形成读者对作家深深的偶像式崇拜,读者只能跟随着作家的脚步亦步亦趋。曾经的知名作家具有明星式的光芒和高高在上的优越感,但是网络时代下的作家与读者,则形成了深厚的盟友关系,亲密程度取代了仰慕之光。譬如猫腻在《以"爽文"写"情怀"——专访著名网络文学作家猫腻》一文中就谈及了自己和读者之间的关系:"我觉得我们写商业小说的和'纯文学'作家最大的区别,就在于对读者的尊重程度。"① "他们大概是我这十年来生活里面最紧密接触的一部分人群。如果把读者这个大群体转换成一个人的话,那肯定就是我最好的朋友。因为我和他们打交道的时间最多,心思放在这上面的也最多。我自己觉得写得不错的时候,他们应该会比较高兴吧,那个时候我自己也蛮高兴的。"② 网络小说常年更新的创作体制,不仅使得作家的付出得到了阅读的回报,读者也成为陪伴作家持久创新下去的亲密朋友,读者的一言一行,对文本的期待和猜测,均在一定程度影响着作家后期的创作,正如猫腻和邵燕君访谈时所言:

> 邵燕君:上次百度副总千幻冰云到我们课堂来,好说新手入行不能学猫腻,猫腻写得太苦,不过粉丝都超爱他。粉丝对你影响大吗?你会不会经常逛贴吧?粉丝的帖子会不会影响你的情节或者情绪?
>
> 猫腻:有一点可以确认就是肯定能影响我的情绪。从《间客》后期的时候,我就已经跟读者说明过,我以后再也不会去看书评区,贴吧、论坛我也不去。会有比较熟悉的读者非常好心地把那些他们认为很好的书评转给我看。我是它能够给这些读者进行了一层过滤,避免被那些辱骂或者是嘲讽影响到我写作的心情。……网络小说最有趣的地方就在于读者和作者之间在情节方

---

①② 猫腻、邵燕君:《以"爽文"写"情怀"——专访著名网络文学作家猫腻》,《南方文坛》2015 年第 5 期。

## 第二章 网络文学：后现代的众声喧哗

面的斗智斗勇。读者会不停地猜，这个预案是怎么做的？将来会怎么把这个事解决掉？这个人是谁？这个人的背后是谁？作者要做的就是我一定让你们猜不到。看着这些书评我就觉得，哎呀，完了，这个人好像要猜到的。有的时候就要做一下小调整，当然大的方面不敢动。①

读者和作家之间捉迷藏式的创作关系，已然暗示着读者喜好和阅读思维在一定程度影响了作家的自主创作。尽管某些时候为了保留作品本身的神秘感，会偏离最初的框架设定，但是文本在绝大程度上仍会保留初心，小说文本则成为大众心理投影的最佳容器，通过对文本的解读，可以剖析当代群体共同的心理情状。

承上所言，爽文里最具"先抑后扬"模式的"升级文"涵盖了多种多样的题材，从远古至现今、从现实到魔幻均有涉猎。广大的群体都耽溺于这样一种创作模式，欣然于文本结尾处无比辉煌的胜利、巨大的能量和掌控一切的权力，主角成为鹤立鸡群般的存在，配角的意义只为红花配绿叶似的陪衬，他们在无限延宕的快感里释放了长期以来的压抑与卑微。文本用唯我独尊的结局，兑现了"付出就有回报"的承诺，满足了读者对成功的渴望。尽管作家在小说安插进了多次挫败和历经磨难的情节，以模拟现实生活的残酷，但是"金手指"的存在显然带有理想主义的色彩，现实语境下的个体，极少能够幸运地获得有如神助的机遇。小说主人公能够在弹指一挥间练就一门极为深奥的法力，或者获得世人仰慕的巨大力量，将升级过程中的艰辛统统略去，削平了成长的深度，甚至直接让双方对垒的过程缺席，让读者真正实现了"梦想成真"的愿望。

读者对于甜宠文的追逐，反映出了当代社会群体情感上的缺失。他们

---

① 猫腻、邵燕君：《以"爽文"写"情怀"——专访著名网络文学作家猫腻》，《南方文坛》2015年第5期。

在文本中见证了情侣最终修成正果、花好月圆的结局，便感如获至宝。读者迷恋于情侣间的百般的呵护、痴心的等待、专一的守候，即使是霸道总裁掠夺了一方的表达权力，女性阅读群体也欣然往之。这并不能说明女性群体甘于被男性话语所奴役，而是相比之下，她们更在意无条件地被照顾的安全感。她们能够在虚拟的故事情节里，找寻到难得的、缺失的信任感。甜宠文一直履行的准则，可以用"生死相依，不离不弃"来概括，无论文本主人公如何无理取闹，如何蛮不讲理，面对层出不穷的误会和隔膜，最终都能找到完美的化解方法，实现心心相印的大好结局。文本极力营造"爱情至上，坚不可摧"的美好幻象，传递出当代青年群体对于爱情最完美无瑕的向往。实际上，对于爱情关系的甜蜜书写，并不仅仅反映女性群体的恋爱观和价值观。最好的例证，便是当下"耽美文"的盛行。作为一种主要描写男性同性爱情故事的文学类型，"耽美"将对爱情的探讨上升到了超越性别的高度，加之同性之恋免去了婚姻和生育等后续问题，而使得作家对于感情的思考拥有了更为纯粹的环境。

当然，无论是套路满满的霸道总裁式爱恋，还是兴盛一时的耽美文，甜宠文整体而言，始终以一种暖意慰藉着广大读者孤独的内心。它无条件地满足了个体对于爱的占有欲和控制欲，包容了各种形式的无理取闹，呈现出大众群体在当代社会对于亲密关系的想象方式。而在灵异惊悚类小说中，陌生的境地和诡秘的氛围，则激发了读者强烈的好奇心，促使他们随着作家的笔迹探寻故事的真相和原委。这类小说将生之渺小与死之恐惧无限放大，让大众深切地体悟到生死一线的距离，却又满足了读者对于生命极限的探知欲，读者在阅读过程中，其情感诉求始终处于被满足、被照顾的状态，从而产生更为强烈的意愿阅读此类网络文本。

网络文学正是在准确把握了大众读者的阅读心理之后，以努力迎合读者期待视野的方式，制造多重"爽点"，创设出"以爽治丧"的精神图腾，收获了大量读者的喜爱，继而成为作家背后长期的拥趸。伴生着粉丝力量的逐渐强大，转发、收藏、月票功能的推出，间接促进了作品的传播与后续多轮的接受，完成了文学文本日渐大众化的过程。

## 第三节　网络文学：经典文本何以可能

### 一、东方传奇的复兴——以《鬼吹灯》为例

《鬼吹灯》是由天下霸唱（原名：张牧野）创作的一系列以盗墓为主要情节的网络小说。天下霸唱于2006年创作了《鬼吹灯之精绝古城》，被项竹薇发现并由安徽文艺出版社出版，销量过千万册，并荣登新浪读书风云榜。① 此后，《鬼吹灯》系列丛书（《鬼吹灯之精绝古城》《鬼吹灯之龙岭迷窟》《鬼吹灯之云南虫谷》《鬼吹灯之昆仑神宫》《鬼吹灯之黄皮子坟》《鬼吹灯之南海归墟》《鬼吹灯之怒晴湘西》《鬼吹灯之巫峡棺山》）成为一个巨大的IP产业链，被不同程度地改编为漫画、网剧、电影、游戏和有声读物等周边产品，带动着文化产业的消费。其中，尽管由陆川执导的电影《九层妖塔》仅收获了7亿元票房，但是乌尔善导演，携陈坤、舒淇、夏雨、杨颖、刘晓庆等明星出演的《寻龙诀》获得了17亿元票房；由靳东、陈乔恩联合出演的《鬼吹灯之精绝古城》网剧更是以精良制作，高度还原收获了豆瓣8.0分的好评，截止到2019年6月2日收获了51.5亿播放量，"上线仅24小时便在腾讯视频点击率破2亿；上线12天，流量直接突破10亿大关……微博声量也不容小觑，开播首周微博指数就达14万，每周持续热度斐然；从权威媒体发布的榜单来看：Vlinkage网络剧播放量排行榜，《鬼吹灯》26天霸居榜首，播出期内全程位列前三；除此之外，该剧连续12天位居艺恩网剧播放量榜榜首，播出期

---

① 刘晓飞：《一部小说一个流派一条产业链：由产业看作家生产力——以天津作家张牧野及其〈鬼吹灯〉为例》，《戏剧之家》2014年第12期。

33次登顶第一；而骨朵数据给出的成绩更是突出，《鬼吹灯》连续8天雄踞'红榜+日榜+总榜'首位，《鬼吹灯》堪称火遍2016年尾、2017年初"①。2019年播出的《鬼吹灯之怒晴湘西》也收获了不俗的成绩，首播更新6集就拿到了豆瓣8.4分的高分成绩，作为盗墓题材作品成为同类型之最，碾压靳东版《鬼吹灯之精绝古城》成为《鬼吹灯》系列最高分。30亿的播放量和豆瓣高分一定程度反映了该作具有的优良品质。

《鬼吹灯》的走红与成功，使得以其为代表的盗墓小说自成一派，小说以寻宝探险为情节线索，穿插叙述人物的多重神秘经历，在追溯祖先与探求真相的过程中讲述一系列惊心动魄的奇闻轶事。而在盗墓旅程中，虽然常险象环生，令人毛骨悚然，却也令读者领略了一番中华大地之广博、传统巫术文化之神妙、风水秘术之惊奇。以《鬼吹灯》为代表的盗墓小说，首先接续了中国古典志怪小说之流风余绪，兼具说书与叙事笔法，在对传统民间习俗的呈现与追踪中，重新展示和建构了一套巫术文化，以想象演绎出神话人物的奇诡历史，以图腾魅影彰显出民族史前的神话；同时，小说以丝丝入扣的缜密逻辑架构、精彩绝伦的故事以及故事的完整性和趣味性吸引了众多的读者，碎片化的故事经历也使得读者能够在蛛丝马迹中探查事件发生的先后顺序，从而生发出小说的娱乐性。其次，小说塑造了一系列极具个性的人物形象，赋予其复杂的人生经历和过往记忆，通过盗墓事件传递人物的生死观、财富观和人生观，塑造出具有中国本土特色的英雄主义形象。最后，小说广泛涉猎考古学、历史学、生物学、地质学、气象学、植物学、奇门遁甲、宗教知识、军事器械等科学门类，尤其是探寻古墓遗址之时，更是对云南、新疆、昆仑、湘西、陕西、四川等地的地理风貌做了一番详尽的描述，展览出东方奇珍之地的伟岸绝美之貌，令读者在阅读之余收获了科学的洗礼，也对祖国的山川河流、森林沙漠、奇花异草等自然环境和植被生物产生了诸多兴趣。

---

① http://www.sohu.com/a/125181763_505774。

第二章 网络文学：后现代的众声喧哗

（一）传统志怪之风

《鬼吹灯》对于灵异之事的描写与记录，可谓是延续了中国古代小说志怪之风。中国传统志怪小说古已有之，志怪"肇始先秦，奠基两汉；至魏晋南北朝而专集遂多，体例渐立；因缘际会，盛极一时。其后，发皇变化于唐，继承沿袭于宋，繁衍演进于明清，源远流长，相沿未断。爰及近世，馀绪犹传"①。从先秦典籍《山海经》到两汉时期的《淮南子》《列仙传》再到从六朝时期干宝的《搜神记》"确立了文言短篇故事的形式来记述鬼神怪谈的'志怪'传统"②，以陶潜的《搜神后记》、刘敬叔的《异苑》、刘义庆的《幽明录》、王琰的《冥祥记》、王嘉的《拾遗记》等为代表的志怪小说便如雨后春笋般，盛行于魏晋之时；及至唐朝《古镜记》《枕中记》等小说以传奇的方式接续了"志怪小说"的小说虚构传统，宋朝《太平广记》广纳前朝怪谈或实录，而延续了文学纪实的传统，明清时代的《封神记》《西游记》《聊斋志异》《阅微草堂笔记》等知名之作更在志怪的基础上，借由鬼话展开了一番对社会乱象的批判和对人间世态的无情嘲讽，成就了一部部名垂千古的惊世之作。

"志怪"一词最早出现于《庄子·逍遥游》，"北冥有鱼，其名为鲲。鲲之大，不知其几千里也。……《齐谐》者，志怪者也。《谐》之言曰：'鹏之徙于南冥也，水击三千里，抟扶摇而上者九万里，去以六月息者也'"③，顾名思义，志怪在于记录人间罕见奇闻轶事，不仅仅局限于鬼怪之物的记录与描写，世间奇闻轶事皆可以录，或者神仙鬼怪，或者山川地貌，或者奇物之境，所涉甚广。按照李剑国教授的分类方法，两汉时期的"志怪"小说大致可以分为以下几类："一是地理博物体志怪，有《括地图》《神异

---

① 刘叶秋：《源远流长的志怪小说》，程毅中编《神怪情侠的艺术世界——中国古代小说流派漫话》，中共中央党校出版社，1994，第11页。
② 刘畅：《"志怪"传统与中国当代的网络小说》，《中国文艺评论》2017年第11期。
③ 郭庆藩撰，王孝鱼点校：《庄子集释》卷一上，中华书局，1961，第2~4页。

经》《玄黄经》《洞冥记》《十洲记》；二是杂传体志怪，有《列仙传》；三是杂记各种神鬼怪异故事，姑名之为杂记体志怪，有《异闻记》。"① 虽然魏晋南北朝时期的志怪小说经由两汉初兴，在体例、内容与美学风格上都得到了长足的发展，因篇幅广博、想象丰富、语言优美、形象生动而造就了中国历史上第一次志怪小说的高潮，但是"志怪"主题仍旧可以归置于上述三种类型之中。

《鬼吹灯》小说里层出不穷的怪谈轶事，俨然流露出作者对于"志怪"的浓厚兴趣和深深尊重。《鬼吹灯之精绝古城》里昆仑山脉常年喷涌的万年不冻泉，地下河里规模庞大的九层妖塔，坐落于广袤无垠的黑沙漠腹地上的扎格拉玛神山；《鬼吹灯之龙岭迷窟》里秦岭深处纵横的沟壑与沙丘，西夏名城黑水城；《鬼吹灯之昆仑神宫》清澈透明的风蚀湖，天然的巨大风蚀岩建成的古城恶罗海城；《鬼吹灯之云南虫谷》中崇山峻岭下蜿蜒的低洼断虫道，九曲回环浓雾遮蔽的密林虫谷；《鬼吹灯之怒晴湘西》里殿宇林立的瓶山奇峰……《鬼吹灯》不厌其烦地向读者展示着中华大地上最鲜为人知的自然奇景，以细腻的笔法勾勒山川风貌，还原异域之景的巧夺天工，以广博的知识阅历详述景观生成的历史由来，极近地理博物体志怪小说。譬如：

> 常言道：木秀于林，风必摧之。大兴安岭中树木的树冠高度都差不多，树与树互相之间，可以协力抵御大风。而这里地处两江三山环绕交加之地，中间的盆地山谷地势低洼，另外云南四季如一，没有季风时节，地势越低的地方，越是潮气滋生，全年气温维持在25~30℃左右，一年到头都不见得刮上一次风，所以各种植物都尽情地生长。森林中厚茎藤本、木质和草质附生植物根

---

① 李剑国：《唐前志怪小说史》，天津教育出版社，2005，第121页。

## 第二章 网络文学：后现代的众声喧哗

据本身特性的不同，长得高低有别，参差错落，最高的是云南有名的望天树，原本这种大树是北回归线以南才有，但是这山坳里环境独特，竟然也长了不少顶天立地的望天树。

我对面这两株大榕树生得颇为壮观，树身如同石柱般粗大，树冠低垂，沉沉如盖，两只粗大的树身长得如同麻花一般，互相拧在一起，绕了有四五道，形成了罕见的夫妻树，树身上还生长了许多叫不出名称的巨大花朵和寄生植物，就像是森林中色彩绚烂缤纷的大花篮。

小说对滇缅之境密林深处，虫谷地段的描述令人叹为观止，以精准的地理知识作为叙述铺垫，详谈地势、气候、植被等诸多因素，反衬出虫谷蛇河的异常之处，此后的奇遇再是令人瞠目便也不觉意外，为小说惊悚故事的展开埋下了一条暗线。当然，相较于传统志怪小说，尤其是两汉志怪文学，常常因为专业的纪实笔法和严谨的考证态度而被归于"史"部的范畴之中，例如干宝在《搜神记·序》曾言："考先志于载籍，收遗逸于当时。""缀片言于残缺，访行事于故老"①，以明实录态度和史家精神，《鬼吹灯》虽然提及的某些地理位置在历史上确实可考，但是小说却以丰富的想象，糅合了远古的传说，而增添了不少虚构的成分。小说对于奇珍异草和鬼怪情状的书写，更是展现了作者天马行空的想象力和对神秘之境的构造能力。

小说以盗墓探险为主题，对于墓穴深处的景物描写当属创作的重头戏。作为埋葬亡魂的幽深之境，墓地常常因与死亡密切相关而笼罩一层神秘暗黑的面纱，阴深奇诡的氛围难免令人望而生畏。盗墓者的身份则决定了他们可以第一人称的视角直面墓地现场，呈现过往甚至上古时代的遗址，在

---

① 李剑国：《新辑搜神记》，中华书局，2007，第19页。

《鬼吹灯之云南虫谷》中对献王墓有这般的描写：

> 我定下神来，这才看清周围的环境，不看则可，一看之下，顿时目瞪口呆。瀑布群巨大的水流激起无穷的水雾，由于地势太低了，水汽弥漫不散，被日光一照，化作了七彩虹光，无数条彩虹托着半空中一座金碧辉煌的宫殿。宫阙中阙台、神墙、碑亭、角楼、献殿、灵台一应俱全，琼楼玉阁，完全是大秦时的气象，巍峨雄浑的秦砖汉瓦，矗立在虹光水汽中，如同一座幻化出的天上宫阙。
>
> 正殿下有长长的玉阶，上合星数，共计九十九阶，由于地形的关系，这道玉阶虽然宽阔，却极为陡峭，最下面刚好从道道虹光中延伸向上，直通殿门。大殿由一百六十根楠木为主体构成，只见层层秦砖汉瓦，紫柱金梁，极尽奢华之能事。
>
> 这些完全都与镇陵谱上的描述相同，在这危崖的绝险之处，盘岩重叠，层层宫阙都揳进绝壁之中，逐渐升高，凭虚凌烟之中，有一种欲附不附之险。我们三人看得目眩心骇。沿山凹的石板栈道登上玉阶，放眼一望，但见得金顶上耸岩含阁，悬崖古道处飞瀑垂帘，深潭周遭古木怪藤，四下里虹光异彩浮动，遥听鸟鸣幽谷，一派与世隔绝的脱俗景象。若不是事先见了不少藏在这深谷中令人毛骨耸（悚）然的事物，恐怕还真会拿这里当作一处仙境。①

宫阙楼宇的铺排，尽显巍峨磅礴的气势，碧潭玉烟与金顶幽谷交融掩映，全然不见一丝鬼气，反倒似仙境书鬼域，不仅以陌生化的效果令读者赞叹不已，也可见作者的精妙巧思。打破了尸骨遍野、荒芜凋敝、乌烟瘴

---

① 天下霸唱：《鬼吹灯之云南虫谷》，安徽文艺出版社，2006，第176页。

气的蛮荒之象,反而赋予墓葬之地辉煌的手笔,雕栏玉砌、琼台玉阁应有尽有,恰好符合了历代贵族乃至王侯将相应有的墓穴规制,侧面烘托出古代封建制度下帝王阶层无上的权力与荣耀。天下霸唱对墓地空间精心的编排、书写几乎自成一派,从冥殿、寝殿到配殿,明楼的远景近景交互式观照,使得读者对于古代墓室景观有了全面而立体的了解,满足了读者大众对于古代历史和生命轮回之所的另类想象。

当然,对于读者而言,最吸引大量网络读者喜爱的莫过于在盗墓过程中,主人公胡八一、Shirley 杨和王凯旋(王胖子)所遭遇的林林总总的怪异之事,以及在寻访诅咒真相过程中听闻的前世传奇。纵览《鬼吹灯》小说,可见上古时代本应灭绝的霸王蝾螈,一触即亡的食人怪蛇和火瓢虫,乱人心志的绝美尸香魔芋,以及引魂鸡、食人蚌、云南献王墓穴中的尸虫……俨然一部耸人听闻、险象环生的神鬼怪异事集。凡此种种,可见作为一部鸿篇巨制的网络文学作品,《鬼吹灯》接续了中国古代传统志怪小说的"求奇"艺术倾向,带有令人拍案称奇的奇幻色彩。

(二)古典小说叙述传统

《鬼吹灯》八部之作,其谋篇布局,行文状物,细查考量之后,便可发觉其发扬了中国古典小说之叙事传统,险象环生或疑窦丛生之处,均安插着作者精密布置的叙述心思。中国古代小说叙事之"插叙法""夹叙法""草蛇灰线法""弄引法""獭尾法""欲合故纵法""鸾胶续弦法"在《鬼吹灯》小说中皆有运用,使得小说悬念与趣味丛生,叙述与议论齐发,线索繁杂却不慌不忙,起伏转折间却有条不紊,张弛有道而余韵悠长,足见作者对古典小说叙事的承袭,以及其深厚的布局掌控能力。

天下霸唱在八部巨作里潜伏了一颗创作的野心,构建了独属自己的人鬼世界和一套不为外人道的盗墓体系。在天下霸唱笔下,倒斗江湖里门派林立,手法独断,规则森严,将民间众人鄙夷的偷鸡摸狗之事写出了一派别开生面之势。他在地狱鬼门里讲因果轮回之善恶报应,写人之贪嗔等七情六欲，述生死一瞬的存在之理，以鬼世之眼看遍个中奇诡之事，以阴间亡魂感受人间冷暖。为了能够更为明晰地阐述作者的叙述策略，梳理《鬼吹灯》的时间脉络、故事线索以及盗墓体系则显得尤为必要。

《鬼吹灯》的故事肇始于一部名为《十六字阴阳风水秘术》的风水理论残卷，出自于清末传奇摸金校尉张三链子之手，一人身挂三枚正宗摸金符，却因道破天机而自毁卷宗，传于后人。张三链子收入四名弟子，分别唤为飞天狻猊（后出家为僧，法号了尘长老）、金算盘、阴阳眼孙国辅、铁磨头。因了各种天灾人祸，金算盘和铁磨头命丧黄泉。因缘际会，了尘长老收了 Shirley 杨的祖父鹧鸪哨为徒，胡八一的祖父胡国华拜救命恩人孙国辅为师。数年之后，为了寻找精绝古城的秘密，Shirley 杨与胡八一、王凯旋相识，却共同遭遇了扎格拉玛双黑山鬼洞族的诅咒（《鬼吹灯之精绝古城》），此后三人开启了寻访诅咒之谜的旅途，踏上了寻找雮尘珠和水晶眼的征程（《鬼吹灯之龙岭迷窟》《鬼吹灯之云南虫谷》），功夫不负有心人，经历了千难万险的三人终于在昆仑山恶罗海城解除诅咒（《鬼吹灯之昆仑神宫》）。当然，上述种种仅为《鬼吹灯》的主线故事概要，其中千丝万缕的人物关系实则复杂，父辈间的故事更是跌宕起伏，一言难尽，发丘、摸金、搬山、卸岭四大派系在前四部作品中初现端倪。《鬼吹灯之怒晴湘西》《鬼吹灯之巫峡棺山》两部作品则凝聚了更多笔墨讲述四大门派的前尘往事和人事纠葛，极大地扩充了故事的体量，补充了故事的完整性，使得 Shirley 杨、胡八一和王凯旋盗墓的故事背景更为完善，寻宝途中所有的谜团渐次解开，盗墓世界的框架逐渐浮出了历史的地表，呈现在广大读者的视野之中。

然而，《鬼吹灯》并未按照线性时间顺序开始叙述，《鬼吹灯之精绝古城》作为《鬼吹灯》的开山之作，不过是冰山一角的盗墓前奏。胡国华从临终的孙先生手中接过半卷残篇《十六字阴阳风水秘术》之际，孙先生何许人也，《十六字阴阳风水秘术》缘何半部流传，其中深意为何皆为作者预先设置的谜面。Shirley 杨对精绝古城念兹在兹的动机，胡八一等人背后留下

## 第二章 网络文学：后现代的众声喧哗

的眼睛图案等均为这部作品留下悬念。这就注定了《鬼吹灯》必然借助插叙的手法还原过往无人知晓的故事，插叙法成为作者交代事件来龙去脉的重要手段。《鬼吹灯之精绝古城》里王胖子交代随身佩戴的玉佩来源，《鬼吹灯之龙岭迷窟》里从"追忆"到"黑雾"等十个章节，通过追溯搬山道人的出现与兴起，揭露了扎格拉玛"鬼洞族"眼球状红斑的秘密，讲述了Shirley杨祖父鹧鸪哨的传奇经历，凡此种种皆为"插叙"手法的运用。看似零碎的人物之间开始出现了联系，过往与当下的经历连缀出因果之网，盗墓体系巨大的轮廓开始清晰起来。

而"草蛇灰线法"的大量运用，则为读者深入盗墓世界、拨开情节迷雾、厘清人物扑朔迷离的关系起到了至关重要的作用，《鬼吹灯》各个单部的内在联系逐渐显现出来。草蛇灰线法是"中国古代小说技法之一。语出金圣叹《读第五才子书法》，是对作者处理叙述线索手法的一种形象比喻的说法。'草蛇'乃草中之蛇，'灰线'乃灰中之线，都是比喻作品的叙述线索前后连贯但又只是隐约可见、不着痕迹"①。具体而言，《鬼吹灯》开篇在《鬼吹灯之精绝古城》章首提及孙先生将半部残卷《十六字阴阳风水秘术》传于胡国华，便再无多言。此后这部风水理论著作在《鬼吹灯》其后多部作品中频繁出现，多次助胡八一等人险境脱身，破除困境，终于在最终部《鬼吹灯之巫峡棺山》讲述了这部奇作的来历，以及孙先生获得此书的种种渊源。《鬼吹灯之龙岭迷窟》中，胡八一出入墓穴时，多条线索暗示有位前辈进入过盖鱼骨庙之事，言及"盖鱼骨庙的这位摸金校尉，既然能够在一片被破了势的山岭中准确地找到古墓方位，他一定有常人及不得之处，相形度势的本领极为了得"②，后在"地下神宫"一章看到一具被黑腄蚤吸食后的干尸，其脖颈上佩有一枚极具质感的镶金摸金符，与前文提及的非凡前辈相呼应，也与《鬼吹灯之巫峡棺山》的金算盘身份遥遥相对，

---

① 王先霈：《小说大辞典》，长江文艺出版社，1991，第79页。
② 天下霸唱：《鬼吹灯之龙岭迷窟》，安徽文艺出版社，2006，第46页。

读来不觉恍然大悟，慨叹作者的心思之巧，为人物遭遇唏嘘不已。

盗墓故事的书写也常有类似于升级文的设定模式，在墓室里遭遇的种种奇景怪物通常越来越诡异，体型愈来愈巨大，对人的生命产生愈加严重的威胁。当盗墓之人进入主墓，遭遇了最大的丧尸或怪物，叙事便随即进入了高潮。作为《鬼吹灯》的最大看点和爽点，人鬼之战成为一部作品的重中之重，为了渲染斗争的激烈，鬼事的可怖，人类的机智，生命的脆弱，作者常常采用"弄引法"为随后的高潮做出铺垫。所谓"弄引法"，乃金圣叹、毛宗岗等人概括出的一种小说叙事技巧。金圣叹在《读第五才子书法》中写道："谓有一段大文字，不好突然便起，且先作一段小文字在前引之。"毛宗岗的《读三国志法》中有云："将有一段正义在后，必先有一段闲文以为之引；将有一段大文在后，必先有一段小文以为之端。"《鬼吹灯之精绝古城》里新疆荒漠里的食人流沙，无名黑蛇，皆为精绝女王的神秘魔咒和乱人心智的尸香魔芋埋下伏笔。在《鬼吹灯之云南虫谷》这部作品之中，仅是盗墓之人与河谷里的青色巨蟒、刀齿蝰鱼做生死搏斗，眼见九曲回环之流里漂浮的成群死尸，便能预想到碧水之玄，献王墓里痋人的凶残和难以对付。

"獭尾法"乃"中国古代小说技法之一。金圣叹概括的《水浒传》技法之一。獭，即水獭，其尾扁长有力，游动时总以其尾曲曲荡漾之。獭尾法比喻小说作品中一个大的故事情节之后不要寂然便住，而要在其结尾部分要作余波演漾之"[①]。《鬼吹灯之龙岭迷窟》里第十四章至十八章便完美地演绎了獭尾的叙事手法。胡八一等人在一番惊心动魄的经历之后，终于揭开了幽灵冢里时空骤变的谜题，找到了重返盗洞的路径，本应在高度紧张之后换来片刻的宁静。但作者并未打算将盗墓之旅终结于此，大金牙的莫名失踪和人面黑腄虫的出现，在小说高潮之后掀起了不小的余波，惊险感

---

[①] 王先霈：《小说大辞典》，长江文艺出版社，1991，第79页。

## 第二章 网络文学：后现代的众声喧哗

再次向精疲力竭的读者袭来，制造出了一波三折的景象。随着地下神宫忽现闻香玉，读者长久绷紧的神经终于松弛下来。作者深谙獭尾法的余韵效果，高潮之后并未戛然而止，而是再振余波，犹如余音袅袅，令人回味无穷。

为了增强故事的曲折性，作者也擅长使用"欲合故纵法"，笔锋一转将故事推向又一重高潮。欲合故纵法是"中国古代小说技法之一，又称欲擒故纵法。'合'是揭开本旨的意思，'纵'是故意放宽的意思。'欲合故纵法'指本来已经可以揭开本旨，却偏不马上揭开，而是故意旁生枝节、放宽一步的一种方法"①。在《鬼吹灯之精绝古城》里面，胡八一一行人于黑风口野人沟盗将军墓，当打开棺椁取走墓中宝物之后，胡八一发现墙角点燃的蜡烛熄灭了，按照摸金一派的规则，蜡烛一灭，当将宝物原物奉还。他们本应遵守盗墓门规，将宝物放入棺椁之内即可安然离开，可作者偏巧写到于凯旋贪恋名器的一大性格，并不愿意悉数奉还，导致蜡烛变绿，尸变产生，红犼出没，危机开始出现，故事逐渐进入高潮。

鸳胶续弦法，作为中国古代小说技法之一，是指"小说作者把两条以上的故事情节线索自然巧妙地扭合在一起的一种方法"②。在《鬼吹灯》之中，常常能够看见这种传统小说创作方法的巧妙运用。譬如在《鬼吹灯之龙岭迷窟》之中，胡八一三人欲前往云南虫谷献王墓找寻凤凰胆，却苦于无路指引；另一方面则让胡八一遇见了算命先生陈瞎子（陈玉楼），陈玉楼无意间透露年轻时候曾经去献王墓经历过一番，两条线索融为一体，为《鬼吹灯之云南虫谷》的开篇埋下了伏笔。再例如，《鬼吹灯之龙岭迷窟》里搬山道人鹧鸪哨拜了尘和尚为师，前往西夏黑水城找寻雮尘珠为一条线索；陈玉楼前往云南虫谷盗墓为另一重线索，却在《鬼吹灯之怒晴湘西》的"江湖"与"风水先生"两章中接合起来，让读者明了原来二人曾一同

---

①② 王先霈：《小说大辞典》，长江文艺出版社，1991，第79页。

合盗瓶山古墓惨败，后遇见了胡国华这位摸金传人，才各自分道扬镳，一人前往黑水城，一人行至献王墓，开启了各自惊险的盗墓之旅。鸾胶续弦法的精妙之处，在于不经意间让读者恍然大悟，这人世际遇的巧妙，种种偶然或许皆为必然，前尘往事，因果轮回，或许是几代人都逃不过的宿命。

综上所言说明了《鬼吹灯》创作之中对于中国古典小说技法的借鉴、吸收与运用，使得作品虽然数量庞大却不杂乱，事件众多却不零碎，经纬之间都显露着作者巧妙的构思与精细的考量。前文伏笔必有后文呼应，不少细节均在无形中产生了穿针引线的作用，使得文本摆脱了突兀刻意之感，更显真实与自然。《鬼吹灯》里多种叙事手法的融合运用，令文本的叙述不着痕迹，似隐愈显，却也能收获意想不到的效果，一进一退之间增加了文本的曲折性和趣味性，一张一弛之中亦可见作者一定的掌控和布局能力。

（三）民间的巫性美学与东方的英雄价值观

《鬼吹灯》小说不仅继承了中国传统小说的叙事手法，而且其涉及的大量民俗文化、风水理论、鬼神现象等也带着浓厚的民间色彩，展现出集体无意识的中华原始思维模式，具有某种另类的巫性美学特点。同时，《鬼吹灯》的创作内容也生动反映了当代青年的生死观、财富观、道德观等多重思想观念，以庞大的传奇英雄叙事重塑当下文化价值观，具有了颇为深远的文化意义。

《鬼吹灯》无疑是有趣的，因为它的惊险与刺激，它以亲历者的视角为读者还原了一个魑魅魍魉的鬼神世界，穿越千万年的时空，打破阴阳之间的界限，创造了一个庞大巍峨的鬼域体系，而渺小的鲜活之人却成为死亡之魂的见证者，这实在是一幅难以想象的生活画面。《鬼吹灯》除了以不计其数的惊心动魄的故事，吸引着读者对于地狱未知世界的强烈好奇心，增进了文本的故事性与趣味性，而且其所涉及幽冥之说、仙道之语、吉凶之兆、明哲保身之法、八宅明镜之术，也无不显露着中国古代文化对于世界的认识，昭示着人与自然间的种种内在联系，代表着一种近乎原始的、来

## 第二章 网络文学：后现代的众声喧哗

自民间的中国文化思想，具有一定的文化哲理性。

首先，《鬼吹灯》的故事建立在完善的墓葬体制之上，大量墓穴遗址成为《鬼吹灯》故事发生的背景，丰厚的文物和财宝激发了盗墓者对于金钱的向往，惊险而极具趣味的故事便由此产生。但是，正是这体量庞大的墓穴和数量可观的明器，侧面反映出了中国传统文明对生死命题的理解，"灵魂不灭"成为传统人类朴素而自然的生命观。人们普遍相信，生命个体是灵与肉的融合，死亡意味着肉身的衰竭，而灵魂仍将继续存在。因而，古人在人死后为其建造墓地，以供安放肉身，为灵魂提供归属之地。皇室权贵更会动用巨大的人力、物力、财力建造地下大型陵寝，以供帝王将相于此长眠，墓葬仪礼逐渐出现并随着朝代的更替愈加成熟，及至完善。在《鬼吹灯》里，不断有死亡上千年的尸体保存完好，却在开棺之即迅速尸变，复活为活体僵尸，这一情节的出现一方面来源于作者对于天马行空的虚拟想象，营造一个神秘莫测的故事氛围，制造令人好奇而刺激的故事悬念；另一方面，则充分显示了"灵魂不死"的传统生命观。"死而复生"的恐怖现象皆因阳间生人打破了阴间亡灵的某种秩序，干扰了其安宁的眠寝，意欲盗走属于亡者的金银财宝，灾祸横出。因此，翻阅整部《鬼吹灯》，盗墓过程中随处可见摸金、搬山、卸岭、发丘等门派所需遵循的盗墓规则，譬如：

> 倒斗的行规要在墓室东南角点上蜡烛，灯亮便开棺摸金，倘若灯灭则速退；另外，不可取多余的东西，不可破坏棺椁，一间墓室只可进出一个来回，离开时要尽量把盗洞回填……
> 
> 摸金校尉的各种禁忌规矩极多，"鸡鸣不摸金"便是其中之一，因为不管动机如何，什么替天行道也好，为民取财，扶危济贫也好，盗墓贼终究是盗墓贼，倒斗是绝对不能见光的行当，倘

若坏了规矩，天亮的时候还留在墓室之中，那连祖师爷都保佑不了。①

在天下霸唱的笔下，阳间之人有了进入阴曹地府的渠道，以及与鬼怪搏斗的权力，是为盗墓者也。但是，盗墓群体并非有勇无谋、徒具匹夫之勇的鲁莽之辈，他们需时刻不忘与阴间世界的潜在约定，否则必将陷入万劫不复的境地。

其次，为了亡者能够安享后世，选择墓葬之地便成为一件极为慎重的事宜。风水成为勘察墓地之时必将考量的重要因素。在《鬼吹灯》里，盗墓之徒寻找宝藏的准确所在，开掘盗洞几乎成为一门学问，不仅需要借助《十六字阴阳风水秘术》等理论著作了解天星地脉，还需亲历种种奇闻轶事或妖异之状，以此判断所处地貌环境、古墓形制结构，等等。譬如在《鬼吹灯之龙岭迷窟》中胡八一初寻墓址时言道：

你看这些沟沟壑壑，似龙行蛇走，怎奈四周山岭贫瘠，无帐无护，都不成事势，加之又深陷山中，阴气也重。如果说这山岭植被茂密，还稍微好一点，那叫"帐中隐隐仙带飞，隐护深厚主兴旺"。这条破山沟子，按中国古风水学的原理，别说修庙了，埋人都不合适，所以我断定这庙修得有问题，一定是摸金校尉们用来掩护倒斗的，今日一见果然不出所料。②

所谓风水，《葬书·内篇》曾云："《经》曰：气乘风则散，界水则止。古人聚之使不散，行之使有止，故谓之风水。风水之法，得水为上，藏风

---

① 天下霸唱：《鬼吹灯之龙岭迷窟》，安徽文艺出版社，2006，第142页。
② 天下霸唱：《鬼吹灯之龙岭迷窟》，安徽文艺出版社，2006，第37页。

## 第二章 网络文学：后现代的众声喧哗

次之。"① 灵魂生气，随风而行，得水而理，这种将天象地理之道与人之命运相联系的方法，实则体现了源自《周易》古籍的天人合一、万物有灵的本体宇宙观。在中国传统原始思维之中，通过相似律与接触率的思维模式，人们赋予周遭的自然万物以共情能力，认为宇宙万物皆有生命，天地万物与人共为一体。《周易》作为一部占筮之作，具有中国古典预测学的经典意义，其以太极宇宙为根基，建立了一套数字符号系统，以挂像图像预示宇宙万物，辅以爻辞——语言修辞系统对其进行具象的解释，以达到占卜预言、趋利避害、趋吉避凶的实践效果。《周易》以八卦来象征自然界天、水、山、雷、风、火、地、泽等多种自然现象，可见《鬼吹灯》中的《十六字阴阳风水秘术》多从传统经典化用而来，其阴阳二极相生相伴，对立统一的辩证关系，衍生出五行学说，蕴含了世间万物"一生二，二生三，三生万物"相互联系的创生关系，因而风水文化也具有了一定的哲理依据。

最后，随着墓葬成为一种传统的制度，献祭这种带有极强巫术性质的仪式便获得了一定的合法性。为了更好地理解献祭制度，不得不简要概述巫术在中华原始文明中所处的地位。如上所言，人们普遍认为万物有灵，泛灵论的盛行，使得远古时期的人们赋予宇宙万物以超自然的灵性，以神话、禁忌等语言符号来解释某些难以理解的现象与力量，巫术不仅成为一种沟通人类与神界的方术，并且逐渐内化为人们赖以生存的信念，以对抗由疾病、死亡、灾难带来的无限恐惧。巫术几乎成为一种原始的宗教信仰，人们甚至妄图以巫术来操控对自然界的统治，如是，巫性与神灵相通的属性令巫权的地位至高无上，堪比王权，此后王权便与巫权相融合，献祭成为权贵专属的祭祀仪制，化身为某种权力的象征。《鬼吹灯之精绝古城》中曾提及，精绝女王的鬼眼，常常以鬼洞中的蛇神遗骨献祭活人，其死后便会在埋葬有蛇骨的虚数空间复活；《鬼吹灯之怒晴湘西》中谈及元灭南宋之

---

① 王明：《抱朴子内篇校释》，中华书局，2002，第241页。

时,"元人为了镇住洞民,使他们永不造反,就将那瓶山作为墓穴,埋葬了阵亡将士,山洞道观里的珍异之物,皆充做陪葬的明器,又将残存的洞民屠杀殉葬,用铜汁铁水和巨石封山,墓中深埋大藏,不封不树,让后人永远也无法找到墓道和地宫"[①];《鬼吹灯之云南虫谷》里残暴的献王,作为古滇时期的一代巫王,他以死者的亡灵为媒介,以获得威力巨大的瘟术,从而制造了大量的活人俑。种种耸人听闻的传闻和惊心动魄的场景,虽然包含大量夸张的想象和骇人的虚构成分,却也侧面映射出巫术逐渐成为王权的附属品,传统巫术王权的合谋之驱,以及王贵意欲统摄万物的巨大野心。

有趣的是《鬼吹灯》借用了一系列的鬼话怪谈、幽冥之说、风水之术等民间民俗因素,虚拟出了大量跌宕起伏、扣人心弦的盗墓故事,却无形建造了一个当代的英雄叙事,重塑着极为现代化的价值观念。《鬼吹灯》所讲的故事时间跨度极大,形塑三代盗墓之人。作者一反世俗之态,不以盗墓为鸡鸣狗盗不齿之事,反而写出了张三链子深谙物极必反的远见卓识;孙国辅不求财富功名的宁静淡泊;了尘长老见义勇为、为人坦荡的江湖形象;描画了陈玉楼义薄云天,义字当头的卸岭力士轮廓;塑造有着精诚所至金石为开的决心的摸金校尉(胡八一、Shirley 杨、王凯旋),和一群不畏死亡、探索未知的科学卫道者。

虽然摸金校尉常常使用《十六字阴阳风水秘术》寻墓盗宝,但是胡八一所代表的盗墓者们却并不是一群迷信鬼怪的无知之士,反而通过惊心动魄的探索,试图为之寻得科学的解释。位于新疆漫天黑沙漠之中的精绝古城,谣传了众多神秘莫测的传说,而考古学家们与胡八一的新疆之旅,则带领读者走向了探求真相的道路。尽管道路险阻,遭遇坎坷,怪相丛生,但是胡八一等却未屈服在灵异怪谈之下,而是极力利用自己所学所用,为

---

① 天下霸唱:《鬼吹灯之怒晴湘西》,安徽文艺出版社,2010,第20页。

第二章　网络文学：后现代的众声喧哗

边疆之际的奇闻异状做出了合理的解释。对于尸香魔芋制造的大量幻想，胡八一并未沉迷于此，而机敏地意识到了散发的花香对大脑神经的迷醉与控制作用，才迫使幻象迭出，乱象大造。即便在《鬼吹灯之龙岭迷窟》里遭遇飘忽不定的幽灵冢，循环往复的悬魂梯，仍旧以理对待，识破阶梯高低落差制造的谜团，想出了破解之法，解了围困之难。因此，《鬼吹灯》看似一部巨大的鬼怪之作，写尽民间怪异之事，无名地带的莫名传闻，却最终传递出民间风俗里隐藏的关涉天文、地理、农事、历史、古玩、军事等科学门类的专业知识。一切畏惧皆源于无知，蒙昧成为可怕传言的起点，而破除魔咒与恐惧的办法，唯有以理性之思探求万物之因，正如附着于胡八一等人背后的鬼眼印记，实则是因为人体铁元素的缺失而造成的血液疾症；幽灵冢的出现也不过是由于两朝帝王因缘际会，看中了同一块风水宝地所致……《鬼吹灯》顽童般地以各种怪谈装扮民俗风物，以鲜为人知的自然现象点缀异域风景，以魔幻想象营造恐怖的故事氛围，极大地调动了读者的巨大好奇心，却理性地还原了一个奇妙的科学世界，在鬼怪的帷幕上巧妙写下一句警世箴言：世间最可怕之事，或许莫过于人类的无知。

　　《鬼吹灯》以一众人等历经重重磨难获取宝物的故事，也传递出了因果轮回、善恶报应、生命难以摆脱自然历史规律的价值观念。如上所言，古代不少帝王将相试图使短暂的生命得以永生，巫术成为他们操控一切的道具，精绝女王与云南献王的故事，都向读者展示了其残暴不堪、人性泯灭的种种罪行，而如同胡八一所言："似古滇这种南疆小国的王墓都这么排场——为了一个人，数十万百姓受倒悬之苦，用百姓的血汗建这么大规模的墓葬，到头来那死后升天成仙、保得江山万年也不过是黄粱一梦，这些东西也留在深山之中与日月同在，现在看来有多荒谬。"[①] 作者殚精竭虑地营造了一个荒谬而恐怖的阴间鬼世给众人观看，看人类凭借巫术等超能力

---

① 天下霸唱：《鬼吹灯之云南虫谷》，青岛出版社，2015，第116页。

的方术倒行逆施，暴力执政，却终究未能如愿获得善果，反而阐明了世间万物遵循因果律、历史律的生命法则，人类贪得无厌的欲望终究会令其陷入万劫不复的地狱，而顺应天道，崇尚理性，从而认识到人类的渺小，与自然取得和谐共生的关系，无疑是作者意欲传递给读者的现代价值理念。

《鬼吹灯》作为网络小说，沿袭传统志怪之风，擅长中国古典小说叙事之法，凭借民间风俗的奇闻怪谈，辅之以浓墨重彩的奇崛想象，构造了一个令人唏嘘、为人慨叹的东方传奇世界。以阴间鬼世曲折离奇的故事讲述人心的多变与难测，人性的繁杂与善恶；以鬼界之庞大，映衬人类之渺小；以转瞬而来的死亡氛围烘托生命的短暂易逝；以对蒙昧无知的恐惧道出了理性科学散发的光明。古典笔法与现代思维的共生，使得《鬼吹灯》兼有大众喜爱的故事性、趣味性和科学谨然的专业性、哲理性，一定程度上体现出了当代网络文学经典文本所具有的潜质。

## 二、现实之镜——以《欢乐颂》为例

2015 年，由金牌制作东阳正午阳光影视有限公司操刀的电视剧《欢乐颂》在大江南北走红。这部诞生于网络全面普及、信息高速发展时代的影视作品，一经开播便收获了将近 19 亿次的网络点击量，占据了各大热剧排行榜单之首，创造了数以万计的微博热门讨论话题，获得了收视率与收视份额的双冠王。该剧的同名小说《欢乐颂》也随着热剧的爆红而收获了数亿的网络阅读量。[1] 如此庞大的数据无不昭示着《欢乐颂》的与众不同和无法掩饰的魅力。那么，作为小说的《欢乐颂》究竟为何吸引了资本，而从文学领域走入了更为广袤的市场，步入了众人的视线？换言之，在每年数以万计生产出来的网络作品中，命运之手何以选中了《欢乐颂》，造就一场

---

[1] 央广网：《今日头条图书阅读大数据发布：四大名著狂卷 3 亿阅读量"垄断"地位无可撼动》，引自 http://news.cnr.cn/native/gd/20180204/t20180204_524123766.shtml。

## 第二章 网络文学：后现代的众声喧哗

盛世狂欢？网络时代下的我们，该如何理解这座陌生又熟悉的城市？实际上，《欢乐颂》作为网络文本的成功，不仅源于作品对素材的选取和人物的刻画，满足了大众对于"故事"的猎奇心理，形成了不同群体对于自我不同面向的观照与认同，也因了作者对城市生活高度仿真的书写营造了"真实"的城市体验，令读者产生了极其强烈的代入感。同时，《欢乐颂》城市内在的书写也在一定程度上实现了对传统城乡二元对立思路的突破，更为深刻地揭示了在乡镇过渡至城市的现代化阶段个体生命所遭遇的双重挤压，面临着欢乐与痛苦等复杂心绪的生存境况。为了阐释以上问题，下文将以《欢乐颂》为例，立足同类型文本，进行横向比较与细读，勘察网络时代下城市书写的路径，把握当下对于城市的理解与想象。

（一）《欢乐颂》的时代价值：城市故事在网络媒介下的演绎

用文学作品记录当下是不少作家共同的心愿，科学技术的飞速进步导致了层出不穷的更新换代，当下的变动与未知令其呈现出一种无边界状态，这本身就包含了书写的多种可能，它们庞大而持久地吸引着作家为其驻足，讲述各自心中世界的模样。当代处在马不停蹄的变化之中，世人再难用一种语汇精准地描绘当代的特性，共名的焦虑始终萦绕着这一代人。也许，唯一可以达成的共识恰恰是这个时代的难以捉摸、难以触碰、难以言说、难以定性。那么，在这个意义上，倘若一部作品能够传递某种时代的信号，记录某种独有的情感体验，它便具有了一定的历史价值。《欢乐颂》能够引得全民为之共情，必然在一定程度上触碰到了当代群体最为敏感的神经末梢，这也是《欢乐颂》作为一部小说文本，能够进入评论范围的必要前提之一。

《欢乐颂》天然具有的网络文学属性，则是其具备研究价值的原因之二。依凭网络而生的文学，从出生伊始便打上了公开性、消费性和流动性的烙印。在网络空间下生产出的文本，并不打算如传统文学作品封闭在逼仄的空间，上演自说自话的独角戏。它的周遭遍及了灵敏的节点和触角，轻易将读者与作家连缀于一张巨大的感官网之下。读者不用再费尽心力地揣摩印刷文字后的作者意图，绞尽脑汁地破译形式的意味，还原跨越了时空的心境与感受。网络文学热爱众人狂欢的热闹，而将一切公之于众，欢迎广大读者的参与，渴求广泛读者的主持，使得作家与读者真正实现了"同呼吸、共命运"，这就注定了读者将成为文本创设的中心，取代传统文学中作者的神性意志。"喜闻乐见"成为网络文学创作中不言自明的成规，高点击量与阅读量是网络文学国度里一则难以摒弃的信条。甚或言，它已经成为诸多网络写手不懈追求的目标。同样的，对于读者而言，文本"写什么"远比"怎么写"重要，新鲜离奇的情节远比幽微复杂的心绪精彩。如是，文学故事重新占据了诸多文学创作的重要高地，艺术形式的点缀重又游离于文学的外围。

《欢乐颂》以通俗易懂的文字包裹着一个个新鲜时髦的情节，降临在五光十色的魔力之都，当五个截然不同的女生竞相登场，欢乐颂公寓22楼的故事便拉开了序幕。疑虑在此产生，抛却五花八门艺术形式的阿耐，选择了最直接和传统的现实主义笔法，单枪匹马地进驻最热闹也最繁华、最平常亦最熟悉的城市地段，究竟讲述了一个怎样的故事，又如何演绎出牵扯不断的爱恨情仇，惹得全民人人自醉？本文欲从"真实与虚假""城市与乡村"这两个维度对文本进行解读，通过《欢乐颂》与其他20世纪90年代中后期以来的传统都市小说对比研究，剖析当代关于城市书写的变化，为此后城市文学开辟新的可供借鉴的写作理路。

（二）何为真实：寻访城市的尘埃

网络媒介下的文学创作，由于生产方式、传播媒介、接受受众和消费群体均与传统纸媒创作产生了巨大的变化，因而，当下网络文学在创作与生产过程中需要解决两个问题。

首先，如上所言，网络小说不同于传统纸媒文学创作的一点在于：从作家中心向读者中心转变，从精英至上向大众参与倾斜。满足大众读者的

## 第二章 网络文学：后现代的众声喧哗

期待视野，是网络作家在创作中不得不顾及的要素之一。

其次，"如何真实"是作家在一个网络技术迅猛发展，图像、影视等符号体系日益兴盛的年代不得不解决的问题。对于"真实"的要求，是人类对于艺术审美的本能追求。全网时代下的科学技术，实现了高精准的动态呈现、高品质的声音传达，视觉真实给人们带来的冲击远远大于文学书写对于日常生活的模拟与仿造，文学开始面临来源于真实的存在危机：如果文学远不如影像传媒可以给人带来绝对逼真的感受，那么文学是否还有继续存在的必要？来自科技的如此庞大的威胁，使得"真实"概念被重新提起，这对于现实主义创作而言是一种自觉的警醒：作为一种模仿现实的美学艺术，小说通过想象虚构的真实，应该需要给予读者相对的"真实感"。一方面，这是文学区别于其他艺术门类，对于当下日新月异的社会结构、生活方式和精神气质的回应，亦是文学自身发展过程中必须直面的问题。尽管当现代主义乃至后现代主义思潮进驻中国文学乃至文化领域，及至网络文学之仙侠小说、玄幻小说之流辈出，时空界限更是借"神话"的名义随意泯灭，时空扭转、长河直下、落日回升，也无人去苛责作者虚构的想象。浪漫主义的磅礴激情极大限度地允许了作者做天马行空的想象，但是对于大多数津津乐道于"故事"的读者而言，故事所营造的真实感则是其更为在意的一件事。另一方面，"现实感"或者"真实感"体现出了作家对于时代的认知方式，如何理解真实，决定了作者如何想象世界，建立虚拟的文本世界。

《欢乐颂》的城市书写，正是通过人物群像般的展览与丰盈故事情节的呈现，实现了对于社会各阶层的审视与描写，捕捉到了穿梭在大街小巷的生活细节，低入到城市的尘埃与泥泞之中，奉献了一场身临其境的"真实"体验，在读者群体里收获了更为广泛的情感认同。气场全开、双商在线的海归女精英安迪，出身豪门、精灵可爱的富二代曲筱绡，妖艳美丽、深谙生存之道的资深 HR 樊胜美，相貌平平、安静乖巧的公司职员关雎尔，家境一般、奋斗漂泊的单纯女孩邱莹莹，被作者强行塞入了 22 楼密闭的空间里。不同阶层的命运，多元价值观念的碰撞，便在这里盛放出了生活的火花。不管是家境殷实、生活无虞的上层阶级生活，还是家庭平庸、精打细算的底层生存世相，读者都能在鳞次栉比、奢华无比的高楼大厦或者矮小古旧、凌乱破败的县城街市中寻见自己的模样，在尊贵大气的豪华轿车或者拥挤嘈杂的地铁公交中浏览众生的疲惫与忙碌，在甜腻精致的西点屋或者油烟四溢的小厨房里听见饥饿的咀嚼声以及凡此种种回荡而来生存的律动。

对于生活惟妙惟肖的模仿，令万千读者产生了极大的共鸣。单纯可爱却也时常爱哭爱闹的邱莹莹，就像每个初入职场懵懂的个体，在遭遇了挫折之后崩溃而任性的自我，用满腹的不理解与委屈，弱小地控诉着冷漠的条例与潜在的残酷规则；乖巧文静的关雎尔像极了初次涉世的大学生们，唯唯诺诺、战战兢兢地遵循着成人世界的法则，偶尔也想勇敢地冲出被束缚的自我以实现超我的自由；资深白领樊胜美承载着这一代人背井离乡、拼命立足大城市的愿望，在她精致的妆容和高傲的脸庞里我们识别出熟悉的体面与尊严，在她周到而圆融的处世方式下领略着人间的世故圆滑，却也在她每一个惶恐失色的微表情里，读出了大时代背景下个体那不为人知的种种脆弱；即便是身处社会上层的安迪与曲筱绡，也能映射出精英女性面对情感的局促与不安以及空有"一纸文凭"的海归女孩面对文化空虚的嘲讽与焦虑……每个女孩都被先验地设置了典型明了的性格标签、出生背景、学历层次，"不完美"的共有特性，使得读者能够轻而易举地将文本人物与自身境况进行匹配，代入性的阅读体验令最是平凡的常人也取得了被关注的权利，网络赋予了其存在的价值，仿佛蝇营狗苟、柴米油盐的日常生活再也不会微小如毫不起眼的陪衬，那些隐秘难言的幽微心思与晦暗算计也不再难以启齿，只配躲在私人领域窃窃私语。庸常之辈亦非因为丧失特立独行的个性而被淹没在茫茫人海，他们在硕大的城市同样拥有了姓名。一方面，主线人物的典型性格令其收获了独树一帜的辨识度；另一方面，

## 第二章　网络文学：后现代的众声喧哗

支线人物们的陆续登场也不断充盈着性格的多样性、职业的多元化、资产的多层化。故事从层峦叠嶂的人脉中生出并绵延开来，海归创业、豪门内斗、职场恋情、拜金捞女的套路足一涉猎，失恋失业、一见钟情、未婚先孕、催婚相亲、劳工猝死、父母离婚、处女情结等戏码一出接一出地上演，挥就一幅现代生活下的众生图谱，映射出万千大大小小的"你我他"。

读者在高度仿真的艺术文本之中寻找到了认同的快感，然而这种陷入熟知与琐碎的现实主义创作并非新颖独特。实际上，这样的小说框架隐约令人觉得熟悉，它难免让人想起郭敬明的《小时代》，同样将眼光对准了一座绚烂的时尚之都，构设了几个不同阶层的女孩的故事，在平静生活之下埋下令人震惊的灾难与变故和一触即发的争吵与矛盾。但是，几乎没有谁会去真正相信《小时代》构建的世界和人物。正如张颐武所言，"这里的本地的生活其实也是抽掉了本地性的人生""他的人物一方面生活在'现实'之中，但另一方面，这现实又如同在橱窗或者从玻璃窗外面看酒店内一样是一个抽象，一个具体之外的空间"。① 作为往届新概念作文大赛一等奖得主，郭敬明遣词造句的能力远远超过了阿耐，他细腻生动的描写、形象奇妙的比喻和妙趣横生的语言，是不容忽视的创作优势，也是其收获一众读者喜爱的法宝。但《小时代》的虚构感远远大于人物爱恨掺杂的真实感，这一切却源于作者讲述人物和想象城市的方式。

首先，先验设定绝对化的人物形象，是作者刻画典型人物的主要方式。《小时代》的每个人物都具有非常鲜明而单一的性格和形象，不论主角或配角，都始终遵守着既定的形象行走在文本中。以顾里、宫洺的几段描写为例：

> 多少年来，她永远都是这个样子。镇定的，冷静的，处变不

---

① 张颐武：《郭敬明的〈小时代〉：给"小时代"一个形象》，引自 http://blog.sina.com.cn/s/blog_ 47383f2d0100h2gr. html。

惊的，有计划的，有规划的，有原则的一个女人。

甚至有些时候可以用冷漠的，世俗的，刻薄的，丝毫不同情弱者的，拜金主义的，手腕强硬的……来形容。（顾里）①

我所看见的宫洺，被 PRADA 和 DIOR 装点得发亮，被宝马车每天接送着，一双脚几乎不沾染地面的尘埃。他挥霍着物质，享受着人生，用别人一个月的工资买一个杯子。他对别人冷漠，他不近人情。②

他的那身 GUCCI 西装让他显得更修长，他手上那个提包我曾经看见过，摆在 LV 橱窗的新款非卖品柜台里，他面无表情地看向我，也没有说话。像是一个正站在街边等待被镜头捕捉的外国模特。冷漠的神情和像是黑夜般漆黑的头发将他装点得像一个精致的机器假人。③

他穿着昨天 Kitty 帮他取回来的黑色礼服，脖子上一条黑色的蚕丝方巾。他刚刚从化妆室出来，整张脸立体得像是被放在阴影里。说实话我第一次看见他化完妆的样子，有点像我在杜莎夫人蜡像馆里看见的那些精致的假人……④（宫洺）

顾里的精致镇定、严谨刻薄和宫洺的冷漠无情、不近人情一样不可置疑，不容改写，正像林萧提及的"假人"形象一样，郭敬明对于人物的设定达到了近乎机械般精准的地步，不允许一丝一毫地越界，这使得人物生活即使丰富多彩，欢乐与悲伤共存于生活之下，人物的形象仍旧是一个坚实的平面化存在。与《欢乐颂》里处处不完美的女孩相比，《小时代》人物性格的绝对完美使得虚假四溢，真实开始遭受质疑。

---

① 郭敬明：《小时代》，长江文艺出版社，2008，第 60 页。
② 郭敬明：《小时代》，长江文艺出版社，2008，第 87 页。
③ 郭敬明：《小时代》，长江文艺出版社，2008，第 88 页。
④ 郭敬明：《小时代》，长江文艺出版社，2008，第 129 页。

## 第二章 网络文学：后现代的众声喧哗

其次，作者以贫富的巨大悬殊，对城市人群进行了全方位的划分，构建了一个想象之中的"城中之城"，二元对立的书写模式在《小时代》文本之中达到了极致。在郭敬明的世界里，现代化的社会是一个极度华丽而炫目的都市，它们以资本和权力遴选出社会的佼佼者，制造最为严苛的丛林法则。在他倾心再造的"小时代"里，金钱和资本不容分说扮演着人间的法官，情感等精神性诉求不得不拜倒在物质的石榴裙下。诚然，在全球化浪潮席卷的时代，郭敬明敏锐地觉察到了消费社会下，底层群体、中产阶级、上流社会所流露出的不同的时尚趣味和消费差异，并用物化的方式将其一应表现出来。譬如：

> 很多年轻的女孩子化着精致的妆容，一边踩着高跟鞋飞快赶路一边用英文讲电话，她们转身消失在淮海路沿路的高档写字楼里。
> 还有更多年轻的女孩子，她们素面朝天，踩着球鞋，穿着青春可爱的衣服挽着身边染着金黄头发的年轻男生幸福地微笑着。①
> 而唯一不会变化的，是浦东陆家嘴金融城里每天拿着咖啡走进摩天大楼里的正装精英们。他们在证券市场挥舞着手势，或者在电话、电脑上用语言或者文字，分秒间决定着数千亿的资金流向。而浦西恒隆广场 LV 和 HERMES 的店员永远都冰冷着一张脸，直到橱窗外的街边停下了一辆劳斯莱斯幻影，他们才会弯腰曲身，用最恭敬的姿态在戴着白手套的司机打开车门的同时，拉开仿佛千斤重的厚厚玻璃店门。②

只不过，郭敬明对于阶层的划分和理解稍显简单与粗暴，他先验地将

---

① 郭敬明：《小时代》，长江文艺出版社，2008，第 88~89 页。
② 郭敬明：《小时代》，长江文艺出版社，2008，第 154 页。

城市理解为"富人的天堂"和"穷人的地狱",戴着资本的有色眼镜,打量着上海的都市生活,使得不同群体与阶层之间的差异在物质的比较之中被无限放大。文本中的"上海"也自动分化为"城中之城"与"村中之村",展现出形态迥异的模样。就像上流社会就应该是精致的、时尚的、利己的、匆忙的、冷漠的一样,底层人民必须是粗陋的、简朴的、无欲的、悠然的、卑屈的状态。为了实现这种典型性的书写,郭敬明把握到了"物质"的力量。且看富小姐顾里的每一次出场:"站在我们前面的一个穿着 Dior 套装拎着 Prada 包包的女人"①,"我看着我面前重新出现的顾里,精致的妆容,一件 Comme des Garcons 的小白裙子让她像一朵刚刚开放的山茶花"②,"有 D&G 限量的球鞋,一个有范志毅亲笔签名的足球,一件 KENZO 的毛衣,一个和自己现在正在用的笔记本一样的 MOLESKINE,一副 LV 的手套,一条 LV 的围巾"③。人物被众多奢侈品包围出场,不断涌现的名词性语汇遮蔽了人物的个性,而成为消费社会下被打造的极致商品,她们成为上流阶层的化身,游走在城市的各大场所,用量化的方式去恒定生活,并声称"没有物质的爱情只是虚弱的幌子,被风一吹,甚至不用风吹,缓慢走几步,就是一盘散沙"④。大肆宣扬着一种极度利己主义的、功利主义的价值观和世界观。

在《小时代》里,东方明珠、商贸大厦仿佛一座座标志性的建筑时常出现在文本里,它们像永夜一般笼罩着其间的每一个人,对于"物质"的追求和向往,简单化约为了个体存在的终极目标。物质即为一切,现代化城市的特点被投射到了时刻散发着贵族气息的高档物品、时装品牌、酷炫跑车之上。这也是《小时代》遭受大量诟病的原因,堆砌的物质写作,俊男靓女的人设,如同他华丽的语言一般,太过完美和精致,却时常意味着刻意

---

① 郭敬明:《小时代》,长江文艺出版社,2008,第 18 页。
② 郭敬明:《小时代》,长江文艺出版社,2008,第 188 页。
③ 郭敬明:《小时代》,长江文艺出版社,2008,第 89~90 页。
④ 郭敬明:《小时代》,长江文艺出版社,2008,第 68 页。

## 第二章 网络文学：后现代的众声喧哗

与生造，带着几分虚假的意味。换言之，《小时代》里的人物可以轻而易举地从文本里抽离出来，返回到 20 世纪 30 年代声色犬马、灯红酒绿的上海滩，或者穿越到繁华浪漫的巴黎之都。即使是平凡如唐宛如、林萧之辈，也并不会为了生计尝尽人间心酸，她们出入高级会所、五星级餐厅，享受奢侈豪华的 Party 也似家常便饭，生活从来都是一件不费吹灰之力的易事。应该说，先入为主的观念式写作虽然为郭敬明带来了令人刻骨铭心的人物形象，彰显出了消费时代下存在的贫富差距，但是也牺牲掉了不同阶层、不同人物之间共融的可能，留下了"金钱万能"的拜金主义式的刻板印象。《小时代》的当代性除却记录了一串现代化带来的表象痕迹，并未触及城市生活的肌理，反而因为抽离了日常生存的"血肉"唯剩下一堆物质符号，作为故事发生的背景，令它的真实感大打折扣。

与《小时代》的城市书写相比，《欢乐颂》对于资本的分配与崇拜显然多出了些许合理性和必然性。如果说《小时代》在金钱满天飞的世界里笑得花枝乱颤，哭得梨花带雨，不过都是为了说明"现代世界里，没有什么是钱解决不了的"，那么《欢乐颂》里的故事则向大众揭露了一个悖反的事实："现代都市里，并不是所有事情都能用钱解决的。"即便成千上万的城市，都在利益的驱使下最大限度地开发和生产富足物质的资料，以追逐更为舒适和有品质保障的生活，但是关于城市的想象，不应该停留在碎片化、符号化和景观化的层面，更不可涤荡掉城市下若干人物风貌和精神状态。《欢乐颂》里的安迪和曲筱绡，未曾像顾里习惯以凌驾一切的上帝视角俯视周遭一切，仿佛她们慈悲的大手一挥便能解救世人之疾苦，樊胜美对于安迪施与金钱救助产生出的一系列反感情绪，都在打破着《小时代》所营造的金钱崇拜的幻象。并非所有底层群众都愿不顾一切地追随堂皇的上流生活，也并非所有人都甘愿承领富人们的高高在上，22 层团结协作的欢愉不断突破阶层之间隐形的壁垒，喻示着资本以外人性的复杂与丰盈。此外，家财万贯的安迪和包奕凡一家对于资产的争夺暴露了亲情的脆弱与人性的晦暗；富二代公主曲筱绡在创业过程中时常陷入"没文化"而被取笑的尴尬境地，预示着现代化社会对于知识和能力的尊重；家境殷实的关雎尔面对门当户对的择偶标准时更渴求一份纯粹的、不被价值衡量的真爱，邱莹莹和应勤之间对于"处女情结"的矛盾引发了读者对于当下爱情和两性关系的探讨，这些切实存在的困扰于人的不安，构成了现代城市的悲欢离合。众多难言的辛酸与焦虑，彷徨于法律与道德之间的犹疑，或者竞争时代里每一个小确幸，都不是单纯的物质和金钱所能统摄和隐没的心绪。以上种种令《欢乐颂》的城市多出了人间冷暖的烟火气，增添了深刻的"真实度"，也丰富了城市书写的素材与维度。

（三）新时代的乡愁：城乡之隐痛

观念先行的城市创作使得《小时代》的阶级壁垒过分鲜明，形成夸大的物质差异，而令生活真实遭到了质疑。相较而言，《欢乐颂》则摒弃了社会阶层绝对对立的书写模式，将人物经由丰富多彩的故事勾连在一起，深入到城市生活的内在，以不同阶层的视角，体味生活的悲欢离合，而实现了城市生活的"真实"书写。实际上，作者不仅在城市书写内部打破了固化的阶层壁垒，也以更为开放的眼光，通过樊胜美的人物形象塑造，言说着区域发展不平衡产生的新质，为我们理解城市的发展，提供了一种有别于传统习惯重复的"现代"与"传统"二元对峙的思路。

20世纪90年代以来的传统纯文学中不乏书写城市的力作，在以邱华栋、黄咏梅、石一枫、甫跃辉等一批作家笔下，城市通常被形容为一个吞噬一切的巨型机器，正如邱华栋在《手上的星光》里所写的："生活中有一种迅速流变和沉闷的东西毁坏着我们年轻的心，有些东西，是远远超越于我们生命之外并无法去把握的，比如这个轮盘城市转动的节奏。我们对很多东西已失去了兴趣，生活变得简单了，也更麻木了，我甚至都变成了不读书的平面人。""城市本身就是一个巨型的假面舞会，在这里，一切的游

## 第二章 网络文学：后现代的众声喧哗

戏规则被重新规定，你必须学会假笑、哭泣、热爱短暂的事物、追赶时髦。"① 城市幻灭了热血与梦想，碾压了纯爱与希望，制造了无数苦笑与泪水、漠然与麻木，以表达外来闯入者的微弱渺小与无能为力，展现个体生命在社会转型阶段所遭受的焦虑感——一种普遍存在的生命状态。城市仿佛一个无恶不赦的吸血鬼，它变化莫测又无从把握，"毁灭和新生的力量和时间一起在等待着我们，等待着我们以城市为战场与它交锋"②，现代城市被先验地设置为了个体的对立面，它无法带给个体乡村母爱般的关怀与温情。

相比之下，《欢乐颂》则将乡村纳入了认识都市的参照系，构建了一座现代化的都市"海市"，进入"海市"的樊胜美不仅是作家连通现代化大都市与小城镇乃至乡村的纽带，也表达了作家对于当代城市与乡村关系的别样理解。樊胜美，是一名依凭个人努力进入城市的 HR，却常年需要为了赡养自己并不富裕的城镇原生家庭而苦恼，巨额的开支使得她并没有享受到进入城市以后相对优质的生活，她仍旧需要和刚刚毕业才开始工作的两个女孩合租，蜗居在城市的某一处角落。为了取得更多的物质财富以支撑羸弱的原生家庭，樊胜美不惜牺牲美色以换取上流人物的青睐，极力挤进财权兼备的上层社会。然而，在相对固化的阶层之间，这种试图以婚恋关系突破阶层壁垒的方式，并没有多大的效用。樊胜美的牺牲仅仅是一厢情愿，而在他人眼里，也不过是一种廉价的等价交换。更为残忍的是，即便这种交换并不平等，也并不会有人去置喙。资本的霸权在个体婚恋关系中开始崭露头角。广袤城市之下，当个体不再被"阶级"所左右，资本则开始将其进行划分和收编，这是新的社会重新约定的游戏规则，我们谓之"阶层"。樊胜美的故事，将这种无形的权力不均衡显露得栩栩如生，读者开始理解《小时代》里对于资本和权力没有来由的推崇与膜拜。在《欢乐颂》

---

①② 邱华栋：《手上的星光》，《上海文学》1995 年第 1 期。

里，GUCCI、LV、宝马再也不是悬浮在人物身后被展览与观赏的商品，而已经内化进了城市生活的内里，对于人物而言，它是一种象征性的不容置疑的标签，代表着现代化社会下生命个体必然的分层。物质，已经不是供人拣选的冰冷的符号，或者可以随意拆卸的人物背景，它开始具备了言说的力量，表征着一种生命的意愿。樊胜美对于"海市"一所房屋的渴望，绝非源于个体对于奢华物质的莫名痴迷，而是生命主体对于自我存在方式的争取。"房子"不再是物理意义上由钢筋、水泥混合而成的坚实建筑，而喻指自我存在稳定的归属，表征着个体被城市永恒地接纳，不再是漂浮无依的零余者。

在《欢乐颂》22楼的五个女孩里，樊胜美对于买房的愿望是最为强烈的。如上所述，买房意味着定居，成为一名堂堂正正的城市人。安迪和曲筱绡作为上层社会人物的代表，一所安稳舒适的房屋对于她们而言，全然不在话下。关雎尔家境虽不显赫，却也相对殷实，父母体面的工作可以帮助关雎尔在"海市"购置一套房屋。虽说邱莹莹和樊胜美一样，都出生在并不富裕的原生家庭，但邱莹莹误打误撞地遇见了IT男友应勤，一个已经拥有房屋和车辆的隐形经济男。唯有樊胜美，面对着双双无业的父母，整天不劳而获、坐吃山空的哥嫂，以及还需上学的侄子，她尚且富足的工资承担一家人的开销也只是杯水车薪。而"掐尖"的屡次失败，也让她再次陷入了孤立无援的困境。

樊胜美的个体和家庭，实际上象征着截然不同的两种生存形态，樊胜美不管是穿衣风格、饮食起居还是价值观念，都俨然携带着现代都市的印记：时尚潮流，充满生气；自尊自强，崇尚独立；却也世故圆滑，惯于价值交易。仿若这座美丽的现代都市，至少表面上，樊胜美活得精致而体面；而樊胜美的家庭却残留着浓重的封建保守的末世气息，挥之不去的重男轻女观念，懦弱卑琐、低三下四、委曲求全的行事风格，精于算计以谋求蝇头小利的小民思想，时刻提醒着这个家庭为了"活着"而宁愿放下所有的

## 第二章 网络文学：后现代的众声喧哗

尊严。樊胜美被这个家庭异常迥异的生存方式相互拉扯，她有多么急于向往进入城市，便有多么渴望摆脱这个沉重的原生家庭。在这里，樊胜美的故事就像现代化进程中，一个关于城市与乡镇的隐喻，在乡镇不断城市化的过程中，到底需要经历怎样的磨合与碰撞？展示了城市与乡村两种割舍不断的地域形态，如何一同形塑着个体的成长。

《欢乐颂》不再将城市设置得冰冷无情，而是通过反思乡村演进为都市的进程中所不可避免遭遇的断裂，展示个体进入城市之艰难的背后更为深刻的内在原因。尽管樊胜美的生活被这个乡镇家庭极大地拖累，她仍然不可轻易斩断这份血亲关系，这份源于人伦道德的天然情感选择，恰恰像喻了割舍不断的城乡之联。在城市化的进程中，乡村落后的基础设施可以在冰冷的巨型机械下推倒重建，保守的生活习惯或许能够在潜移默化中得到转变，匮乏的物质材料终会伴随着制度的完善而逐渐改善……然而城乡结构的不平衡给个体生命带来的负重与压力，无形中影响着其精神面貌和阶层气质，却终究难以消弭。乡镇家庭倾其所有供应其走出来的成员，从来就不是只身进入了城市就算底层命运的终止，往后无尽的岁月里，樊胜美都得不遗余力地回馈这个贫瘠家庭的付出。譬如如何解决父母无人照顾，兄嫂失业无依，侄子入学无门的种种问题，而这已然不是樊胜美这一个体所面临的困境，而是在城市化进程中，社会结构不平衡给小城镇大乡村带来的次生问题，留守老人和孩子的生存与教育问题，代际间贫穷的无止境传递，农村封闭残旧的思想观念令子辈的生活模式极大可能地复制了父辈古老的家庭模式，凡此种种可以想见的难题是樊胜美未完待续的故事，也是她不愿在四个光鲜亮丽的城市女孩面前暴露和提及的噩梦。它就像一个深不见底的巨大黑洞，即便是安迪、曲筱绡慷慨伸出了援助之手，也不过是缓解一时之急，仍旧难以为继。这种依靠外部力量的权宜之计，终归是无法化解最本质的矛盾。王柏川与樊胜美的分手，更像是一种必然的结果，他敏锐地预估到了尝试跨越这种城乡不平衡之间的艰难与辛酸，尽管他深爱着这个让他念念不忘的女人，却没有勇气和信心去弥合一个乡镇家庭与城市之间巨大的差距。

诚然，小说毕竟来源于虚构，樊胜美的故事也并非是要对所有原生家庭不富裕的个体宣判死刑，但是这则寓言式的故事所营造出的"真实感"却令读者感同身受了一番生存的艰辛与困窘，促使我们意识到一个不容忽视的事实：哪怕有一天，曾经的农村和乡镇空间也架设了无数摩登高楼，开通了宽敞平坦的柏油马路，引进了各类时尚品牌，拥有了前卫的消费观念，这片乡镇化的领地也并未斩断乡村形态的内在联系，它仍旧以隐性的、微小的方式嵌入了人们的生活。长久的社会结构性失衡，教育资源分配不均，思想观念古旧落后对个体生命带来的后果，绝非城市单方面拥有的巨大资本在一朝一夕间所能改变的。农村物质资源的匮乏，给个体带来的先天劣势，是此后恒长时间里，都无法轻易抹去的痕迹。

《欢乐颂》用这种嵌入骨髓的方式展示着新时代乡愁话语和城乡关系，乡愁不再是城市边缘人对乡土世外桃源般生活的无尽缅怀，而是哀愁于如何减轻城乡悬殊差距造成的个体改善生活境遇的负累。诸多个体都游走在城市与乡镇两种生活形态之间，并非在城市丁字塔上高高在上地活着，或者在方寸之地卑琐地生存，而是在这种两相牵扯的张力之间极力奋斗着突破阶层的结界。如此，方可理解个体生命诸如樊胜美们的骄傲与自卑、清高与可怜、美丽与卑琐，对于物质的疯狂追索，不是粗鄙的刻奇与炫耀，而是来自内心深处对于命运无奈的呐喊。

（四）丧之阴霾与欢乐颂歌

传统城市文学时常流露出令人窒息和绝望的气息，渺小的个体在庞大城市里的生存，犹如困兽之斗。《欢乐颂》题名如此，似乎在预示着对于欢乐的找寻与颂扬。这种写作路径为承受了太多苦难的人性书写，增添了一抹希望和轻松，至少给读者带去了一刻闲暇和一丝慰藉。

## 第二章 网络文学：后现代的众声喧哗

现代都市里，过于重复与单调的日常生活和由于阶层相对固化而使个体奋斗面临失效的境地，在一定程度上不可避免地削弱了主体的感知力，取消了主体的积极性，使得大众常常呈现出虚无枉然的佛系生相。黄咏梅在《负一层》中描绘的阿甘，不再是那个能够说出"生活就像一盒巧克力，你永远不知道下一块会是什么味道"的鼓舞人心的阿甘了，现代都市里的阿甘成天守在大厦负一楼寂寥空旷的停车场，丧失了辨认的能力，失去了对话的热情，终究在自我欺瞒的幻念中从高空坠下化为一场空。她在另一篇中篇小说《暖死亡》中描写了一名无限痴迷于食物，以致身形过于肥胖的公司职员林求安，对于辞职后的林求安而言，吃成为他所有的生活行为与意义。丧失了食欲与感知力的林求安只有不断通过大量进食，来刺激个我的神经，寻找生命的兴奋点，缓解生活带给他的极大的抑郁与苦闷。无论是阿甘还是林求安，都始终处在停滞的状态，前者长久地守着空荡的停车场，后者则长期宅在家中一刻不停地补进各色食物，仿佛被重复运作的牵线木偶，黄咏梅借助两则职场故事，隐喻着当代都市个体丧失了充足的奋斗动力，望不到前景的个体终日沉迷在自我颓丧、挫败的失落感里，无法自拔。无从作为、无可作为、无所作为是青年对于这个存在诸多漏洞却无从疏通的现实秩序发出的最后的抵抗。

《欢乐颂》当然没有忽视这种理想与现实之间的落差，22楼每个女孩都携带着自己不为人知的故事，或者孤苦无依的童年时光，或者潜在未知的家族疾病，或者家族之间对于财产的觊觎，或者太过宠溺的母爱下丧失的自由，或者难以相处的婆媳关系，或者沉重的家庭负累和缺失的关爱以及每一段并不如人意的恋爱关系……生命历程中将要遭受的种种来自家庭、事业和生活的难题陆续降临到"欢乐颂"22层，但是快乐的因子却总能穿插在某段令人困厄的时光，让人暂时忘掉那令人难过的烦扰。它们大多来自于五个女生的最大的善意与体谅，无论是安迪遭遇了网络暴力，还是邱莹莹面临失业失恋的双重打击，抑或是樊胜美陷入极度缺钱的困境，齐心协力、拼尽全力的互相帮助总能让事情落得一个较为完满的结局。对于22楼而言，快乐很简单，也许是一次升职加薪，一场考核通过，一次成功跳槽，一段恋爱的开始，一个节日的来临，一顿丰盛可口的美食，种种前所未有的新鲜体验都能带去偌大的满足和幸福。《欢乐颂》用一种集体欢聚的力量，打破着阴霾的情绪和消极的生存状态，表达了一份生活中乌云常有，但阳光总不会缺席的乐观态度。

《欢乐颂》的故事更切合大众读者的日常，尽管某些桥段也含有资本霸权之嫌，五名不同阶层的女孩之间的友谊是否牢固也有待考察，但是它传递了一个积极而美好的愿望：城市之下，在个人努力与价值实现的漫长旅途之中，保有一份执持的理想与奋斗的动力，至少能够带来一份短暂的小确幸。习惯了碎片化阅读的大众，被工作和生活折磨得筋疲力尽的群体，打开随身携带的电子设备，点击屏幕，更乐于映入眼帘的是《欢乐颂》里那些琐屑的、平凡的小快乐，而不是满篇沉重的苦难再次提醒着疲惫的人们抽象的难以逃脱的生存困境。

《欢乐颂》作为一部聚焦都市的网络之作，较之《小时代》多出了世俗人情的袅袅炊烟，艰难生计的精打细算，还有低收入生活的尘埃才能感同身受的种种复杂情绪。它见证着社会不同群体所遭遇的存在困境，所生成的多样个性，诉说着社会转型过程中城乡结构不平衡对于个人欲望实现的阻碍，日益板结的社会上升通道，消费社会下资本的霸权力量和分化愈加明显的社会层级……它丰富了对于现代都市的想象性书写，打破了由纯粹物质符号构建的平面化、景观化的都市形象，以自省式的方式实现了对"城乡"二元对立模式的突破，发现了二者难以割舍的内在联系。较之延续人道主义传统，控诉现代化下个体的异化的启蒙现代性讨伐式书写，《欢乐颂》削弱了对于苦难的本质性渲染，它委婉地表达了一缕未知的希望，一个美好的对于生活的愿望，固执地坚守着对于幸福的向往，不放过对于幸福和欢乐的每一次体验和找寻，对于读者而言，这是《欢乐颂》有别于苦难写作,而保有的最大的善意与温暖。城市,这个冰冷严肃、快速扩张、飞速变化的庞然大物,尽管造就了难以清算的悲伤与痛苦,却仍是更多现代人最后的家园和生存之所在,双方都放下预设的敌意与警惕,会发现摩登之城亦会闪露未曾发掘的柔软与温情!

# 第三章　科幻小说：繁荣背后艰难的经典化之路

2015 年，中国科幻作家刘慈欣获得了美国"雨果奖"最佳长篇小说奖，这个奖项被称之为科幻小说界的诺贝尔文学奖，作为第一个获此殊荣的中国人，刘慈欣及他的作品得到了国内外众多读者和研究者的关注。当 2016 年郝景芳凭借其作品《北京折叠》斩获雨果奖"最佳中短篇小说奖"后，中国科幻小说再次受到的关注似乎达到了顶峰。不管是科幻文学拥有的读者数量还是与其有关的研究成果都在呈现出井喷式增长，对于呼吁科幻经典作品问世的呼声也越来越高。但是由于我国科幻文学发展过程中所出现的一些历史问题尚未得到解决，关于科幻小说的性质和判定标准仍然难以有定论。而资本和主流文学圈的同时介入，也使科幻文学的发展走向显得扑朔迷离。这些都在影响着科幻文学经典文本的产生。

而科幻电影的出现，使科幻文本经典化的过程更为复杂。2019 年上映的《流浪地球》获得了巨大的成功，这不仅意味着中国科幻电影迎来了春天，更意味着科幻小说的影响力在进一步扩大，这在一定程度上有利于催生新的科幻经典，显然科幻电影的发展与科幻经典文本的产生有着相辅相成的关系。但值得注意的是，优秀的科幻文本也未必会催生优秀的科幻电影，当新的科幻电影一次次地败坏观众的胃口时，影响的已经不再仅仅是科幻电影这一电影类型本身了。

第三章　科幻小说：繁荣背后艰难的经典化之路

# 第一节　科幻小说发展史：从儿童文学到小众读物

## 一、中国科幻初兴：是科幻小说还是儿童文学

早在晚清时期，中国的科幻小说便已经处于萌芽状态，能够找到的最早的中国科幻小说是1904年发表于《绣像小说》刊物上的《月球殖民地小说》，这部小说的作者名为"荒江钓叟"，由于年代非常久远，其身世早已经成谜，而且这部作品也并没有最终完成。但这却是中国科幻文学史上的一块里程碑，象征着科幻小说这一西方外来文体已经在中国扎下了根。除此之外，同时代的代表作还有《乌托邦游记》《世界末日记》《黑暗世界》《发明家》《中国女飞行家》[①] 等。尽管这些作品有着浓重的对西方科幻小说的模仿痕迹，但不能否认其发展的速度和取得的成绩。正如学者汤哲声所说："从简单地模仿到得心应手地创作，科幻小说在中国的成熟之快，同样是域外引进的其他小说文类无法比拟的。"[②]

可是积贫积弱的旧中国的现状明显影响了中国科幻小说的发展，彼时处于世界科学中心外围的中国，根本无法为中国的科幻作家们提供更好的科技素材和创作心境。清末的那批科幻作家们不过是在拾得西方科幻作品的牙慧之后，绝望而迫切地呼唤一个国富民强的未来中国。他们把未来变成了一种乡愁，他们的预言作品不是迎向，而是回到未来，更是难逃眼下事物的窠臼。[③] 值得注意的是他们不仅受到了西方科幻小说的影响，更是把东方故事和传说引入到了其科幻作品之中。以《二十年目睹之怪现状》闻

---

[①] 郑军：《第五类接触——世界科幻文学简史》，百花文艺出版社，2011，第206页。
[②] 汤哲声：《二十世纪中国科幻小说创作发展史论》，《文艺争鸣》2003年第6期。
[③] 王德威：《想象中国的方法：历史·小说·叙事》，百花文艺出版社，2016，第53页。

名的小说家吴趼人，在他的科幻小说《新石头记》里，他以曹雪芹的《红楼梦》为引子，延续了贾宝玉为补天之石的设定。在黛玉死后，宝玉不仅没有沉沦，而是乘坐潜艇与飞车遍游了"文明之境"与"野蛮世界"。尽管情节显得略有一些荒诞不经，但却是紧扣曹著脉络，放大了大观园的憧憬，建立宏观的乌托邦蓝图。① 而在荒江钓叟的《月球殖民地小说》中，月球上竟然还供奉着如来释迦、孔子和美国总统华盛顿的塑像，形成了一种别样的东西融合的奇观。显然，清末的中国科幻作家从东方神怪传统和西方科幻故事中都吸取了养分，假以时日说不定能够开辟出一条不同于西方科幻小说的新的科幻写作路径。遗憾的是，五四之后，科幻文学逐渐衰落，老舍的《猫城记》、许地山的《铁鱼底鳃》以及沈从文的《阿丽思中国游记》算是稍稍点缀了一下寂寞的科幻文学界。

新中国成立之后，中国迎来了科幻小说的第一波热潮，在20世纪50年代末和60年代初，新的科幻作家逐渐涌现，创造了一批科幻小说作品。但是这批科幻作品并没有接续清末科幻小说的传统，而是更多地受到了苏联科幻文学的影响，表现出了与前期中国科幻作品不同的艺术特点。毫无疑问，清末涌现的诸多科幻作品在艺术水准上并不算太高，但是其具有明显的通俗小说的品质，力求做到情节上跌宕起伏，扣人心弦。其对旧中国现状的不满，对强大新中国的祈盼以及对世情百态的描画都吸引了无数的读者。但是，在五六十年代中国科幻小说却更多地具有儿童文学的特征，这些特征一方面表现在这些作品对少儿阅读品味的迎合，另一方面则是体现在其故事结构和对科技的认知上。

首先，新中国初期的科幻文学大都以儿童为主角，或者是直接采用了儿童视角，人物关系简单，语言浅显，节奏十分明快，非常适合少年儿童阅读。以叶至善的《失踪的哥哥》为例，在这部作品中被冰冻的少年张遇

---

① 王德威：《想象中国的方法：历史·小说·叙事》，百花文艺出版社，2016，第53页。

## 第三章 科幻小说：繁荣背后艰难的经典化之路

春串联了整个故事的重要线索，他因误入冻库而被冰封了 15 年，在一次机缘巧合之下被人发现，冻库的工程师和医生针对他的情况展开了一系列救援。作者用了被冰冻的鱼虾和冻豆腐等一系列与日常生活息息相关的东西来解释为何冰封的少年还能够复活，深入浅出地阐明了颇为复杂的科学道理。把人体冰冻的原理进行了阐释，并简单介绍了当时已有的冻库技术，并对热波灯进行了简单的介绍，最终冰冻的少年起死回生，与他的弟弟再度相聚。故事在这里便戛然而止，至于这位少年所面临的苏醒后的心智与身体的窘境并不在作者的讨论范围之类。这部作品中不乏幽默之处，其中对于科学技术的介绍也很是自然，颇为妙趣横生。但是这更像是一部儿童科幻故事，而并非是一篇小说作品。在另一篇经典作品《布克的奇遇》中，故事则围绕患有残疾的小女孩小慧和马戏团的小狗布克展开。布克遇到了车祸，身体遭受了重创，头却奇迹般完好无损，它被好心的科研工作人员救回，并被调换了身体，再一次获得了生命。而女孩小慧也得益于这项技术站了起来。可爱的小动物与坚强善良的小女孩绝对能够引起少年儿童的兴趣，而布克的"消失—回归—再度消失"则为整部作品增添了一些悬念，更能够引起读者的阅读欲望。毫无疑问，这些作品都是非常优秀的儿童小说，但是它们并非是合格的科幻小说。

其次，这一时期的小说还具有另一个特点，那就是故事结构非常单一，对技术的认知也显得非常浅显。这些故事或者以采访记录或者旅游记录的形式展开，通常都是一位记者对一位科学家进行采访，以采访记录的方式来表现新兴的科技的形态与原理，或者是文中的主角参观某个神奇的科技新城，在这个地方展现出种种奇妙的科学技术。如科幻作家迟叔昌的作品《割掉鼻子的大象》。在这部作品中，"我"是一名记者，奉命来到了戈壁滩的国营农场寻找新闻，在这里"我"看到了一种似象非象的巨大生物。"我"昔日的同学李文建已经成为国营农场内的畜牧人才，在他的讲解下"我"才弄清了这个"怪物"的身世。原来这是技术人员培养出来的一种特殊的肉猪，通过对猪的脑下垂体进行刺激，这由四川白毛猪和英国约克夏猪杂交而来的肉猪才长成了一头庞然大物。通过"我"的采访，这一新的养殖技术清晰地展现在了读者的眼前。而另一位作家郑文光则采取了另一种叙述模式，在他的作品《飞向人马座》中，一直在上海长大的小姑娘邵继来来到了航天城，通过她的视角展现了航天城中种种令人咂舌的新技术，这个航天城里不仅有能够探索火星、土星等星球的庞大的宇宙飞船，还有能够减轻人们负担的自动做饭机。这个航天城显然是作者对于人类未来生活的想象。这样的展开方式自然有利于向科幻读者解释清楚复杂的科学原理，但是并不利于作者创造出一个完整的引人入胜的故事，对这种结构的套用意味着其在艺术表现力上将大打折扣。而科幻作家对于科学技术的认知也显得过于简单。在 20 世纪 50 年代末 60 年代初期的科幻小说中，极少能够看到对科学技术的反思，这一时期的科幻作者们更没有对这些科学技术可能造成的后果进行深入的思考，他们愿意为自己所有的科幻小说都接上光明的尾巴，所有新技术一概都是好的。这样的认知显然阻碍了中国科幻小说家对科学和社会的关系进行进一步思索，也妨碍了更有深度的科幻作品的产生。

  清末时期中国科幻小说之中已经体现出的对社会痼疾的反思，对人性的探索以及对现在和未来关系的思考全都不见了，甚至其表现出的通俗文学的特质在 20 世纪 50 年代末的科幻作品中无法找到。当新中国摆脱掉昔日积贫积弱的状态，在科技方面开始有所建树的时候，新中国的科幻作品却在经历一场倒退。这时期的科幻小说甚至不应该称为科幻小说，而更应该称为科幻故事，当然这并非是对科幻故事和少儿科幻本身存有偏见，只是不管与同时期的他国作品进行横向比较，还是与不同历史时期的中国科幻作品进行纵向比较，这时期的科幻小说在思想深度和审美价值上还是略逊一筹。当然造成科幻小说与儿童文学裹缠不清的原因有很多，最主要的还是受到时代背景和占据主流的对科幻文学的认知的影响。

## 第三章　科幻小说：繁荣背后艰难的经典化之路

首先，在新中国成立后，中国迎来了新一波的工业化浪潮，普及科学技术变得具有迫切性和必要性，而科幻小说则被当作进行科普工作的重要工具，其科普性质已经决定了科幻小说在内容上必须浅显，易于被广大人民阅读。儿童作为接受科学教育的主要对象，被视为科普类文章的目标读者，因此科幻小说往往被归入到了儿童文学阵营中。在 1956 年，党中央除了专门召开会议，肯定了科学和科技工作者在社会主义建设中的地位和作用以外，还号召"向科学进军"①，而普及科学技术，培养科研人才就成为新中国推动科技进步的重要手段。包含着科技元素的科幻小说在这样的环境之下是被直接视为科普作品而非文学小说的，所以新中国科幻启动期的一个特点是作者队伍基本都出自科普作者阵营，他们的作品也往往发表于科普报刊上。② 一些少儿、科普类杂志的编辑甚至自己进行创作来推动科幻小说的发展。其中较为著名的是时任《中学生》杂志编辑的叶至善，他除了慧眼识珠挖掘了以迟叔昌为代表的众多科幻小说作家，还写下了《失踪的哥哥》这一具有代表性科幻作品，这篇作品一经发表就吸引了众多的小读者。可以发现，新中国出现的第一波科幻热潮并非是由读者推动的，而是由政府推动的。因此对于其工具属性的强调显然多过对于其文学属性和通俗娱乐性的重视。特定的政治、经济环境决定了中国的科幻小说被划入了儿童文学阵营而非主流文学圈内。

其次，对苏联科幻文学理论的借用也影响到了对中国科幻文学性质的界定。尽管在清末中国就已经有了科幻文学作品，但遗憾的是这些作品并没有直接成为 20 世纪 50 年代末期中国科幻作家们的养料。很多清末民初时期的科幻作品直到 80 年代初期才被人们重新挖掘出来。从各种创作谈、回忆录中也可以看到新中国第一代科幻作家几乎没人读过这些作品，更不用

---

① 张恩敏：《建国初的科技政策（1949—1956）》，《党史资料与研究》1986 年第 4 期。
② 郑军：《第五类接触——世界科幻文学简史》，百花文艺出版社，2011，第 212 页。

说吸取其中的养分了。① 是外来译介作品首先启发了中国科幻作家,为他们的科幻写作之路提供了指引。与清末民初中国科幻小说家受到英国、美国等西方科幻作品的影响不同,新中国第一批科幻作家们更多的是阅读了来自苏联的科幻小说,苏联的科幻文艺观更是对中国的科幻文艺理论产生了十分深远的影响。如著名的苏联作家高尔基指出,科学文艺的主要社会功能在于通过科学来帮助儿童进行幻想,应该教会儿童思考。② 这种以儿童本位的科幻文学史观后来反映在叶永烈的科幻理论著作《论科学文艺》中,叶永烈提出:"就科学文艺作品的阅读对象来说,有成年人,也有少年儿童,其中主要是少年儿童。有少数科学文艺作品是专供成年人阅读的,但大多数科学文艺作品是供少年儿童阅读,属儿童文学范畴。"③ 苏联科幻文艺体系中本就有的科幻文艺与儿童文学两个概念绞缠混杂④的问题被原封不动地搬到了中国科幻体系中来了。把科幻文学归结到儿童文学中的影响是深远的,这意味着科幻文学将会受到极大的局限,会失去其本该具有的深刻性与哲理性,而只能以浅显易懂的语言写下适合少儿阅读的浅显的故事,尽管今天中国科幻文学的发展已经进入了一个新阶段,这种对于科幻文学本质的误解却并没有完全清除掉。最有力的证据便是在第九届全国儿童文学奖评选中,刘慈欣的《三体3:死神永生》最终摘得此奖。显然直到如今科幻文学仍旧被看作是儿童文学的分支。

总之,20世纪50年代末期所涌现出的大量科幻作品显然在艺术表现力和思想哲理性上具有一定的缺陷,语言幼稚、情节简单以及人物单薄等问题都削弱了该时期科幻小说的可读性。这是受到了时代氛围和苏联科幻文学理论双重影响而造成的。不过这并不意味着该时期的科幻小说就没有价

---

① 郑军:《第五类接触——世界科幻文学简史》,百花文艺出版社,2011,第212页。
② 高尔基:《论主题》,孟昌,译. 黄伊:《作家论科学文艺(第2辑)》,江苏科学技术出版社,1980,第1-15页。
③ 叶永烈:《论科学文艺》,贺宜等:《儿童文学讲座》,少年儿童出版社,1980,第117页。
④ 王洁:《中国科幻文学的发展历程与三大走向》,《江西社会科学》,2018年第7期。

值。它一方面可以作为一种特殊的史料反映了特定时期的科技水平,另一方面它犹如一枚火种点燃了中国科幻作家的创作热情,为中国科幻小说的发展打下了基础。

## 二、突遇挫折的中国科幻小说:是"伪科学"还是"真文艺"

因"文化大革命"的爆发,刚刚起步的中国科幻小说再度沉寂,整整十年只有叶永烈的作品《石油蛋白》这一篇科幻小说问世。1978年后,当整个中国在政治、经济、教育等方面纷纷步入正轨后,科幻小说也进入了其发展的黄金期。仅仅在1978—1979年间,中国文坛就井喷式地涌现出170多篇科幻小说。[①] 一些优秀科幻作品受到了读者极大的欢迎和追捧,如叶永烈的《小灵通漫游未来》印刷了150万册[②],还被改编成连环画,是中国科幻文学史上最畅销的作品之一,更是很多科幻作者的科幻启蒙读物。更可喜的是,科幻小说正在逐渐摆脱儿童文学的影子,逐步得到主流文学界的认可。童恩正的作品《珊瑚岛上的死光》不仅在《人民文学》杂志上刊发出来,更是获得了1978年全国短篇小说奖。该时期的科幻小说具有了新中国初期科幻小说所没有的特点。

一方面,新时期的科幻作品的思想内涵更为深刻,主题更加成人化。中国新时期的科幻作家们不再仅仅关注于对科学技术的介绍,而是把笔触延伸到对人性的反思,对历史与现实生活中丑恶面的揭露以及对科技伦理的思考等更为复杂的问题。以金涛的《月光岛》为例,在这篇作品中作者描述了知识分子以及他们的亲朋好友在"文化大革命"时期所遭遇到的非人的待遇,对那段不堪回首的岁月进行了否定和控诉,这篇科幻文学作品具有明显的伤痕文学的特征。这篇故事的主角是教授之女孟薇和生命复原

---

① 方舟:《新时期初期科幻小说特征及其问题反思》,《河北学刊》2019年第3期。
② 郑军:《第五类接触——世界科幻文学简史》,百花文艺出版社,2011,第217页。

素的发明者梅生。孟薇本是生物化学教授孟凡凯的女儿,可是因为其父亲被认定为"里通外国"的罪人,她的命运也发生了翻天覆地的变化。她的母亲在惊吓与折磨中死去,她失去了继续深造的机会,而她的父亲被关在监牢中生死未卜。在极度绝望中她选择了结束自己的生命。而梅生则是一个天赋异禀的科研天才,他与他的老师孟凡凯一起研发了生命复原素。当灾难降临的时候,他幸运地找到了月光岛这个政治暴风雨中的台风眼。因为机缘巧合梅生救起了孟薇,并和她一起在月光岛这个世外桃源之中度过了一段甜蜜的时光。但是一封录取通知,彻底改变了两者的命运。尽管政治上的阴霾已经慢慢消退,但是孟薇依然不能被主流社会所接纳,她仍然被视为异类,为了不耽误爱人的前途,她最终选择跟随月光岛上的天狼星人离开了地球。这部作品的科幻色彩其实并不算浓厚,生命复原素这一科技产品并非是小说想要表现的重点,而月光岛上的渔民突然变身成天狼星人也显得颇为突兀。甚至连作者金涛自己都曾发出疑问:"这难道算得上是小说,尤其是人们所称的科学幻想小说?"[①] 但是瑕不掩瑜,这篇小说优美的文笔,动人的故事以及对历史悲剧的控诉都弥补了其在科幻元素表现上的不足。在小说的结尾处那位化装成地球渔夫的天狼星人对地球人的批判直指人心,他说:"地球人还未最终脱离动物的状态,野蛮!愚昧!自私!偏狭!虚伪!怯懦!残暴!粗野!……"作者显然是借天狼星人之口对历史悲剧和人性阴暗进行批判,其作品的深度早已经超越了新中国早期的科幻作品。而叶永烈的《腐蚀》则主要关注的是在金钱和名利面前人心的异化。由于"银星号"飞船发生意外,一种具有强烈腐蚀性的宇宙细菌被带到了地球,李丽、杜微和方爽等几位科学家为了控制住这种可怕的外星腐蚀菌先后献出了自己的生命,他们的同事王璁不仅畏惧研究的危险,不肯前往建筑在沙漠中的科研站,更是在看到老师和同事取得巨大的成就后,

---

① 叶永烈:《中国科幻小说经典》,长江文艺出版社,2006,第377页。

## 第三章 科幻小说：繁荣背后艰难的经典化之路

产生了强烈的嫉妒心理，希望取而代之。显然作品名"腐蚀"具有双重含义，一方面是指可怕的宇宙细菌所具有的强烈腐蚀作用，另一方面则是指名利对于王璁这位年轻的科研工作者心灵的腐蚀。不过作者最终还是为作品按上了一个光明的尾巴，王璁最终还是受到了同事们为科学献身的纯洁品质的感召，接替了他们继续为控制这种可怕的细菌做出贡献。在这篇作品之中，作者创造出了更为复杂的科学工作者的形象，他们不再只是年高德劭、聪明绝顶的科学老爷爷，而是仍然会被金钱和物质所诱惑的普通人。这些深刻反映社会现实和人性至暗处的作品显然已经不再仅仅是为少年儿童所写的了。

另一方面，新时期初期的科幻作品的文学性得以增强，科幻作者们通过扣人心弦的情节，激动人心的历险故事和生动立体的人物形象提升了科幻文章的可读性。童恩正的《珊瑚岛上的死光》是新时期科幻作品中颇具代表性的作品。在这部作品中，一心想要报效祖国的科学家陈天虹带着老师所研发的高效原子电池回国，却被某大国击沉其乘坐的飞机，流落到了一个荒岛上，他在这里遇见了虽然有着极高科研天赋但却不通人情世故的华裔科学家马太。经过陈天虹的启发，马太终于发现了某大国的阴谋。可惜这位不谙世事的科学家最终死在了敌人的手上，而陈天虹最终回到了祖国母亲的怀抱。这篇作品其实早在1962年就已经写成，但是直到1978年才发表出来，所以它带着明显冷战时期的烙印，描写了敌我双方的斗争状态以及这种斗争的严酷性。这篇作品一发表就受到了读者的喜爱，并被改编成了电影，是我国历史上颇有影响力的科幻电影。童恩正显然摒弃了新中国成立初期的游览式和新闻采访式的展开方式，而是以一个精彩而完整的故事表达了鲜明的爱国主题。陈天虹曲折的回国道路，科学家马太和赵教授的无辜牺牲都创造出了激烈的戏剧冲突，这显然已经不是一篇仅仅给儿童阅读的科幻故事了，而是一篇极富吸引力的科幻小说。其所获得的全国短篇小说奖显然就是主流文学界和大众读者对其文学魅力的认可。另一位科幻小说作家叶永烈则是把侦探推理元素融入自己的作品之中,创作出了以公安部门侦查处长金明为主角的一系列科幻侦探小说,如《长生梦》《黑影》《秘密纵队》等。这些小说以刑侦案件为主线,耸人听闻的悬疑故事、逻辑严密的推理过程和玄妙无比的高科技产品使其大受读者欢迎,甚至直到如今仍然有读者认为:"比起现在国内的小说家,简直是强过百倍。一本比我年纪还老的书,内容的未来世界既神秘又符合逻辑现实。"①

通过对新时期初期科幻作品的研究可以发现,中国的科幻作家们已经逐渐在抛弃旧有的科学文学理念,在进行新的创作尝试,并且在积极寻求被主流文学接纳的可能,提升科幻文学的地位。中国新时期科幻作家们的努力没有白费,科幻文学迅速在中国"走红",那几年,几乎所有的文学刊物和科学报刊都争相发表科幻作品,几乎所有的科技类出版社对科幻小说的出版都是敞开大门的。内地的科幻刊物有超过5~8个之多,如海洋出版社的《科幻海洋》、江苏科学技术出版社的《科学文艺译丛》、四川省科协的双月刊《科学文艺》、科学普及出版社的文摘性刊物《科幻世界》、新蕾出版社旗下创办的中国第一份科幻专刊《智慧树》。② 如果这种创作势头能够保持下去,中国科幻尽管在前期走了不少弯路但是仍然可能创作出更多成熟、优秀的作品,能够得到国际科幻创作领域的认可。但是中国科幻的再一次萌芽还是被草草地掐断了。

在中国科幻作家群体尝试拓宽科幻小说的主题与提升科幻小说的艺术水准的时候,一些科普作家和科学工作者却开始对中国新时期的科幻小说家展开攻击。

早在1979年赵之、鲁兵、甄朔南、陶世龙等科普作家以《中国青年报》的《科普小议》专栏为阵地,对当时的主要科幻作者和作品进行了系

---

① https://book.douban.com/subject/2154664/。
② 陈洁:《27天决定中国科幻界命运起伏》,《中华读书报》,2009年3月18日。

## 第三章 科幻小说：繁荣背后艰难的经典化之路

统的批判。① 他们认为科幻小说违反了科学常识，只不过是一种不切实际的科学幻想，他们认为"科学文艺失去一定的科学内容就叫做灵魂出窍，其结果是仅存躯壳，也就不成其为科学文艺了"②，"只有在真正的科学（而不是似是而非的伪科学）基础上，才能提炼出有价值的思想。反之，不管用什么文艺形式乔装打扮，也还是离真理越来越远，达不到预期的效果"③。时任中国科学技术协会副主席的钱学森更是多次指出，科幻是个坏东西，因为科学是严谨的，幻想却没有科学的规范。科学和幻想是两种不相干的、敌对的东西。④ 新时期科幻作家们天马行空的想象被他们看作是背离科学、违反了自然规律的无益的幻想。面对这样的指责，一些科幻作家也纷纷发文反驳。科幻作家童恩正在文章中提出科学文艺"不是介绍任何具体知识，而与其他文艺作品一样，是宣扬作者的一种思想，一种哲理，一种实事求是的态度，一种探索真理的精神。概括起来讲，是宣传一种科学的人生观"⑤。而萧建亨则在厘清科幻文艺和科幻小说概念的基础上提出科幻小说的"社会功能决不应该就在这几百个字的科学知识上"⑥。一场关于科幻小说姓"科"还是姓"文"的论战被发起。起初，只是一些评论家针对科幻小说之中科普部分提出质疑，而后竟然演变成了对科幻作家们本人的批判。而1983年的"清污运动"对中国科幻事业的发展造成了一定的影响。

从1983—1993年，科幻小说的创作陷入了沉寂，甚至在最极端的时候，一年没有一篇原创本土科幻作品得以发表。⑦ 为何中国科幻会陷入姓"科"和姓"文"的纠缠之中？原因有很多，除了受到苏联文艺观念的影响，其

---

① 郑军：《第五类接触——世界科幻文学简史》，百花文艺出版社，2011，第222页。
② 鲁兵：《灵魂出窍的文学》，《中国青年报》，1979年8月14日。
③ 甄朔南：《科学性是思想性的本源》，《中国青年报》，1979年7月19日。
④ 陈洁：《27天决定中国科幻界命运起伏》，《中华读书报》，2009年3月18日。
⑤ 童恩正：《谈谈我对科学文艺的认识》，《人民文学》1979年第6期。
⑥ 萧建亨：《试谈我对科学文艺的认识——兼论我国科学幻想小说的一些争论》，黄伊主编：《论科学幻想小说》，科学普及出版社，1981，第25页。
⑦ 郑军：《第五类接触——世界科幻文学简史》，百花文艺出版社，2011，第226页。

实与中国早期启蒙知识分子对科幻小说的认识也有重要的关系。自五四新文化运动起,科幻小说就始终被看作"启民智"的工具,鲁迅更是提出科幻小说应该"假小说之能力,被优孟之衣冠,则虽析理谭玄,亦能浸淫脑筋,不生厌倦"[1]。而盛行于20世纪三四十年代的知识性强而文学性弱的科学小品,如高士其《菌儿自传》《鼠疫来了》等,则代表了对科幻小说科普性的认可。

但是中国科幻小说的衰落的原因完全在此吗?同样也不尽然,一方面,与科幻文学在读者中造成的影响力有关,尽管新时期初期科幻小说中不乏精品,但是总体来说影响力还是不足的。它的受众仍然集中在青少年,这就意味着它并没有广泛的受众群体,并不如传统的通俗文学类型,如武侠小说对读者的影响那么深远。另一方面,也是受到了文学环境的影响,当市场被引入到了文学场域之中,一些科幻期刊和出版公司在得不到国家资金支持后纷纷倒闭,可供科幻文学发表的地方也在减少,这对于科幻文学来说并非是一个好消息。但是这种文学环境的改变,在若干年后反而为中国文学带来了新的生机。

## 三、再度崛起的中国科幻:更加适合大众阅读小众文类

在经过十年蛰伏后,20世纪90年代左右中国科幻有了复苏的趋势,新生代作家的崛起为中国科幻带来不一样的气象,这批作家不再囿于科幻是姓"科"还是姓"幻"的论争中,他们作品中的通俗性和文学性都不断得到增强,更加符合大众读者的阅读品味,但是科幻小说中所包含的大量科学知识还是对读者的素养提出了要求,有着更高的阅读门槛,所以中国科幻更像是少数人的大众文化[2],它有着自己忠实的读者群体,但是却极其难

---

[1] 鲁迅:《〈月界旅行〉辨言》,《鲁迅全集·第10卷》,人民文学出版社,1981,第152页。
[2] 杜学文、杨占平:《为什么是刘慈欣》,北岳文艺出版社,2016,第271页。

## 第三章 科幻小说：繁荣背后艰难的经典化之路

以走出这个科幻发烧友的群体之中得到更广泛的大众读者的关注，更难以被主流文学圈所了解和接受。具有通俗文学性质的科幻文学在中国成了不折不扣的小众文体。

要想了解中国科幻文学再度崛起的秘密和它的特点，首先需要来了解一下，中国科幻文学是如何走出低谷的。遭遇重大挫折之后的中国科幻文学元气大伤，不仅许多科幻作家退出了创作领域，很多刊物和出版社也对科幻作品关闭了大门。但是科幻文学的火种还是被一些真正热爱科幻文学的人保存了下来，其中不得不提到姚海军和《科幻世界》这一科幻文学刊物。

姚海军，1966年出生于黑龙江绥化，他在20世纪70年代末期接触了大量的科幻小说，从而成为一位资深的科幻迷，并自费带领当地的科幻爱好者创办了《星云》杂志。这份刊物以发表评论文章和动态咨询为主，在总共发行的近30期中，共刊载有几十万字文稿①，成为研究中国科幻历史的珍贵史料。而姚海军的才能和对科幻的热情在他进入了《科幻世界》杂志工作后有了更大的发挥空间。《科幻世界》的前身是《科幻文艺》，这份创刊于1979年的科幻期刊对于中国科幻历史具有重要的意义。在中国科幻文学陷入沉寂，大部分科幻期刊都纷纷倒闭的情况下，《科幻世界》却在数十年间成为中国内地唯一一个发表科幻作品的平台。在既无国家资金支持，又无民间投资，且科幻文学毫无市场的情况下，《科幻世界》独辟蹊径。一方面在积极扩大科幻文学的影响力，使更多的读者知道科幻文学的概念；另一方面则是顺应市场的要求，对科幻世界产业链进行探索。基于这种发展思路，杂志社在经济极为困难的情况下却十分成功地承办了1991年世界科幻协会年会②，一大批蜚声中外的科幻作家来到了中国，获得了极大的反响，刺激了一批年轻的中国科幻作家和读者。尽管这个会议没有马上带来

---

① 郑军：《第五类接触——世界科幻文学简史》，百花文艺出版社，2011，第227页。
②④ 秦莉：《〈科幻世界〉：小众化期刊赢得大市场》，《传媒》2007年第12期。

《科幻世界》销量的扭转，但却是"科幻出版否极泰来的转折点"①。1997年《科幻世界》杂志社又在北京举办了"97北京国际科幻大会"，这次会议的声势更为浩大，甚至连美俄两国宇航员都莅临参加。上百家媒体甚至连央视都对这次科幻文学的盛会进行了报道，"这让科幻的社会形象得到了迅速提升"②，中国的科幻文学终于摆脱了历史阴霾以一个崭新的形象进入了大众的视野。得益于《科幻世界》杂志社正确的办刊宗旨和营销策略，1998年刊物期发量达到了20万册，1999年攀升至30万册，2000年突破了40万册。④可以说这份刊物终于在市场上站稳了脚跟。而后进入《科幻世界》的姚海军又进一步推动了"中国科幻图书视野工程"，推出了近百部经典的中外科幻著作，从期刊发行到图书出版，科幻创作与出版的产业链越发完整和成熟。《科幻世界》不仅使中国科幻文学作品成功进入了读者市场，更是唤起了中国科幻文学的生机。既秉持着热爱科幻文学的初心，又顺应了市场规律，同时照顾到了读者的阅读兴趣，《科幻文学》杂志的成功不仅意味着中国科幻文学的再度崛起，也意味着科幻文学已经彻底走向了市场，科幻文学的创作环境也发生了彻底的改变。

　　由于需要兼顾到科幻创作质量和科幻作品的销量，新生代科幻小说作者们的作品呈现出一种通俗化的趋势。一方面表现在小说情节显得更加曲折和离奇，故事的编排和讲述显得更加流畅；另一方面，性、血腥和暴力等一些吸引眼球的通俗元素也不可避免地进入科幻文学作品之中。

　　在20世纪80年代，中国科幻小说已经有了通俗化的倾向，《珊瑚岛上的死光》以及叶永烈的《秘密纵队》等科幻小说都可以划归到"通俗"的行列③，而新生代的科幻作家群体进一步加强了通俗化的倾向。一方面他们或是把一些其他通俗文学的元素注入自己的科幻作品中，或是把各种妙趣

---

①② 宋平：《只有核心强大，才能突破边界——专访〈科幻世界〉杂志副主编、〈三体〉三部曲策划人姚海军》，《中华读书报》，2012年7月11日。

③ 王瑞、方舟：《移挪的幻想——中国改革开放初期通俗科幻小说》，《长江学术》2018年第2期。

## 第三章 科幻小说：繁荣背后艰难的经典化之路

横生的高科技融入惊险刺激的探险故事中，增加了科幻小说所蕴含的娱乐性。以新生代科幻作家何夕为例，他就大胆地把言情的元素融入自己的小说之中，在他的很多作品中情感描写都占据了极为重要的地位。以他的代表作《爱别离》为例，叶青衫因一次出轨而染上了可怕的艾滋病，他的独特的基因却使他自愈了，而他的妻子林小菲却没有逃过这一劫，只能坐等死神的降临。叶青衫贡献出自己的血液用作科学研究，最终为全人类带来了消灭艾滋病的疫苗。但是最终他还是追随自己的妻子去了另一个没有背叛和病毒的世界。尽管这篇作品论述了艾滋病的可怕与艾滋病疫苗的诞生，但是更扣人心弦的却是叶青衫与林小菲的爱情。尽管他们经历了背叛，被死亡威胁，但是他们仍然挚爱对方。连何夕自己都承认"《爱别离》则是彻头彻尾的爱情小说，本意就是赚人眼泪的"①。而在《光恋》中被众人背叛的邓峰却在太空的一角中找到了真爱，与所爱的人共同赴死挽救了地球上所有人的生命。在《小雨》里，韦雨被"我"和凌冰两个人所爱，她选择用分时系统把自己一分为二，却在秘密暴露后死去。在《盘占》中，巨人盘古开天辟地的神话中仍然交织着楚琴、欧洪和陈天石三人纠结而隐秘的爱恋。尽管缠绵悱恻的爱情与理智冷静科幻世界显得那么不相融，但是却为何夕的科幻作品添上了一抹柔美的色彩。尽管正如何夕自己所说："在我的作品里感情描写一般居于次要地位，跟科幻主题也关系不大。"② 但这却成为何夕吸引读者的利器，更多女性读者可能被何夕的作品所吸引。何夕在自己的作品中加入大量的言情元素，自然是因为他对科幻文学的理解和其创作心理，"像爱情这样的文学母题是无论哪种文学形式都无法回避的。我想证明按照标准的科幻模式也能写出动人的爱情故事来"③，但是这与他对读者阅读口味的迎合也是分不开的，既然在他看来"评价科幻作品的优

---

①②③ 姚海军、何夕：《何夕访谈之一》，https://baike.baidu.com/item/何夕/2524163?fr=aladdin#2。

劣最简单的办法就是让读者投票"①，那么为科幻小说增添一些"更接地气"的言情元素也不是不可以的。

新生代科幻作品通俗化的另一重表现则是性、暴力等元素更多地出现在科幻作品中。毫无疑问，科学技术的发展会带来人类社会形态的转变，道德价值观念的重构，在外星文明和宇宙巨灾的冲击下，当下的人类生存图景势必会改变，以性、暴力等人类行为为角度对人类未来命运进行预测和猜想本没有错误。但是过多地描绘一些血腥、暴力和香艳的画面则显得有些突兀，也在一定程度上削弱了作品本身的力度。作为新生代科幻四巨头之一的王晋康在这方面特别明显。在他的小说《与吾同在》里，江元善、严小晨等11人一起去湖畔游玩，他们既是智商超群的天才，同时也是具有活力的年轻人，在风景如画的湖边嬉戏打闹，而就在这时有个女孩提出要把湖边变成天体浴场，并当场脱下了自己的衣服，这个提议得到了大家的响应。这11个年轻人都纷纷抛掉衣物，赤裸相见，没有人觉得尴尬和不适。也许作者是想借助这些年轻人敢于裸露身体来表现他们的无拘无束，又或许是想表达出他们之间亲密的关系，更有可能是为几对男女之后的感情发展埋下伏笔，但不得不说在整部小说里这个场景显得略微尴尬而生硬，甚至有为了吸引眼球而裸露的低俗之感。这段天体浴场的描述显然已经游离于主线之外，它既没有推动故事情节，也没有对人物性格塑造起到重要作用。其实对于性爱元素不恰当和频繁的使用已经成为王晋康科幻作品中让人诟病之处，正如学者赵柔柔所说："在王晋康的科幻小说中谈论性/性别的问题，往往令人感到尴尬：性爱描写作为叙事元素因过于突兀而显得频繁（很少是情节发展的必要），因单调而显得直白（'一场痛快淋漓的性爱'成为常规句式）。"② 在另一位新生代代表作家韩松的早期作品中，性与暴力

---

① 姚海军、何夕：《何夕访谈之一》，https://baike.baidu.com/item/何夕/2524163?fr=aladdin#2。

② 赵柔柔：《拉直的地平线——王晋康科幻小说中的人类修辞》，《名作欣赏》2018年第8期。

第三章 科幻小说：繁荣背后艰难的经典化之路

同样也占据了非常大的比重。在他的作品《美女狩猎指南》中，他写了嫖妓、奸尸、强奸、诱奸等不太正常的性爱关系。作者显然是想借助这些出格的性爱对人性中肮脏、猥琐的一面进行批判，但是太过于大胆的性爱场景描写还是在一定程度上使作品显得格调不高。这些新生代科幻作家渴望创作出精品科幻的诚意是毋庸置疑的，只是面对科幻创作环境的剧变时，他们也需要对市场和读者进行妥协，需要找到自身创作理念和读者阅读兴趣之间的平衡点。科幻作品的通俗化背后是当代中国科幻作者对当今文学创作形势的清醒的认识和明智的选择。

尽管20世纪90年代的科幻作家和编辑已经有了融入市场的自觉，著名科幻文学编辑姚海军就敏锐地意识到中国原创科幻能不能发展，取决于有没有自己的畅销书作家。[①] 可是中国科幻作品要成为真正的畅销作品却非常难，《三体》可以说是整个中国科幻小说界的一个异类，它的走红不仅与刘慈欣高超的写作技艺有关，还与出版模式、传媒宣传和大奖的加持有关，它的成功有几分可遇而不可求的味道。现如今中国科幻早已经有了很多固定的"铁粉"，中国的"科幻文化共同体"的核心成员始终保持在百十来人的规模，每个人都是共同体文化的高度参与者。[②] 但是如何使科幻精品"出圈"却仍然是一个巨大的难题。2015年刘慈欣的获奖掀起了新一轮科幻热潮，但是如果中国科幻无法顺利地从杂志时代过渡到图书时代，那么这轮科幻热终究只能是昙花一现。

## 第二节 刘慈欣：游走于多元文化场域之间的科幻奇迹

刘慈欣是中国科幻小说的一个异数也是一个奇迹，他的作品走出了国

---

[①] 宋平：《只有核心强大，才能突破边界——专访〈科幻世界〉杂志副主编、〈三体〉三部曲策划人姚海军》，《中华读书报》，2012年7月11日。

[②] 杜学文、杨占平：《为什么是刘慈欣》，北岳文艺出版社，2016，第272页。

门得到了西方科幻文学界的认可，他亦带领中国科幻作品走出科幻圈被大众所接纳，他更是吸引了国内主流文学界和研究者的目光，而他的作品中所具有的商业价值也在逐渐被挖掘……为何刘慈欣能够获得如此巨大的成功？他的作品又具有何种魅力能够征服不同地域、不同阶层和不同背景的大量读者？关于这些问题早已有研究者给出不同的答案：或认为其作品天马行空的想象力为读者带来了不一样的心灵冲击；或认为其作品立足于现实具有极重要的社会意义；或看到了社交媒体对于《三体》成功的推动作用；更有研究者看到了日渐成熟的科幻文学的出版体系等。原因不一而足。这些当然都是极其重要的原因，刘慈欣的成功是多种因素的合力，但是立足于中国当下多元文化场域并存的时代背景，对刘慈欣及其作品做出研究显然还不多，值得注意的是刘慈欣的作品反映出的不是单一的价值观和价值体系，而是对多种文化场域中文化观念的吸取和融合。

他的作品中既可以看见中国传统文化理念的影子，又能窥见西方文化场域对他的影响；而精英意识和大众文化同样在其作品中裹缠和杂糅。在当今多种文化并存的时代背景中，刘慈欣并不是特定文化场域的绝对捍卫者，他吸收了不同文化场域之中不同的文化元素，而且把这些文化元素巧妙地融合在他的作品中。所以拥有着不同文化背景的读者都能够从刘慈欣的作品中找到自己所熟悉的文化理念和价值观，而且这些文化元素的两两组合更能够为读者带来全然不同的感受，营造出一种陌生化的体验，这也许就是他能够获得成功的重要原因之一。

## 一、影响颇深的西方理念与植根心灵的文化传统

作为一个多民族国家，更兼处于全球一体化的进程之中，中国有着多元文化场域。在当代中国多元文化场域中，分别存在着主流文化场域、传统文化场域、西方文化场域等，各种场域在以马克思主义意识形态为主导

## 第三章 科幻小说：繁荣背后艰难的经典化之路

的主流文化的指导下，相互影响、相互渗透，呈现出一元多导、多元并存的局面。① 正是由于这样特殊的文化背景，刘慈欣受到了不同文化场域的影响，接受了不同的文化价值理念，并且使不同的价值观念在自己的作品里得到了充分的表现。在其作品中表现得最为明显的应该是中西方文化的碰撞，他没有生硬照搬西方的模式，更没有全盘接受中国的传统价值观，而是把中国传统文化理念巧妙地融合在西方价值体系中，中外文化的碰撞与杂糅创造出了独特的宇宙设定和科幻视角，给予了中外读者不同的阅读感受。

随着改革开放政策的实施，西方国家的政治、文化理念得以进入中国国内，而传媒的发展更是把更多西方的文化产品输入到了中国国内，反映西方价值观体系的文化场域早已经在国内形成。西方文化中的民主和科学精神、自由和平等意识、竞争和开拓精神，对西方国家乃至全世界的社会发展起到了重要的推动作用。② 而对于通过接触西方科幻文学而走上创作之路的刘慈欣来说，他对于西方文化场域中所提倡的价值观和理念极为认同。这主要表现在他对于科技的认同与亲近，他在多个场合提到过他是一个技术至上主义者。这种价值观清晰地反映在他的作品之中，一方面，他的作品中有着大量的科学元素与技术细节，他始终坚持着"硬核科幻"的创作；另一方面，则是在语言上极为冷静和克制，不掺杂过多的感情色彩。

首先，尽管对于科学技术的反思和质疑早已经渗入当今科幻小说的创作，但是刘慈欣却是一个坚定的乐观科学主义者，因此新兴的科学技术与科学理念是其科幻小说创作的核心，正如他所说："科技神奇感的消失，是科幻文学所面临的最致命的打击，也是科幻衰落的最根本原因。我们必须正视科幻文学的本质和核心，科技神奇感是科幻的生命力之所在，我们必

---

①② 张纲：《多元文化场域背景下马克思主义意识形态话语权建设研究》，博士学位论文，郑州大学思想政治教育系，2016。

须创造出更多的、更大的神奇。"① 在他的作品之中，对新兴科技的描绘不仅占据了极大篇幅，同时刘慈欣还善于提供更多详细而有趣的细节，而更为直观重要的是他着力于表现科技所具有的美感。他的《三体》可以说是一部未来科技的"百科全书"了，人工冬眠技术、太空电梯、避雨器以及象征着三体人文明的"水滴"等脑洞大开的科学技术则能够使读者眼前一亮。而值得注意的是，重要的不是在提出这些概念本身，而是作者如何以翔实的细节让读者领略到其独特的科技之美。以承载着三体人信息的探测器"水滴"为例，它带有着些许威胁和恐吓的意味，是另一种高级文明的代表。它是残忍的，能在瞬间击垮人类的舰队，但是却又拥有着惊人的美丽："它的形状虽然简洁，但造型精妙绝伦，曲面上的每一个点都恰到好处，使这滴水银充满着飘逸的动感，仿佛每时每刻都在宇宙之夜中没有尽头地滴落着。它给人一种感觉：即使人类艺术家把一个封闭曲面的所有可能形态平滑地全部试完，也找不出这样一个造型。它在所有的可能之外，即使柏拉图的理想国中也没有这样完美的形状，它是比直线更直的线，是比正圆更圆的圆，是梦之海中跃出的一只镜面海豚，是宇宙间所有爱的结晶……"② 这个恶的使者却又是美的化身，刘慈欣在此并非是想要美化身为侵略者的三体人，而是通过调动各种感官来告诉人类科学蕴含的美感，以及科学技术所创造的美的奇迹。如果说这样展示科技的美还停留在事物的外在显得过分肤浅，那么刘慈欣还通过为科技产品附上情感意义使其由内而外散发出一种魅力来。如出现在"广播纪元"的曲率驱动飞船，它是通过折叠飞船身后的空间来推动飞船前进的，这能够使飞船几乎达到光速，从而使地球人有了逃离毁灭的可能。曲率驱动飞船显然拥有着与现实飞船完全不一样的驱动系统，其驱动方式与物理、数学等理科知识都有着极大的联系，对于普通读者来说很难理解其驱动原理，但是刘慈欣却通过一个

---

① 刘慈欣：《关于科幻文学的一些思考》，《名作欣赏》2013 年第 10 期。
② 刘慈欣：《三体》，重庆出版社，2016，第 367 页。

## 第三章 科幻小说：繁荣背后艰难的经典化之路

唯美的童话故事把其引入作品当中。通过云天明向程心讲述的露珠公主与长帆的故事，曲率驱动飞船竟然裹上了一种浪漫的色彩，其驱动的原理也通过那柔软细腻的"肥皂"和那有着白色长帆的船而被读者所理解。科技并非是冰冷的合金或无感情的字符，而是人类表达传承情感的另一种纽带。在这别出心裁的异想之后，是刘慈欣对于科学的热情和其赤诚的科学精神。当然这不意味着刘慈欣的猜想永远是符合实际的，曾经有科学家认为"《三体》中的科学破绽占50%甚至更多"[①]，但是应该看到科幻文学本身并不是一种科普文章，它作为一种通俗文学类型，更多地需要作者放飞想象，给予读者不一样的阅读体验和视角。对其中硬伤的过分吹毛求疵只会使科幻作家们束手束脚，无法大胆创作。

其次，刘慈欣坚持以一种客观而冷静的笔触来对科幻故事进行叙述，力求与其科幻小说之中的智性基调相匹配。他倾向于采用一种客观直白的话语来创作，极少用长句和形容词，而总是显得极为简单明了，很少用煽情的话语来过分渲染感情。甚至在极为强烈的情感冲突时，作者的语言仍旧极为克制和冷静。在《流浪地球》中，"我"的爸爸爱上了他人，他向"我"的妈妈进行了坦白，"爸爸突然想起了一件事，'呵，忘了告诉你们，我爱上了黎星，我要离开你们和她在一起。''这是谁？'妈妈平静地问……'过一阵我肯定会厌倦，那时我就回来，你看呢？''你要愿意当然行。'妈妈的声音像冰冻的海面一样平稳，但很快激动起来，'啊，这一颗真漂亮，里面一定有全息散射体。'"本该是具有强烈戏剧冲突的场景，竟然显得十分的平静和冷漠。在末日阴影的威胁下，常规的家庭早已经面临着解体，充斥着机械神话的年代里，理智早已经取代了情感，这一场面却已经写出了末日带来的肃杀之气。正是刘慈欣精练的语言达到了这一效果。在《全频带阻塞干扰》中，作者以这种精练的语言准确地表达了残酷的战争场景：

---

[①] 吴越：《给〈三体〉挑物理学硬伤》，《文汇报》，2013年8月31日。

"她用手撑着坐直身,右手触到了一团黏糊糊的冰冷绵软的东西,看上去像一个沾满了黑色弹灰的泥团。她突然意识到那是一块残肉,她不知道它属于身体的哪一部分,更不知道属于哪一个人。"没有对人物心理的过多陈述,也没有对人物情感进行说明,有的只是对事物客观具体的描述,更不掺杂过多的感情色彩,犹如战地记者的语言,明白晓畅却无过多的修饰语。但是正因为其的克制与理性,反而显得更为可信。如果以主流文学的标准来看,这样的语言风格显然有些缺乏文采,刘慈欣也因此遭到了不少读者和研究者的诟病,但是对于刘慈欣来说这显然不是什么大问题,他说:"我的文字肯定不会改变。阿西莫夫说过,科幻文学的语言,一大要素就是透明。你让读者直接看到的是内容而不是语言。科幻是内容的文学,不是形式的文学,说什么比怎么说更重要。我的语言努力想做到这一点,让读者忘记你的语言,看到里面的东西……我还是有意让自己的语言不要变得不透明。"① 显然,刘慈欣是在有意坚持这种文字风格,这不仅与他曾经受到过海明威的影响有关,更与他的科学精神有关,在他看来虽然科幻文学被归到了文学的类别中,但是科学应该始终是主导,以冷峻而理性的语言叙述未来科技并没有任何不妥之处。对科技力量的绝对崇拜和硬朗的语言风格都是刘慈欣科学精神的一种体现。

尽管刘慈欣的启蒙者来自西方,但是作为一直在传统文化场域生活的中国作家,刘慈欣同样受到了中国乃至东方传统思想的影响。如果说西方文化影响到了刘慈欣作品的语言风格和创作理念的话,那么中国传统思维则是为刘慈欣提供了别样的思路。在刘慈欣的作品中清晰地反映出了作家对土地的眷念以及土地对其的影响。

费孝通先生曾提到:"我们的民族确是和泥土分不开的。从土里长出过的光荣历史,自然也会受到土的束缚,现在很有些飞不上天的样子。"② 土

---

① 南都:《刘慈欣:我的科幻是沉重的》,《满分阅读(高中版)》2015年第10期。
② 费孝通:《乡土中国》,人民出版社,2015,第2页。

## 第三章 科幻小说:繁荣背后艰难的经典化之路

地在中国文化中占据了相当重要的位置,中国人对土地有着根深蒂固的热爱,就算是眼望星空、心怀宇宙的刘慈欣同样不能够完全拒斥这种文化心理的影响。只不过他把对土地的热爱变成了走向宇宙的另一种方式,打破了费孝通先生所说的"飞不上天"的魔咒。《流浪地球》这部作品就可以看作是他热爱土地、眷念家园的佐证。由于太阳内部发生了剧变,太阳内部"氢转化为氦的速度突然加快",地球将会被太阳吞噬,人类面临着种族灭绝的危险。逃出即将变为火海的太阳系成为人类的当务之急,而带着地球一起去流浪被看作是个明智的选择,就算因为超大型发动机的建立和气候的变化已经使这个地方不再适合人类居住,但是人类依然不能够抛弃掉昔日的家园。为了达成这个目标,人类为之付出了巨大的努力。正是刻在基因符码里的对家园和土地的眷念使刘慈欣决定让人类带着地球共同去流浪,地球在文中绝对不能看作是一个超大型的宇宙飞船,而是承载着人类历史的精神家园,在茫茫宇宙中的特殊倚傍。而在《三体3·死神永生》中,云天明是唯一进入了三体世界的地球人,他的大脑被三体人截获,当若干年过去后他再度与程心相见的时候,程心曾无数次地猜测了这场世纪大会面的情况,但是她却在有着最高精尖技术的飞船上看到:"一片阳光下的金色麦田。麦田大约有半亩的样子,长势很好,该收割了。田地的土壤有些诡异,是纯黑色的,颗粒的晶面反射着阳光,在土地上形成无数闪烁的星星。"云天明早已浸淫在先进的三体文明中多年,但是仍旧不能丢弃掉对土地的热爱,甚至在与三体人一起慌乱逃生的情境之下仍然在宇宙飞船上保留了一片土地。在这富有科技感与未来感的飞船上,刘慈欣却用一片土地惊艳了所有的读者。中国传统文化在这些散落于无垠宇宙的土地中得到了展现。而且在《乡村教师》《中国太阳》等这些作品之中,刘慈欣同样展现了对土地、乡村和与土地关系最亲近的人的思考和观察。尽管这种对土地的热爱在中国科幻作家群体中并不少见,如王晋康的《飞出母宇宙》中提到了在灾难降临之时有人因为对这片土地的眷念而仍然不肯离开。在中国几乎所有文学类型都抒发了人对于土地割舍不了的深厚情谊，带有中国文化中浓郁的农耕背景气息，这种感情大概能超过其他所有国家对土地的热爱了吧。① 中国传统思维的影响使刘慈欣对于外来宇宙有着不同于西方科幻作家的地方，带给了外国观众陌生化的体验。这种来自东方文化的新奇感，使刘慈欣有了被国外观众接纳的可能，根据学者刘舸、李云的调查报告可以发现，外国读者群体中有 27.1% 的读者是因为《三体》的中国特色②而爱上刘慈欣的作品的。

综上所述，刘慈欣有意识地融合了西方文化理念和中国传统思维，一方面，他崇尚科学，始终坚持走"硬科幻"之路；另一方面，他则是把一些传统理念和思想作为其灵感的来源，激发了对宇宙不一样的想象。

## 二、不曾避讳的通俗文学理念与不能回避的精英意识

刘慈欣同样也不能逃避精英文化场域和大众文化场域对其创作所产生的影响，他的作品不仅符合代表着精英文化理念的主流文学标准，也遵循了作为通俗文学一种的科幻文学的创作规律。在创作中，刘慈欣一方面注重科幻作品作为通俗文类的特征，迎合读者的娱乐性的要求；另一方面，也对宇宙、社会中的宏观问题进行了深层次的思考，没有忘记延续正统文学之中的启蒙传统。

科幻文学作为一种外来文类，也由于其在中国特殊的经历和遭遇，它的概念和含义总是显得有些模糊不清，它曾经被赋予了很多其他意义，也曾被归入到其他文类中。直到 20 世纪 90 年代之后，科幻文学才回归了其本来面目，重新拾起了其作为通俗文学的特性并有了特定的创作理念和读者

---

① 贺欣晔：《从人伦特征看中国科幻文学在新时期的文化创新与融合》，《辽宁广播电视大学学报》2018 年第 2 期。

② 刘舸、李云：《从西方解读偏好看中国科幻作品的海外传播——以刘慈欣〈三体〉在美国的接受为例》，《中国比较文学》2018 年第 2 期。

## 第三章 科幻小说：繁荣背后艰难的经典化之路

群体。作为新生代科幻作家中的一员，刘慈欣毫不回避科幻小说作为通俗文学的本质，更不讳言科幻小说与大众文化的关系。他不止一次地提出"我从来不作为自己而写的傻事"①，认为"科幻文学除了看作品还要看市场"②，并且提出"大众文学是没有使命感的，我们写的就是为了发表，为了赢得读者，就这么简单"③。尽管有时候他和读者的阅读品味并不相同，但是这并不妨碍刘慈欣把科幻作品写成畅销书的努力。他在确定了受众群体后，努力地对读者的阅读兴趣进行着回应，在坚持自己的硬核科幻的创作风格时，不降低其作品的可读性和娱乐性。他一方面通过一个个逻辑自洽，结构流畅且引人入胜的故事、简单明畅的语言降低了科幻阅读的难度；另一方面则是通过对未来世界、宇宙星辰、外星文明等汪洋恣肆的想象使读者得以逃离俗世繁杂，能够仰望星空。

首先，刘慈欣尽量避免了大量无用的科技描写，往往是通过引人入胜的故事自然而然来进行科学幻想。正如他自己所说："大量的技术描写，这也是我很讨厌的事情，以后会尽量减少。最好的科幻小说不应该有这样的东西，世界上的科幻经典中纯粹的技术解释是很少的，它都是通过情节来表现科学幻想。"④ 抛开科幻元素，他的小说仍旧是非常完整和有趣的故事。以他的短篇小说《带上她的眼睛》为例，当科技高度发达，传感眼镜可以通过超高频信息波把图像、触觉、味觉传递给人类，地球上兴起带上他人的"眼睛"去游玩的新的旅行模式。"我"作为一名宇航系统地面工作人员早已经习惯了这种方式。直到"我"遇见了她，尽管她看起来和所有的宇航员一样，她的身上却处处透出了古怪。她对于大自然的迷恋、对于时间的过分珍惜、对于未来不可抑制的悲伤……种种迹象都似乎在预示着这不是一次普通的旅行，谜题直到最后才揭开，这个柔弱的女孩并非翱翔在无

---

① 杜学文、杨占平：《为什么是刘慈欣》，北岳文艺出版社，2016，第 226 页。
② 杜学文、杨占平：《为什么是刘慈欣》，北岳文艺出版社，2016，第 229 页。
③④ 杜学文、杨占平：《为什么是刘慈欣》，北岳文艺出版社，2016，第 203 页。

垠的太空中，而是孤独地生活在充满岩浆与酷热的地底炼狱中，她种种奇怪之处都得到了解答，她的伤春悲秋不过是因为这将是生命中的最后的美丽景象，她的脆弱背后竟是无人可撼动的坚韧。传感装置、地底探索等科技都通过这个柔美的故事串联了起来，而不再似早期的科幻小说一般以采访式和浏览式的方法进行枯燥的介绍。在系列长篇小说"三体"中，刘慈欣更展现出了极强的讲故事的能力，这个系列总共有三部作品：《三体1·地球往事》《三体2·黑暗森林》《三体3·死神永生》。由于这部作品涉及三体宇宙的建构和地球人类的生存，体量庞大，很容易出现结构庞杂、虎头蛇尾、前后脱节的问题。但是刘慈欣却避免了这些问题，他在每部作品中都设置了主要人物，通过一些关键人物让整个系列串联起来，避免了结构中过散的问题。特别要提到《三体3·死神永生》，这部作品比起"三体"系列的前两部作品来说更加的"硬"，作为"三体"系列的结局，必须要对前面两部中的技术进行总结和回顾，一些技术上和情节上的"坑"必须填充起来，因此里面的技术词汇更加密集，为读者设置了不小的阅读障碍，很容易让读者失去阅读兴趣。但是刘慈欣却通过跌宕起伏的情节牢牢地抓住了读者。在这一部中三体人和地球人的较量进入了白热化的阶段，从程心的失败导致三体人与地球人之间的平衡被打破，到三体世界灭绝，人类世界也将要迎来灭亡，再到云天明的出现为人类复兴带来希望。人类的命运始终在生死线上游走，使所有读者都为人类的命运悬起了心。可以看出"三体"系列受到读者们的喜爱并非是偶然，而是其故事的跌宕起伏引起了读者的阅读兴趣。

其次，刘慈欣小说的魅力还表现在其天马行空的想象力上，这也正是科幻文学的魅力所在。虚构文本对于大众来说具有极大的意义，特别在现代大都市中，当人们因为现实的压力而不堪重负的时候，都需要通过阅读来逃避现实的残酷。武侠、玄幻和奇幻等文类都是因为具有远离世俗生活的"爽文"性质而被读者所喜爱。科幻小说同样因其虚构性而具有了被大

## 第三章 科幻小说：繁荣背后艰难的经典化之路

众所接受和喜爱的潜质，只不过立足于现实、发轫于科学的科幻小说显得比其他通俗文类更为"高级"，被看作是"能给网络文学拉高智商"① 的特殊的通俗文类。刘慈欣显然已经认识到了虚构和想象力对于科幻文本的重要性，在前文已经提及他在对未来科技的描述上所带给中外读者的惊喜。但是值得人关注的不仅是他对未来科技的想象，还有他对于未来社会形态细节的想象，在这一方面他比国内的科幻作家走得更远。

也许有赖于他对于技术的绝对崇拜，在他的作品中充斥着理性和智性的光芒，因此他能够从社会形态发展的角度而非是情感和道德的角度来考虑家庭、爱情和亲情。在《三体2·黑暗森林》中就有了对婚姻和家庭的猜想，面壁者罗辑沉睡了多年醒来后依然念念不忘他的爱人庄颜和孩子，但是出生于危机纪年的护士却告诉他："现在没有家了，谁都没有了，婚姻啊家庭啊，在大低谷后就没有了。"面对罗辑的质疑，这位护士疑惑道："我从历史课上知道，你们那时婚姻家庭就已经开始解体了，有很大一部分人不愿意受束缚，要过自由的生活。"在小说《流浪地球》中，"我"父母也表现出了对婚姻、爱情的极度冷漠。婚姻和家庭制度的灭绝是比科技剧变更震撼人心的一点，在当下，婚姻、家庭、亲属等一系列制度确保了生育的完成，保证了人类的绵续，是人类社会的基本的、普遍的制度。② 因为这种制度的普遍性与必要性，在大众看来先行的婚姻制度和家庭形态应该是亘古不变的。但刘慈欣却敏锐地意识到当科技带来生活的巨变，现有的道德体系和社会制度同样应该随之改变，而这种社会形态的改变为读者所带来的思维冲击甚至比科技巨变更大。他认为："对科幻作家来说，你可以推翻牛顿、爱因斯坦的理论体系，但是你想要推翻现在社会的道德体系的话，这是很危险的事。比如两性关系，科幻小说可能描写三性、四性，这些都

---

① 邵燕君：《期待科幻文学拉高网络文学的智商》，《中国艺术报》，2015年12月21日。
② 石艳：《费孝通家庭社会学思想研究》，博士学位论文，上海大学社会学及统计学系，2013。

是很危险的，搞不好就踩到雷区了。但这也是科幻的魅力所在，它可以描写那些人类看似最坚固、实际上变化很快的东西。"① 刘慈欣作品中的想象力不仅表现在他对宇宙、科技和未来的想象上，更表现在对人类道德理念和生存状态的预测上。打破读者所熟悉的道德模式和社会框架，是比带他们去了解陌生的科学技术更震撼人心的。

如果说刘慈欣是主动拥抱市场，向大众文化靠拢，那么当他面对主流文学标准的时候，他更多的是采取了一种疏离的态度。他一再提到了科幻文学和主流文学创作之间的不同点，认为"科幻文学和主流文学有很大的差别，主流文学的细节没法太大，而科幻中的情节可以很宏大，线条很粗，甚至可以把种族、国家乃至世界作为一个细节来描写"②。甚至认为主流文学的价值观对科幻创作造成了极大的伤害，"科幻是一种能飞进来的文学，我们偏偏喜欢让它在地上爬行"③。但是刘慈欣自己可能都没有意识到，他的创作中含有主流文学的价值取向和文学传统。他并不因为想获得读者，而放弃了对大众道德缺点的检视；也不因为崇尚科技，而放弃了人文关怀；更不因为想要娱乐大众，而放弃了深刻的哲学思考。主流文学价值理念中的启蒙立场和人文精神是他作品中极为主要的精神内核。

首先，刘慈欣在创作过程中依然保有这启蒙的立场。他不吝笔墨地描绘了在巨大的灾难面前人类的勇敢与勤奋，但是他同样看到了在绝境中人性的弱点。在《三体3·死神永生》中云天明的故事不仅仅是地球的福音，更是对地球的另一种诅咒，那美好的三个故事犹如照妖镜一样照亮了人们内心中的黑暗。当地球毁灭的灾难即将到来时，人们还是在为了一己私利而缠斗，"舰队国际、联合国、各个国家、跨国公司、各大宗教等等，都在按照自己的政治意愿和利益诉求解读故事，把情报解读变成了宣传自己政

---

① 杜学文、杨占平：《为什么是刘慈欣》，北岳文艺出版社，2016，第205页。
② 杜学文、杨占平：《为什么是刘慈欣》，北岳文艺出版社，2016，第201页。
③ 杜学文、杨占平：《为什么是刘慈欣》，北岳文艺出版社，2016，第50页。

## 第三章 科幻小说：繁荣背后艰难的经典化之路

治主张的工具。一时间，故事就像个筐，什么都能往里装，致使解读工作变味。不同派别之间的争论也更加政治化和功利化，令所有人灰心丧气"①。在外界的灾难还未真正降临的时候，人类社会从内部已经有了瓦解的迹象，这种崩溃甚至比外界的武力具有更大的杀伤力。而云天明本人其实就是人类自私和残忍的受害者，在他重病难愈之时，他的同胞姐姐竟然企图让他速死，而他为之付出一片真心的程心是否又真正地爱过他这个人类社会的失败者呢？与新生代另一位作家韩松不同，刘慈欣并没有刻意以一种批判和启蒙的视角来看待普罗大众，但是他理智和冷静的目光却不能使他漏掉人性中的污点。而在《赡养上帝》这个有些幽默充满隐喻的科幻故事中，步入老年阶段的上帝进入到了还处在幼年期的人类社会中，起初两者还能和平共处，但是一旦看到了上帝身上无利可图之后，人类的态度就发生了巨大的反转。一方面，通过人类对上帝的虐待、折磨，刘慈欣对人类身上的忘恩负义、自私自利等劣根性进行了无情的嘲讽；另一方面，通过描写上帝文明的可悲晚景和他们不思进取的生活态度，作者也对人类文明发出了警示。上帝文明其实就是人类文明发展得过熟和过烂的产物，上帝们虽然享受着发达的科技文明，却缺失了在宇宙中遨游的雄心壮志，最后不得不颓废地困在地球接受他人的施舍。而只囿于物质生活的人类是否会走上上帝的老路？联想到现实之中航天航空业的发展，也许刘慈欣的担心和提醒并非是多余的。在这部作品中，刘慈欣正是以一个启蒙者的立场和角度出发，要求沉溺于物质生活的人们睁开眼睛看看头顶那片依然神秘的宇宙，不能因为对于物质科技的追求而忽略对地球之外的不断探索。

其次，刘慈欣的小说中充满着人文关怀。刘慈欣作品中表现出的人文关怀被很多研究者所论述过，研究者们更多的是认为其作品中的人文关怀并非只关注于人类群体而是泛化到了整个宇宙空间，分给了不同的文明群

---

① 刘慈欣：《三体3·死神永生》，重庆出版社，2010，第320页。

体。刘慈欣在抗拒"人类中心"这一理念中，把人文关怀辐射到了其他族群。正如另一位科幻作家韩松所说："刘慈欣总是在悲天悯人，而且是一种大悲大悯，像佛陀。"[①] 但是这并不意味着刘慈欣就是反人类、反人性的，虽眼望星空与未来，却也深深体恤处于中国社会底层的人民。几乎彻底拒绝"人类文明"的刘慈欣却常常表达出对一些朴素的人文主义价值的认同[②]，尽管他反感科幻被现实束缚住了手脚，但是他仍然忍不住以柔情关怀和记录社会生活中的弱者。他笔下的世界不仅有浩瀚的星河、冷漠的零道德宇宙，还有对底层人民生活图景的描绘以及对他们身上美好品质的找寻。以他的《中国太阳》为例，水娃从农村进入了城市，他干的是极为危险的高空玻璃幕墙清洁的工作，低廉的薪水、危险的作业环境都没有消磨掉他对生活的热情和吃苦耐劳的精神，当他有机会来到太空，并接触到那个浩瀚而神秘的宇宙的时候，他的探险精神与求知欲望开始苏醒。昔日作为农民的脚踏实地的特质和今日作为"镜面农夫"所富有理想主义的热情，使水娃一行人成为世界第一代太空探险者。他们本是城市之中最不起眼的一群人，在刘慈欣的故事之中却成为全人类的先驱。水娃他们从脚踩黄土地的农民到征服星空的探险家，这个故事本身就极富有浪漫主义情怀和理想主义色彩。不管是刘慈欣对农民工群体前期艰辛生活的描写，还是后期对他们冒险故事的叙述，都展现了他对于这些城市底层人民的关注和关心，他愿意写出一个近乎童话的科幻故事，让水娃他们这群被忽视的人站上世界的舞台，进入全宇宙的中心。这难道不是刘慈欣通过他的作品所表现出的别样的人文关怀吗？而在《乡村教师》中，一个将要走向死亡的乡村教师和他的学生一起拯救了整个地球。刘慈欣让这个连最基本的温饱都无法满足的乡村教师，让这个处于闭塞乡村为所有人都不能理解的教书先生成

---

[①] 韩松：《我为什么欣赏刘慈欣》，《异度空间》2004年第2期。
[②] 赵柔柔：《逃离历史的史诗：刘慈欣〈三体〉中的时代症候》，《艺术评论》2015年第10期。

为整个人类的救世主。刘慈欣作为一个理性至上的硬科幻作家，却把浪漫与温情赋予了这些被遗忘和抛弃的人，让科幻之光照亮了他们悲哀的现实生活。他悲悯的目光更多的是投向了人类群体中的底层人民，这可能是与刘慈欣本身的生活经历有关，正如他所说："我一直过着很基层的生活。我觉得我作品里的想象力，并不是如读者赞叹的有多么狂放，而是正好被他们欣赏，而不至于太空灵，太遥远。"①

综上所述，刘慈欣的作品不仅有着典型的科幻文学的特征，也有着主流文学的精神内核。因此，他既被大众所接受，也同样得到了中国主流文学界的认可。不管是对于东西方文化的差异，还是面对大众与精英文化之间的鸿沟，刘慈欣都找到了独属于他自己的融合、打破各种文化元素的方式，因此他的作品才能征服如此多的读者。但是这是否就意味着刘慈欣作品已经足以进入经典序列，成为经典文本呢？答案其实并非是那样肯定的。

## 三、"三体"距离经典还有多远

刘慈欣"三体"系列的大火使科幻文本经典化被提升了日程，中国科幻文学发展道路崎岖，一直落后于世界整体水平，难以得到欧美主流科幻文学界的认可，而刘慈欣的出现和获得"星云"奖则证明中国科幻文学的创作实力大幅度提升，已经到了能够与世界科幻文学创作接轨的水平。而"三体"系列同时受到了主流文学界和大众读者的青睐，其成为经典文本似乎只是时间问题。但是"三体"系列真的已经达到了经典文本的水准了吗？其实不然。一方面，"三体"系列作品并没有完全打破科幻圈和主流文学之间的次元壁，在艺术表现里和艺术水准方面与真正的经典作品还是存在差距的；另一方面，"三体"系列的魅力和研究价值还需要经过更长时间的

---

① 杜学文、杨占平：《为什么是刘慈欣》，北岳文艺出版社，2016，第200页。

检验。

  首先，科幻文学的创作理念与主流文学的审美标准依然有着巨大的鸿沟，如前文提到刘慈欣已经对主流文学的精神内核进行了回应，但是在创作手法上并不准备迎合主流文学的标准，如人物形象的塑造和语言文字等方面都显得有些粗糙，"三体"系列毫无疑问是科幻文学中的精品，但是要进入经典殿堂中仍然是十分勉强的。

  以"三体"人物形象的塑造为例，作为一直以来坚持"文学就是人学"的中国主流文学圈来说，是否有着鲜活的人物形象是评价作品的重要标注之一，审视中国当代主流文学的现实主义经典作品，如路遥的《平凡的世界》、陈忠实的《白鹿原》等都可以发现鲜活的人物形象是促使其被读者反复阅读的重要条件。但是在"三体"系列中对于人物形象的塑造并不鲜明，太过于脸谱化了。以程心为例，她是一个有着极高学历的火箭技术研发人员，曾加入了获取三体信息的情报组织，但是她被突出的仍然是她作为女性的柔美气质，她善良、温柔，有着极强的道德的观念，不忍心伤害任何人。尽管她作为执剑人犯下了大错，但是也因其身上洋溢的女性气质而迅速被原谅了。她身上没有更为立体的多面，或者说没有阴影部分，以至于显得格外不立体。尚且不论程心这个形象展现刘慈欣颇有些落后的男性意识，程心性格的单一就可以看作是一个败笔。而在男性形象的塑造上刘慈欣也没有更出色，程心以前的领导维德的形象就是对男性强者的绝佳的诠释，他目标明确，冷酷无情，为了达到自己的目的不择手段，甚至不惜杀人。他是绝对理智、坚强和果敢的。他的身上看不见因不同性格元素冲突所引起的挣扎和纠结。作者在甫一开始就为所有的角色附上了一个"主性格"，每个人都显得个性鲜明却过分单板和单调。尽管科幻小说对于人物形象的塑造显然有着不同于主流文学标准的要求，但是这并不意味着科幻文学的标准就成了一块科幻文学创作的"免死金牌"，科幻文学还是在文学的范畴之中，它还是需要经过放之四海皆准的文学标准的检验。一部文学作

### 第三章 科幻小说：繁荣背后艰难的经典化之路

品一旦成为文学经典就意味着它需要被不同的受众群体阅读，需要被多种具有不同阅读兴趣和审美品位的读者所接受。科幻文学作品也是一样的，若它始终只能固守科幻文学的创作理念而不能去兼顾其他文类的审美准则，那么科幻文学这一文类中将始终只能产生"科幻精品"而不可能产生"科幻经典"。作为科幻作者当然需要保持科幻文学本身的特质，但是这并不意味着创作者只能在科幻文学的小圈子里固步自封，不对科幻文学圈外的审美标准做出回应。

其次，"三体"系列进入大众读者和研究者的视野的时间还是太短了一些，它对大众读者的影响力和它所具有的文学史上的意义都还需要更长的时间才能被厘清。任何的经典文本都需要经过时间的考验，金庸的作品从出版到"封神"整整经历了20多年的时间。而在这20多年期间，金庸的作品始终有着不俗的销售量，甚至在金庸封笔之后，他依然没有被忘记，其作品影响了整整一代人的青春，那么"三体"系列能对读者有如此大的影响力吗？"三体"系列的一部《三体》于2006年在《科幻世界》杂志上进行连载，但是真正进入大众视野成为畅销书却是在2015年刘慈欣获得美国"星云"奖之后，关于它的相关研究成果也是在2015年之后才呈现出井喷式的爆发。"三体"的大热距今也只有4年多的时间，它对读者的影响力和它的艺术魅力还需要经过更长的时间去检验，现在就言及其经典化的问题还是有些为时尚早。

综上所述，刘慈欣是一位极为优秀的科幻作家，他深受西方科幻的影响，但是也不拒斥中国传统文化对其的影响；他有着作为通俗作家的自觉，但是也没有丢弃中国主流文学中的启蒙传统和人文精神。多种文化元素在其作品内部得到了较好的融合，因而新意迭出，能够带给读者更多阅读的惊喜和快感。毫无疑问，刘慈欣的作品可以算作科幻精品，但是由于其进入大众和研究界视野并不长，同时也由于科幻文学和主流文学评价体系的不一致，在经典化的过程中，它还有很长的路要走。但是毫无疑问，刘慈欣的作品对中国科幻文学和科幻电影都产生了重要的影响。它所掀起的科幻热潮不仅会催生出更多的优秀科幻小说，更会孕育出一批优秀的科幻电影。

## 第三节　中国科幻电影：催生经典或碰瓷热点

中国的科幻电影其实起步并不晚，早在 1938 年新华影业就拍摄了《六十年后上海滩》，这是一部带有穿越色彩的科幻影片。新中国成立初期，也有《十三陵水库》《小太阳》这两部带有明显时代烙印的科幻电影上映，影片都对新中国美好的前景进行了展望。而到了 20 世纪 80 年代，一批优秀的中国科幻电影出现在荧幕上，有 1980 年上海电影制片厂拍摄的《珊瑚岛上的死光》，1981 年长春电影制片厂拍摄的《潜影》，1986 年珠江电影制片厂拍摄的《异想天开》，以及 1988 年由中国儿童电影制片厂所拍摄的《霹雳贝贝》，这些科幻电影都得到了大众的喜爱。到了 90 年代尽管科幻电影的影响力整体下降，但是仍然有《大气层消失》《毒吻》等与环境有关的科幻片被观众所喜爱。尽管中国科幻电影史上不乏精品，但是相较于其他电影类型来说，它的影响力并不大。由于受到电影拍摄技术的限制、中国科幻概念的影响，中国科幻电影并没有成为一种类型电影，而更多的是披着科幻外衣的儿童、爱情或喜剧电影。进入 21 世纪之后，香港与内地合拍的《长江七号》《机器侠》和《太空营救》等，都不能被看作是成功的科幻大片。直到 2019 年科幻电影《流浪地球》的上映才打破了中国科幻电影的僵局，它的成功似乎预示着中国科幻电影将要迈入下一个新的历史阶段，但是紧随其后上映的《上海堡垒》却又为中国科幻电影热泼上了一瓢冷水。它们都是中国科幻电影史上的重要一笔，它们成功与失败的原因和造成的影响都值得被研究。

第三章 科幻小说：繁荣背后艰难的经典化之路

## 一、《流浪地球》真的开启"中国科幻电影元年"

2019年，科幻电影《流浪地球》上映，其票房累计达46.55亿元，跃居中国电影票房总榜第一名，虽然6个月后被国漫《哪吒》赶超，但是其创下的辉煌的纪录还是令人咂舌的。作为一部"叫好又叫座"的科幻电影，它的意义不仅仅在于创造了票房奇迹，更关键的是它被看作是填补了中国当代科幻电影中的空白的经典之作。它的上映被视为中国科幻电影发展的新起点，更被看作是一种新的类型电影的诞生。不管是研究者还是普通观影者都从《流浪地球》的成功看到了中国科幻电影发展无限的希望。为何《流浪地球》能够获得如此高的评价？而《流浪地球》的到来又是否真的宣告了科幻电影新时代的到来？

《流浪地球》电影的成功与刘慈欣作品的魅力是分不开的，《流浪地球》本身就是一部非常出色的科幻小说，其延续了大刘一贯以来的"硬科幻"风格，以严谨的思维逻辑和别出心裁的科幻妙想吸引了不少读者。这虽然是部中篇小说，架构却极其宏大，从"刹车时代"到"流浪时代"，时间跨度近百年。电影《流浪地球》并没有选择把整体人类命运作为拍摄对象，而是选择了"逃逸时代"的一场危机来展现在巨大灾难面前人类的绝望与希望。它巧妙地把好莱坞商业大片的叙事模式与民族叙事结合起来，在满足观众视觉感官享受的同时，又加入了各种各样的中国元素，调动了观众们的观影热情。

首先，不管是在影片的内容上还是视听效果上，《流浪地球》都已经在向好莱坞大片靠拢。通常，好莱坞电影，当然包括好莱坞科幻电影，都十分重视内容上的商业化，具有鲜明的故事线索，具有稳定的人物关系，同时还具有强大的矛盾冲突，最终会在危机高潮点中解决矛盾，这是好莱坞电影的商业叙事逻辑，同时也是好莱坞电影能够吸引受众的最直接的因素。① 科幻电影《流浪地球》中成功运用好莱坞商业电影的叙述模式和逻辑。在刘慈欣的原作中，作者以"我"的视角见证了整个人类文明的变迁，地下城、地球发动机、翻滚的岩浆、被处死的科学家……一幅幅充满想象力的图景共同拼凑成了流浪地球的全景，每个无望挣扎的个体拼凑出了灾难下人类的群像。没有哪一部电影可以完美地复原这些流浪地球中的片段。电影《流浪地球》舍弃了全景式展现流浪地球的野心，而是把目光集中在由刘培强、刘启、韩子昂和韩朵朵四个人组成的特殊家庭上。木星引力所造成的危机把这个特殊的家庭推上了拯救地球危机的位置。最终在众人的共同努力之下，地球危机得到了解决。木星引力造成了行星发动机的停滞，而为发动机送去火石拯救地球成为电影的主要线索。整部电影的叙事线索明晰，人物关系清楚，对于早已经习惯好莱坞商业大片模式的中国观众来说，这部电影是非常符合他们的观影品味的。

其次，电影《流浪地球》精良的制作也是它获得成功的关键，这也是其从好莱坞商业模式之中学到的有益经验。电影本身所带有的娱乐功能需要配合形式化的视听元素才能够具有更鲜明的商业潜力②，而科幻电影对于视听元素的依赖显然更高，因为科幻电影是需要把出现在未来的想象之物变为现实，如果无法为观众营造出极为真实的未来之感，观影者就极难融入科幻故事中去，极难被打动。关键技术的缺失甚至一度被认为是阻碍中国科幻电影发展的重要原因之一。在电影《流浪地球》中技术上的难题显然已经被攻克，整部电影的制作班底对于视听效果的呈现极为重视。其在置景之前先制作 VR 模型，置景展开面积达 10 万平方米，道具 1 万件，再用大量车床 CNC 加工或 3D 打印而成。在拍摄前期一共绘制了 3 000 张概念

---

①② 王博：《好莱坞科幻电影的审美构成》，博士学位论文，吉林大学文艺学系，2018。

## 第三章　科幻小说：繁荣背后艰难的经典化之路

设计图和 8 000 张镜头稿。① 这些充分的准备工作都为展现极佳的视觉效果打下了基础。如今电影的制作、发行都已经纳入商场体系之中，大部分电影作品都需要进入市场中接受考验。这对于中国科幻电影来说也是不例外的，只有创造了经济利益，引进更多商业资本，中国科幻电影才能在市场上立定脚跟。而吸取业已经形成体系和规模的好莱坞商业电影经验对于刚刚起步的中国科幻电影来说是一个明智的选择。

但是，仅仅若只是对好莱坞商业大片的照搬显然不能使《流浪地球》获得如此成功，此前有不少所谓的中国科幻电影在对好莱坞大片的拙劣模仿中遭遇了滑铁卢。如 2009 年上映的号称"中国科幻第一片"的《机器侠》和 2010 年上映的"第一部变异人题材的华语片"《全城戒备》，都未曾给观影者留下深刻的印象，也没有在中国科幻电影史上留下痕迹。除了借鉴了一些好莱坞商业片的成功经验之外，《流浪地球》的成功更主要的是在于把好莱坞商业片的元素更好地与中国本土特殊的文化背景相结合。一方面，电影《流浪地球》把当下生活的流行元素和一些颇具象征意义的中国符号加入了这部电影之中，以唤起中国观众对电影情节的共情；另一方面，则是把民族与家国叙事融入电影之中，唤起了观影者的民族热情和内心的集体荣誉感。

近些年来由于中国电影市场具有极大的潜力，因此不仅中国本土电影制造者们试图来分这一块大蛋糕，不少外国大片也会选择来中国电影市场试水，尝试分一杯羹。所以在西方电影中融入中国经典元素，以获得中国观众的青睐绝对不是一件新鲜事，好莱坞的科幻大片早已这样做了。好莱坞经典科幻系列电影《变形金刚 4：绝境重生》不仅启用了中国演员，更是把霸天虎和擎天柱的战场搬到了中国香港。但是由于东西方文化的隔膜，对中国经典元素的生搬硬套并不一定会有好结果，如《变形金刚 4：绝境重

---

① 饶丹、杨静：《〈流浪地球〉：让中国科幻电影不再流浪》，《湖南日报》，2019 年 2 月 22 日。

生》中中国广告的随处乱入让很多中国影迷都觉得无法接受。而在电影《流浪地球》中,导演也在尝试把当下中国的流行文化融入影片中。如当地面无法居住,大家纷纷搬入暗无天日的地下城时,人们的生存状态似乎并没有发生很大的变化。在课堂上老师仍然带领着大家声情并茂地朗诵着朱自清的《春》,春节联欢晚会仍然出现在电视上,过年仍然需要吃饺子。而韩子昂所驾驶的运载车尽管能抗住十级的大风雪,有着十分先进的操作系统,但是却一直在循环播放着"道路千万条,安全第一条"这种在当下也随时可以听到的交通道路的提示音,更有洗脑的海草舞和抖音。地球的科技经历了飞速的发展,且灭顶之灾即将袭来,但是2075年地下城人民的生活与2019年的普通中国人的生活并没有很大的差别。这显然是不符合逻辑的,刘慈欣在小说《流浪地球》中曾预言,灾难之下家庭、学校都行将崩溃,甚至连家庭、婚姻都即将消失。但是在电影《流浪地球》中这些让人感到沉重的预言都不见了,当代中国观影者所熟悉的生活模式被搬演到了2075年的正在流浪的地球上。电影《流浪地球》显然是在利用这些中国观影者熟悉的符号唤起他们的共情。观众们也乐于看到电影中展现的取悦他们的诚意,在豆瓣上有网友曾经评论到:"《流浪地球》刚刚看了一会儿,就已经决定满分了。因为他们开车从济南去杭州的时候,经过了淮安,提到了一下下。淮安,这么一个苏北最穷的城市,我老家,就这样永远地记载了中国第一部真正意义上的科幻片里了,能不给满分吗?"① 熟悉且运用得当的中国符号使中国观影者自然而然地产生了审美共情,这是电影《流浪地球》受到观影者欢迎的重要原因。

但是真正把观影者的情绪推到高潮,把电影《流浪地球》推上"中国第一部科幻电影"这一神座的却是这部电影中所隐藏的民族主义精神和家国叙事。在原作《流浪地球》中,国家和民族的概念早已经消亡,但是在

---

① https://www.douban.com/people/lion/statuses?p=16。

## 第三章　科幻小说：繁荣背后艰难的经典化之路

电影《流浪地球》中对于国家和民族的概念不仅没有消失，反而得到了加强，中国在地球危亡之时起到了关键作用。在影片中尽管有着一个联合政府，而且这个联合政府是由中、美、俄、英、法共同组成的，但是中国却始终处于领导者的地位。在空间站中，人工智能莫斯叛逃，第一时间反应过来做出反应的是中国的宇航员刘培强；而在地球上，当其他各国技术人员纷纷崩溃时，想出办法拯救地球的仍然是刘启、韩朵朵等中国人。而且宇航员刘培强和儿子刘启共同承担挽救地球的使命，其中除了有宏大的家国民族叙事以外，更有对中国传统中人伦亲情的强调。其实前文中所提到的导演对中国典型元素的使用也是电影家国叙事的一部分，只不过以中国的一己之力去拯救地球这一设定更能够激起中国观影者对国家和民族的情感。因此可以说《流浪地球》不仅仅是一部科幻电影，而与一些主旋律的电影，如《红海行动》《战狼2》的深层逻辑是一脉相承的。

毫无疑问，电影《流浪地球》的改编策略是成功的，它把经典的好莱坞商业大片的模式和民族、家国叙事结合了起来，在为观影者奉上一场视听盛宴的时候也激发了人们的爱国之情。但是这并不意味着电影《流浪地球》在思想上和艺术表现上是无可指摘的，通过如此的改编和操作，刘慈欣在作品中所反映的对人类文明价值的反思，对宇宙和人类的思考都显得薄弱了很多。爱国主义这种政治正确绑架了很多观影者，以至于观众在看到这部电影之中的不完美之处也不敢承认，只能在"中国科幻电影为什么不值得我们打高分去鼓励""迄今为止此类中国电影的巅峰"[1]等语句中为《流浪地球》贴上"中国第一"的标签。而《流浪地球》的过誉，很大程度上与人们内心的集体荣誉感有关系，这种强烈的集体荣誉感又与多年来我们对本民族文化的不自信相关。所以对其赞扬的评价往往伴随着"难得""不容易""终于""比××强太多""瑕不掩瑜"等词汇，其背后参照的是价

---

[1] https://movie.douban.com/subject/26266893/comments?sort=new_score&status=P。

值期待而非艺术标准。① 只是当观众的情怀一再被消费，中国科幻电影却无法真正达到大片水准时，中国科幻电影还能够走下去吗？

## 二、《上海堡垒》：软科幻文本与硬科幻电影

《流浪地球》的大火引起了中国科幻电影的大热，而由江南的小说《上海堡垒》改编的同名科幻电影也借着这股热潮在国内上映，但是与《流浪地球》大获成功不同，《上海堡垒》经历了口碑和票房的双双惨败。在国内知名电影评论网站豆瓣网上，《上海堡垒》的评分只有3.2分，总投资达3.6亿元人民币的《上海堡垒》票房只有1.4亿元。更有网友辛辣地评论："《流浪地球》开启了中国科幻世界的大门，《上海堡垒》又给关上了。"② 以至于电影《上海堡垒》的主创人员不得不屡屡道歉。从主演的演技到科幻场景，从电影的内容到台词都纷纷被网友诟病的《上海堡垒》真的"关上了中国科幻电影的大门吗"。其实未必，它的失败既说明了中国科幻电影还不能够被看作是成熟的类型电影，也还没有形成如好莱坞科幻电影一样完整而成熟的制造和生产线，中国科幻类型电影真正的春天显然还没有到来；又说明在科幻电影制作上，中国的电影制作团队仍然存在着经验不足的问题。电影《上海堡垒》的制作团队并没有看到软科幻文本与硬科幻电影本身就有着巨大的鸿沟，所以这两者之间的某些不兼容之处并没有得到很好的处理，以至于引发了观影者对这部影片的不满与质疑。

科幻小说因创作方法不同有"软硬"之分，"硬科幻"（Hard Science Fiction，简称 Hard SF）即是从科学到幻想，首先奠基在科学理论、实实在在的技术实践上，然后通过丰富的想象以达到可能延伸的新领域，即以物理学、化学、生物学、天文学这些自然科学为基础的幻想。"软科幻"（Soft

---

① 杨宁：《〈流浪地球〉：一部"反好莱坞的好莱坞式"电影》，《电影文学》2019年第8期。
② http://baijiahao.baidu.com/s?id=1641721968548353268&wfr=spider&for=pc。

## 第三章 科幻小说：繁荣背后艰难的经典化之路

Science Fiction，简称 Soft SF）即是从幻想到科学，作者从幻想开端，离开创作时代的科学知识，但是借用科学背景来描述故事，科技术语只是叙述者建构小说的手段并非主体，它主要是指以社会学、历史学、哲学以及心理学为基础的幻想。① 在科幻电影中同样有软硬之分，尽管两者的界限并不是十分明晰，但是普遍认为，硬科幻偏重模仿和再现自然科学及技术的原理，并且在前沿探索上不遗余力，其叙事的重点在于人与科技的关系；而软科幻重在利用社会科学、精神科学的研究成果，只在反思任何政治、社会的关系。② 好莱坞的科幻大片大部分都属于硬科幻电影的范畴，炫目的场面与较为明快的叙事线索更容易得到观众们的青睐。中国的电影观众们也不例外，多年来由好莱坞科幻大片所培养起来的科幻电影品味使他们更容易接受硬科幻作品。电影《流浪地球》的走红更是印证了这一点，而在投资金额、主创阵容上都直逼《流浪地球》的《上海堡垒》更是对票房有着更大的野心，它显然是想借着中国硬科幻电影正热的势头，获得更大的成功。它明显吸取了《流浪地球》成功的经验：炫酷的打斗场景、民族与国家叙事等。但是作为由科幻小说改编的电影，它显然忘记了科幻文本本身与电影之间的匹配度。刘慈欣本人就是国内知名的"硬核科幻"作家，擅长于创作硬科幻故事，《流浪地球》就是一部非常典型的硬科幻作品。尽管电影《流浪地球》无法复制原作中宏大的场面，更无法照搬其中的情节，但是刘慈欣的原作仍旧为电影提供了一个完善的叙事架构，从危机发生到寻求解决路径，科技的展示都与故事的发展紧密相连，而且作品中对某些科幻场面的描写是可以直接转换为电影画面的，如巨大的发动机、喷出火舌的太阳等。但是江南所写的《上海堡垒》本身就是一个带有科幻色彩的爱情故事，甚至连被称为软科幻都极为勉强。这部作品本来就是"混杂了

---

① 左冰瑶：《论软科幻小说的语体特点——以〈我是谁〉为例》，《牡丹江大学学报》2015 年第 5 期。

② 刘苗苗：《科幻电影的边界》，《电影新作》2013 年第 1 期。

很多情感的小说","有些段落纯属感情喧嚣"①,诗人叶芝与其女神茅德·冈之间的爱情故事更是他创作灵感的重要来源之一,虽然作品中也有向科幻动画《太空堡垒》致敬的情节和设定,但是这部文本的科幻部分是非常薄弱的。江洋和林澜的爱情故事才是这部小说的魅力所在。电影《上海堡垒》却不顾文本本身的特点,强行要向硬科幻电影方向转变,因此造成了电影叙事逻辑上、科幻场景的展现以及人物形象设定上的一些问题。

  首先是叙事逻辑的紊乱和情节上的漏洞,原作《上海堡垒》中地球的危机是因为德尔塔文明的到来,他们将以征服者的姿态消灭地球和地球人,而另一个高级文明阿尔法文明则是站在了地球人这边,帮助地球人对抗德尔塔文明,但是地球人本身则需要拖延时间,等待这不可知的救赎。在电影《上海堡垒》中,"仙藤"作为一种能够提供能源的宇宙物质成为德尔塔星球的争夺对象,正是因为这种高能源物质外星文明才对地球人痛下杀手。这种设定显然有着巨大的逻辑漏洞。"仙藤"只是一种燃料物质,为何要搭上全地球人的性命保护这种燃料物质?难道是因为地球能源物质消失?而拥有极高文明,能够动辄驱动大型宇宙飞船的德尔塔文明是否真的找不到"仙藤"的替代品?电影甫一开始就在逻辑上有些站不住脚,随着剧情的展开只会让观众更加迷惑,反而有了一种为了战争而进行战争的错觉。而一些情节上的错漏更成为这部电影上更大的硬伤,偌大的军事指挥中心,真正出场的军官为何只有几个人?地球上其他的人类在各大阵地陷落之后又去了哪里?没有对群像生活的描述,那么主角的故事也会显得异常单薄和不真实。

  其次,则是电影中的科幻场景显得十分敷衍。这种敷衍所指的并不是其视听效果上的缺陷,而是指电影中不管是战争场景也好,还是深陷上海堡垒中人们的日常生活的场景都显得不够精致,模仿的痕迹太过于浓重,而没有独特的标志性的独创。以电影中外星人的形象为例,既然电影中涉

---

① 江南:《上海堡垒·后记》,《上海堡垒》,万卷出版公司,2009。

## 第三章 科幻小说：繁荣背后艰难的经典化之路

及了外星文明，那么对外星文明生物体的展示就是极为重要的一部分，这反映了导演以及原著作者对于外星文明的认知，甚至可以以其对外星文明的认知来反观其对现实生活的思考。在江南的原作《上海堡垒》中虽然没有描写来自德尔塔星的外星生物的全貌，但是却有一些重要的细节有助于读者拼凑出他们的全貌，如"像是一些被鱼炮炸开的海蜇""踩起来像是老化的橡胶"，还有着"灰白色牙状的脚指甲"。但是在电影《上海堡垒》中这种外星生物却并没有这些特征，而是如披着战甲的机器人像蝗虫一般源源不断地向地球涌来。在打斗过程中，电影《上海堡垒》更呈现出一种简单的拉锯战模式，地球人并没有不断地进行自我升级，而是在不断地重复以前的模式。看不到科技进步与人类智慧的光芒。电影《上海堡垒》太过于重视硬科幻影视作品中的可视性，展示给观众许多炫酷的战斗场面，但是主创团队显然忘了战争背后也是有逻辑的，这种无休止的战斗特技场景只会让观众产生审美疲劳。

最后，人物形象塑造的失败则成为压死电影《上海堡垒》的最后一根稻草。对人物形象刻画与塑造的并非是科幻小说的强项，这是由其文本特性决定的。科幻电影特别是好莱坞的硬科幻电影需要在科幻场景上花费更多的力气，所以人物性格往往显得不够深邃和有层次感。但是受到观众喜爱的科幻大片的主角一定是足够立体的，其形象和做法是能够被观众所理解的并且符合逻辑的。可是在电影《上海堡垒》中，人物形象显然过分扁平了。暂且不论演员的演技和服装妆容等问题，主角的性格显然不够突出和丰富，主角江洋作为灰鹰小队的队员，担负着保护上海堡垒的重任，但是却显得极为缺乏目标和信念，沉溺在对女主角林澜的暗恋之中不能自拔。而女主角林澜作为指挥官，电影中展现的不是她的智慧与坚韧而是她的哀伤与无助。他们本来应该是保卫上海堡垒的英雄，但是却成了伤春悲秋、自怜自艾的小儿女，和世界末日即将到来的故事背景显得格格不入。在江南的原作《上海堡垒》中，作者运用了大量的篇幅去塑造两人的性格，并为两人的情感故事做了铺垫，林澜对于江洋而言是他青春期的一个幻梦，是美好与个性的象征，所负载的已经不是江洋爱而不得的遗憾，而是江洋无法挽救整个世界的遗憾。可惜在两个小时的电影里这些都没有办法展开，这个凄美的爱情故事最终在各种高科技打斗场景中沦为了尴尬的支线剧情。

《流浪地球》成功显示了中国科幻电影的巨大的潜力，刺激了更多的资本向中国科幻电影圈涌动，正是在利益的驱动下，电影《上海堡垒》不顾本身的特性而向硬科幻电影类型硬靠，最终的结果只能是迎来口碑和票房的双重失利。这也正显示了科幻文本与经典科幻电影之间复杂的关系。

中国科幻电影的发展其实与中国科幻文学息息相关，成功的影视化改编将会更好地展现科幻文本的魅力，使其能够迅速进入大众视野；而精彩的科幻文本亦能为科幻电影提供补充信息，使观影者对于电影本身有更深刻的认知。好的科幻电影是能够与科幻作品之间相互成就的，而一部质量不高的科幻电影所影响的将不只是科幻电影本身，也会败掉观众对中国科幻文学的好感。

比起其他文学类型来说，研究者对中国科幻文学的"经典焦虑症"显然更重。在科技是第一生产力的时代，科幻文学早已经不能被看作是一种文学类型，它负载了太多别样的意义，它被看作是创作者母国科技实力的反映，它被作为衡量一个国家文学想象力的标杆，它有时候甚至被看作是一个民族的文学创新能力的表现。对于科幻经典的长期缺席，不管是中国的读者、研究者还是科幻作者都显得有些焦虑不安。因此当刘慈欣的《三体》被西方科幻文学界所承认的时候，所有人都倍感欢欣鼓舞，因为它不仅填补了中国科幻文学的空白，更被看作是中国科幻实力的象征。以至于它甫一成名，就已经进入了经典化的历程。这种"经典焦虑症"其实不管是对科幻作品的研究也好，还是对科幻文学的总体发展也罢，都是没有好处的。也许，研究者们和作家群体们都应该放下对经典文本的追求，给还在发展中的中国科幻文学更多的时间和空间。

# 第四章　大数据时代传统经典的大众化

　　自 2012 年于扬在第五届移动互联网博览会提及"互联网+"理念，而后李克强总理在 2015 年的政府工作报告中首次提出："制定'互联网+'行动计划，推动移动互联网、云计算、大数据、物联网等与现代制造业结合，促进电子商务、工业互联网和互联网金融健康发展，引导互联网企业拓展国际市场。"我国国内的数字技术便得以大力发展，互联网应用获得了更为广泛的普及。2016 年我国认真落实"互联网+政务服务"，实现了各大部门之间的数据共享；2017 年深入推进"互联网+"行动和国家大数据战略，数字经济加快成长，使得群众生活更为便利；2018 年"互联网+"深度融入全国各大行业与领域，推动了大数据、云技术与物联网的广泛运用；及至 2019 年"互联网+"得以全面推进，新一代人工智能技术得到优化，全新技术模式使得传统行业得以升级，实现创新，全民生活在由互联网连接、演进并催生的新型经济社会，"大数据时代"悄然而来。

　　所谓大数据，是指一种数量巨大而超越传统常规的数据库管理技术和工具处理的数据集。麦肯锡全球研究所将大数据定义为："一种规模大到在获取、存储、管理、分析方面大大超出了传统数据库软件工具能力范围的数据集合，具有海量的数据规模、快速的数据流转、多样的数据类型和低价值密度四大特征。"① 大数据时代的到来，则意味着随着计算机和互联网的广泛应用，人类采集、存储和处理数据能力的大幅提升，使数据应用渗透到我们生活中的每一寸角落。大数据将催生出一种基于海量数据而来的全新文明形态，它借助庞大的物联和互联网络，采集、整理和分析各类数据，并对其进行反馈，进入到各个行业或领域，极大地影响着人类的工作与生活。

大数据时代下，数据不再是一串生硬的数字符码，随着移动互联网和云计算技术的快速崛起，一切数据均具有了实用意义，它们开始在实体空间产生巨大的商业价值和使用价值。大数据的到来源于一次网络技术的革新，它意味着媒体传播方式也遭遇了前所未有的巨变，面临全新的传播生态环境。作为一种审美艺术形式，文学在传播中产生并实现其美学意义，而传媒样式的转变，势必对文学的生产与发展产生一定的影响，大数据时代下的文学也迎来了其全新的挑战，传统纸媒环境生产的经典文本将面临新一轮经典化和大众化的过程，迎接其全新的命运。

正如麦克卢汉多年前在《理解媒介：论人的延伸》一书中的断言：媒介即信息，认为不断发展和变革的媒介形式，远比传播的内容本身更具意义。媒介形式正在不断改变和影响着人类接收信息的方式，从而造就全新的生活方式本身。现代媒介的应运而生，打破了以文字语言为中心的传播方式，大数据时代下的传播介质逐渐多样化，而文学亦随着多维度的传播介质呈现出多元的表现形态。新媒体时代下的文本，不再以单一的纸质书籍为载体，依靠单纯的文字实现文学的传播，而倾向于将文字、声音、图像、动画等多种技术手段融为一体，从而打造一种全新的跨媒介传播形式，文学也从书本形式扩展到影像、动画、游戏、广播剧等多样形态。经由时间检验确证为经典的传统文学文本，在全新的媒体时代下，以跨媒体等媒

---

① 刘辉：《大数据时代的互联网架构设计》，浙江大学出版社，2018，第2页。

第四章 大数据时代传统经典的大众化

体融合的形式在大众群体中得到再一次传播：即以传统文学经典资源为蓝本，通过续写、改写、拼贴等方式进行二次创作，并将文学作品可视化，以影像、动画、游戏等形式对其进行改造，形成更为立体化的传播。而线上作品的高频点击率继而以纸质作品的形式在出版行业生产，并在消费领域流通、传播。如此，作品以多元的形式，为更广泛的群体所接受，实现经典文本的再众化过程。

本章将着力研究大数据时代下传统经典文本的再造与新生，鉴于大数据时代并未有一个明确的时间界限，因而结合上述大数据的概念与意义，将聚焦自2010年至今的文学文本，探讨文学文本在新媒体时代的全新命运如何，并结合文本创作分析其背后的深层原因，及其所具有的积极意义和历史局限。在研究过程中，主要采用资料收集、个案研究和文本分子的研究方法，对种种文学文化现象进行深度剖析。

## 第一节 可视化：传统经典的当代重塑

随着现代传播媒介的形式逐渐多元化，经典文学的传播除了依靠传统的出版行业在市场中流通，更为依赖的则是以图像视频为主的影像化传播。一方面，在一个数字化技术全面升级和互联网日臻完善的年代，虚拟空间内视像传播的速度远远超过了实体空间中的口耳相传，遵循速度即效益的经济原则，经由影视化呈现的经典文学亦将收获更为庞大的受众群体，为经典的当代传播奠定一定的接受基础。另一方面，影视行业作为一种完整的工业体系，始终对于包含丰富内容的IP资源有着强烈的渴求。只有具备完整的故事情节、丰富的叙事类型、奇趣的精彩想象、引发大众共鸣的文本方才能够吸引广大群体的眼光，令其成为相对固定的影视消费群体，从而保证影视工业在流通环节获得充足的资本，得以支撑其从制作、发行、宣传到流通的各个环节顺利发展。经典的文学文本因接受过一定的时间检视而获得了大众一致的认可，具备天然的接受优势和期待群体，无疑成为了影视行业争先恐后争夺的天之骄子。因此，在信息革命的大数据时代，出于文学自身发展的内在诉求以及外部资本利益的驱使，传统文学的影视化改编成为经典文本难以逃脱的宿命般选择。

正如克罗齐提出的"一切真历史都是当代史"的命题，文学的影视化创作为了更为贴近当代的审美意趣和精神价值，注定了其不会原封不动地照搬既有的影视作品，亦非从文字化为图像的生硬演绎，而是立足于当下的社会历史背景，展示全新语境下人类的生存方式、价值追求和审美标准的二次创作，是对经典文本的当代性诠释和重新解读。大数据时代下的文学影视化改编，不仅为传统文本的再次大众化提供了更为广阔的空间，也因为文学文本注入了当下的时代精神而孕育了其重新经典化的可能。

## 一、回望20世纪70年代：集体的创伤和逝去的青春

在当代文学史上，历史是一个屡见不鲜却常言常新的话题，不少当代作家对中华泱泱大国的苦难史有着浓厚的兴趣，加之凭借着对过往的无尽想象，对幽微人性的把握，对神秘人物的撰写和对历史空白的填补演绎，因而中国当代文学史上涌现了不少关乎历史的经典之作。欲将这些历史题材的文学作品进行影视化改编，无疑面临不少的挑战，如何将悠悠千载的历史岁月，浓缩在短短几小时的时长里，引领观者感受岁月的磅礴与沧桑，社会的转型与变迁，以及无数人物的悲欢离合与隐秘的七情六欲，成为影视改编亟待解决的问题。纵览近十年的影视创作，譬如2010年张艺谋执导的《山楂树之恋》（改编自艾米的同名小说）、2011年张艺谋执导的《金陵十三钗》（改编自严歌苓同名小说）、2012年冯小刚执导的《一九四二》（改编自刘震云《温故一九四二》）、2014年张艺谋执导的《归来》（改编自

## 第四章 大数据时代传统经典的大众化

严歌苓小说《陆犯焉识》)、2017年冯小刚执导的《芳华》（改编自严歌苓同名小说）等，无论是史无前例的天灾造就颗粒无收的惨状、万千难民流离失所，还是勾兑了暴力和冲动的群体性革命间接导致万千家庭分崩离析，或是惨绝人寰的战争让繁华金陵一夜之间成为人间炼狱，抑或无药可救的疾病酿造无尽天人永隔的离散，甚至疾病加诸患者之上的永无摆脱的精神原罪，苦难与创伤成为众多导演选择进入历史的一重重要维度。在历史的刀尖上，生命开始危险而美丽地翩翩起舞。

虚构，作为影视改编小说母本的本质属性，它向世人敞开了一次重新面对历史的机会，也成为诸多动用"历史"的影视作品得以完成并成功展演的潜在前提。对于影视作品而言，时长成为讲述历史最大的外在束缚，其自身的呈现方式，注定了对于浩大历史的叙述只能采取截面式的方式。在浩渺历史的烟波长河里，遴选出极具象征意味的人物或事件，依据主题附载、人物意象、影像元素等要素和技巧的强化，遵循个人生命经验的叙事逻辑，而非政治文化的逻辑，通过小人物与小事件的影像折射，实现对历史面貌的还原。在上述罗列的影片中，不难发现，20世纪70年代成为中国"第五代"导演始终绕不开的时间节点，在历史这部巨制鸿书里，那几页长长的留白成为导演们魂牵梦萦的故地，面对这段历史，他们跃跃欲试，不约而同地表现出了浓厚的讲述欲望。对于第五代导演而言，20世纪70年代是其成长经验里不可缺失的一段时光，此后热血辉煌或者凄绝凉薄的岁月都成为其人生长河里难以磨灭的印记，终究铸就了当下的个体存在。因而，他们对于历史的讲述，绝非高悬的历史话语的机械连缀，他们试图将个人私有的经验打在公共记忆的缝隙里，镶嵌在历史的巨型帷幕上。

就《归来》与《芳华》两部影片而言，《归来》以知识分子陆焉识在十年浩劫后，得以平反归来为线索，讲述其离家数十载，满心欢喜地归家之后，物是人非的故事。妻子冯婉瑜的失忆使得陆焉识对妻子而言，成为一个毫无印象的陌生人。陆焉识因而面临着无家可归的尴尬境地，他不断尝试各种各样的办法，试图唤醒冯婉瑜的记忆，却始终无果。影片的结局定格在两鬓斑白的陆焉识和冯婉瑜，高举写有"陆焉识"的木牌无言等待真正的陆焉识归来的画面，迟迟未到延宕的"归途"为影片的尾声画下了并不完美的句号。相对于《归来》简单清晰的单线叙事和相对固定的叙事场景，《芳华》对历史的着墨则显得复杂许多。以文工团的刘峰和何小萍为线索的双线叙事，致力于记录每一个历史节点烙印在其人生道路上的印记，历史的线性发展与人物的成长轨迹形成互文结构，相互缠绕。刘峰，一名文工团里人称"活雷锋"——以善良著称的标兵人物，因为一次"触摸事件"而遭到了贬谪下放到基层连队，后参加了惨烈的对越自卫反击战而丢失了一条臂膀；何小萍，本是一名因为出身而遭众人嫌弃的不起眼的文艺兵，在遭受了种种不公之后，却机缘巧合地因了在野战医疗队的尽心相救，成为一名万众瞩目的英雄模范，强烈的心理落差让这名年刚芳华的女生全线崩溃，成为一名失去记忆、全然无觉的精神病患者。虽然时过境迁，改革开放的春风吹向了全国各地的每一寸角落，何小萍的精神疾病终究治愈，但影片的结尾还是让刘峰和何小萍带着满面的沧桑，短暂地依偎在一张独椅上，退出名为"芳华"的一段时光。

创伤猝不及防地降临，却成为个体或家庭相伴一生的存在。冯婉瑜的失忆，使得陆焉识成为一个永远无法被确证的存在。《归来》这部影片的故事，仅仅来源于小说里一句轻描淡写的陈述："我祖父回上海前夕，我祖母的失忆症已经恶化。"[①] 然而找寻记忆，却成为该影片绝对不容缺失的一个重要情节过程。"失忆"这种偶发性的设定，似乎是一种必然的结果，推动了整部影片的缓缓演进。失忆，暗喻着一种身份的错位，一段关系的终止，与其说影片不遗余力地展现的，是陆焉识不厌其烦地挽回一段遗失的亲情，不如说是导演征用了陆焉识的人物意象，试图展现个体身份重建认同的艰

---

① 严歌苓：《陆犯焉识》，作家出版社，2011，第337页。

## 第四章　大数据时代传统经典的大众化

难。"文革"对于一个家庭的创伤，在于一种关系的彻底断裂，一种身份的全然消解。作为一名无处可归的归人，陆焉识一直游移在家庭与社会之外，映在偌大电影海报上的"归来"二字，不免多出了一丝讽刺而戏谑的意味。对于冯婉瑜而言，陆焉识终究成为一个无法企及的幻象；而对于陆焉识而言，他的归途到底是一个无法抵达的彼岸。面对"文革"历史，相对于《活着》那般直面灾难与震慑人心的生离死别，张艺谋多年后的态度显得温和了许多，它将"文革"十年的岁月藏匿在家长里短的背后，我们只能在陆焉识的只言片语中揣测那段无人知晓的岁月，从他前期的蓬头垢面、狼狈不堪和后期的干净质朴、满腹才华里，从残破的信笺和凌乱的字迹里，从影片留白式的断想里拼凑出那段不堪回首的过往。如此讳莫如深的讲述方式，使得不少网友惊呼"《归来》就是一部老年、文艺、寡淡无味版的《我脑海中的橡皮擦》"①，如若将《归来》简单等同为一部煽情的催泪韩剧，那实在辜负了整部影片的良苦用心。虽然影片退守到一个逼仄的家庭环境，着墨于一对年过半百的夫妻，相隔数十载即便重逢不识，却矢志不渝、长相厮守的感人情节，试图以家庭为单位，以情感为纽带来折射一段不为人知的光景，揭露一种无法抚平的创伤，然而那些极具象征符号的配角人物的出场，却表现出了导演试图讲述好一个荒诞不经年代的决心和用意。指导员和革委会的存在，仿若一盏明灯般驱使着丹丹的告发，它象征了那个时代对于信仰的热血执着，却也同时昭示了个体对于亲情的淡漠与冷血。正如此，《归来》对于非人时代的控诉是相对克制的，但它依然带有一种刺痛的力量，使得观众仍旧能在处处温情里，看到柔情深处晕开的历史的厚重和凉薄。

相对于《归来》，《芳华》带给观影群体的创伤感也许更为刻骨，印象最为深刻的当属影片里长达6分钟的战争场面，导演运用了数字化时代全新

---

① 马马也:《〈归来〉张国师这次玩的是韩范儿》，2014年5月11日，参见https://movie.douban.com/review/6665761/。

的影像技术，力图还原那场惨不忍睹的对越自卫反击战，震耳欲聋的炮火声和枪林弹雨的沼泽地，还有逼真的血肉模糊的身躯都带领观众重又回到了20世纪70年代的现场，感受了一番刘峰在生死边缘挣扎的绝望与孤勇。这种正面直击历史的拍摄手法，显然带给了观看群体更为直观的、难以磨灭的印象。但是，冯小刚将影片命名为"芳华"，就暗示了其创作意图并非在于此，直面战争不过是其重返历史的路径之一，他更倾心于"将集体主义糅合到对青春的追忆和对战争的缅怀之中，以此对文本的时代背景进行历史化重构，最终超越了小说的个体化叙事成为一种更为广阔的社会历史叙事"①。《芳华》里那场转折性的战争，看似是带给刘峰的生理残疾和留给何小萍心理阴影的直接原因，然而种种病灶在文工团时期便埋下了伏笔，创伤已然暗自滋生在那片集体的土地之上。

刘峰与何小萍自始至终都仿佛同为天涯沦落人，因了他们对于意识形态集体神话的叛离，成为他们摆脱不了的原罪。刘峰，本来是一名颇受大家欢迎、备受推崇的"好人"，带着"活雷锋"的标签，他的助人为乐、自我奉献于他人看来，已经成为一种应然性的现象。雷锋，作为一种集体意识形态共同塑造的模范符号，代表了一切美好而崇高的品质，无关乎人性，它天然过滤掉了世间凡俗念想，化身为一种不容置疑的英雄符号，成为红色经典时代里的精神象征。然而，当"表白"失败，刘峰因为男女作风问题遭到了下放和批斗，他失去了日夜暗藏的情愫，与之一同陨落的还有英雄的光环和与之相伴的荣耀。刘峰的表白，预示着个我情感突围出"超我"的形象，意味着神话形象就此坍塌——他再也无力支撑起这般无欲无求的价值符号。这个原本活成了样板戏般的人物，当他沉睡了许久的欲望开始蠢蠢欲动，便成为一种罪无可恕的反叛。个人私欲的兴起，象征着身份认同和主流秩序的扰乱，"这样的失序状态不兼容于象征系统的父权秩序（作

---

① 刘涛：《集体主义的历史化重构——论小说〈芳华〉的影视改编》，《马克思主义美学研究》2018年第2期。

## 第四章 大数据时代传统经典的大众化

为规范社会游戏规则的纯粹逻辑秩序),因此我们会透过各种净化、清洁的程序,将这些污秽之物驱逐出体外,重新建立神圣话语的逻辑一致性,以及洁净与得体的主体状态"①。

而何小萍的不公平待遇,则源于她天然的出身问题,虽然影片对其社会背景做了一定的淡化处理,但是通过不少细节,仍旧可以察觉到"红五类"在20世纪70年代时具有天然的优越性,"血统论"赋予了这群高干子弟极大的身份光环,而他们则擅自利用自己的身份欺压处于边缘社会地位的何小萍,以享受高人一等带来的快感。《芳华》描写文工团女生宿舍里的"结党营私",不时发生的小打小闹,本属于私人领域的事件,它可能发生在任何一个群体中,不经意间道出了人性里自私、懦弱、嫉妒等阴暗的属性。但是当片尾萧穗子以回忆式的口吻解释道,何小萍的"体臭"只不过是生理性的差异,战友们借口"体臭"而故意疏远、嫌恶、讥笑何小萍的这种排斥行为便具有了隐喻的意义,"体臭是小萍蒙受污名的身体症候,也是其屈辱身份的标记,在集体中被孤立命运的隐喻。进一步地说,对个别体臭者的嫌弃与排斥,以及在话语和行动上的暴力,体现了一种主流的、集体的支配性权力"②。"红五类"将个人的私欲、仇怨、报复、嫉妒等勾兑在阶级意识中,名正言顺地以身份的名义对弱者实行了一次精神层面的压榨,好不容易跻身文工团,看似被集体所接受的何小萍又一次被甩出了既定的轨道,无法纾解的创伤由此形成。

无论是刘峰还是何小萍,他们的悲剧都源于特殊时期里被扭曲的人性所操持的集体主义价值观,冯小刚无意将二者一生的伤痛简单归咎于宏大主流的价值理想之中。对于第五代导演而言,那个年代虽然因为诸多原因而造成了某些不可挽回的伤痛,然而它也给这一代青年提供了一个独一无二的、激情洋溢的、充满活力和忠贞信仰的年华。亲历的过往经验,让导

---

①② 袁梦倩:《电影〈芳华〉的舞蹈身体话语、青春怀旧与创伤记忆》,《北京舞蹈学院学报》2019年第2期。

演显出了一份温柔的慈悲,影片对青春的祭礼,多少稀释了人性的暴力和战争的惨烈。正如冯小刚所言:"我年轻的时候在部队,身边都是十六七岁身怀绝技的文艺兵,小提琴、长笛、大提琴都水平超高,我想搬上银幕给现在的年轻人看。那是我们的青春。咱们都是部队文工团出来的,能不能也做个很有激情的电影。我现在好像很多片子都懒得弄了,有激情的就是这个。"[1] 为了实现念兹在兹的梦想,导演重构了影片的整体基调,以"青春"为主题,"将原著对英雄人物精神世界的质询以及对集体主义禁锢个性和压抑欲望的思考,转换为对历史语境里个体孤独的同情及其身心创伤的认定"[2]。为了还原过往时代和年少青春的模样,导演动用了无数经典的音乐、图像、标语和日常生活熟悉的场景,它们一同构成了故事发生的背景,甚至充当了触发叙事持续前进的推动力,成为一个年代集体记忆的重要符号,共同唤醒了同代人封存了的记忆。无论是在《归来》还是《芳华》中,导演们最大限度地运用了影视动画技术,利用光影的调配、色彩的晕染、声乐的配合,打造了一个属于他们的文工团,承载起一代青年的公共记忆,传递出红色年代专有的精神信仰和时代面貌。

影片《芳华》在一片鲜红的底色里拉开了叙事的帷幕,军绿色的服装,镀金般的大字,半截未粉刷完的"要把无产阶级文化大革命进行到底"字样,随处可见"伟大的领袖毛主席万岁""为人民服务"的标语和印有"战无不胜的中国共产党"横幅,一个被革命理想所牵引的时代和一个意识形态相对严酷的环境相继映入脑海。当镜头转向文工团的室内排练厅,逆光剪影出女兵们修长健美的身体、柔美的线条、动人的微笑、整齐的步伐、坚毅的目光,配以激昂的乐声,革命年代里浪漫主义式的青春基调便横空出世。影片里柔和的暖阳洒在女兵们清秀的脸颊上,鲜红的旗帜、军绿的

---

[1] 赵勇:《从小说到电影:〈芳华〉是怎样炼成的——兼论大众文化生产的秘密》,《文艺研究》2019年第3期。

[2] 李道新:《显影于历史并执念于和解——〈芳华〉与当下中国电影的文化症候》,《浙江传媒学院学报》2018年第1期。

## 第四章　大数据时代传统经典的大众化

服装、雪白的衬衣，高饱和度的色彩交织在一起，窗棂下影影绰绰的光影，女孩们若隐若现的身体轮廓，呈现出一个荷尔蒙高涨的革命年代，和一段浪漫而美好的青春年华。这是革命年代里奇妙的组合图景，排练厅里机械重复的动作，样板式的神态表情，无不象征着集体主义意识形态对于个人身体的高度规训与强制收编。可却也是在这样的年代里，少男少女们抱着坚定不移的信念，和对党与国家的赤诚热爱，用个我的青春奉献了无数震慑心魂的动人舞蹈。《芳华》十分擅长运用镜头语言将集体记忆与个人经验糅合在一起，呈现出革命禁欲主义与自然身体美学混合的视觉奇观。影片里反复出现的《草原女民兵》和《沂蒙颂》革命芭蕾舞剧，不仅是为了"召唤对于这一经典革命样板戏的集体记忆，也是为了凸显女民兵们身体的美丽与性感，嵌入一种欲望凝视的视觉机制"[①]，而且也潜藏了"对折磨身体和打造完美身体的欲望"，"力图追求理想化的自我，展现革命精神的抽象美，一次作为政治上的升华"[②]。

除了表演经典的样板戏舞蹈以唤醒观影群体的视觉共鸣，影片还使用了不少革命年代里耳熟能详的音乐元素，譬如《行军路上》《沂蒙颂》《英雄赞歌》《送别》《洗衣歌》《绣金匾》《驼铃》《绒花》《拿波里舞曲》以及巴赫《G大调第一号大提琴组曲》等20世纪六七十年代歌颂军民友好关系、展现军人英勇风姿的红色歌曲。激昂的鼓点、嘹亮的号角、悠扬的提琴，附着明快的节奏、壮烈的和声，声乐将众人送进了那个乐观向上、奋力拼搏、激情燃烧的年代。当邓丽君长达1分40秒的柔美之音再次响起，青春高昂的姿态逐渐为柔软温暖的情愫所取代，它不仅催动了刘峰表白的进程，推动了叙事的发展，而且又一次打开了父辈一代的记忆闸门。对于70年代之人而言，邓丽君的"靡靡之音"无疑陪伴了他们的一整个青春，

---

① 袁梦倩：《电影〈芳华〉的舞蹈身体话语、青春怀旧与创伤记忆》，《北京舞蹈学院学报》2019年第2期。

② 彭丽君：《复制的艺术："文革"期间的文化生产及实践》，香港中文大学出版社，2017，第97~99页。

成为一种小心翼翼珍藏的记忆。正如王朔曾经的回忆"我最早听到她的歌是《绿岛小夜曲》和《香港之夜》……听到邓丽君的歌，毫不夸张地说，感到人性的一面在苏醒，一种结了壳的东西被软化和溶解"①，邓丽君用她柔美转圜的颤音、鼻音和尾音，开启了音乐的性别化趋势。不同于上述以宏大厚重的和声为主的革命音乐——这种表现无差别化生活，同时表征社会主义国家权威集体主义诉求的艺术形式，邓丽君的出现昭示着个人主义的出场。影片借助"邓丽君情结"成功地将影片推向了青春怀旧的高潮，也预兆了青春与集体的告别已然不远。70年代的青春难免与集体相伴相生，尽管集体所代表的意识形态在个体的生命历程中产生过或积极或消极的影响，它也许常常将个人作为集体美学的象征工具，而给个体生命带来无尽的伤痕，然而我们同样无法否定，它也给这一代人带去了独一无二的别样青春。影片耗费巨大的手笔重塑文工团解散一幕，众人在最后一次集体的演出里号啕大哭，一醉方休，放肆的本我逃逸出规整的超我状态，以此渲染出无法抹去的悲剧色彩。文工团的取缔暗喻了集体青春的就此散场，公共理想随着众人的离散而缓缓落幕，集体的历史终究在时光荏苒之中，物是人非。

如上所言，为了重构历史，导演们不断借用私人记忆和个体情感，用青春的名义，以怀旧的姿态，向无数过往的时光致敬。然而为了寻访真实，历史却又往往成为虚构之旅上难以彻底摆脱的话语桎梏。历史上某次著名的战役，某次影响重大的会议，某个载入史册的事件……都将以直接或间接的方式出现在荧幕之上（画外音、字幕等），它不仅代表着无可厚非的既定事实，还再一次暗示了历史大叙事作为一种隐蔽而强大的意识形态，终将主宰历史上人物的命运走向。这种叙事策略显然将公共话语与个人记忆交织于一体，在一片赤诚的信仰和再造的英雄中印证了历史的合法性，书

---

① 王朔：《我看大众文化、港台文化及其他》，参见《无知者无畏》，春风文艺出版社，2000，第5~13页。

## 第四章 大数据时代传统经典的大众化

写着独属于历史的集体神话,重建一种新的国家记忆和民族想象;同时,又在具象人物的悲怆与欢欣中,完成了对人性深处残忍狡黠、自私凉薄或勇敢坚毅、善良温暖的多面书写,在反思与慰藉中实现了对个我青春的郑重怀念。

基于小说创作的影视作品,都会在小说文本的基础上做出或多或少的调整,增删、节选或者拼贴、重组,以使得影像叙事能够有条不紊地进行。不同于文学文本的出版与发行,在中国庞大的电影工业体系之下,当下的影视作品创作除了需要强调一定的艺术创新,注重影片的思想内涵、美学追求,还应当应对国内较为严格的电影审查制度,在此基础上,保证一定的市场效应,使得电影从投资、生产、发行、流通等环节顺利完成。不管是影片《归来》还是《芳华》,它们都无限地扩大了个人情感的空间,以弥合或修复历史带来的巨大创伤。前者对爱情至死不渝的坚守,仿若寒冬暗夜里一缕暖阳,守望着人世间真善美的到来;后者则在青春靓丽的底色里点染下一抹灰,巨大历史车轮压过的创伤,深深裹挟进集体青春消逝的伤感情绪里。正如博伊姆所言,"'怀旧'被灌注到商品中,以此展开市场营销,施巧记诱引顾客怀想他们失去的东西"[①]。怀旧,成为影视改编善用的一款润滑剂,将文本的思想性与商业的娱乐性巧妙地勾连在一起,成为大众争先购买的文化产品。

斯维特兰娜·博伊姆在《怀旧的未来》一书中,将怀旧大致分为了"修复型怀旧"与"反思型怀旧"两类,指出"修复型的怀旧表现在对于过去的纪念碑的完整重建;而反思型的怀旧则是在废墟上徘徊,在时间和历史的斑斑锈迹上、在另外的地方和另外的时间梦境中徘徊"[②],具体而言,"修复型的怀旧唤起民族的过去和未来;反思型的怀旧更关注个人的和文化的记忆。此二者在参照系中也许可能重合,但是在叙事和认同的情节方面

---

① 斯维特兰娜·博伊姆:《怀旧的未来》,杨德友译,译林出版社,2010,第43页。
② 斯维特兰娜·博伊姆:《怀旧的未来》,杨德友译,译林出版社,2010,第47页。

互相是不吻合的。换言之，此二者能够使用同样的记忆导线与象征，同样的普鲁斯特的玛德琳甜饼，但是讲述的故事是不同的。"① 《归来》和《芳华》两部作为当代基于小说改编的历史题材影视作品，可谓完美地将两种怀旧方式勾连糅合的范本。一方面，在对于民族国家历史的宏观讲述，还原历史残酷而复杂的生存面向过程中，影视文本再现了国家官方回忆，而拥有了较大的叙事格局和史学意义。另一方面，通过对个人情感体验的检视，文本对时代大潮中驳杂的人性展开深入的反思；也通过对过往经验的回望，向当代大众集体兜售了一次青春怀旧的情怀，在忏悔和遗憾之中，完成了对旧有自我的道德审判，在历史和现实之间实现了和解。客观而言，这种近乎暧昧的处理方式，不失为当代影视生态环境里，既能够保证人道主义情怀，深度的思想文化意识，又能兼容资本生产的娱乐效果的叙事手段。在文本影视化的过程中，留存文本应有的人文情怀和美学诉求，不仅增强了影视作品自身的文化深度，也令文学文本通过更为便捷和立体的方式得以向大众传播。

## 二、致敬20世纪五六十年代：以红色经典《智取威虎山》为例

在当代经典文学作品的序列中，"十七年"时期的文学作品因为它涵盖历史之长、创作体量之大，促进了历史革命题材创作的繁荣，推进了文学的大众化趋势，建立了"对于一个现代民族共同体的想象与认同，对于以集体主义和理想主义为目标的社会主义道德价值的想象与追求"② 等因素而成为文学史上不容忽视的一部分。纵观中国电影和电视剧发展史，不难发现"十七年"时期的众多文学作品都经历了影视化的过程，除了"十七年"

---

① 斯维特兰娜·博伊姆：《怀旧的未来》，杨德友译，译林出版社，2010，第55页。
② 贺仲明：《"十七年文学"评价与文学经典性问题》，《首都师范大学学报（社会科学版）》2014年第6期。

## 第四章 大数据时代传统经典的大众化

时期的经典代表作"三红一创,青山保林"(《红岩》《红日》《红旗谱》《创业史》《青春之歌》《山乡巨变》《保卫延安》《林海雪原》)被不断地以电视剧和电影的形式呈现在大众面前,譬如《铁道游击队》《苦菜花》《敌后武工队》《吕梁英雄传》《烈火金刚》《野火春风斗古城》《三里湾》等文学作品也被搬上了荧幕,在家家户户尚未普及电视的年代制造出了万人空巷的局面,在众人口口相传之间和影像的传播中飞入寻常百姓家,成为大众群体耳熟能详的经典之作。实际上,这一类以描写抗日与解放战争,反映新中国革命建设的红色经典作品的大众化与经典化过程几乎是同步进行的,"十七年"时期经典文学文本的创作本身就具有了大众化的先决条件,而影视化呈现则是将这一批作品进一步推向更广阔人群的视域,实现再一步经典化的过程。

具体而言,新中国红色经典文本的"大众化"与其自身的生产机制与创作准则有着密不可分的联系。早在1942年毛泽东《在延安文艺座谈会上的讲话》就明确指出了文艺创作应是"站在无产阶级和人民大众的立场",歌颂"人民群众,人民的劳动和斗争,人民的军队,人民的政党",创作为"工人、农民、兵士和城市小资产阶级(劳动群众和知识分子)"[①] 的文艺作品。《在延安文艺座谈会上的讲话》明确了所谓"大众化","就是我们的文艺工作者的思想感情和工农兵大众的思想感情达成一片"[②]。《在延安文艺座谈会上的讲话》成为解放区共同的文艺创作准则,指导着解放区作家的文艺创作。在新中国成立之初,周扬在第一次中华全国文学艺术工作者代表大会上谈及:"文艺座谈会以后,在解放区,文艺的面貌,文艺工作者的面貌,有了根本的改变。这是真正新的人民的文艺……毛主席的《在延安文艺座谈会上的讲话》规定了新中国的文艺的方向,解放区文艺工作者自

---

① 毛泽东:《在延安文艺座谈会上的讲话》,素颐编《民国美术思潮论集》,上海书画出版社,2014,第473~478页。
② 毛泽东:《在延安文艺座谈会上的讲话》,素颐编《民国美术思潮论集》,上海书画出版社,2014,第474页。

觉地坚决地实践了这个方向,并以自己的全部经验证明了这个方向的完全正确,深信除此之外再没有第二个方向了,如果有,那就是错误的方向。"①周扬的发言标志着毛泽东《在延安文艺座谈会上的讲话》确立的解放区文学创作方针,将在全国范围得到推广,并成为新中国成立以来新的文艺创作方向与指南,也成为"十七年"时期文艺创作坚守的创作准则。因此,"十七年"时期如雨后春笋般涌现的作品都秉承着"文学为工农兵服务,为无产阶级服务,为人民大众服务"的创作原则,开启了一个如火如荼、热火朝天干革命的新的文学时代。

为了实现为人民服务的"大众化"过程,首先,"十七年"时期的文艺作品选取了广大群众喜闻乐见的题材,包括表现抗日战争与人民解放战争、农业革命和反封建斗争、工农业大生产等方面的作品,书写对象囊括了工人、农民、士兵等多种人民群众。作品塑造了一系列正义凛然、大公无私、英勇无畏、勤劳勇敢的抗日英雄与劳动模范形象,其宁死不屈的革命精神、坚定不移的革命信念、艰苦奋斗的优良品质深深地感染着一代劳动人民,并激励着大众群体在新的天地,坚定理想信念,贡献自己的一分力量,大有一番作为。这种书写普通劳动人民生活和革命英雄人物的作品,极易与大众群体产生共鸣,而拥有大量的受众。其次,作品语言简洁洗练、通俗易懂,促进了作品大众化的传播。作家积极吸取工农兵群众的日常语言,文学语言日益口语化,表现出简洁质朴、真实自然的风格,使得广大群体更易理解与接受,拉近作家作品与群众生活的距离。最后,作品自身的故事素材具有一定的趣味性,极大地吸引了读者的好奇心。"十七年"时期的文学作品积极吸取民间的创作形式,并在此基础上进行加工、改造,文本多采用"单线叙事",开门见山、直陈其事,抓人耳目;文本结构完整,情节紧凑,叙事环环相扣,过程却波澜起伏,千变万化,引人入胜,扣人心

---

① 周扬:《新的人民的文艺》,王尧、林建法主编《中国当代文学批评大系(1949—2009)》,苏州大学出版社,2012,第10页。

## 第四章 大数据时代传统经典的大众化

弦；结尾贯以喜庆和谐的"大团圆"模式收尾，迎合了大众群体长久以来"善有善报、恶有恶报"的朴素的善恶价值观念，同时又符合黑暗之后即光明、正义终将战胜邪恶的历史唯物主义哲学观。

因而，即便"十七年"时期的文学作品在后世因为其较为严苛的文学生产机制，导致后期创作呈现出强烈的同质化倾向，甚至有公式化、概念化与政治化之嫌而饱受诟病，在文坛引起了极大的争议，然而，无可否认的是，"十七年"时期被公认的一批经典文学作品，经由作家的精彩演绎和讲述，较好地整合了文学自身的发展逻辑和主流文学的创作规范，不仅符合主流价值的理性规范，而且也满足了广大群体的心理需求，在新中国成立之初确实拥有极大的受众。这些红色经典作品经由不断的、大量的翻拍，已经成为颇受全国大众喜爱的影视作品，其精神内核也不断影响着中华民族的儿女们。据统计，"在历届中宣部'五个一工程'获奖作品中，红色题材的影视剧作品占整个红色题材作品比率为66.78%"[①]，国家广电总局统计数据显示，"从2002年至2004年底，两年间有40多部'红色经典'电视剧列入规划批准立项，共约850集"[②]，"从2010年至2012年三年间有1 411部47 330集电视剧获准发行，其中'红色经典'电视剧就有226部8 077集"[③]，可见红色经典作品在当代中国仍旧具有生生不息的顽强生命力，在日渐多元的网络媒体时代，以其特有的风格和鲜明的时代精神，感染着一代又一代的新生群体。

据统计，自2010年以来，在电子技术日臻完善的大数据时代，传统红色经典的翻拍颇具影响力的作品当属徐克2014年导演的《智取威虎山》，作为2015年的贺岁影片，创造了9亿元的票房神话。作为最新的红色经典影视作品的代表，以2014年电影《智取威虎山》为研究对象，试图阐明

---

①③ 马玉玲、黄解明、彭海宝：《"红色经典"主流价值与当下文艺创作研究——以中宣部"五个一工程"获奖作品为例》，《江西社会科学》2013年第9期。

② 徐安航：《历史积淀的巨大金矿——徐克为什么会盯上〈智取威虎山〉》，硕士学位论文，海南大学戏剧电影与电视艺术系，2017。

《智取威虎山》如何超越过往的多版本影像改编，获得如此巨大的接受群体，实现了经典文本在新时代的进一步大众化，电影作品是否在呈现过程中赋予了文本全新的当代意义；并且试图捕捉不断重复的翻拍现象，反映了怎样的大众心理。

徐克版电影《智取威虎山》改编自曲波创作的红色经典小说《林海雪原》，小说分为"奇袭奶头上，歼灭许大马棒匪帮；智取威虎山，歼灭座山雕匪帮；绥芬草原大周旋，智斗匪首侯殿坤、谢文等；大战四方台"①四个战役，讲述了"一支三数十人的小分队怎样征服林海，穿透雪原，与数十倍于自己的国民党匪徒——所谓'中央先遣挺进军'周旋作战，终于将匪徒歼灭的故事"②。电影故事便是从"智取威虎山"一役开始叙述。实际上，作为《林海雪原》中的重要章节，"智取威虎山"早在1958年就由上海京剧院上演，并命名为《智取威虎山》，在"文革"时期成为"八大京剧样板戏"之一。1970年，谢铁骊执导、童祥苓主演了电影《智取威虎山》，在京剧《智取威虎山》的基础上进行了改编，由北京电影制片厂出品，成为一代人心目中的永恒记忆。时隔30余年，徐克重新利用先进的影视技术，将《智取威虎山》以全新的方式贡献给新世纪时期的大众群体，再现了一番惊心动魄的传奇故事。如若任何一种艺术形式都可以视为依照一定的艺术规则，遵循深层话语逻辑而建构起来的文化文本，那么它必然在一定程度上包覆了特定的时代语境，适时反映出社会文化心理。《智取威虎山》自面世以来，已经成为中华民族历史上重要的文化基因，经由不同版本的故事演绎，传递给一代代的青年儿童。徐克导演将目光聚焦于这个家喻户晓的革命故事，并将其讲述得惟妙惟肖，制造出一部"现象级"的电影，再次印证了福柯的论断：重要的不是话语讲述的年代，而是讲述话语的年代。

---

① 郭丰涛：《基于戏改背景的样板戏版本考察与美学分析——以〈智取威虎山〉为例》，博士学位论文，浙江大学戏剧电影与电视艺术系，2015。

② 侯金镜：《一部引人入胜的长篇小说——读〈林海雪原〉》，《文艺报》1958年第3期。

第四章 大数据时代传统经典的大众化

徐克此番的大获全胜绝非偶然，如若仔细考察其叙述故事的策略与逻辑，便可发现新世纪的《智取威虎山》能够收获一致的好评，源于文本符合了当代大众的审美趣味，亦是主流价值观念与市场经济资本逻辑共同操练的必然成果。

重述意味着差异，不同文本之间细碎的异同，往往拼凑出时代演变下的价值变迁，彰显出一代人的心理轮廓。影片伊始，呈现出一座繁华璀璨的现代都市，觥筹杯盏之间，华彩笼罩之下，是一张张与1970年童祥苓扮演的杨子荣极为格格不入的面孔。叙述开始于一段错位的时空，回忆纷至沓来，故事由一个名为Jimmy（姜磊）的中国男生徐徐展开。作为一个纯粹生造出的人物，姜磊的出现显然承担了某种叙事的功能，其在电影首尾短暂的出场，除了实现了文本叙事前后呼应的完整性，更是将传统文本的"战争英雄史"浓缩为了"个人家族史"中的一环，暗示了文本将淡化传统意识形态背景的主题基调。虽然扮演者韩庚并不成熟的表演，遭到了不少观众的诟病，将其视为影片多余的存在，然而有论者意识到，从创新的角度而言，"这种处理方式摆脱了同类影片的结尾趋同性，即用现代时空破除之前建构的历史文本，让观众从历史中间抽离出来，重新用当代目光审视和认识。这种间离容易造成反思和警醒意味的缺失"①。实际上，当"智取威虎山"这样一个极具特点的革命传奇故事由姜磊讲述出来之时，革命的公众记忆便被无形中置换为个人的家族记忆，革命这一宏大的语词被灌注进了诸多私人的情感，才得以使影片的众多艺术形式得以实行，内容情节的安置免遭质疑，完成徐克对于当代中国"革命"的传奇想象。

首先，影片通过对人物形象的增删和人物形象的重塑，实现了当代社会对于传统英雄的观看。如上所言，整部影片由姜磊的回忆展开，姜磊的祖父小栓子——一名被小分队拯救的孩童——便成为全剧不可或缺的存在。

---

① 罗馨儿：《电影〈智取威虎山〉（2014）之文化策略评析》，《新世纪剧坛》2015年第6期。

然而,"小栓子"及其母亲马青莲——被匪首座山雕霸占的压寨夫人,却是徐克版《智取威虎山》打造的全新人物,在传统经典小说与戏剧中,从未出现过这对母子的身影。但是,在倔强而致力复仇的小栓子身上,观众或许可以捕捉到某些似曾相识的影子,它像极了原版京剧中身世凄惨、疾恶如仇的小常宝。小常宝悲苦凄凉的身世是土匪作恶多端的无声罪证,小常宝作为控诉土匪罪行的人物而具有了不可替代的地位,京剧中她跟随民兵苦练杀敌本领,在后来的剿匪战役中英勇杀敌的情节,更是大众群体被启蒙与革命成功询唤的积极象征。"京剧中常宝一角,革命符号遮蔽了其性别符号,教育功能驱逐了娱乐功能"①,反观徐克版的电影《智取威虎山》,小栓子的人物设定并不像常宝那样受人怜悯和喜爱,他初始对于小分队的不信任导致高波被捕,惨遭毒打,后又由于在遭遇战中罔顾分队的纪律和指挥,令白茹和高波在枪林弹雨中冒险抢救他,最终造成了高波的牺牲,即便在伏击威虎山的重要关头,仍旧持有对于小分队的不信任,唯有当分队众人告知其母亲尚在威虎山的事实,才放下了心中的偏见。可见,小栓子对于匪帮的仇恨并不源于深刻的革命立场,而是单纯来自于丧失亲情的仇恨,报仇的一腔热血是驱动小栓子加入战斗的唯一因素,即便目睹了小分队战友忘我的拼死相救,小栓子留下的热泪也仅仅是因了传统感恩报德的价值观念。因此,新版电影里"小栓子"的设定失去了革命符号的意义,同志的死亡除了激起了小栓子全无顾忌的复仇冲动和简单的感恩情结之外,在升华个体的精神价值,追随革命主体意识方面则是毫无建树。对人物的这一改写,暗藏了导演试图以人道主义关怀替代革命意识形态的叙述理念,正如影片里的马青莲,亦是在本能母爱的驱使下成为杨子荣的盟友。沿袭这一脉络,导演对杨子荣的形象也进行了较大的改变。

在传统京剧表演中,童祥苓扮演的杨子荣,作为英雄人物总是一脸正

---

① 罗馨儿:《电影〈智取威虎山〉(2014)之文化策略评析》,《新世纪剧坛》2015年第6期。

## 第四章 大数据时代传统经典的大众化

义凛然、浓眉大眼地在大片光亮中出场，观众在他一丝不乱的妆发与字正腔圆的语调里，便预先了解了人物的正面立场。诚然，"十七年"时期的文艺创作遵循了较为严格的意识形态叙事逻辑，作为红色经典小说的《林海雪原》以及源自于小说的样板戏《智取威虎山》皆带有浓厚的政治美学色彩。文艺创作中"在所有人物中突出正面人物来；在正面人物中突出主要英雄人物来；在主要英雄人物中突出最主要的即中心人物来"的"三突出"原则，更是使得文本人物不断落入刻板化、公式化、概念化的窠臼。徐克一反常态地让张涵予扮演的"杨子荣"梳起一个油腻的大背头，留着一脸浓密的络腮胡，穿上一身厚重时髦的大绒貂，张口就来的"黑话"，俨然一个"匪气"十足的大汉，颠覆了传统革命英雄的"伟光正"形象，却恰好契合了杨子荣潜伏敌营、执行"卧底"这一光荣使命的叙述逻辑。从字正腔圆的京味到东北方言的黑话，杨子荣的身上多出了属于平凡百姓的人性色彩，为了佯装上匪身份，他摒弃了严肃庄重的一本正经，多出了几分不羁的鲁莽老道，即便是肮脏不堪的荤话也成为这部影片为数不多的笑点。导演利用语言的优势，将长久以来高悬的神性人物拉入了凡尘俗世，言说着心目中的凡俗英雄：英雄不需要自带光芒，他尽可以是叼着一支水烟，说着一嘴黑话的草莽战士。

其次，以情节的弱化避免意识形态的对撞。电影版《智取威虎山》不仅取消了国民党与匪帮狼狈为奸的设定，而且删掉了样板戏中的一个重要的情节，即小分队在夹皮沟团结百姓，实行土地改革，提高农业生产，传授机修技术，分配斗争武器，动员大众自我武装，配合小分队进行剿匪等诸多建设过程。而徐克版的《智取威虎山》小分队一役几乎只有解放军的单线作战，夹皮沟百姓则被刻画为畏缩于墙角下瑟瑟发抖的民众，面对匪帮的淫威，他们怯懦不已甚至甘愿放弃抵抗。显然，前者的大众在小分队的启蒙下，成为革命主体的一员，获得了革命的身份认同，彰显着革命启蒙的成功传递。而后者，将自发救援、武装战斗的"群众"转变为了怯懦软弱、拒绝抗争的"群氓"形象,士兵与群众的关系则多少有些暧昧,模糊了历史上鲜明的革命意识形态,代之以人性深处的矛盾表现。传统的"军民鱼水情"并不是一致的革命理想和政治觉悟产生的结果,而更多的是因为个体对家庭、亲情的渴望,这一共同诉求使得军民拥有了共同的敌对群体。徐克显然不欲以简单的二元对立来阐释这一革命时期的矛盾,因而以人性论取代阶级论,成为其规避意识形态的叙述策略。被抽空了意识形态背景的故事和人物,实则变成一部融合了"警匪片""谍战片""动作片"等类型的解放战争时期"战争片",至此,徐克终于迎来了一片大展拳脚的"武侠天地"。

最后,3D技术的有效运用,制造了震撼人心的视觉效果,徐克在影片中添加了独有的武侠色彩,使得这部红色经典的革命浪漫主义气息愈加浓厚。为了塑造出杨子荣智勇双全的孤胆英雄形象,影片着重拍摄了"上山打虎"这一惊心动魄的一幕。徐克发挥了其多机位拍摄、快速凌厉的剪辑方式,通过CGI技术再现了逼真的猛虎和千钧一发的危急时刻,使得观众在影院感受到了真正的共鸣。"CGI技术即是电脑合成影像,这是近年来随着计算机软硬件技术的发展产生的影像制作技术。这一技术的核心是计算机数字技术,即运用计算机程序建立三维场景和模型,模拟出与现实摄影环境相似的虚拟空间,设定模型和摄影机的运动轨迹、模型的质感、灯光效果等参数,通过图形图像算法来做出经过渲染的逐帧的图像。依靠该技术,无须摄影机和镜头前的实物便能模拟出场景、人物,仿制出场面调度和摄影机运动等效果,也可以将实拍物体与虚拟物体天衣无缝地结合在一个画面之中。这一技术的普及对电影的传统界定提出了极大的挑战,模糊了摄影机实拍的真人影片与动画电影的界限。"① 该项电子技术,不仅还原了幅员辽阔的雪原景观图、白雪皑皑里的苍茫林海、陡峭险峻的绝壁孤峰,

---

① 尹筱嫣:《红色经典的类型化再造——徐克版〈智取威虎山〉改编刍议》,《四川戏剧》2018年第3期。

而且在渲染故事氛围、烘托人物性格上发挥了至关重要的作用。譬如影片为了突出小分队"智取"的几场战役，正是极大限度地运用了电脑合成技术，在特意放慢的镜头之下，观众方才看到小分队射击百发百中的精准、炸弹对撞的机巧、自制弹药的威猛、飞跃天堑的惊险……这些打斗的场面，当然是导演超现实主义的浪漫主义笔法，不仅再现了小分队作战的机智勇猛，而且满足了观众在谍战片里碾压暴徒、收获胜利的生理快感。除此之外，栓子在片尾想象的"飞机大战"，俨然好莱坞大片既视感，宏大而精致的场面，数量惊人的铁甲兵器，实在令观众瞠目结舌，这也成为徐克大片的制胜法宝。

综上所言，徐克借用了传统红色经典的故事元素，向20世纪五六十年代的革命英雄致以崇高的敬意，通过对人物角色的调整、形象的重塑、情节的弱化、特效的使用，而淡化了原本浓厚的意识形态表述，代之以人道主义的关怀，在善恶冲突之间寻访人性的复杂。用子辈回忆的方式重塑革命故事，则带有浓厚的个人家族史意味，意在言明革命的年代虽已过去，但后辈仍需牢记革命先烈的无私奉献、大义凛然，他们的艰苦奋斗换来了当下幸福安稳的岁月。因而集武侠、动作、谍战于一身的《智取威虎山》"树立了红色题材世俗化、市场化的新标杆，在恪守信仰底线和保持艺术风格化之间保持了和谐平衡，为今后红色题材的电影化改编起到了榜样性的借鉴作用，是中国本土新英雄主义电影创作的一次开辟之旅"①。

## 三、借用传统 IP 资源：再现美轮美奂的古典世界

对于当下影视创作而言，中华民族博大精深的传统文化已然成为其极力挖掘的巨型宝库，无论是上古神话，还是民俗传说，无论是正统的古代

---

① 甘波，古那尔·艾则孜：《从〈智取威虎山3D〉看红色样板戏的改编》，《电影文学》2019年第2期。

文学,还是野史类奇闻轶事,都为影视创作者提供了大量的文本资源,充实了影视作品的文学内涵。在中国影视发展史上,借由古典传统资源而改编的影视作品,若恒河沙数,不胜枚举。诸如中国古典四大名著以及《白蛇传》《聊斋志异》《山海经》等更是成为经典的文化资源,被影视创作者反复地复制、征用、翻拍、续写,打造出了许多好评如潮的影视作品,在大众群体里广泛传播,成就了中国影视史上的经典篇章。譬如1986年由中央电视台出品、杨洁执导的《西游记》,1987年中央电视台首播的由欧阳奋强、陈晓旭等人主演的《红楼梦》,1994年由众多明星联袂主演的《三国演义》,1998年李雪健等人主演的《水浒传》,1992年由赵雅芝、叶童、陈美琪等主演的古装神话剧《新白娘子传奇》,1987年张国荣、王祖贤、午马等主演的《倩女幽魂》等作品,或由于较高的还原程度,细腻的现实主义笔法,浓烈的浪漫主义气息,深入人心的人物形象以及精致唯美的拍摄画面,成为中国电影电视史上一座座不可逾越的高峰,一代人心中永恒的珍贵记忆。诚然,在一个视像文化大行其道的时代,文学作品的影视化使得文本以更具象、立体的形式在更广泛的群体得以传播,影视化成为大数据时代下,经典文学传播与流通的新型媒介。而影视行业对于经典文学的择取,也同时满足了自身发展的需要。经典文学以较高的知名度享有大量的读者群体,在经典文学向影视作品转变的过程中,这些受众已经无形中成为影视作品的潜在受众。对于作为文化商业产品的影视剧作而言,受众的喜好即表征着资本的走向,经典文本培育的固定受众群体为影视剧作奠定了一定的群众基础,也打开了一片不容放弃的文化市场。

尽管自新世纪以来,在传统资源基础之上进行改编的影视化作品不计其数,要在其中遴选出一个代表,实为不易。但是,如若要以海量文本与作品为研究对象,操作的可能性几乎微乎其微,阐释起来亦有不少难度。因此,下面意欲以个案研究与文本细读的方式,对当代影视对传统资源的借用与重述问题进行较为详尽的研究。纵览2011年至今的翻拍作品,结合

## 第四章　大数据时代传统经典的大众化

情节叙事、故事意蕴、美学风格、视觉效果等多方面考量，欲以影片《白蛇：缘起》为研究对象，解读影片如何为传统故事情节赋予新的意蕴内涵，影片如何迎合大众的审美趣味，使大众获得集体的心理慰藉，老旧的故事题材如何为当代集体所接受，经典文本如何实现了艺术形式的当代性转换等问题。

2019 年 1 月 11 日，由追光动画和华纳兄弟共同制作的动画电影《白蛇：缘起》上映，总计获得 4.4 亿元的票房进入了国产动画电影票房排行榜的前 6 位。同时，截至 2019 年 9 月 1 日，这部电影分别在淘票票和豆瓣上获得了 9.1 和 7.9 的评分，可谓实现了票房口碑的双丰收。《白蛇：缘起》着重讲述了白素贞与许仙的前世姻缘——小白与许宣的爱情故事，晚唐末年，皇帝沉迷修仙，国师为了修炼道法以博得皇帝宠信，大肆捕杀蛇族，蛇群濒临灭绝，白蛇小白临危受命前去刺杀国师，却不想刺杀未遂反而失去记忆，幸而被永州城外"捕蛇村"村民许宣所救。为了帮助小白寻回记忆，两人踏上了一段冒险之旅，在同甘共苦的时光里逐渐日久生情。国师为了炼成太阴真功，意欲以冰天雪地阵法围困小白以求得千年修为，最终许宣为了守护小白而形神俱灭。而后小白苦苦相守五百年，经历几道轮回，终于在西湖断桥与许仙相逢，即为后人耳熟能详的白蛇故事。

白蛇故事在中国民间经久不息，无尽的想象衍生出了多元的变体。在我国历史上，白蛇故事最早应追溯至唐代谷神子《博异志》中的《白蛇记》，它意图以美女蛇的食人故事对寻花问柳的男子发出警告。后至宋元话本小说《西湖三塔记》的问世，才成为《白蛇传》的真正雏形，该书收录于《清平山堂话本》，讲述了蛇精妇人"卯奴"见异思迁，妄图杀掉丈夫奚宣，最终被真人收押于西湖之下的故事。除了相似的人名与地点，后世流传的《白蛇传》已然与《西湖三塔记》的志怪故事大相径庭。明代冯梦龙《警世通言》第二十八卷《白娘子永镇雷峰塔》开始讲述白娘子与许宣西湖初识、相爱、后结为夫妻，许宣却在道士的教唆下多次质疑白娘子，甚至以符咒逼迫白娘子显出原形,最终被镇压于雷峰塔之下的故事。许宣形象近乎猥琐怯懦,全然一名忘恩负义的薄凉之人,白娘子最终所言实则表达了对许宣的谴责怨恨。及至1806年清嘉庆年间,玉山主人著《雷峰塔传》(又名《白蛇奇传》),为后世的戏曲、话本、野史奠定了故事基础,再经由梦花馆主加工,著《白蛇传前后集》,将白蛇报恩、许仙试妖、天庭盗草、水漫金山、镇于雷峰塔、状元救母等情节巧妙地连缀于一体,成为广为人知的白蛇故事原型和惯用范本。[1]

白蛇故事集人、妖、法于一体,在爱情的故事框架中探索人伦与礼法、自然与社会、人情与禁忌的种种关系,回肠荡气的爱情盟约,悲婉无奈的生死离合,成为千百年来世人津津乐道的话题,也令白蛇故事成为一个经久不衰的民间神话。《白蛇:缘起》的聪明之处在于它巧妙地避开了今生的恩怨情仇,转而回溯前世的离愁别绪。远离了流传千年的故事框架,影片似有更为宽广的创作空间。实际上,《白蛇:缘起》的故事内核并未突破传统的情爱想象和伦理观念,我们仍旧能够在故事里捕捉到英雄救美,一见钟情的惯用情节,用邪不胜正的桥段嫁接善恶有报的朴素伦理观,即便再弱小的个体在坚持不懈、勇往直前的精神下,也能够创造逆天改命、感天动地的人间奇迹。还有情深缘浅、再续前缘的大团圆结局,尽管司空见惯,却依旧满足了观众对于自由的无限向往和对纯爱的浪漫想象。《白蛇:缘起》选择了较为正统的价值观念和稳妥的故事套路,以保证故事不因刻意的猎奇而多出陌生的疏离感,但是在叙事方式、环境塑造、视觉效果等方面,却能够看出制作人的精巧致思,使得影片具有了别具一格的美学范式和耐人寻味的主旨意趣。

影片最令人刻骨铭心的台词莫过于许宣的一句"人间多的是两只脚的恶人,长了条尾巴又怎么样",面对人妖殊途的爱情桎梏,影片借许宣之口

---

[1] 杨晓宇:《新时期白蛇故事影视剧研究》,硕士学位论文,上海师范大学戏剧戏曲学系,2018。

发出了对善恶的深切拷问。如若人妖两界无法弥合的阻隔乃是源于善恶之分，那么区分善恶的标准究竟为何？许宣的叩问显然带有了现代价值观的色彩，在唐朝这样一个谈怪变色的年代，妖本是一种神秘的、可怖的生物，人们习惯以非理性的思维面对无法解释的稀有之物。但是许宣的发问则多少带有理性主义的意味，灵魂与肉身的分离使得妖与恶不再共生，人性本善的观念也遭到了拆解。这与《白蛇：缘起》的故事背景也有机联系在一起，唐朝末年永州城的捕蛇运动一说，应该化用了柳宗元《捕蛇者说》，以针砭那个苛政毒税、民不聊生的乱世，许宣在此不畏权贵的一问，则是对黑暗封建制度的讽刺，对群魔乱舞、妖魔当道之世相的无情鞭挞。实际上，许宣对善恶观念的思辨色彩，早在冯梦龙《警世通言》一版的白娘子故事里便初露痕迹，白娘子虽为妖物，却善待丈夫与众人，许宣虽为人人敬重的药铺先生，却多疑怯懦、恩将仇报，法海自认为替天行道，遵了天下大义，但孰对孰错，白蛇却不以为意。在此，许宣摆脱了旧有的刻板印象，他不再是一名怯懦软弱、时时刻刻需要妻子或法师来保护的凡人，面对妻子为妖的身份，他没有展现出对妖的畏惧和疏离，转而以心度人，以大无畏的精神对抗世间的凡俗偏见，认为"妖魔并非像传闻一般面貌丑陋，最为险恶的则莫过于叵测的人心"[①]。影片将这一层悖论以情爱的方式重新演绎，在对爱的一往无前中，重新审视了善恶的价值尺度，升华了作品的主题意蕴。

此外，影片运用了多种极具中国风味的意象，还原了一个唯美雅致的古典世界。一汪清泉、一叶红枫、一支碧钗，道出一生缱绻执念。《白蛇：缘起》由无数帧精致的画面糅合为一幅巨型的泼墨山水画。影片画面选用的景物意象，不仅传递了中国传统的美学意味，而且还折射出寓情于景的人物心绪。影片里蓝天白云，红叶绿树，蛇国的幽冷浅绿与佛塔的金黄霞

---

[①] 郑曦：《水墨重现与叙事新篇：动画电影〈白蛇：缘起〉的经典 IP 改编之道》，《电影评介》2019 年第 3 期。

光,宝青坊的绚丽斑斓与世外山涧的冷清悠然,均体现出了参差对照的色彩美学。而捕蛇村里一缕温柔的霞光、一串摇曳的风铃、一川红树、数曲清溪、幽涧清辉、轻舟泛月,不仅令观众领悟到"耕田看书,一川禾黍,四壁桑榆"的田园怡然光景,也展现了小白对于安稳现世的渴望,在体会到"一川红树迎霜老,数曲青溪绕寺深"以及落景余清辉、轻桡弄溪渚的闲散从容之余,也反衬出时光易逝、情爱不复的哀婉凄凉。除了在自然风物里,我们窥见了千里莺啼绿映红般的明媚,疑似银河落九天的壮美,轻舟已过万重山的喜悦,影片的人文景观里也能寻得传统东方传奇的美学特色。譬如一支宝青珠钗的精巧、一柄油纸伞的古朴、一座佛塔的肃穆壮丽、一栋楼宇的雕梁画柱、一首小调里的空灵韵味和参悟一切的道家之思,还有诸多神秘阵法里蕴含的五行八卦学说、奇门遁甲之术,都烛照出中华传统文化里的含蓄委婉、质朴秀丽、雄奇壮美的多元气质。而通过铸造秘宝的宝青坊设定,却又不难发现其沿袭了中国传统志怪遗风,魅惑的双面狐妖、眼花缭乱的铸匣、斑斓绚丽的色调,都透露出神秘莫测的味道。这种将中国传统志怪与仙侠风格融合的拍摄方法,确实打造了一个美轮美奂、光怪陆离的新世界,它突破了传统中国动画精细雕琢写实笔法,加之以意象的铺陈,浪漫奇诡的想象,使得影片具有浓厚的中华传统悠长隽永的古典韵味,"使这部作品真正走入了中国传统话语中的幻化之境。对于国产动画电影来说,古典元素的应用并非一个新鲜的话题,它建构了动画电影的民族语境,中国传统意象的影视化呈现,将那份属于泱泱华夏的含蓄敦厚与大众传媒相结合,并进一步唤醒了跨年龄受众的情感共振"①。

除此之外,影片利用电脑合成技术,展现出如行云流水般的打戏场面,也成为令人耳目一新的亮点。影片善于利用光与影的组合,制造出身临其境的压迫感、危机感,区分正与邪的对立立场,譬如佛塔一役,伴随着一

---

① 郑曦:《水墨重现与叙事新篇:动画电影〈白蛇:缘起〉的经典IP改编之道》,《电影评介》2019年第3期。

## 第四章　大数据时代传统经典的大众化

道白光和一缕幽绿，白蛇、青蛇的动作走势便一目了然，小道士的金光片羽折如牢笼般围困双蛇，营造出天罗地网、插翅难逃的危情险境，唯美之下饱含杀气，万般华丽却自带无尽诡异。而白蛇巨蟒的现身，也以空前的技术呈现出白蛇的无比庞大、威力无比，花海里巨蟒白蛇与微小许宣的对弈，更是展现了小白变身后的唯一柔情。如此微不足道的凡人，试图以一己之力保护碾压一座城池的蛇妖，不仅彰显了这段人妖之恋里的巨大鸿沟，也显示了许宣不畏艰难追逐纯爱的执着与勇气。而结局许宣拼尽一己之力，在漫天白雪的冰天雪地之阵里护住小白的肉身，天人永隔的一刹那，终究成为令观众感时垂泪的场面。为了配合观众怅然若失的情绪，影片在许宣羽化之时，配以《何须问》的哀婉唱词，过往泛舟湖上的清幽时光，一帧帧画面如幻灯片般重现，平添只是当时已惘然的追忆。

最后，影片再次向过往经典《白蛇》影视剧致以敬意，勾起众人的珍贵回忆。譬如影片开始，随着水墨画卷的展开，映入大众眼帘的是青白二蛇共浴的画面，这一画面不禁让人联想起1993年徐克执导的《青蛇》，由王祖贤和张曼玉扮演的双姝共浴的经典画面，若隐若现的身体，除了暗喻了电影以"欲"为探索的主题，而且也满足了观众对于女性身体的窥视欲望。片尾经过无数道轮回，随着长镜头的拉远，我们看到了在一个烟雨朦胧、荷叶连连的西湖桥畔，清秀官人偶遇两位妙龄女子的熟悉桥段，轻灵活泼的《青城山下白素贞》配乐渐起，观众似又看到了1992年赵雅芝、叶童扮演的白素贞与许仙，在断桥下的惊鸿一瞥。巧妙的是，相同的配乐重又作词，在"匆匆美梦奈何天，爱到深处了无怨，千山阻隔万里远，来世再续今生缘，宁愿相守在人间，不愿飞作天上仙，让那缠缠绕绕的情意永缠绵"的婉转唱词里道尽了前世小白与许宣的爱情悲剧，以及今生愿有情人终成眷属的美好愿景。

《白蛇：缘起》的成功，多少为中国传统动画影视行业带来了可资借鉴的经验，以及可以期待的前景。虽然白蛇故事历经千年，已经成为家喻户晓的神话传说，也派生出了一系列古装神话影视剧，然而凭借不断升级的电子影像技术，融合中国传统文化之精华，挖掘东方传统的美学韵致，在人类恒久追求的"爱情与自由"的主题之上，致以对善恶的思辨反省，影视剧仍旧能够创造出属于它自身的特点，发挥独有的魅力，且为更广泛的群体所认可。因而，若言"《白蛇：缘起》以此为契机，通过对于经典IP的全新演绎，挣脱了民间传说原有的情节走向与人物框架，走向现代语境下独立动画电影创作"，确乎具有一定的道理，成为传统经典在当代再次大众化的可行路径。

## 第二节　IP化：泛娱乐时代文学繁荣的隐忧

实际上，进入大数据时代后的传统经典文学作品，不仅为影视行业提供了内容丰富的、极具趣味的故事素材，而在此基础上进行不断地改写，最终以影视化的方式得以呈现，而且也为游戏、动漫、广播等多种传媒与制作公司贡献了核心的创作资源，使得文学与影视、动漫、游戏、广播等多种文化产品之间的界限日渐模糊，加之随着媒介环境的日益广阔和电子技术的日臻成熟，传统文学与网络文学一同以文学IP的形式进入了全版权化的运营，实现了网络文学的全产业链开发，文学由此进入了一个泛娱乐化的时代。海量的文学作品，不计其数的影视剧作，精致唯美的动漫图册，更新换代的电子游戏一同打造着文化产业繁荣的表象。然而，在巨额字符表征的巨大收益之下，网络文学的商业属性日渐凸显，小说也逐渐呈现出商业化、类型化、同质化、庸俗化的倾向，它预示着在商业资本和市场逻辑的驱动下，文学的表现形态和审美追求已然发生了改变，而日益升级的电子技术也在无形中重塑了文学的生态格局、整体架构和分类模式，文学在追求经济利益最大化的过程中展现出了内动力不足、创新性匮乏的潜在劣势,也向当前文学提出了巨大的挑战:如何在未来新一轮大众化与经典化过程中平衡商业利益与文学价值?如何在僵化的写作模式中生发出全新的文学创作路径?如何在资本逐利的巨大商业场域里,寻求对于网络形态作品的合法版权维护?凡此种种,皆为泛娱乐化时代下,文化产业尤其是网络文学应当警醒和解决的问题,为其未来的良性发展扫清实践与理论上的障碍。

## 一、商业化:文学 IP 与全产业链开发

伴随着 2015 年 IP 元年的到来,文学与影视的完美合谋为影视及相关行业带来了意想不到的巨大收益,IP 成为大数据时代竞相争夺的新的经济增长点。那么何为 IP? IP 作为 Intellectual Property 的缩略词,本意为知识产权。伴随着我国文化产业的飞速发展,IP 逐渐被赋予了更为深厚的意义,拓展指称"具有较高关注度、热度、粉丝基础,具有一定影响力并且可以通过其他手段再生产、再创造的创意性文化产品知识产权"[①]。由此可见,IP 因为媒介环境的改变,而与接受群体形成了更为密切的联系,粉丝勾连效应使得 IP 具有了极强的消费属性和价值导向,并且在不断的再创造过程中成为一种综合性的资源本体。而在文学领域,尤其是网络文学 IP 则意指"以优质的网络文学作品为核心,将其在文化产业领域内以动画、漫画、影视剧、游戏、广播剧、歌曲等各形式进行开发的版权"[②]。

IP 的出现,意味着以互联网信息高新技术为武装的、各种领域的、各类资源的跨界融合,它不仅打破了文学与其他艺术门类之间的专业界限,而且也逐渐模糊了文学内部不同形式之间的巨大分野。最显著的例子莫过于大数据时代的传统经典文学,唯有借助当下优质的图像影视技术,依凭

---

[①②] 高黛云:《互联网情境下网络文学 IP 运营分析》,《西部学刊》2019 年第 9 期。

了社会大众新的价值观感与美学诉求，才具备了获得成功与新生活力的可能性。对于商业场域而言，文学的传统经典文本与新兴网络资源别无二致，它们终将因循市场与资本的逻辑，收编在文化产业之下，成为另一种再造的文化形式，因为网络文学的全产业链开发已经成为应时之需。"网络文学全产业链开发是由业界提出的，即出版机构或个人通过整理加工网络文学资源、生产和销售网络文学 IP（知识产权），以及拓展和延伸产业链的活动，实现影视剧、网游、网络文学多领域的跨界发展，获取经济利益的同时反哺网络文学企业发展，开发泛娱乐产业。"①

2015 年，整合了腾讯文学与盛大文学的阅文集团率先开启了全产业链开发的运营模式，其旗下拥有 QQ 阅读、起点中文网、创世中文网、起点女生网、红袖添香、华文天下、天下听书、新丽传媒等多家内容品牌和运营公司，以全内容聚合、全平台运营、全社群互联为营销策略，力图实现协作共赢、繁荣昌盛。网络文学的全产业链闭合结构需要具备大量的 IP 资源，网络文学作品的优质与海量，是确保文化产业具有足够吸引力、多元丰富性的首要前提，因而各大文学网站成为整个产业的上游资源库。随着网络移动端的稳步推进，各大移动媒介软件便成为为上游资源分流的中游主力军，譬如 QQ 阅读、微信阅读、网易云阅读之类的移动客户端为网民的阅读提供了更为便捷的途径。移动端的分配渠道不仅是群体阅读资源的重要载体，而且也因其设置了分享、转发、收藏、点赞等功能而成为一个隐匿的信息反馈媒介。通过中游媒介的散布传播，不少网络作品积累了一定的群众基础，成为网络文学集团共同开发的对象，最终以影视剧作、动画动漫、广播剧、电子游戏以及周边衍生品等形式进行线上发行、播出或者线下的出售、流通等，进而实现下游多元化的营销模式。如此完整的产业链开发和 IP 的版权运营，极大限度地依存了大数据时代对于各项数据的收集、整

---

① 贺子岳、梅瑶：《泛娱乐背景下网络文学全产业链研究》，《出版广角》2018 年第 4 期。

第四章　大数据时代传统经典的大众化

理与分析,技术层面对于版权孵化体系的完善,对中游流量分发系统的优化。据统计:"从 2011 年到 2015 年,IP 行业市场规模从 1.0 亿元到 3.4 亿元,并且预计 2020 年将达到 11.2 亿元左右;中国互联网络信息中心 2017 年 1 月发布的报告显示,截至 2016 年 12 月,中国网络文学用户规模达到 3.33 亿;2017 年数字出版领域网络文学市场规模达到 127 亿元;2017 年包括网络文学泛娱乐产业总产值预计将达到 4 800 亿元以上……"① 多个平台与机构的联动协调,最终指向了建立在粉丝与作者、作品之上的创收行为,以网络文学为起点的 IP 版权运营被多方权力深深卷入了以经济利益为主的商业场域,因而商业化成为大数据时代下网络文学挥之不去而愈加显著的文学属性。

文学一旦商业化,便具备了商品的基本属性,作为消费时代的一种文化商品,尤其是处于全产业链营销的顶端资源,文学文本的价值不言而喻。随着 IP 项目的开发主体日益复合化,运营方式综合化,文学作为一种创意型的文化知识产权,它与读者消费群体的关系日益密切,用户粘性在一定程度上决定了文学自身的使用价值,群众基数能够保证一定的投资回报率和市场份额。如果说全产业链的存在,使得文学不得不在乎接受群体的喜好,IP 开发项目的遴选在很大程度上以观众的反馈为指标,那么网络文学网站内部成熟的 VIP 付费制度的确立,则将读者捧上了至高无上的神坛,迎合读者的阅读期待成为不少网络作家在创作过程中主动采用的写作策略。

原创网络文学网站的 VIP 付费制度,采用了订阅电子书方式,打破了以往全文免费阅读的模式,用户可以免费阅读文本的前数十万字,当达到一定的数额之后,此后更新的章节便以付费的方式进行阅读。如此,"VIP 在线收费制度以'微支付—更文—追更'的形式,将网站、作者和读者的利

---

① 参见中国新闻出版研究院发布的《2015—2016 中国数字出版产业年度报告》、工业和信息化部信息中心发布的《2017 年中国泛娱乐产业白皮书》、中国互联网络信息中心发布的第 39 次《中国互联网络发展状况统计报告》、艾瑞咨询发布的《2018 年中国网络文学 IP 影响力研究报告》。

益诉求扭合在一起"①。2003年起点中文网首次试水VIP付费制度初见成效,此后的VIP付费制度增加了点赞、转发、收藏、打赏、评论等多样功能,以开放的姿态共享读者体验,而形成了"以用户为主导的作品推荐—激励机制,如投票、争榜、打赏等,充分调动粉丝经济的生产力,将'有爱'和'有钱'结合在一起;书评区的互动以及'老白'(资深粉丝)'粉丝团'的出现,加强了网络文学的社区性和圈子化;白金作家、大神作家、签约作家等职业作家体系以及全勤奖等福利保底制度的建立,保证了作者的批量培养和作品的持续产出"②。VIP付费制度的日臻成熟与完善,在一定程度上保障了网络作家的收益,而在这种通过提升用户黏性的口碑营销模式也意味着,口碑即资本,文学作品与用户阅读喜好不可分割,文学的消费者与生产者逐渐一体化,顺应读者的心理需求成为获取经济利益的不二选择。

原创文学网站的VIP制度标志着网络文学开始走向商业化的道路,而此后的网络文学全产业链开发则将网络文学创作全产业化,文学产业被多方强大的资本力量裹挟进资本市场。当资本逻辑渗入文学场域,作者本位的文学结构开始瓦解,读者至上成为文学创作因循的准则之一,而读者群体的多样性使得文学的类型化成为大数据时代下,文学大众化过程的必然结果。

## 二、类型化:IP内部知识体系的重建

如上所言,网络文学的商业化属性使得网络作家在创作过程中,将读者的阅读喜好纳入创作的考虑范畴,而读者群体数量之大,范围之广,兴趣之多,决定了文学作品出现了以题材内容为标准的分类方式,类型化创

---

①② 邵燕君:《网络文学的"断代史"与"传统网文"的经典化》,《中国现代文学研究丛刊》2019年第2期。

## 第四章 大数据时代传统经典的大众化

作成为网络文学开辟的新的写作模式。2011年,盛大文学推出了中国网络文学分类标准,将网络文学分成奇幻、玄幻、武侠、仙侠、言情、都市、历史、军事、游戏、竞技、科幻、悬疑、灵异、同人、图文、剧本、短篇、博客及其他等19个类别。① 网络文学的类型化创作,俨然异于传统意义上现代文学的四分法,如若说传统文学理论将文学分为小说、诗歌、散文、戏剧是以文学形式为分类标准,那么网络文学类型化创作则打破了形式间的壁垒,以内容为主导对文学秩序进行了全新的排列组合,电子生成的文字标签成为不同网络文本自我区隔的显在标志。这种分类方法不仅仅适用于网络文学文本的分层,同样也延伸至以网络文学IP为基础的其他创意性文化产品的分类法则,譬如当代影视作品也采用如出一辙的分类模式,点开任一视频播放软件,映入眼帘的是诸如喜剧、动作、爱情、惊悚、犯罪、悬疑、战争、科幻、动画、家庭、武侠、古装等细致明了的选择标签,通过精准的标签匹配大众的观影诉求。

类型化的出现,应是网络文学大众化过程中的必然产物。随着网络文学以技术平权的方式将文学通俗化、娱乐化、商业化,文学内部的形式法则等独属文学专业领域的分类知识便成为其通往大众化的一大障碍。在一个追求短平快生产,快餐式传播,碎片化阅读的文学速成时代,大众无暇辨析文本整体架构、语言风格和形式美学等以对一个网络文本做学理性分类,他们更乐意借助一目了然的标签,迅速把握一部作品的大致内容,以确定是否合乎自我的消费目的。网络文学的类型化透露出网络作家极力满足分众市场需求的最诚挚的心意,尽管读者群体年龄、学历、兴趣等不尽相同,网络作家却殚精竭虑地开掘不同的故事边界,以满足不同群体的阅读需求,现代网络技术的升级演技则促进了类型化理念的实施,满足了大众群体多项选择的美好诉求。

---

① 欧阳友权:《网络文学词典》,世界图书出版公司,2014,第30页。

大数据算法的应用与人工智能的普及,使得即时根据读者的喜好推荐与之相关的阅读作品成为可能,"建基于标签分类的算法应用与大数据相结合,从用户的喜好、关注逆向推出作品类型的偏好,并成为作者创作的重要参考。文学网站首页的各类排行榜皆是这一分类数据的直观结果,个性推送也根据读者的阅读习惯、审美趣味和反馈情况进行即时调整"[1]。大数据时代的高新电子技术水平保障了文学类型化的实施,无处不在的网络和大量移动的网络终端,创造了海量的阅读数据,它们奠定了分析读者阅读喜好的数据基础。文学网站随处可见的电子标签,一方面是信息时代人工智能对海量信息进行快速分类的必然形式,它彰显出随着电子信息技术的蓬勃发展,我们迎来了一个信息大爆炸的时代,唯有借助媒介技术,方能实现对天量数据的搜集整理;另一方面,随着文学本体与电子媒介的融合,传统文学内部的知识秩序逐渐开始分裂,遵循商业市场经济法则锻造出的文学作品,传递出浓厚的读者至上的信息,读者大众的阅读喜好和审美趣味正在成为网络文学自我区隔的标准。正如常方舟所言:"这一类型化现象的背后,由文学生产机制的商业化运作主导,指向大众审美趣味和文化价值变迁,同时暗含与数字时代相适配的思维方式和认知结构的转换。从这一意义上而言,网络文学类型化也是知识秩序重建进程的组成部分。"[2]

类型化创作意在将大众的喜好进行归一性的处理,便于大众读者的海量的数据库中拣选符合自我审美的文字读本。附属于书籍的标签,将成为大众进行索引,通往阅读目的的电子导向。标签的存在,不仅单纯具有题材内容的命名意义,它同时催生了一套符合这一题材的创作方式,在这个意义上而言,类型化的出现无形中推动了网络文学自我经典化的可能。面临铺天盖地的数据资源,每一秒钟都有数以万计的网络作品在诞生,如何认证不同类型别具一格的特点以区别不同类型的网络文学,则成为网络作

---

[1][2] 常方舟:《网络文学类型化问题研究》,《上海文化》2018年第6期。

## 第四章　大数据时代传统经典的大众化

家在创作中不能不解决的问题。如若仔细阅读，便不难发现，当梦入神机的《佛本是道》横空出世，我们领悟到了修仙小说代表的庞大迷幻与东方古典传统，见证了平平无奇的凡俗之人如何经历千难万阻，修炼成为众人仰望的仙界高人；天蚕土豆的《斗破苍穹》带着高热度的讨论话题，迎来了以玄幻练级为代表的"升级流"，人人痴迷于玄幻世界里高度抽象的能量和身份等级，沉迷在草根逆袭与外挂越级的快感中无法自拔；南派三叔的《盗墓笔记》和天下霸唱的《鬼吹灯》系列小说成为盗墓小说里屹然耸立的两座高峰，他们以细腻的笔法营造出一个魑魅魍魉的鬼怪世界，承袭传统志怪之风，书写民间墓葬传统和奇闻轶事，以跌宕起伏的故事牵动读者的心弦，仿若两座取之不尽的巨大宝藏，它们为文化产业带去的是无尽的创作灵感与令人目眩的商业收益；当桐华的《步步惊心》以穿越文的招牌纵深到时间深处，以浪漫的笔致书写穿越时空的爱恋，想象波澜诡谲的大历史风云，流潋紫的《后宫甄嬛传》便将柔情与强权融为一体，开启了大女主的宫斗时代，它善于写尽封闭的深宫院墙、红楼绿瓦里的宫廷事变、后妃争宠、权力倾轧，跨过幽暗的人心与阴深的城府，女主一路披荆斩棘地来到了权力的顶峰。宫斗文将女性从真善美的白莲花人设中解救出来，以反白莲花的叙事逻辑迎来了正义裁决里的大快人心……几乎每一部大热的文学IP都携带着独特的标签开启了一种门类的书写模式，类型网文诞生之初，文学呈现出旺盛的生长状态，多元类型的网文络绎不绝、相继涌现，如雨后春笋般令读者眼花缭乱，然而随着网文类型的日渐完善，类型化创作的弊端开始显露。

首先，类型化带来的是创作的机械化与模式化。类型文推出的每一部经典之作，既是这一类型的代表，也是类型自我圈定的牢笼。类型文的成型，意味着网络作家对每一种类型达成了创作理念的共识，于他们而言，他们需要共享一套类型创作的范式结构，包括情节走向、人物设定、矛盾冲突、语言风格、阅读期待等，而被大众广泛认同的经典网文无疑充当了类型模范的标杆。尽管在网络文学评价机制尚未完善的当下，诸多网文并未接受深远时间的检验，然而在商业逻辑强势宰制的文化产业里，网络写手对网络文学经典的确立，更大程度上来源于收益与口碑的考量。当某一类型范文备受大众追捧，在网文界收获了如日中天的成功，经济利益会驱使成千上万的网络作家争先恐后地效仿。在固定的书写模板里进行更名改姓似的微调，或者一个场景的挪移，一朝时代的变迁，一门法术的更换，如此，带来的是千篇一律的情节结构，如出一辙的人物命运和意料之中的悲欢离合。如法炮制的爽点失去了震惊的效果，类型文便深深陷入了千人一面的套路里，呈现出后继乏力的态势，而失去创新力的僵化模式将造成更为严重的同质化倾向。

其次，类型化的出现在一定程度上淡化了文学的文体特征、诗性色彩和美学意蕴。如上所言，类型化建立于文本故事的基础之上，故事内容是大众为其划分类型的重要指标。因而故事成为网络文学不可或缺的内核，这使得部分以形式和意识流为主要叙事线索的文本在网络文学中失去了立足之地。传统文学里的意识流小说、实验小说、散文、诗歌、戏剧等淡化故事情节、摒弃情节连贯性和逻辑性的文学形式，在类型化网文野蛮生长的场域里，显示出处于边缘地带的尴尬状态。网络小说的发展极大地挤压了诗歌、散文、戏剧等其他文学形式的创作空间。而类型文模板的出现，使得不少网络写手为了追求速度与效益，而在类型框架中随意增添内容，未经细心打磨的词句显得粗糙不堪，干瘪生硬，缺少感染力，文本呈现出空有框架、缺少骨血的畸形状态。在一定程度而言，类型化衍生出的速成模式，令不少网络写手将文字的修辞、语言的精美、句式的巧置、思路的精巧、文本的意蕴、思想的深度等弃之不顾，而汲汲营营于经济利益。"这种大众化的消费品及其所激发的消费情绪无不对文学经典形成碾压式遮蔽和难以回头的一汪。于是，'一切都由这一逻辑决定着，这不仅在于一切功能、一切需求被具体化、被操纵为利益的话语，而且在于一个更为深刻的方面,即一切都被戏剧化了,也就是说,被展现、挑动、被编排为形象、符号和可消费的范型'。"① 当大众跨过一座类型化的高峰,便蓦然发现类型化更多的是留下了一个大而空洞的模板,失去内容血脉与语言灵魂的经典范式,只会沦为消费场域里一个微不足道的文化躯壳,再无从寻觅文学本体的美学韵味和诗性色彩,这将成为类型化后的文学场域深深的遗憾。

## 三、同质化：虚空的文化产业内动力

不出意外地,善于享用一套固定写作模式的类型化创作将迎来大量同质化的恶果,这是类型化创作放逐个性之后的必然结果,其表现为诸多传统文学资源的过度使用,作品之间陷入重复与自我重复的泥泞之中,而趋同复制的大量文本导致了读者产生千人一面的审美疲劳,网络文学及其文化产品在制作出单部经典之后,呈现出碌碌无为的常态,文化产业的精神内核仿若一片宏大而贫瘠的蛮荒之地。当网络文学的经典之作如零星耸立的几座高峰屹立于文化土地之上,作家们尴尬地发现自我深处难以望其项背的创作困境,这种只见高峰、不见高原的创作现状不仅仅局限于网络文学领域,更是延伸至后续以其为核心素材资源库的文化开发产品,继而呈现出影视题材的重复、电子游戏的相似、广播剧的雷同等产业弊端,它们一同披露了文化产业背后羸弱不堪的创新力和虚空的文学精神内动力。

具体而言,同质化首先表现为网络文学创作对传统文学资源的过度征用,在传统经典的文学作品之上进行颠覆、改编、挪用、拼贴等,继而批量生产出符合当下大众喜好的审美话语和文化商品。当大数据时代开启了一个便捷的读屏时代,影视行业不失为管窥传统文学在当代大众化命运的平台。纵览中国影视剧发展史,不难发现某些传统文学题材与文本正呈几

---

① 欧阳友权:《文学经典在网络时代的命运》,《求是学刊》2019年第3期。

何式状态激增，譬如对于《西游记》《聊斋志异》《白蛇传》等经典文本的拆解与重塑，衍生出数不胜数的影视作品。大数据时代以来，单论对于《聊斋志异》之《聂小倩》的改编，自2007年至2016年便多达八部[①]；自《白蛇传》改编而来的影视作品则有电视剧《嘻哈白蛇传》（2015），电影《白蛇传之囚蛇出洞》（2016）、《美女记之白蛇新传》（2016）、《白蛇之轮回劫》（2016）、《双世白蛇》（2018）等；而以《西游记》为文本素材的电影则多达35部，其中诸如《天蓬归来》《拯救悟空》《齐天大圣·万妖之城》《大圣伏妖》《西游记之真假公主》《魔游纪3：天都暗潮》等影片几乎悄无声息地完成了制作、发行、流通，即使上映良久，仍旧只能在豆瓣网上获得"暂无评分"的结果。即使不论电影改编质量如何，其数量便足以说明当代影视行业正在对传统经典资源进行过度开掘，同一故事内核正被多次讲述与演绎，其美学形式与丰富内涵正处于枯竭的边缘。

伴随对传统题材与资源的过度借用而来的，是永无止境的重复模仿与自我压榨。以《西游记》之文学和影视改编为例，自从2000年今何在的《悟空传》带着全新的西游故事，叫嚣着"我要这天，再遮不住我眼，要这地，再埋不了我心，要这众生，都明白我意，要那诸佛，都烟消云散"的旷世之语，周星驰以戏谑、夸张、荒诞的《大话西游》开启"无厘头"的美学之路并在2001年为大众广泛接受，周星驰本人以文化英雄的形象在北京大学受到隆重礼遇，《西游记》的改编便在后现代的道路上绝尘而去不再复返了。

实际上，早在今何在创作《悟空传》之前，周星驰便对《西游记》的改写情有独钟，如果说《大话西游》是周星驰首次对文学文本进行的大刀阔斧的改编，以刻意而夸张的方式拆解了经典文本里庄重而严肃的价值体系，那个一心向佛、不畏艰难险阻的高僧不复存在，转而化身为一名喋喋

---

① 江卉：《谈〈聂小倩〉的影视改编（1957—2017）》，《蒲松龄研究》2018年第3期。

## 第四章 大数据时代传统经典的大众化

不休、絮絮叨叨的说教者；传统原典里神通广大、上天有路、入地有门、时刻光芒万丈的英雄孙悟空，亦沦落为一名"活得像条狗"的山野盗匪至尊宝；那么《西游·降魔篇》则在第二次试水中放纵了孙悟空的魔性色彩，令其彻底堕入了万劫不复的魔界深渊，成为一只狡诈险恶、面目可憎、残忍凶暴的妖魔。不论是《大话西游》还是《西游·降魔篇》，周星驰解构经典的意图都显而易见，在唐僧的迂腐愚蠢、悟空的玩世不恭、仙界的沽名钓誉、泛滥的七情六欲、失效的道德律令之中，《西游记》无上的英雄色彩开始淡褪近乎消失，蔑视一切权威、敢于反抗的正义之神泯然众人矣。在至尊宝犹疑不绝的延宕里，坚固的信仰遭受了前所未有的质疑；在众人放肆夸张的笑声里，势不两立的神界魔域不再泾渭分明。今何在的《悟空传》显然借用并延续了周星驰无厘头的美学风格，作者形塑了一众朝圣的人物群像"大智若愚坚持理想的唐僧，深深掩藏感情与痛苦的猪八戒，迷失自我狂躁不安的沙僧，还有那只时狂时悲的精神分裂的猴子"[①]，他们都不再是乐观的理想主义的卫道者，时刻散发出传统的浪漫主义气息，以神的名义感召劳苦众生。他们成为一群身陷囹圄而无法自救的凡夫俗子，迷茫成为这群朝圣者共同的精神底色。新世纪初的周星驰与今何在，以《大话西游》与《悟空传》为削平深度、消解崇高、去除中心的后现代主义笔法作注，虽然莫名其妙、粗俗混乱的演绎风格在流通初始因为风格另类而收效甚微，却在时过境迁之后，遭受了一众读者与观众的热烈追捧。《大话西游》中紫霞仙子与至尊宝的浪漫爱恋成就了一段反复被致敬的经典桥段，电影台词："曾经有一份真诚的爱情放在我面前，我没有珍惜，等我失去的时候我才后悔莫及，人世间最痛苦的事莫过于此。如果上天能够给我一个再来一次的机会，我会对那个女孩子说三个字：我爱你。如果非要在这份爱上加上一个期限，我希望是…… 一万年。"亦成为此后令诸多情侣潸然泪

---

① 今何在：《一万年太久（书序）》，周星驰、今何在：《西游降魔篇》，江苏文艺出版社，2013，第45页。

下的情话。《悟空传》更是被冠以"畅销十年不朽经典,影响千万人青春"之名,共8个纸质版本,加印147次,销量达200余万册①,创造出一个个票房与出版神话。

  当创收巨额利润的秘密不胫而走,彻底解构和全然颠覆便成为众多影片制作者和文字编写者竞相模仿的对象。于是,《西游记》成为一个文学淘金热的巨大遗址,由此衍生出不计其数的离奇的西游故事,打造出诸如《大梦西游2铁扇公主》《西游之铁扇公主》《猴王与女妖》《嘻哈西游之五指山》《八戒降妖》《西游之偷梁换柱》《西游之乱入三国》等闻所未闻的系列影片,制作人殚精竭虑地挖掘各类人物的前世今生,苦心孤诣地生造出种种情事,极尽戏谑夸张之能事,拼凑出一个笑意盈盈却颠倒繁杂的西游世界。然而事实不过证明,诸多如此粗制滥造的半成品均不尽如人意。大量西游影片的惨败,恶狠狠地嘲笑了同质化的懒惰与浅薄。逐利者们听见了阵阵喧嚣的笑声,误以为收割笑声便是收获金币的出口,却遗忘了《大话西游》和《悟空传》在嬉笑之后,方才逐渐显影的深重的落寞,秩序坍塌之余,难逃宿命的无力之感席卷而来,伴随着无力招架的黯然神伤。前者以解构一切,除了爱情为旨归,以齐天大圣隐喻宏大叙事的责任与担当,以爱情象征红尘俗世的日常美好,至尊宝在神性英雄与凡俗之人的身份认同中苦苦挣扎,投合了20世纪90年代末大众在社会转型之际的集体心理写照;后者写道目空一切、桀骜不驯的孙悟空与天庭众生同归于尽于一场大火,发出"西游果然只是一个骗局。没有人能打败孙悟空。能打败孙悟空的只有他自己。然而,在神的字典里,所谓解脱,不过就是死亡。所谓正果,不过就是幻灭。所谓成佛,不过就是放弃所有爱与理想,变成一座没有灵魂的雕像"②的绝望慨叹。恰是这份凡俗之人喜乐悲欢的写照,对

---

  ① 白惠元:《西游:青春的羁绊——以今何在〈悟空传〉为例》,载邵燕君《网络文学经典解读》,北京大学出版社,2016,第27页。
  ② 今何在:《悟空传(完美纪念版)》,湖南文艺出版社,2011,第114页。

## 第四章 大数据时代传统经典的大众化

命运的抗争与诘问，对理想与自由的抉择，使得大众此起彼伏的笑声里多出了些许荒诞的沉重，诉说着作者与导演精神的疑虑，而成为改写成功的无以复制的筹码。

以《西游记》为中心素材而大批量产出的电影作品，不断地模仿大数据时代下的经典之作，化用调侃反讽、插科打诨、解构拼贴的方式，借用经典故事的名称和体裁，添加进诸多刻意制造的笑料与桥段，为娱乐而娱乐，成为一个个假借西游之名，被随意组装的粗糙复制品。失去了故事内在的叙事逻辑，剥离了文学的思想内涵，影片只能称之为一组碎片化的图像，它们形单影只地兜售着自以为是的情怀，制造着一连串苍白空洞的笑声，在同质化的文化大工业中，毫无创新性与审美意味的成片只会成为不值一提的文化易碎品，有待再次回炉重造。

大数据与泛娱乐时代的同时到来，迎来了文学、影视、动漫、游戏等行业的巨大繁荣，无论是从数字利益，还是从作品数量而言，以文学 IP 为基石的全产业链开发促进了整个文化产业的兴盛与繁荣。大量资本的投入，新兴产品的支持，电子技术的采用，细致精良的制作，一同为大众奉献了一场宏大精美、立体生动的视听盛宴。然而当文学与资本尽情共舞，我们需要警惕眼前的华光是否某种繁盛的幻象，资本硕果背后潜藏着一戳即破的文学泡沫。产业链的全版权化经营极大地加速了经济利益的生成，然而当资本逻辑宰制文学创作的动力，文学内部板结的知识体系便开始出现难以愈合的裂缝，为了迎合广大受众的审美趣味，类型化创作出现，并开始取代经典文学四分法分类模式，小说内容被视为类型化分类的重要指标，小说的故事性在网络时代复又获得了至高无上的地位。然而，随着类型文的代表之作横空出世，我们欣然于经典诞出之余，忧虑旋即生成，经典文本仿若一个完美的创作范式，成为后继网络作家不断模仿的对象。经典范本提供了为世人广泛接受的叙事结构、故事类型、人物设定、语言风格，作家纷纷在预设的框架内虚构故事，结构文本，导致大量文本拥有相似的题材、似曾相识的内容、大同小异的人物，同质化现象便成为伴随类型化而来的又一问题。当文化产业对传统资源进行过度开发，而陷入无尽的自我重复，大众的神经末梢只会日益钝化，而深处长久的审美疲劳之中，文化产业也会因了孱弱的创新动力而无力产出高质量的工业作品。凡此种种，皆为大数据时代经典IP化过程中，有待创作者与开发商直面并解决的问题。

也许，网络文学的部落化、类型化、模式化、商业化、同质化倾向是经典再次大众化过程中不可避免的结果。但是，这并不能成为网络作家沉湎于趋同性而无力自救的借口，尽管在大众化的过程中，网络文学的商业价值促使其一再迎合大众的审美品位与价值诉求，使得文学等艺术作品在创作过程中不断增加娱乐性与趣味性的分量，然而这并不意味文学的娱乐性能够一再侵犯思想内涵与美学价值。诸多网络文学经典之作正在以它们的成功宣告这样一个事实：如果文学徒剩大而无当的叙事框架，缺失了精神的血脉，散尽了文字的灵性，仅能响彻空洞而虚假的笑声，那么文学将成为一个漂浮的能指，由毫无意义的语词流伪装的低级的娱乐游戏。大众从来不是与精英对立的羸弱的群体，他们平凡却不平庸，世俗却不低俗，他们热爱轻松的狂欢，却不是近乎癫狂的愚民。面对海量的文化产品，他们拥有智性消费的权力和最佳拣选的标准，因而网络文学大众化的过程，不仅是网络文学走向大众的普及之路，更是自我筛选的萃取之路，如此，符合大众审美趣味的网络之作，必定是趣味与思想同在，形式与价值共舞的文学良品。